Manfred Brüning

Tödliche Mauern

Handlung und Figuren dieses Romans entspringen der Phantasie des Autors. Darum sind eventuelle Übereinstimmungen mit lebenden oder verstorbenen Personen zufällig und nicht beabsichtigt. Nicht erfunden sind Institutionen, Straßen und Schauplätze in Oldenburg und Umgebung, die in diesem Roman vorkommen.

Für Catharina und Maarten,
Lea, Silja und Markus

November 2021
(Neuauflage einer Ausgabe von 2015)

Tel.: 0561/766 449 0, Fax: 0561/766 449 29

Titelbild: © Manfred Brüning
Schriften: Linux Libertine
Druck: OSDW Azymut

ISBN: 978-3-95475-225-6
www.prolibris-verlag.de

Manfred Brüning

Tödliche Mauern

Oldenburg-Krimi

Prolibris Verlag

Der Autor

Manfred Brüning wurde 1944 in Bad Salzuflen geboren. Der gelernte Schlosser wurde später Diakon, arbeitete siebenundzwanzig Jahre als Pastor einer Evangelisch-reformierten Kirchengemeinde in Ostfriesland und erlebt jetzt seinen Ruhestand im Ammerland. Er ist verheiratet und Vater von vier erwachsenen Kindern. Nachdem er mehr als eintausend Predigten geschrieben hat, legte er mit „Gnadenlose Engel“ den Grundstein für die Krimireihe mit dem Protagonist Adi Konnert, der in diesem Buch seinen dritten Fall löst.

Wer von euch ohne Schuld ist,
der werfe den ersten Stein.
Johannes 8, 7

Prolog

1971

Der Junge drehte ihnen den Rücken zu. Wie ein Kater hatte er sich zusammengerollt und umklammerte die Knie mit seinen sehnigen Händen. Er hielt die Augen geschlossen, war aber wach. Der diensthabende Klinikarzt und ein Pfleger hatten ihm eine Trainingshose für Erwachsene über die Windel gezogen. Er hatte sich nicht gewehrt. Trotzdem war es schwierig gewesen, ihm auch noch das Oberteil anzuziehen und die dünnen Arme durch die Ärmel zu stecken.

»Kein Wort hat er bisher gesagt. Nicht mal geweint«, sagte der Pfleger. »Er zuckt nur jedes Mal zusammen, wenn man ihn anrührt.«

»Er steht unter Schock«, antwortete der Arzt. »Wir haben für seine blutende Wunde getan, was möglich war. Hoffen wir, dass die Therapeuten und die Zeit seine Seele heilen werden.«

Das Bett neben dem Jungen war leer. Blut klebte auf dem Laken.

2014

Seit siebzehn Monaten trug er wieder Windeln. Breitbeinig stand der schlanke Mann auf dem überdachten Balkon seiner Villa und krallte die Finger um die Mahagoniauflage der Brüstung. Mit den Augen folgte er einem Motorboot, das gegen die Strömung der Weser ankämpfte.

»Tschabo, ich bitte dich.« Seine Frau trat hinter ihn und berührte zärtlich seine Schulter. »Ich bitte dich zum hundertsten Mal, lass dich noch einmal operieren.«

Er schüttelte ihre Hand ab und rückte einen Schritt zur Seite.

Ein Containerschiff schob sich ins Blickfeld. Das Motorboot richtete sich in der Bugwelle des Frachters auf und sackte gleich wieder ins Wellental hinunter.

»Entschuldige, Liebes«, murmelte der Mann und sah weiter auf die Weser. »Lass mich bitte allein.«

»Du kannst diese Entscheidung nicht ohne uns fällen. Sie betrifft auch das Leben deiner Familie. Wir wollen dir doch nur helfen. Bitte!«

Tschabo Dumitrescu wandte sich um und sah seine Tochter in der Tür stehen.

»Es geht um meinen Arsch«, presste er mit zusammengebissenen Zähnen hervor. »Ich sage auch *Bitte*. Bitte lass mich in Ruhe! Ich habe *Nein* gesagt. Dabei bleibt es.«

Vorsichtig setzte er einen Fuß vor den anderen und schlich ins Haus. Sein Kiefer mahlte.

Nach wenigen Minuten griff er zum Telefon auf seinem Stehpult und wählte eine sechsstellige Nummer. Als die Verbindung zustande kam, raunte er: »Es bleibt alles wie besprochen. Es gibt keine Veränderungen.« Dann hörte er aufmerksam zu und beendete das Gespräch.

Montag, 8. Dezember

Kriminalhauptkommissar Adi Konnert musste ins Gefängnis. Er hatte einen Termin in der Justizvollzugsanstalt Oldenburg. Vom Lidl-Parkplatz aus schaute er auf die blaue Pforte des gegenüberliegenden Neubaus. Nicht nur wegen des nasskalten Wetters fühlte er sich beklommen. Die Haftanstalt erinnerte ihn für den Bruchteil einer Sekunde an den Keller seiner Kindheit. Unwillkürlich zog er den Kopf zwischen die Schultern.

Ausnahmsweise war er einmal zu früh dran. Er wollte aber auf keinen Fall im Warteraum auf- und abgehen müssen. Mit dem Rücken an den Mittelholm seines Wagens gelehnt, rauchte er lieber. Er wärmte die Hände an einer Dunhill Big Ben Pfeife und kaute auf dem Mundstück herum. Er blickte sich um.

Beim Discounter war Weinwoche. Konnert überlegte, ob er gleich einen ganzen Karton für gemütliche Winterabende besorgen sollte, entschied sich aber dagegen.

Umständlich knöpfte er seinen Mantel auf und suchte in der rechten Hosentasche seine Uhr. Ihm fiel dabei ein, dass er sich von einem seiner Kinder oder Enkelkinder ein neues Armband als Weihnachtsgeschenk wünschen könnte.

Es war immer noch eine Viertelstunde Zeit bis zum Termin. Konnert paffte weiter. Die Qualmwolken kräuselten senkrecht in die nasskalte Winterluft.

Er dachte zurück an die Stunden im verriegelten elterlichen Keller. Die Dunkelheit hatte ihm nichts ausgemacht. Aber er hatte dort die Freiheit lieben gelernt. Das war gut vierzig Jahre her. Er schaute hinüber zur Haftanstalt. Freiheitsentzug ist Strafe genug, stellte er fest.

Aus der Innentasche seines Jacketts holte er den Brief des Gefangenen heraus, den er gleich treffen sollte. Konnert faltete den Bogen auseinander und las zum ungezählten Mal: »*Jetzt ist immer.*« Die drei Wörter packten ihn. Er las die davon abgesetzte Nachricht: *Besuch genehmigt. Montag, 16:30 Uhr.* Unterschrift *Sascha Knieling.*

Vor vier Jahren hatte er ihn verhaftet. Verschiedene Vorstrafen, eine Einbruchserie, wiederholte Hehlerei, dann ein missglückter Banküberfall und, im Zusammenhang damit, eine Geiselnahme brachten ihn hinter Gitter. Der alleinstehende Arbeitslose hatte Konnert leidgetan. Mehr als andere Straffällige. Da hatte er ihm spontan versprochen: »Wann immer Sie mich brauchen, ich bin für Sie da.« Und jetzt war immer. »Dann muss ich mein Wort wohl halten. Das gehört sich so«, hatte er gemurmelt, als das karierte Briefpapier am Samstag bei ihm auf dem Küchentisch lag.

Sorgfältig steckte er den Brief zurück in den Umschlag.

Ich muss ins Gefängnis. Obwohl er Polizist war und oft mit Gefangenen zu tun hatte, ließ ihn der Gedanke zögern. Heftig saugte er an seiner Pfeife und blies den Qualm von sich. Nur für einen Besuch, sagte er sich und versuchte, seine Nerven zu beruhigen.

Nur für einen Besuch.

Mit einem Ruck setzte er sich in Bewegung und überquerte die Cloppenburger Straße. Er musterte die meist rückwärts eingeparkten Autos der Vollzugsbeamten auf dem Parkplatz. Im Licht der Laternen entdeckte er drei ältere Modelle und einen silbernen Audi A8 L auf dem grauen Verbundsteinpflaster. Angehörige und Anwaltsbesuch, vermutete er. Die Rasenstreifen vor der Parkplatzumzäunung waren frei von Laub.

Konnert erreichte den Besuchereingang und blieb noch einen Augenblick vor der Tür mit Elementen aus schusssicherem Glas stehen. Sie hatte keine Klinke, nur einen runden Knauf. Raus kommt hier niemand. Aber auch nicht so einfach rein. Wie oft hatte er das vor dieser Tür schon gedacht?

Geduldig wartete er, bis das Schnarren des elektrischen Türöffners zu hören war. Er zog die schwere Tür auf und trat in einen taghell beleuchteten Windfang. Hinter ihm schloss sich die Pforte. Er war im Gefängnis. Er wandte sich nach links. Hinter einer Panzerglasscheibe saß eine blonde Frau in der Dienstkleidung der Justizvollzugsbeamten. Sie lächelte ihn an.

»Legen Sie bitte Ihren Personalausweis in die Schiebemulde.« Konnert kannte das Prozedere und befolgte die Anweisung. Routinemäßig verglich die Beamtin sein Gesicht mit dem Passbild.

Er erwartete eine Bemerkung darüber, dass er seit dem Ausstellungsdatum ein paar Pfund zugelegt hatte. Seine Kollegen würden sich einen Kommentar niemals verkneifen. Nein, sie blieb ernsthaft und suchte seinen Namen auf der Besucherliste.

»Ihre Dienstpistole, Herr Kommissar?«

»Die liegt im Waffenschrank der Polizeiinspektion. Ich bin kein guter Schütze, wissen Sie. Und bevor ich ...«

Ohne weitere Erklärung bekam er einen Besucherausweis an einem roten Band zugeschoben, den er sich um den Hals hängte.

»Sie sind heute privat hier. Sie müssen sich durchsuchen lassen. Tut mir leid. So sind die Vorschriften. Ihr Handy müssen Sie diesmal auch einschließen.« Die Tür zum Warteraum schnarrte genauso wie die Außentür. Konnert drückte sie auf, trat hindurch und deponierte seinen Mantel in einem Schrankfach. Dann musste er sich doch noch gedulden und in dem abgeschlossenen Raum auf- und abgehen.

Eine Männerstimme forderte ihn über einen Lautsprecher auf, in den Durchsuchungsraum zu kommen.

»Bitte leeren Sie Ihre Taschen und legen auch Ihr Jackett, Ihre Schuhe und den Gürtel in den Plastikkorb auf dem Fließband.«

Konnert staunte über das, was aus den Tiefen seiner rechten Hosentasche zum Vorschein kam. Als ein glatter, mehrfarbiger Halbedelstein, eine Unterlegscheibe, ein Nagel und ein Markstück auf seiner Handfläche lagen, schmunzelte er. Wenn er auf der Straße Krimskrams fand, musste er ihn einstecken.

Der Korb verschwand im Röntgengerät.

»Kommen Sie zu mir!«, befahl der Beamte.

Konnert passierte die Sicherheitsschleuse, die ihn an Kontrollen auf Flughäfen erinnerte. Ein durchdringender Alarm piepte.

»Tragen Sie eine Halskette?«

Kopfschütteln war die Antwort.

»Wenn Ihre Taschen leer sind, sehen Sie bitte im Hosenaufschlag nach.«

Er krempelte den Stoff um. Eine Büroklammer fiel zu Boden.

»Auch die dürfen Sie nicht mit hereinbringen. Sicherheitsrisiko. Sie verstehen?« Der Beamte verzog keine Miene.

Nachdem Konnert den Gürtel wieder durch die Schlaufen gezogen und Schuhe an den Füßen hatte, telefonierte der Bedienstete. Kurz darauf öffnete sich mit Schlüsselklappern eine Tür, und ein weiterer Mitarbeiter erschien.

»Guten Tag, Herr Kommissar. Diesmal durch den Besuchereingang?« Er trat zur Seite. »Bitte.« Sie passierten die nächste Stahltür und standen zwischen der Außenschleuse und den Zellenblocks im Freien. Halogenstrahler beleuchteten den gepflasterten Weg und die Fronten mit den gitterlosen Fenstern.

»Nach Ihnen«, sagte der Beamte und deutete mit der Hand an, dass Konnert vorgehen sollte.

Konnert nahm an einem der quadratischen Buchentische im Besucherraum Platz. Scheiben aus bruchsicherem Glas in einem Holzrahmen ersetzten einen Teil der Tischplatte. Über ihr schimmerte das Fischauge einer Überwachungskamera. Er sah sich um. Die Wände waren hell gestrichen worden. An ihnen hingen von Gefangenen gemalte Bilder. Yuccapalmen vor den Fenstern gaben dem Raum etwas vom Charakter eines Wohnzimmers. Für Kinder hatte man eine Spielecke abgetrennt. Erhöht hinter einem Tresen saß ein Vollzugsbeamter. Zwei Bildschirme waren zu erkennen. An zwei anderen Tischen unterhielten sich wartende Familienangehörige. Konnert meinte, eine Atmosphäre von Angst und enttäuschten Hoffnungen wahrzunehmen. Oder spürte er nur seine eigenen Gefühle? Er wartete und legte die Hände übereinander. In Gedanken formulierte er ein Gebet für das Gespräch mit Sascha Knieling.

Schlüsselklappern unterbrach ihn. Die Gefangenen wurden in den Raum geführt. Als Letzter trat ein hagerer Mann ein. Die dunkelbraune Cordhose schlabberte um seine langen Beine. Über dem karierten Hemd trug er eine beige Strickjacke mit Lederflicken an den Ellenbogen. Das kräftige Kinn war sauber rasiert, die Haare exakt geschnitten. Kratzstellen auf der geröteten Haut an der Stirn und auf der linken Wange fielen Konnert sofort auf. Rosazea heißt die Hauterkrankung, wusste er und erinnerte sich, dass Stress ein Auslöser der schuppigen Entzündungen sein kann. Die Brille passte mit ihren übergroßen Gläsern nicht zum schmalen Gesicht.

Konnert hatte Knieling anders in Erinnerung. Als er ihn damals in einer Waldarbeiterhütte aufgespürt hatte, waren drei Tage nach dem Überfall vergangen. Konnert hatte sich gegen die Geisel austauschen lassen und, wie schon einmal, den Einsatz des SEK zurückgewiesen. Er war zweieinhalb Tage Gefangener des Bankräubers gewesen, bevor der aufgegeben hatte. Insgesamt waren das fast sechs Tage ohne fließendes Wasser für den Entführer gewesen. Auch zum Prozess vor dem Landgericht war er mit zerzaustem Bart und in billigen Klamotten erschienen.

Das Gefängnis schien ihm gutzutun. Zur Begrüßung stand Konnert auf und reichte eine Hand über den Tisch.

Sie setzten sich. Beim Geräusch der hinter Konnert ins Schloss fallenden Tür und dem Klappern der Schlüssel zuckte er leicht.

»Sie sind gekommen. Danke.« Knielings Worte kamen schleppend über seine dünnen Lippen. Jedes Wort formulierte er zögernd und sprach es überdeutlich aus. Zwischen den Satzteilen entstanden Pausen. Es klang so, als müsste er jeweils entscheiden, ob er weitersprechen wollte. »Ich war mir nicht sicher, ob Sie damals wirklich meinten, was Sie mir versprochen haben.«

»Ihnen scheint es gut zu gehen.«

»Bis vor einem halben Jahr ging es mir sogar sehr gut. Aber ...« Knieling brach ab und lehnte sich über den Tisch. »Ich muss hier raus. Helfen Sie mir, hier rauszukommen. Bitte!«

Konnert suchte Blickkontakt mit dem Mann, der wieder aufrecht auf seinem Stuhl saß. »Ich kann Ihnen unmöglich zur Flucht verhelfen. Das wissen Sie doch.«

»Keine Flucht. Es geht um eine sofortige Verlegung in ein anderes Gefängnis.«

Konnert runzelte die Stirn.

»Und warum sprechen Sie darüber nicht mit Ihrem Abteilungsleiter?«

Knieling kratzte eine Pustel über der linken Augenbraue auf.

»Von außerhalb der Anstalt habe ich so gut wie keinen Einfluss auf die Abläufe hier drinnen«, sagte Konnert.

Einige Sekunden beobachtete Knieling den Beamten hinter den Monitoren. Zum zweiten Mal beugte er sich vor und winkte

Konnert heran. »Dann müsste ich begründen, warum ich verlegt werden will.«

»Es hört uns keiner zu, Herr Knieling. Das Gespräch ist absolut vertraulich.«

»Ich werde bedroht. Man will mich fertigmachen und umbringen. Und wenn ich das einem Beamten sage, verlegen sie mich auf eine Gemeinschaftszelle. Zu Ihrer Sicherheit argumentieren sie dann. Da drehe ich durch. Mit einem furzenden oder ständig wichsenden oder rauchenden Kerl in einer Zelle werde ich verrückt.«

Er ließ sich mit leerem Blick an die Stuhllehne zurückfallen.

Konnert blieb stumm und wartete, wie so oft, wenn er den Eindruck hatte, dass sein Gegenüber noch Informationen zurückhielt.

»Das macht auch mein Herz nicht mehr mit. Wenn ich hierbleiben muss, bin ich so oder so tot. Ich muss in ein anderes Gefängnis.«

Konnert fasste die Nasenwurzel zwischen Daumen und Zeigefinger und dachte nach. »Wenn ich mit der Anstaltsleitung spreche, muss ich ebenfalls einen Grund für Ihre Verlegung nennen. Was soll ich Direktor Koop sagen?«

»Das weiß ich nicht. Ich muss weg von hier. Sie sind die letzte Hoffnung, die ich habe. Finden Sie keinen Ausweg, verlasse ich die Anstalt in einem Zinksarg.«

Erschrocken stand Konnert auf und tigerte zwischen der Spielecke und dem Tisch hin und her. Der Vollzugsbeamte behielt ihn im Auge. Nur eine Ermittlerfrage kam ihm in den Sinn. Er setzte sich wieder. »Wie haben Sie die Drohung erhalten?«

»Irgendwer hat mir einen Zettel in die Jackentasche gesteckt.«

»Wann war das?«

»Am Dienstag.«

»Was genau stand darauf?«

»Noch eine Woche.« Knieling senkte den Kopf.

»Nur diese Worte?«

»Noch eine Woche. Dann wirst du dich bücken. Danach machen wir dich weg.«

Konnert kannte sich mit der Knastsprache aus. Leise, wie aus weiter Ferne, klang das Gemurmel von anderen Besuchern herüber. Er stand auf und ging zum Getränkeautomaten an der gegenüberliegenden Wand und kam mit zwei Kaffeebechern zurück.

Knieling gab ein erbärmliches Bild ab.

»Eher bringe ich mich um.« Die Pausen zwischen den Satzteilen wurden länger. »Ich mache das alles nicht noch einmal durch ... Mir bleibt kein anderer Ausweg.«

»Bewahren Sie den Zettel irgendwo auf?«

»Wo denken Sie hin? Den habe ich nicht mal durch die Toilette gespült. Geschluckt habe ich den.«

»Eine Woche«, überlegte Konnert laut und stützte beide Hände auf der Tischplatte ab. »Heute ist schon Montag.«

»Ich werde mich umbringen. Wenn ich hierbleiben muss, dann ist Schluss. So oder so.«

»Wer ist Ihr Anwalt?«

»Den können Sie vergessen. War nur ein Pflichtverteidiger, der nach der Gerichtsverhandlung kein Wort mehr mit mir gesprochen hat.«

»Sagen Sie mir bitte trotzdem den Namen.«

»Enno Keil aus Wardenburg.«

Erneut verstrich eine Minute, bevor Knieling sich aufrichtete und flüsterte: »Die Zeit vergeht ruck, zuck. Bis der Antrag für Ihren Besuch genehmigt war, vergingen schon drei Tage. Das ging sogar schneller als üblich. Drei von sieben Tagen.«

Und dann musste der Brief von der Post befördert werden, machte sich Konnert klar. Also konnte erst für heute der Besuchstermin anberaumt werden. Die Bediensteten wussten ja nicht, was für Knieling auf dem Spiel stand.

»Tag und Nacht war nur ein Gedanke in meinem Kopf. Welche Möglichkeiten bleiben mir?«, fing der Gefangene noch mal an. »Ich dachte zum Beispiel daran, zu randalieren. Dann komme ich in die Beruhigungszelle. Aber nur so lange, bis ich mich beruhigt habe. Und dann? Wie viele Stunden muss ich dann toben, um mich zu retten? Außerdem nimmt mir kein Bediensteter Aggression ab.«

»Warum nicht?«

»Ich verhalte mich hier von Anfang an genau nach Vorschrift. Wir haben doch darüber gesprochen. Ich soll jedem Streit aus dem Weg gehen. Daran halte ich mich. Ich bin sogar ins PC-Schulungsprogramm aufgenommen worden. In knapp zwei Jahren kann ich bei guter Führung vorzeitig entlassen werden. Danach will ich mich für den Rest meines Lebens sozial engagieren. Vielleicht kann ich etwas wiedergutmachen von dem, was ich angerichtet habe. Das kann ich alles vergessen, wenn ich auffällig werde.«

Sascha Knieling sah mit stumpfem Blick zu Konnert auf.

»Könnten Sie sich krankmelden? Wären Sie auf der Krankenstation in Sicherheit?«

»Vielleicht. Für ein paar Tage. Und danach?«

»Wir hätten Zeit gewonnen.« Konnert registrierte, dass er *wir* gesagt hatte. »Ich werde mit Ihrem Anwalt sprechen. Eventuell hat er eine Lösung. Mehr fällt mir nicht ein. Es tut mir leid.«

Nachdem er an der Außenpforte seine Papiere zurückerhalten hatte, sagte die Beamtin: »Sie müssen Ihren Ausweis verlängern lassen. Er ist schon im September ungültig geworden. Wenn ich Sie nicht von früheren Einsätzen kennen würde, wären Sie hier nicht hereingekommen.«

»Vielen Dank.«

Die Ausgangstür ließ sich aufstoßen. Konnert trat hindurch und wandte sich noch einmal um, bevor er die Cloppenburger Straße überquerte. Er war zurück in der Freiheit, konnte gehen, wohin er wollte, jederzeit mit seiner Familie oder Freunden sprechen oder ein Glas Wein trinken, wann immer ihm danach war. Für einen Teil der Männer hinter den Mauern war schon seit 15:30 Uhr Stationseinschluss in ihren Haftraum. Erst morgen um 6:30 Uhr würde die Zelle wieder geöffnet werden. Fünfzehn Stunden allein hinter verschlossenen Türen.

Ein Schauder durchlief Konnerts Körper.

***

Als Sascha Knieling den Flur zu seiner Zelle entlangging, stieß sich ein junger Kerl von der Wand ab, um neben ihm herzugehen. Er raunte: »Du triffst dich also mit einem Bullen und quatschst mit dem. Hatte mir immer schon gedacht, dass du so ein Arschloch bist und mit den Wachteln zusammenarbeitest.«

»Lass mich in Ruhe.«

»Pass bloß auf, dass du nicht mal stolperst und mit dem Kopf gegen die Wand knallst.«

Schweigend schloss Knieling seine Zelle auf, trat ein und zog die Stahltür hinter sich zu.

***

Im dritten Stock der Polizeiinspektion am Friedhofsweg verließ Konnert den Fahrstuhl und betrat das Großraumbüro seiner Abteilung FK1, Straftaten gegen Leben und Gesundheit, Sexualstraftaten und Rotlichtkriminalität. Viele Schreibtische waren schon aufgeräumt. Am Glasausschnitt der Tür zu seinem separaten Büro klebten drei Post-it-Zettel und eine Postkarte. Er pflückte sie ab und las den ersten Zettel, bevor er die Tür öffnete. *Habe Bereitschaft. Bin zu Hause zu erreichen. Venske.*

So ist er, dachte Konnert und betrat sein Büro. Bernd Venske, Kriminaloberkommissar und stellvertretender Leiter des Kommissariats. Konnert schätzte an ihm seinen Fleiß und seine Gradlinigkeit. Er gibt sich, wie er ist, und sagt, was er denkt. Das macht ihn bisweilen zu einem schwierigen Typen mit gelegentlich vorschnellen Urteilen. Aber alles in allem ein guter Polizist. Nicht umsonst schon Oberkommissar, dachte Konnert anerkennend. Bringt aber in diesem Winter nicht die gewohnte Leistung. Fühlt er sich nicht wohl?

Er schüttelte seinen Mantel einseitig von der Schulter. *KOR hat angerufen und bittet um Rückruf*, war die nächste Mitteilung. Er wechselte die Notizen in die andere Hand und zog den Mantel ganz aus. Er wählte die Nummer von Kriminaloberrat Werner Wehmeyer, dem Leiter der Dienststelle *Zentraler Kriminaldienst.*

»Ich habe nicht damit gerechnet, dass du dich heute noch meldest. Komm morgen mal zu mir rauf. Es gibt da ein Problem, das würde ich gern mit dir unter vier Augen besprechen.«

»Jetzt ginge es auch.«

»Lassen wir es bei morgen, Adi. Schönen Feierabend.«

Konnert legte auf.

Die dritte Nachricht war eine Terminänderung. *Deine Zeugenaussage im Zuhälterprozess ist nicht Mittwoch, sondern erst nach Weihnachten. Neuer Verhandlungstag wird schriftlich mitgeteilt. Stephanie.*

Stephanie Rosenberg, Kriminalhauptkommissarin, gehörte seit anderthalb Jahren zu den Ermittlern FK1. Sie legte Wert auf ihre Kleidung, trug mal diese, mal jene modische Brille und wickelte, wenn sie nachdachte, Strähnen ihrer blonden Haare um den linken Zeigefinger.

Konnert setzte sich und überflog auch noch den Urlaubsgruß von Kriminalkommissar Kilian Kirchner aus Phuket. Weg aus dem regnerischen Dezemberwetter, hin ins warme Thailand. Konnert reizten solche Reisen nicht. Er fand es aber schön, dass Kilian an seine Kollegen im kalten Norden gedacht hatte.

Aus einer Schublade zog er das Telefonbuch und fand den Eintrag des Rechtsanwalts Keil. Um diese Zeit erreichte er aber nur den Anrufbeantworter. Konnert nannte sein Anliegen, gab Handy- und Festnetznummer durch und bat darum, umgehend zurückgerufen zu werden.

***

Es klopfte an der Haftraumtür. »Sascha, ich bin es.«

Knieling öffnete und ließ Michael Otten eintreten. Als die Tür zugefallen war, umarmten sie sich und setzten sich nebeneinander auf das Bett. Unsicher legte Knieling die rechte Hand auf Ottens Unterarm.

»Sascha, ich habe Angst.«

»Angst musst du doch nicht haben. Mir wollen sie ans Leder, nicht dir. Jeder kommt dafür infrage. Du bist der Einzige, dem ich hier vertraue.« Er tätschelte Ottens Hand und ließ seine dann auf ihr liegen. Er lehnte seine Schulter bei Otten an und betrachtete lange die übereinandergelegten Hände.

»Was hat er gesagt? Kann er dir helfen?«

»Ich glaube nicht. Sein Vorschlag war, mich krankzumelden. Das würde Zeit bringen.«

»Du brauchst keine Zeit. Du brauchst Schutz. Sicher bist du selbst auf der Krankenstation nicht.«

Otten blickte hinüber zum Bord über dem Tisch, wo Knieling Seminarhefte und einige Romane aufbewahrte. Er hätte gern einen Kaffee getrunken. Früher hatte Knieling immer einen großen Vorrat. Doch jetzt war der Platz neben der Kaffeemaschine leer. Auch das Tabakpäckchen sah dünn aus.

»Am sichersten bist du in deiner Zelle.« Otten löste sich von Knieling, stand auf und stellte sich ans Fenster. Von draußen drang kein Ton herein. Kein Hundegebell, kein Straßenlärm, keine Geräusche der Stadt. Unwirkliche Stille, die dem Handwerker Michael Otten oft aufs Gemüt schlug.

»Der Vorschlag vom Kommissar ist aber trotzdem nicht ganz schlecht.«

»Wie meinst du das?«

»Du meldest dich krank. Aber nicht so, dass du auf die Krankenstation kommst, sondern nur hier im Bett liegen musst. Du lässt keinen rein. Ich versorge dich.«

Beide überlegten, welche leichte Beschwerde dazu führen würde, dass Knieling auf der Station bleiben könnte. Dann schlenderten sie hinüber zur Stationsküche, um sich ihr Abendbrot zuzubereiten.

»Das Pärchen Einsam und Verlegen«, kündigte sie einer an, und ein anderer rief: »Heißen sie nicht Klug und Scheißer?« Sie ernteten brüllendes Gelächter.

***

Auf der Fahrt nach Hause saß Konnert im Bus und beobachtete die Fahrgäste. Er stellte sich vor, was wohl in ihnen vorging. Drei Sitze hinter dem Fahrer hockte ein Junge, der einen Geigenkasten zwischen die Beine geklemmt hatte. Noch ein Jahr oder zwei, dachte Konnert, dann quält er seine Eltern, bis er das Instrument auf den Schrank legen darf. Oder er wird seine Geige lieben und vorsichtig auf dem Schoß festhalten. Eine Reihe weiter presste eine Frau eine schwarze Aktenmappe an ihre Brust, als würde sie ein Vermögen darin beschützen. Vielleicht trägt sie ihren neuen Arbeitsvertrag nach Hause, dachte Konnert.

An der Haltestelle Zanderweg stieg er aus. Ein paar Schritte wollte er gehen und *den Hebel umlegen*, wie Zahra es ihm einmal ans Herz gelegt hatte. Er fand, dass man das leichter sagen als in die Tat umsetzen konnte. Besonders schwer wurde es, wenn das Handy klingelte und Venske anrief.

»Es gibt hier eine Vergewaltigungsanzeige. Man hat mich angerufen. Ist es in Ordnung, dass ich Stephanie kommen lasse und sie die erste Befragung macht? Unsere momentan übersensible Babsi soll ich damit doch bestimmt nicht behelligen.«

Konnert missfiel der sarkastische Unterton seines Stellvertreters. Barbara Deepe, von allen Babsi genannt, war Kriminaloberkommissarin. In der Vergangenheit war sie sportlich durchtrainiert, fleißig und dabei eher unauffällig gewesen. Dann hatte es Probleme in ihrer Beziehung gegeben. Jetzt war sie häufig unkonzentriert und reagierte dünnhäutig. Nur Konnert war von ihr ins Vertrauen gezogen worden. Darum verkniff er sich einen Kommentar und sagte: »Ist richtig so. Wieder häusliche Gewalt?«

»Nein, diesmal hat es eine Studentin auf dem Rückweg von einer Weihnachtsparty erwischt. In Bloherfelde, verschleppt, betäubt und ohne Kleidung zurückgelassen. Eine Joggerin hat sie total unterkühlt gefunden und anstatt sie in ein Krankenhaus zu bringen, hat sie sie mit ihrem Wagen nach Hause verfrachtet. Verfluchte Scheiße.«

»War sie beim Arzt?«

»Ja, aber erst heute am späten Nachmittag. Sie ist mit der Sprechstundenhilfe der Ärztin hierhergekommen. Eine Mitarbeiterin der Kriminaltechnik ist dann mit ihr ins Evangelische Krankenhaus gefahren.«

»Stephanie soll sich Zeit lassen.«

»Das brauche ich ihr nicht zu sagen.«

Konnert schloss die Haustür auf. Ihn empfing aus der oberen Etage das fröhliche Lachen junger Leute. Den beiden scheint es richtig gut zu gehen, stellte er fest. Im Mai war seine Tochter Ruth bei ihm eingezogen. Er hatte ihre Schulden bezahlt, oben eine Küche einbauen lassen und das eine oder andere Möbelstück spendiert. Sein Wunschauto musste dann eben noch auf ihn warten.

Schwiegersohn Sven hatte seinen Entschluss in die Tat umgesetzt, keinen Alkohol mehr zu trinken. Erst nach der durchgestandenen Entziehungskur hatte er seine Frau angerufen und berichtet, dass er zusätzlich ein Antiaggressionstraining erfolgreich absolviert hatte. Er würde sie nie mehr schlagen. Einige Wochen später war er wieder bei Ruth eingezogen. So langsam gewöhnte sich Konnert daran, nicht mehr allein im Haus zu wohnen.

Kurz vor acht Uhr wechselte er ins Wohnzimmer, um die Tagesschau anzusehen. Die Separatisten in der Ukraine lehnten Friedensgespräche ab. Das Stichwort Ukraine löste bei ihm noch immer Erinnerungen an einen Fall mit vergewaltigten Zwangsprostituierten aus. Er hätte gern gewusst, wie es der geflohenen Frau jetzt ging und ob sie in ihrer Heimat angekommen war. Als der Sportreporter auf die 5:2-Demütigung für Werder Bremen durch Eintracht Frankfurt zurückkam, schaltete Konnert den Apparat ab.

Seine Gedanken wanderten zurück zu Sascha Knieling. Ihn wird das alles wenig interessieren, was heute Abend im Fernsehen läuft. Mich eigentlich auch nicht. Er suchte eine Pfeife mit großem Kopf aus, stopfte sie sorgfältig und ging zum Rauchen auf die Terrasse.

An einem kühlen Septemberabend hatte er draußen gesessen und gefröstelt. Am nächsten Tag war er in einen Baumarkt gefahren, um einen Heizstrahler zu kaufen. Den hatte er an einem Samstagnachmittag über seinem Sessel an die Wand montiert. Jetzt konnte er auch im Winter hier sitzen, in den dunklen Garten schauen und seinen Gedanken nachhängen.

Welche Rechnung sollte Knieling mit einer Vergewaltigung und anschließendem Tod begleichen? Mit einem Mal stolperte seine Erinnerung über das Wörtchen »wir« in der Morddrohung. Dann machen *wir* dich weg. Wer stellte die Rechnung aus?

Dienstag, 9. Dezember

Die Frühschicht schloss den Haftraum zur Lebendkontrolle auf.

»Knieling, was ist los? Noch im Bett? Auf geht's! Ein neuer Tag wartet auf Sie.«

»Ich glaube, ich bin krank. Ich habe Halsschmerzen, die Nase ist dicht und mein Kopf dröhnt. Mir ist schwindelig.«

»Fieber? Ich benachrichtige den medizinischen Dienst.«

»Nicht nötig. Was von allein kommt, geht auch wieder von allein. Alte Oldenburger Weisheit.«

»Ich melde Sie trotzdem beim medizinischen Dienst an.«

***

Sein Schwiegersohn war auf seiner Joggingtour beim Backshop vorbeigekommen und hatte Brötchen gekauft. Konnert bückte sich und hob seine Tüte von der ersten Stufe der Treppe auf.

Zahra.

Ihr Name streifte durch seine Gedanken. Er goss heißes Wasser in den Kaffeefilter und sah zu, wie die braune Brühe versickerte. Über sich hörte er die Schritte seiner Tochter.

Am Küchentisch blies Konnert über seinen Becher und schlürfte einen ersten kleinen Schluck. Zurückgelehnt auf dem Stuhl, auf dem er schon gesessen hatte, als noch seine Frau das Frühstück für ihn und die beiden Kinder gemacht hatte, überdachte er wieder einmal die Entscheidungen des letzten Sommers.

Zahra. Immer mehr hatte sie ihn herausgefordert. Er erinnerte sich an den Samstag im August. Sie wollte unbedingt mit ihm in einen Hochseilgarten fahren. Er konnte sich den enormen Altersunterschied und die allzu entgegengesetzten Freizeitinteressen nicht mehr schönreden. Sie hatte erst gequengelt und dann versucht, ihn mit weiblichen Tricks umzustimmen. Später hatten sie sich gestritten und ihm war der Satz herausgerutscht, dass er ihr weder den fehlenden Vater ersetzen konnte, noch sich weiter auf ihren sportlichen Lebensstil einlassen wollte. Das war der Anfang vom Ende ihrer Beziehung gewesen. Zahra war es, die schließlich mit ihm Schluss gemacht hatte, nachdem er abgelehnt hatte, dass sie bei ihm einzog. Am 22. September hatten sie sich endgültig getrennt. Herbstanfang. Seitdem frühstückte er wieder allein in seinem Haus und fühlte sich einsam.

Auf der Fahrt ins Kommissariat meldete sich sein Handy. Am Sicherheitsgurt vorbei fummelte er es aus seiner Hosentasche. Rechtsanwalt Keil rief an. Ein fleißiger Mann, stellte Konnert fest, so früh hat er schon den Anrufbeantworter abgehört und ist an die Arbeit gegangen. Sie verabredeten ein Treffen für 11:15 Uhr in seiner Kanzlei.

Im Büro saß Babsi bereits am Schreibtisch und bearbeitete die Tastatur. Das hatte er erwartet. Es kam Konnert so vor, als hätte sie am Wochenende noch mehr zugenommen. Kummerspeck, schoss es ihm durch den Kopf. Sie lehnte sich zurück, verschränkte die Arme unter der Brust und überprüfte den Text auf dem Bildschirm.

Konnert war in der Tür zum Großraumbüro stehengeblieben und musste unwillkürlich auf ihre linke Hand blicken. Kein Verlobungsring mehr.

Er ging zu ihr. »Moin, Babsi. Gut, dass du schon hier bist.«

»Moin«, kam es müde zurück. »Vergiss nicht, dass ich für 15 Uhr einen Termin bei meiner Frauenärztin habe.«

»Ich werde daran denken.«

***

Um 8:19 Uhr verließ Michael Otten zum unbegleiteten Ausgang die Haftanstalt. Obwohl ein leichter Graupelschauer niederging, stellte er sich neben das gläserne Haltestellenhäuschen und wartete.

In Gedanken nannte er sich zum ungezählten Mal einen Idioten. Statt nach dem Richtfest ein Taxi zu nehmen und zwanzig Euro zu zahlen, setze ich mich in mein Auto und fahre angetrunken los. So blöd kann auch nur ich sein.

Auf dem Nachhauseweg hatte er dann einem Fiat Panda die Vorfahrt genommen. Die Fahrerin starb noch an der Unfallstelle. Sie hatte eine ihrer Töchter und deren Freundin von einem Discobesuch abgeholt. Die beiden Mädchen mussten schwer verletzt ins Klinikum gebracht werden. Er selbst hatte nur ein paar Prellungen und ein Schleudertrauma erlitten.

Verurteilt wurde er zu zweiundfünfzig Monaten Gefängnis ohne Bewährung, weil er schon zweimal in einer Alkoholkontrolle aufgefallen war. Wegen guter Führung stand für ihn demnächst die vorzeitige Entlassung an.

Der Bus kam und mit ihm stieg ein Mann ein, der Otten trotz der Kälte den Schweiß auf die Stirn trieb.

Vor vier Monaten hatte sich der Fremde zum ersten Mal an ihn herangeschlichen und zu ihm gesagt: »Ich bin Eugen. Mehr musst du von mir nicht wissen.« Er hatte ihm die Hand auf die Schulter gelegt und geraunt: »Ihre Frau hat mir freundlicherweise verraten, wann Sie Ausgang haben.« Otten hatte ihm den Kopf zugewandt. Er wollte erst sagen: »Hände weg!«, hatte dann aber nur die Hand angestarrt. Dem kleinen Finger fehlte das letzte Glied. Er meinte, so etwas in einem japanischen Kriminalfilm gesehen zu haben. Der verkürzte Finger war das Erkennungszeichen der Yakuza. Er erinnerte sich daran, weil er sich damals gefragt hatte, ob man dem Schauspieler das Fingerglied tatsächlich amputiert hatte. Es hatte so echt gewirkt. Eugen sah aber mehr wie ein Sinti oder Roma und nicht wie ein Asiat aus.

Nur mit halbem Ohr hatte er zugehört, wie Eugen von ihm verlangte, mit Sascha Knieling eine erotische Beziehung zu beginnen. Er hatte natürlich gezögert und sich geweigert. Dann hatte Eugen damit gedroht, seine Frau oder die beiden Töchter zu entführen und in die Prostitution zu verkaufen. Er hatte ihn angegrinst: »Ich versichere dir, wir haben dazu die Mittel und die Möglichkeiten«. Da hatte er zugestimmt. Seitdem tauchte er immer auf, wenn Ottens Ausgang genehmigt worden war. Er erkundigte sich dann nach dem Fortschritt des Verhältnisses zu Knieling. Otten hatte zunächst ausweichend geantwortet, weil er immer noch nicht glauben konnte, dass es dem Gangster ernst mit der Drohung war. Aber dann hatte dieser ihm von Telefongesprächen mit seiner Frau erzählt und wie gut sie sich verstehen würden.

Da hatte Otten damit gedroht, zur Polizei zu gehen. Eugen hatte ihm dann auf dem Handy einen Film gezeigt. Zwei fast unbekleidete Prostituierte standen am Straßenstrich und fassten sich in den Schritt oder boten ihre Brüste an. Im Hintergrund waren Palmen zu sehen und dunkelhäutige Menschen. »Ihr Vater meinte, er müsse seine Schulden bei uns nicht bezahlen und könnte besser zur Polizei gehen. Die würde ihn und seine Familie beschützen. Kapierst du jetzt, warum ich weiß, dass du nicht zur Polizei gehen wirst?« An dem Nachmittag hatte Otten resigniert.

Am Dienstag vor einer Woche war Eugen ihm in einem Alfa Romeo auf dem Weg von der Bushaltestelle in Tungeln nach Hause gefolgt. Er hatte ihn gezwungen, ins Auto einzusteigen.

Dort musste er einen Text auswendig lernen. Wörtlich sollte er den auf einen Zettel schreiben und Knieling heimlich zustecken. »Von mir aus kannst du deine Handschrift verstellen«, hatte er gegrinst. Otten hatte die Anweisung befolgt.

Jetzt schob sich Otten an einzelnen Fahrgästen vorbei in den hinteren Teil des Busses. Auf der letzten Bank saß ein Pärchen und fummelte miteinander. Er ließ sich auf einen Sitz am Gang fallen. Eugen folgte ihm durch den Bus und drängte ihn auf den Fensterplatz. Er zischelte: »Ist alles klar, mein Freund?«

»Ich bringe das nicht. Ich bin Zimmermann. Ich kann mit Hammer, Säge und Beil umgehen. Was Sie verlangen, ist für mich unmöglich.«

»Du wirst es tun. Heute. Denk an deine Frau und deine hübschen Töchter. Was werden sie von dir denken, wenn sie erfahren, was du für eine Schwuchtel bist. Überleg dir das. Dann kannst du es. Weigerst du dich, holen wir die Damen ab.« Er tippte auf seinem Handy herum und ließ einen anderen Film ablaufen. Ein schlanker Mann war darauf zu sehen, der mit Ottens Töchtern sprach und sie offensichtlich belästigte. Eugen verzog das Gesicht zu einem überheblichen Grinsen. »Du machst es. Heute! Stimmt's?«

Ottens Hände verkrampften sich um den Riemen seiner Sporttasche. Ihm schossen die genauen Anweisungen des Mannes durch den Kopf. Um nicht loszuschreien, hielt er die Luft an, bis im schwindelig wurde.

»Heute! Halte dich an das, was ich dir gesagt habe, und alles wird gut.« Gleichzeitig steckte er Otten einen Schein in die Tasche. »Die nächste Rate, mein Freund.«

An der nächsten Bushaltestelle stieg Eugen aus. Otten sah ihm hinterher und schauderte. Eugen hatte die rechte Hand um seine Kehle gelegt.

***

Eine Stunde nach Dienstantritt meldete sich Konnert wie abgesprochen beim Kriminaloberrat. Wehmeyer saß in Uniform hinter seinem Schreibtisch und las mit einem gelben Marker in der Hand ein Manuskript.

»Ich muss heute Nachmittag einen Vortrag an der Polizeiakademie in der Bloherfelder Straße halten. Willst du das nicht für mich übernehmen?« Er grinste.

»Nein, danke. Das mach du mal. Dafür wirst du ja auch besser bezahlt als ich.«

»Schmerzensgeld.«

»So schlimm?«

Wehmeyer nickte. »Was anderes. Adi, ich kann hier im Haus nicht mit jedem darüber sprechen. Aber mit dir. Es betrifft dich auch.«

Konnert rätselte, was denn wohl so geheimnisvoll sein könnte.

»Du weißt, die Stelle des Leiters vom FK6, Kinder und Jugend, Ermittlungsgruppe Fahrrad, muss zum 1. April neu besetzt werden.«

Konnert hatte schon davon gehört, dass sich der derzeitige Leiter nach Lüneburg beworben hatte und ausgewählt worden war.

»Und was habe ich damit zu tun?«

»Es gibt bisher zwei externe Bewerbungen für die Stelle.« Wehmeyer machte eine Pause. »Und Bernd Venske hat seine Unterlagen auch eingereicht.«

Konnert schwieg. Mal wieder.

»Venske will jetzt Karriere machen und nicht abwarten, bis du deinen Stuhl freimachst.«

Der Kriminaloberrat erwartete vergebens eine Reaktion.

»Nun sag endlich was dazu!«

»Bernd ist ein guter Polizist. Du hast recht, dass er weiterkommen möchte. Was spricht dagegen, dass er sich beworben hat?«

»Die Stelle ist schon vergeben. Die Ausschreibung war nur pro forma wegen der Vorschriften. Steck ihm, dass er seine Bewerbung zurückziehen soll. Sonst gibt es nur unnötiges Gerede im Haus. Du weißt doch, wie die Leute so sind.«

»Wie unfair ist das denn?«

Eine Pause entstand.

Der Kriminaloberrat sah Konnert fragend an. »Ist noch was?«

»Ich ... ich brauche auch einen Rat.« Er erzählte von seinem Besuch im Gefängnis. »Der Gefangene machte den Eindruck, dass er tatsächlich um sein Leben fürchtet. Der schauspielert nicht.«

Jetzt war es Wehmeyer, der schwieg.

»Kennst du vielleicht den Direktor der JVA?«

»Kennen? Wir sind uns bei verschiedenen Gelegenheiten begegnet. Koop wird sich schon an mich erinnern. Aber kennen? Ihn so gut kennen, dass ich ihn von einer umgehenden Verlegung überzeugen kann, ohne Gründe zu nennen ... Nein.«

Mit zusammengekniffenen Lippen rutschte Konnert auf die Vorderkante des Besucherstuhls.

»Wenn du willst, versuche ich es«, sagte Wehmeyer.

»Lass es lieber. Es war keine gute Idee von mir. Koop ist clever und kombiniert meinen Besuch mit deinem Anruf und wittert doch Kriminelles im Hintergrund. Nein, vergiss es.«

Resigniert lehnte sich Konnert kurz zurück, um gleich wieder aufzuspringen.

Der Oberrat reichte ihm die Hand über den Schreibtisch.

»Mir läuft die Zeit weg«, murmelte Konnert zum Abschied.

***

Auf dem Hörneweg parkten die Einsatzwagen der Spurensicherung. Die Blaulichter auf den Mannschaftswagen einer Hundertschaft der Bereitschaftspolizei blinkten. Zusammen mit den Experten und Mitarbeitern ihres Teams suchte Stephanie Rosenberg die Wiesen und Ufer rechts und links der Haaren in Richtung Osten ab. Sie hofften Spuren im Zusammenhang mit der Vergewaltigung der Studentin zu finden. Die Flüche der Polizisten über das Scheißwetter und den morastigen Untergrund waren verstummt. Nur noch die Geräusche der an Weiden und Steine stoßenden Suchstöcke waren zu hören.

Die Gruppen passierten den Drögen-Hasen-Teich und erreichten die nächste Straße. Im trockenen Sand unter der Brücke fand eine junge Polizistin ein Fahrrad und markierte die Stelle.

Auf dem Quellenweg sei sie unterwegs gewesen, hatte das Opfer am Abend des Vortags ausgesagt. Kurz vor der Einmündung Hartenscher Damm hatte der Mann sie angehalten. Er hatte gefragt, ob sie ein Handy dabei habe und sie für ihn die Polizei anrufen könnte. Als sie in ihrer Handtasche gekramt hatte, ist er dann plötzlich auf sie losgegangen. Sie hatte ihm ihr Fahrrad entgegengeschleudert und war geflüchtet. Er hatte sie aber eingeholt, festgehalten, ihr den Arm über die Schulter gelegt und ihr ein Messer an die Kehle gedrückt. So wurde sie weitergeschoben. Dann hatte er sie losgelassen und vor sich her gestoßen. In der Dunkelheit war sie mehrfach gestolpert. Immer wieder hatte er sie hochgerissen und vorwärtsgetrieben. Über einen langen Holzsteg sei sie getaumelt. Sie konnte sich auch noch an ein Eisenrohr erinnern, an das sie sich geklammert hatte. Wo genau er sie gegen einen Maschendrahtzaun gedrückt und betäubt hatte, das wusste sie nicht genau. Das Letzte, an das sie sich erinnerte, seien die Schmerzen ihrer Kopfhaut gewesen, als der Mann sie an ihren Haaren herumgerissen habe.

Ein Zug der Hundertschaft ging weiter an der Haaren entlang. Die beiden anderen Züge durchstreiften das Gelände westlich vom Hörneweg. An den aufgeweichten Wiesenrändern lag nur Müll. Weder das Messer noch die Kleidung des Opfers wurden gefunden. Im Gras der nassen Wiesen und auf den schlammigen Wegen konnte keine brauchbare Spur sichergestellt werden.

Stephanie bedankte sich bei den Frauen und Männern der Hundertschaften für ihren Einsatz. Die Beamten der Spurensicherung gossen noch die Fußspur und Reifenspuren auf beiden Parkplätzen am Drögen-Hasen-Weg aus. Sie hatten wegen der Feuchtigkeit aber wenig Hoffnung, brauchbares Material sicherstellen zu können.

Stephanie und ihre Leute reinigten provisorisch Schuhe und Hosen und begannen dann, die Bewohner der umliegenden Häuser zu befragen. Doch niemand hatte etwas gehört oder gesehen.

***

Michael Otten überlegte, ob er sich eine Verletzung zufügen sollte. Er stand in seinem Holzschuppen an der Kreissäge und schnitt aus gebrauchten Paletten kurze Bretter für den Kaminofen. Immer wieder kamen ihm die Worte des Fremden in den Sinn. *Mach bloß keine Faxen. Denk an deine Frau und deine Töchter.* Seine Hände zitterten. Das Sägeblatt kreischte im verkanteten Holz auf. Er stellte die Maschine ab und schlurfte in Richtung Haus.

Ein Regenschauer ging nieder. Unter dem Dachvorsprung drehte er eine Zigarette und zündete sie an. Noch immer flatterten seine Finger. Er dachte an das Video mit seinen Töchtern, das Eugen ihm gezeigt hatte, und an die halbnackten Mädchen auf irgendeinem Straßenstrich.

Am vergangenen Freitag hatte er gesagt: Vergiss nicht. Wir sind wie die Bildzeitung. Wohin du auch fliehst, wir sind schon da. Otten schleuderte die Kippe in eine Pfütze und rieb sich die Hände warm.

»Micky! Wo steckst du?«

Er stakste ins Haus. »Ich war nur eine rauchen.«

»Du hast kein Holz mitgebracht. Was ist heute los mit dir?« Seine Frau sah ihm besorgt ins Gesicht.

»Hole ich gleich noch.«

»Hat dich eigentlich dein Kollege abgeholt? Er ist immer so nett und zuvorkommend, wenn er anruft und fragt, wann du das nächste Mal nach Hause kommst.«

»Ja, er ist ein Stück im Bus mitgefahren und hat mir wieder einen Hunderter zugesteckt.« Mit belegter Stimme fügte er an: »Wir müssen ihm dankbar sein.«

»Er kann ja gern mal mitkommen, wenn du uns besuchst, und einen Kaffee mittrinken. Lade ihn doch beim nächsten Mal ein. Ohne seine Unterstützung könnten wir uns manches nicht mehr leisten.«

»Das mache ich. Ich gehe jetzt und hole Brennholz rein.«

Im Schuppen ballte Otten die Faust und ließ die Säge aufheulen.

***

Das Rechtsanwaltsbüro in Wardenburg lag in einer Nebenstraße. Es war in einem ehemaligen Geschäft untergebracht. Die beiden Schaufenster waren mit großflächigen Bildern vom Oldenburger Landgericht und dem Amtsgericht beklebt worden. Im einstigen Verkaufsraum zog ein bis unter die Zimmerdecke reichender, korallenroter Stahlschrank den Blick auf sich. Die spärlichen Regale an ockerbraunen Wänden glänzten papageiengelb und enthielten nur einzelne Akten. Eine ältere Dame empfing Konnert. Ihr Schreibtisch bestand aus zusammengeschraubten Europaletten, über die eine Glasplatte gelegt worden war.

»Mein Sohn erwartet Sie.« Sie stand auf und öffnete eine Tür im Hintergrund. »Enno. Herr Konnert.«

Ein Mann mit hellbraunen Locken und einem gewinnenden Lächeln erschien im Türrahmen. »Ich freue mich, Sie kennenzulernen, Herr Hauptkommissar.« Er streckte ihm die Hand entgegen, um sie gleich in einer ausholenden Bewegung einladend zur Seite zu schwingen. »Treten Sie ein in mein bescheidenes Heim.«

An der granitgrauen Stirnwand hingen Diplome, Urkunden und Prüfungszeugnisse in orangefarbenen Holzrahmen. Der Schreibtisch war eine Chippendale-Konsole, die türkisgrün angemalt worden war. Um sie herum standen vier gleichfarbige, aufgepolsterte Barockstühle.

»Bitte nehmen Sie Platz.« Er wartete, bis sein Besuch sich gesetzt hatte, und fragte: »Tee oder Mineralwasser?«

»Danke. Nichts. Sehr freundlich, aber ich will nur kurz bleiben.« Konnert war irritiert von der kunterbunten Farbenpracht. Er überlegte, ob er diesem exzentrischen Juristen zutraute, Knielings Verlegung durchzusetzen. Aber Äußerlichkeiten sollten sein Urteil jetzt nicht bestimmen.

»Herr Keil, Sie waren Sascha Knielings Anwalt. Er steckt in einer äußerst problematischen Situation.« Konnert berichtete, was Knieling ihm anvertraut hatte.

Der Anwalt hörte aufmerksam zu.

»Ich bin hier, um Sie zu fragen, ob Ihnen vielleicht etwas einfällt, was ihm helfen könnte.«

»Es ist nicht meine Art«, antwortete Keil, »so aus dem Augenblick heraus Ratschläge zu erteilen. Ich werde mir Zeit nehmen und über die Sachlage nachdenken. Sie erhalten von mir bis 15 Uhr eine Nachricht.« Damit kam Keil hinter seinem Schreibtisch hervor. »Sie hatten es eilig.«

***

Neben seinem Mittagessen in der Kantine lag der Block mit karierten DIN-A4-Blättern. In der Mitte der Seite hatte Konnert das Wort *Verlegung* eingekreist. Von da aus führten Pfeile zu Begriffen und Ideen, die ihm zu diesem Stichwort eingefallen waren.

Er schob sich mit der linken Hand Pommes in den Mund.

Keine Lösung schien ihm brauchbar zu sein. Unwirsch strich er eine nach der anderen durch. Das Papier riss ein.

Konnert schrak auf, als Venske sein Tablett ihm gegenüber auf den Tisch stellte. »Mit den Schlägereien vom Wochenende bin ich so gut wie fertig.« Er setzte sich und griff zum Besteck. »Es gibt noch eine schwerwiegendere Anzeige. Ein Albaner hat ein Messer gezogen und einen Griechen an der Hüfte verletzt. Natürlich war bei allen Fällen wieder zu viel Alkohol im Spiel.«

»Ja, das stimmt.«

»Du hast mir überhaupt nicht zugehört.«

»Entschuldige, was hast du gesagt?«

»Du hast mir überhaupt nicht zugehört.«

»Nein, vorher.«

»Vergiss es!«

Konnert schob seinen Teller zur Seite. »Mir ist aber etwas anderes zu Ohren gekommen. Du hast dich auf die Stelle FK6 beworben.«

»Hätte ich dich erst um Erlaubnis bitten sollen?«

»Natürlich nicht. Aber ich weiß mehr darüber.«

»Ist schon entschieden, dass ich wechseln werde?«

»Die Bewerbungsfrist ist noch nicht abgelaufen. Es ist trotzdem schon entschieden worden. Es tut mir leid, aber du wirst bei uns im FK1 bleiben müssen.«

»Weshalb?«

»Ganz, ganz oben gibt es irgendeine Interessenlage. Da hat einer durchgesetzt, dass jemand anderes die Stelle bekommen soll.«

»Dagegen gehe ich an. Wer steckt dahinter?«

»Lass es. Es ist zwecklos. Du stehst hinterher nur als schlechter Verlierer da. Ich rate dir, zieh deine Bewerbung zurück.«

Wortlos stieß Venske seinen Teller weg, so dass er gegen Konnerts Wasserglas prallte. Er stand auf, wandte sich im Gehen noch einmal um und quetschte zwischen den Zähnen hindurch: »Es gibt auch andere Stellen.«

Konnert war der Appetit vergangen. Eigentlich musste er sich sofort um Venske kümmern. Das verschob er jedoch auf später. Er hatte jetzt schwerwiegendere Probleme und überlegte, wer einflussreich genug wäre, um Knieling formlos verlegen zu lassen.

***

Im Büro der Staatsanwältin glänzten die dicken Blätter des Geldbaums auf der Fensterbank. Sie hat einen grünen Daumen, stellte Konnert fest und setzte sich neben einer Birkenfeige auf den Besucherstuhl.

»Herr Hauptkommissar, wie geht es Ihnen?«

»Danke der Nachfrage.«

»Was kann ich für Sie tun?«

Konnert bemerkte ihr Lächeln und schilderte das Problem mit Sascha Knieling. »Ich laufe von Pontius zu Pilatus und suche nach einer Lösung. Der Gefangene setzt seine ganze Hoffnung auf mich. Er hat niemanden sonst, der ihm helfen könnte. Fällt Ihnen vielleicht etwas ein?«

Erst zog sie die Augenbrauen hoch und machte große Augen, dann zuckte sie mit den Schultern. »Wenn wir ein paar Tage Zeit hätten, dann ... Aber von jetzt auf sofort. Da bin ich so ratlos wie Sie.«

Dorothee Lurtz-Brämisch beugte sich nach links und zog eine Schublade ihres Schreibtisches auf. »Ich habe die Adresse des Abteilungsleiters vom Referat 303 im Justizministerium in Hannover. Er ist für die Vollzugsgestaltung und Behandlungsmaßnahmen zuständig. Den kenne ich ganz gut. Manchmal gibt es ...« Sie richtete sich auf. »Aber in der Kürze der Zeit. Nein, selbst auf dieser Ebene passiert nichts so schnell.«

Mit zusammengekniffenen Lippen saß Konnert auf seinem Stuhl und nickte.

Auf der Rückfahrt ging ihm durch den Kopf, er könnte bei der Staatsanwältin seine Zeit verschwendet haben. Er fuhr an der Polizeiinspektion vorbei und parkte vor der Auferstehungskirche.

Auf den Friedhof kamen heute nicht einmal die Witwen, die sich sonst täglich auf den Weg zum Grab machten. Wer wollte auch bei diesem Wetter hier draußen sein. Nur er saß auf seiner Lieblingsbank, blickte über das anonyme Urnenfeld des Neuen Friedhofs, fror und rauchte. Den Mantel eng um den Körper gewickelt, den Kopf nach vorn gestreckt, als wollte er gegen eine Wand anrennen, saß er da. Seine Augen fanden eine bestimmte Stelle auf dem Rasen. Da hatte einmal eine Blumenschale gestanden. Er hatte sie damals minutenlang angestarrt, als er einmal mitschuldig am Tod eines Mannes geworden war.

Werde ich heute einen Mann retten können? Ich habe immer noch keinen Weg gefunden, Knieling zu helfen, betete er still. Die Bedrohung ist für ihn real. Ihm selbst sind keine Lösungen eingefallen. Er setzt alle seine Hoffnungen in mich, den Bullen, der ihn ins Gefängnis gebracht hat.

Zurück im Kommissariat fand Konnert die Nachricht von Anwalt Keil. Er hatte auch keinen Vorschlag machen können.

Konnert ging zum Fenster und sah hinaus zu den kahlen Lindenbäumen auf der anderen Straßenseite. Es gibt immer einen Ausweg, sagte er sich. Aber ihm wollte keiner einfallen.

***

In der geöffneten Haftraumtür drehte sich Michael Otten noch einmal um. Sein Gesicht war gerötet, wie nach einem langen Lauf. Er atmete gleichmäßig. Seine Hände lagen ruhig am Türrahmen. Prüfend schweifte sein Blick durch die Zelle. »Schlaf dich gesund. Gute Besserung. Bis morgen«, sagte er laut. Dann ließ er die Tür zufallen und bummelte die sechs Schritte hinüber zu seinem eigenen Haftraum.

Um 15:24 Uhr öffnete die diensthabende Beamtin Maike Lüttmann die Tür zu Knielings Haftraum vor dem Nachteinschluss. Die Fenstervorhänge waren zugezogen. Das Licht einer kleinen Lampe neben dem Fernseher reichte ihr aus, um den Gefangenen zu erkennen. Er lag mit dem Gesicht zur Wand in seinem Bett. Die Bettdecke war bis über die Schultern heraufgezogen. Unter seinem Kopf konnte Maike Lüttmann das Ende eines Schals erkennen. »Knieling? Alles okay?«

Sie versperrte die Tür und betrat den Raum. Die Tür fiel hinter ihr bis auf einen Spalt zu. Es dauerte knapp eine halbe Minute, bis sie zurück in den Flur kam, die Tür sachte zudrückte, den Riegel umlegte und abschloss.

Otten saß zwei Hafträume weiter an seinem Tisch. Der Fernseher war eingeschaltet. *Sturm der Liebe* lief. Er achtete weder auf die Telenovela, noch nahm er die Geräusche aus dem Flur war. Starr sah er auf seine Finger, die eine Zigarette nach der anderen drehten.

***

Viel zu oft ließ Konnert an diesem frühen Abend seine Augen durch sein Büro schweifen.

Die Wände waren in seinem Urlaub in einem angenehm hellen Ockerton gestrichen worden. Dorothee Lurtz-Brämisch hatte nach der Renovierung sogar aus ihrem Staatsanwaltsbüro einen Zierspargel und einen Farn spendiert und ihm auf die Fensterbank gestellt. Sie hatte sogar Pflegeanweisungen auf einem Zettel dazugelegt. Bei *Vangogh* in der Cloppenburger Straße hatte er sich dann drei Kunstdrucke von Gustav Klimt gekauft, sie rahmen lassen und seinem Schreibtisch gegenüber aufgehängt. In der Mitte hing das Bild *Farmer's Garden* und links und rechts davon *Tannenwald* und *Birkenwald.* Sein Blick blieb an der schlanken Geradlinigkeit der Bäume hängen, die zum Himmel strebten.

Direkt, ohne Umwege, aufs Ziel zusteuern. Dieser Gedanke kam ihm beim Anblick der Bilder in den Sinn, und die vergeblichen Versuche, für Knieling etwas durch die Hintertür zu erreichen. Spontan griff er zum Telefon und ließ sich mit dem Nachtdienst der Justizvollzugsanstalt verbinden.

Ich bin weder Priester, noch unterliege ich in diesem Fall der Schweigepflicht, versuchte er sich zu überzeugen. Wenn ich nur auf diese Weise sein Leben retten kann, dann muss ich eben alles sagen.

»Herr Hauptkommissar, was gibt's?«

»Ich hatte gestern Nachmittag ein Gespräch mit dem Gefangenen Sascha Knieling. Er eröffnete mir, dass er eine anonyme Drohung erhalten hat und um sein Leben fürchtet. Ich hatte den Eindruck, dass er tatsächlich von seiner Ermordung ausgeht. Er bat mich, dafür zu sorgen, dass er in eine andere Haftanstalt verlegt wird.«

»Herr Konnert, wir werden morgen mit dem Gefangenen über seinen Wunsch sprechen. Das geht hier alles seinen geregelten Gang. Vielen Dank für Ihren Anruf.«

»Aber er fühlt sich bedroht!«

»Er ist bei uns absolut gut aufgehoben, Herr Kommissar. Knieling hat sich heute krankgemeldet. Er ist tagsüber im Haftraum geblieben. In der Zwischenzeit ist der von meiner Kollegin verschlossen worden. Sicherer als in seinem Bett kann er die Nacht nicht verbringen. Machen Sie sich keine Sorgen, Herr Konnert.«

»Und morgen, wenn die Zelle wieder aufgeschlossen wird?«

»Glauben Sie mir, auch dann ist er unter ständiger Aufsicht. Wir werden ihn besonders im Auge behalten. Wie ich schon sagte, man wird mit ihm alles Weitere besprechen.«

Bei Konnert blieb ein zwiespältiger Eindruck zurück. Einerseits beruhigte es ihn, dass Knieling eingeschlossen in seiner Zelle vor Angriffen geschützt war. Andererseits nagte an ihm der Zweifel, ob es korrekt war, die Bedrohung mitzuteilen. Aber Besseres war ihm nicht eingefallen.

***

Niemand konnte sich noch daran erinnern, wer den Vorschlag gemacht hatte, die Bibel Abschnitt für Abschnitt durchzusprechen und beim ersten Vers anzufangen. Mittlerweile hieß die Bibelstunde Gesprächskreis, aber der Beschluss von damals hatte noch Gültigkeit. Also lasen die vierzehn Frauen und Männer an diesem Abend den Text im ersten Buch Mose, Kapitel 34.

Dina, die Tochter Jakobs, war vergewaltigt worden, und ihre Brüder rächten die Schande auf grausame Weise mit einem Massenmord.

Konnert dachte sofort an die Studentin und ihre Vergewaltigung am Drögen-Hasen-Teich. Er schwieg. Ein Gespräch kam nicht in Gang.

»Adi, sag du doch mal was dazu. Du bist doch der Fachmann, wenn es um Vergewaltigungen geht.« Die grauhaarige Käthe

Nowak neben Pastor Többens errötete. »Du weißt schon, wie ich das meine.«

»Warum nehmen sich Männer Frauen mit Gewalt?«, wollte Uschi Dörkens wissen und beugte sich erwartungsvoll nach vorn.

»Frauen vergewaltigen auch Männer«, ergänzte Renke Brunn.

»Ja, aber nicht so oft wie andersherum«, entgegnete Uschi Dörken.

»Also, Adi, warum?«

»Wollt ihr etwa einen Vortrag von mir über die Ursachen von Gewalt hören?«

»Keinen Vortrag, aber Stichworte, die uns weiterhelfen.«

»So genau weiß niemand, warum einige Männer Frauen gegenüber gewalttätig werden und andere nicht. Es gibt verschiedene Erklärungsansätze. Die einen sagen, es sind die Gene. Jeder Mann würde das Verlangen in sich tragen, seine Partnerin zu unterwerfen und zu kontrollieren. Nur durch soziale Kontrolle und Strafandrohungen könnte das unterdrückt werden. Andere geben Gewalterfahrungen in der Kindheit als Grund an. Im Feminismus herrscht die Meinung vor, dass es die über Jahrhunderte akzeptierte Unterdrückung der Frauen ist, die immer noch in Gesellschaft und Erziehung nachwirkt. Es gibt auch Wissenschaftler, die eine frühkindliche Hirnschädigung plus ungünstige Familienverhältnisse bei Gewalttätern festgestellt haben.«

Konnert sah sich um. »Reicht das? Es gibt auch noch ein paar Theorien aus Psychologie, Pädagogik und Biologie. Wollt ihr die auch noch hören?«

»Das bringt uns doch nichts für die Auslegung des Bibeltextes«, warf Renke Brunn ein.

Konnert dachte an Sascha Knieling, der sich lieber selbst umbringen wollte, als sich bücken zu müssen. Die missbrauchte Studentin kam ihm auch wieder in den Sinn, und Stephanies

Satz: *Sie erstickt in Selbstvorwürfen, Flashbacks und ist völlig desorientiert.*

»Ich stelle erst einmal fest, dass sich die Männer in den letzten fünftausend Jahren nicht geändert haben«, sagte Käthe Nowak. »Sie meinen, alles mit Gewalt regeln zu können. Dinas Brüder reagierten damals doch auch so und brachten die ganze Familie des Vergewaltigers um.«

Vor zwei Jahren, erinnerte sich Konnert, hatten die schwarzen Engel wie die Brüder gehandelt. Sie rächten gequälte und geschändete Zwangsprostituierte, indem sie deren Peiniger misshandelten, sie ermordeten und auch noch ihre Leichen schändeten.

Für einen Moment träumte er davon, er hätte sich um die Stelle im FK6 beworben und dürfte sich zukünftig nur noch um Fahrraddiebstähle oder pubertierende Jugendliche kümmern. Dann drängte sich der Gedanke an Knieling wieder in den Vordergrund. Liegt er sicher in seiner Zelle, oder hat man ihn schon in eine Gemeinschaftszelle verlegt oder auf die Krankenabteilung?

»Aber was steckt hinter aller Gewaltanwendung?«, fragte Pastor Többens. »Warum fällt uns Menschen zum Beispiel bei Kindesmissbrauch oder Vergewaltigung oder Völkermord als Erstes die Todesstrafe für die Täter ein? Warum gilt immer noch *Wie du mir, so ich dir, Auge um Auge, Zahn um Zahn*?«

»Weil das gerecht ist«, antwortete Bodo Martsch, der sich bis jetzt still verhalten hatte. »Nur die Angst vor harten Strafen hält die Gene in Schach, wie Adi eben schon ausgeführt hat. Wir brauchen mehr Polizei auf den Straßen und keine Wohlfühlgefängnisse mit Einzelzimmern. Wisst ihr, was die Unterbringung von Kinderschändern und Mördern uns Steuerzahler kostet?«

»Die Todesstrafe ist natürlich die preiswerteste Lösung. Meinst du das, Bodo?« Käthe Nowaks Augen sprühten Funken. »Wenn du so weiterredest, stehe ich auf und gehe.«

Konnert mischte sich wieder ein. »Einzelzellen dämmen die Gewalt in Strafanstalten wirksam ein, Bodo. Denk daran, Gefangene sind Menschen mit den gleichen Gefühlen, Bedürfnissen und Träumen, wie du und ich sie kennen.« Er sprach leise, wie es seiner Gewohnheit entsprach, wenn er innerlich erregt oder wütend war. »Freiheitsentzug ist eine harte Strafe.«

Die Gesichter in der Runde erstarrten. Jeder hatte den scharfen Unterton Konnerts mitbekommen.

Pastor Többens versuchte an die Frage anzuknüpfen. »Was wäre passiert, wenn Dinas Brüder statt Rache zu üben und zu morden, dem Täter vergeben hätten? Wie viel Blut wäre nicht vergossen worden?«

Niemand reagierte.

»Ich weiß, so etwas ist überhaupt nicht leicht zu vergeben. Aber gibt es einen anderen Weg, Blutrache zu beenden?«

Es dauerte, bis Renke Brunn endlich das Schweigen brach und einen weiteren Gedanken äußerte: »Versteht mich nicht falsch. Ich will auf keinen Fall die Schuld für Vergewaltigungen den Frauen in die Schuhe schieben. Aber Fakt ist, dass das Hirtenmädchen Dina doch den Sohn des Stadtkönigs mit ihrem Auftreten und ihrer Schönheit gereizt hat, oder?«

»Richtig«, stimmte Bodo zu, »und deshalb trägt das Mädchen auch eine Mitschuld.«

»Habt ihr sie noch alle?« Käthe Nowak klappte ihre Bibel zu. »Als Nächstes verlangt ihr, dass Frauen entweder im Haus zu bleiben haben oder in der Öffentlichkeit eine Burka tragen müssen.«

»Wir Männer sollten bei diesem Thema besser den Mund halten«, warf der weißhaarige Heinz Lösekamp ein. »Was ratet ihr Frauen uns?«

»Das ist endlich ein vernünftiger Vorschlag. Fragt uns Frauen. Alle Männer in dem Bibeltext reden und feilschen und handeln ständig, ohne auch nur einmal Dina zu fragen. Die, um die es die ganze Zeit geht, wird überhaupt nicht einbezogen. Das ist die eigentliche Ursache von Gewalt gegen Frauen. Männer agieren, als wären die Frauen unmündige Kleinkinder oder Handelsware, über die sie bestimmen oder die sie nach ihrem Gutdünken verhökern können.«

Konnert rutschte nervös hin und her. »Entschuldigt mich bitte. Ich muss noch einmal telefonieren.« Damit packte er seine Bibel und sein Notizbuch ein und ging.

Schon im Flur hatte er sein Handy aus der Hosentasche gefummelt und rief in der Haftanstalt an.

Man sagte ihm, dass Knieling ruhig in seiner Zelle schlafen würde.

***

Otten dachte daran, dass Eugen ihm gesagt hatte, es ginge um Gerechtigkeit. Endlich müsste ein Urteil vollstreckt werden. Er brauche kein schlechtes Gewissen zu bekommen. Es sei sogar eine gute Tat, die er vollbringen würde.

Er hetzte in die Nasszelle und schaffte es gerade noch, den Toilettendeckel zu heben, bevor er sich erbrach. Mit einem schlechten Geschmack im Mund hockte er auf den Fliesen. Es kostete ihn Mühe, sich am Waschbecken hochzuziehen. Schwankend blieb er stehen. Sein Blick streifte den Spiegel. Schnell wandte er sich ab. »Verdammt! Verdammt! Verdammt!«

Um sich abzulenken, begann er wieder Zigaretten zu drehen, bis der Tabakbeutel leer war. Erst dann zündete er sich eine an und legte sich aufs Bett. Die Zigarette war noch nicht aufgeraucht, da stand er schon wieder auf und verschwand erneut in der Toilette.

***

Die Beamten in der Sicherheitszentrale der JVA ließen das Objektiv ihrer Infrarotkamera die Gebäudefront absuchen. Sie stoppten am Fenster des Haftraums von Michael Otten. Auf einem ihrer Monitore sahen sie, wie der sonst eher unauffällige Inhaftierte unruhig in seiner beleuchteten Zelle auf und ab tigerte.

Sie entschieden sich dagegen, die Nachtschicht zu beauftragen, bei ihm vorbeizusehen.

***

Der Infrarot-Terrassenstrahler über Konnert wärmte seinen Nacken. Er saß mit einer Decke über den Knien in seinem Rattansessel, rauchte und versuchte, seine Gedanken zu ordnen. Ich habe für Knieling getan, was ich tun konnte. Mit einem Mal schoss ihm die Möglichkeit durch den Kopf, dass sich irgendein Mithäftling Knieling gegenüber nur einen schlechten Scherz erlaubt haben könnte. Im Gefängnis gibt es genauso viel Missgunst und Hass wie außerhalb der Mauern. Wenn nicht noch mehr. So recht glauben konnte er dann doch nicht, dass die ganze Aktion nur ein grausamer Jux sein sollte. Aber weiß ich, was in gelangweilten, neidischen, verqueren Köpfen vorgeht?

Seine Augen wanderten über den Rasen, den jetzt sein Schwiegersohn pflegte. Die Kanten waren exakt abgestochen.

Zwischen den Stauden in den Rabatten lag das Schreddergut vom herbstlichen Heckenschnitt. War schon richtig, dass der Junge den Garten übernommen hatte. Nur dass er eine Katzentreppe an die Hauswand montiert und die Balkontür aufgesägt hatte, um eine Katzenklappe einzubauen, das hatte Konnert nicht so gefallen.

Er stopfte den Tabak in seiner Pfeife nach. Langsam kam er zur Ruhe. Wie es seine Gewohnheit war, blickte er noch einmal auf den vergangenen Tag zurück. Er dankte für abgeschlossene Tätigkeiten und überließ unbeantwortete Fragen und ungelöste Probleme seinem himmlischen Vater. Wie so oft schloss er sein Gebet mit der Zuversicht, dass morgen ein neuer Tag sein würde. Und wenn nicht, das war seine Überzeugung, dann brauche er sich jetzt auch keine Sorgen um Dinge zu machen, die er nicht mehr beeinflussen konnte. Er hielt es nicht mit Luther, der selbst dann noch einen Apfelbaum pflanzen wollte, wenn er wüsste, dass der Weltuntergang kurz bevorstand.

Mittwoch, 10. Dezember

»Guten Morgen.«

Der Justizvollzugsbeamte Andreas Brenner schaute zur Lebendkontrolle in Knielings Haftraum. Er sah ihn mit dem Gesicht zur Wand im Bett liegen und erinnerte sich daran, dass der Gefangene im Übergabeprotokoll als krank verzeichnet war. Er regte sich nicht. Der Vollzugsbeamte zog die Tür ganz auf, sah noch einmal den Flur entlang, verriegelte die Tür und betrat die Zelle.

»Herr Knieling, wie geht es Ihnen?«

Der Häftling reagierte nicht.

»Herr Knieling?«

Mit den Fingern stupste der Bedienstete die Schulter des Inhaftierten an. Keine Reaktion. Brenner fasste mit der Hand kräftiger zu, um sie dann wie in Zeitlupe zurückzuziehen. Für einen Moment blieb er unschlüssig stehen. Er sah zur Tür. Niemand stand dort und beobachtete ihn. Zögernd verließ er den Raum und schloss ab.

Brenner ging danach zum nächsten Haftraum und sagte leise, aber bestimmt: »Einschluss!«

»Warum?«

»Weil ich es sage.«

Der Häftling zog sich murrend zurück und wurde eingeschlossen. Sofort gab es Unruhe auf der Station. Überall standen Gefangene in den Haftraumtüren und riefen Fragen in den Flur. Brenner wanderte von Tür zu Tür. Schweigend zeigte er mit dem Schlüssel in die Zellen, und die Männer folgten seinem stummen Befehl.

Brenner hatte die Station gesichert. Er betrat noch einmal Knielings Haftraum. Es dauerte eine ganze Zeit, bis er ihn verschloss. Ohne Hektik erreichte er danach das Stationsbüro, griff zum Telefon und benachrichtigte den medizinischen Dienst.

***

In Grüppchen trafen die leitenden Kommissare zur wöchentlichen Sitzung mit dem Polizeidirektor ein. Konnert nahm diesmal in Vertretung seines Chefs teil. Neben ihn setzte sich Dorothee Lurtz-Brämisch als Vertreterin der Staatsanwaltschaft. »Ist es gelungen, eine Lösung für Ihren Schützling zu finden?«

»Lösung? Ich bin mir unsicher. Gestern Abend fiel mir nur ein, direkt in der Haftanstalt anzurufen und den Sachverhalt zu schildern.«

»Was ist dann passiert?«

»Man hat mir versichert, dass Knieling selig im Haftraum schlafen würde und besser geschützt wäre, als ich in meinem Haus. Damit musste ich mich zufriedengeben.«

Der leitende Polizeidirektor und der Stellvertreter betraten das Sitzungszimmer. Auf dem Weg zu ihren Plätzen an der Stirnseite des Karrees aus zusammengestellten Tischen grüßten sie einzelne Anwesende lediglich mit einem kurzen Nicken. Es kam Konnert so vor, als sähe ihn sein Vorgesetzter besonders lange an. Er erwiderte den Blick, und einen Moment später blätterte er wieder in seinen Sitzungsunterlagen. Den folgenden Ausführungen und Diskussionsbeiträgen der Chefs hörte er nur nebenbei zu. Mit seinen Gedanken war er bei Sascha Knieling.

***

Der Flur lag totenstill da. Brenner öffnete Knielings Haftraum und betrat ihn gemeinsam mit Birgit Lohberger.

Die Krankenschwester löste den Schal vom Hals des Häftlings und legte ihn beiseite. Mit dem rechten Daumen tastete sie nach dessen Halsschlagader. Konzentriert, mit geschlossenen Augen, suchte sie seinen Pulsschlag. Sie sah Brenner an. »Der Mann ist tot.«

Sie ging zum Fenster und kippte die Scheibe. »Meine Mutter hat das immer so gemacht. Das ist ein alter Brauch, damit die Seele zu Gott aufsteigen kann.«

»Wie Sie wollen«, kommentierte Brenner ihr Tun und zog skeptisch die Augenbrauen hoch.

»Weiß man's? Besser, man macht es. Selbst wenn man nicht daran glaubt. Vielleicht ist ja etwas dran an der Vorstellung einer unsterblichen Seele.«

»Und dann muss die durch ein geöffnetes Fenster fliegen?« Mehr sagte Brenner dazu nicht. Er zeigte nur stumm mit dem Schlüssel auf die Tür. Sie waren hier fertig. Birgit Lohberger folgte seiner Aufforderung, den Haftraum zu verlassen. Er schloss wieder zu.

Sie gingen beide zum Stationsbüro, und die Sanitätsbedienstete versuchte, die Anstaltsärztin telefonisch zu erreichen, da sie den Totenschein ausstellen sollte. Sie war noch nicht im Haus.

Mit einem Becher in der Hand stand Brenner da und fragte: »Auch einen?«

»Nein danke.«

Er nahm sich Kaffee aus der Kanne, löffelte Zucker hinein und rührte um. Es sah so aus, als überdenke er die Stunde seit

Dienstbeginn noch einmal. Hatte er alles richtig gemacht? War er vielleicht beim zweiten Betreten des Haftraums zu lange mit dem Toten allein geblieben?

»Tja, so schnell kann es gehen. Vor einer Woche war er ein Häftling mit beispielhaftem Verhalten und einer vorzeigbaren Resozialisierung. Heute ist er tot.« Er zuckte mit der Schulter und trank einen Schluck.

Dann wählte er die Nummer der Sicherheitszentrale, damit die Beamten dort den Inspektor vom Dienst benachrichtigten.

***

In das Mietshaus vom Anfang des vorigen Jahrhunderts hatte man ein modernes Treppenhaus eingebaut. Es roch nach Putzmittel und Frühstückskaffee. Bevor sie klingelte, betrachtete Stephanie Rosenberg einen Augenblick die aufwendig gestaltete Etagentür im zweiten Stock. Die Gardinen hinter den schmalen, farbigen Glasscheiben im oberen Teil der Tür bewegten sich. Erst nach erneutem Klingeln öffnete eine schlanke Frau. Sie trug einen bordeauxfarbenen Hausanzug mit Strassstein-Motiv auf der Jacke. Der Reißverschluss war bis hinauf zum Hals zugezogen. Den geröteten Augen fehlte der Glanz.

»Guten Morgen, Frau Geißendörfer?« Stephanie gab ihrer Stimme einen sanften Klang.

Ein stummes Nicken war die Antwort.

»Wir haben uns gestern schon in der Polizeiinspektion gesprochen. Ich würde mich gern noch einmal mit Ihnen unterhalten.«

»Ich kann jetzt nicht.« Ihr Tonfall tendierte eher zu *Ich will nicht*, als dass sie ein Zeitproblem hätte.

»Es dauert höchstens eine Viertelstunde.«

»Kommen Sie ein anderes Mal wieder. Ich brauche Ruhe!«

»Es ist gut möglich, dass Sie sich besser fühlen, wenn wir miteinander geredet haben.«

Widerwillig gab Janina Geißendörfer schließlich den Eingang zu ihrer Wohnung frei. Von der Decke des quadratischen Flurs hing ein fünfarmiger Messingleuchter. Die Energiesparlampen waren eingeschaltet. Ein dunkelbrauner Kleiderschrank, aus dem die Türen entfernt worden waren, diente als Garderobe. Zwischen zwei Durchgängen stand eine Kommode, die vom Design zum Schrank passte. Darüber hing ein ovaler Spiegel in einem entsprechenden Holzrahmen. Für einen Augenblick blieb die Kommissarin vor ihm stehen und fasste die vom Wind zerzausten blonden Haare neu zu einem Pferdeschwanz zusammen.

Wortlos war die Studentin im nächsten Zimmer verschwunden. Stephanie folgte ihr in den modern eingerichteten Wohnraum. Die Möbel machten einen hochwertigen Eindruck. Frau Geißendörfer nahm auf einem Ecksofa Platz, zog einen Fuß unter den Po und starrte auf einen großflächigen Kunstdruck an der gegenüberliegenden Wand.

»Ich habe das Protokoll unseres Gesprächs erneut gelesen«, sagte die Kriminalbeamtin und setzte sich ihr schräg gegenüber. Sie wiederholte, was sie schon am Vortag versichert hatte. »Es tut mir sehr leid, was Ihnen passiert ist.«

Ein schwaches Nicken war die knappe Reaktion.

»Schildern Sie mir bitte noch einmal den Ablauf. Sie kamen von ...«

»Nein! Genau das werde ich keinesfalls tun.« Schärfe war in ihrer Stimme. Die Studentin richtete sich energisch auf. »Sie konnten meine Aussage in Ihren Unterlagen nachlesen. Tun Sie das so oft, wie Sie wollen. Ich verliere über den Vorfall kein einziges Wort mehr.«

»Sie würden uns sehr helfen, den Mann zu finden, wenn Sie ...«

»Ich habe abgelehnt. Dabei bleibt es. Akzeptieren Sie das bitte!« Als hätten die wenigen Sätze all ihre Kraft gekostet, sackte sie zusammen. Schlaff lagen ihre Hände auf den Knien. Dann begann sie, stumm zu weinen.

Stephanie rutschte in die Ecke des Sofas und versuchte, die Studentin in den Arm zu nehmen.

»Nicht anfassen.« Ihre Stimme war leise und dennoch bestimmend. Das Ticken einer Uhr beherrschte die Stille.

Als spräche sie zu sich selbst, flüsterte die Studentin: »Zu Hause werde ich erwartet. Mein Vater hat Geburtstag. Er wird sechzig. Er feiert im großen Stil. An die zweihundert Geschäftsfreunde und Verwandte hat er eingeladen. Auch die gesamte Belegschaft ist da. Ich will da nicht hin! Scheiße! Scheiße! Scheiße! Was bin ich auch für eine blöde Kuh und fahre mitten in der Nacht allein mit dem Fahrrad durch die Gegend.«

»Es ist nicht Ihre Schuld.«

Janina Geißendörfer fiel zurück aufs Sofa, zog die Beine an, schlang die Arme um die Knie und legte den Kopf darauf. Stephanie rückte heran und berührte sie an der Schulter. Dieses Mal ließ sie es geschehen.

An der Wohnungstür wurde Sturm geklingelt. Einem Impuls folgend, wollte Stephanie aufspringen und öffnen.

»Bleiben Sie hier. Das ist bestimmt mein Nachbar.«

»Ich weiß, dass du da bist, Janina. Bei mir steht ein komplettes Frühstück für uns zwei. Nun komm schon«, kam es aus dem Treppenhaus.

»Er tut so, als sei ich seine Freundin. Manchmal gehe ich auch rüber zu ihm, und wir reden miteinander. Ich will ihn nicht sehen. Unmöglich, dass ich mich heute mit einem Mann an einen Tisch setze.«

Im Treppenhaus fiel eine Tür ins Schloss.

»Frau Geißendörfer, ich bin keine Therapeutin, aber ich weiß, dass es allemal besser wäre, wenn Sie den Vorfall Ihrer Familie nicht verschweigen.« Es war für sie völlig ausgeschlossen, in dieser Situation das Wort Vergewaltigung auszusprechen. »Sie benötigen Menschen, mit denen Sie vertrauensvoll über Ihre Gefühle sprechen können. In der liebevollen Atmosphäre von Freunden wird es Ihnen gelingen, wieder in ein halbwegs normales Leben zu finden. Ich könnte Ihnen dabei helfen, eine ...«

»Hören Sie auf damit! Ich studiere Psychologie. Mir brauchen Sie nicht zu erzählen, was ich tun soll. Aber ich kann und ich will nicht darüber reden. Und darum ziehe ich meine Anzeige zurück. Und jetzt gehen Sie bitte.«

Die Kriminalbeamtin spürte, dass es heute aussichtslos war, weiter zu insistieren. »Frau Geißendörfer, auch wenn Sie die Strafanzeige fallen lassen, werden wir unsere Ermittlungen trotzdem fortsetzen müssen. Was Ihnen angetan wurde, ist ein Offizialdelikt. Da gibt es eindeutige Vorschriften.« Zurückhaltender formulierte sie dann: »Ich komme in den nächsten Tagen noch einmal wieder. Wir informieren Sie auf jeden Fall über die Ermittlungsergebnisse.«

Auf halbem Weg zum Flur wandte sie sich noch einmal um. »Soll ich nicht doch Ihre Familie oder eine Freundin anrufen und sie bitten, hierher zu kommen?«

Sie erhielt keine Antwort.

***

Im großen Sitzungssaal der Polizeiinspektion hatte der Direktor den Tagesordnungspunkt siebzehn, *interne Verordnungen des Landespolizeipräsidenten*, aufgerufen, als ein Telefonklingeln durch den Raum schallte. Ein auffordernder Blick seines Vorgesetzten und der stellvertretende Inspektionsleiter stand auf, ging die wenigen Schritte zu einem Schreibtisch und nahm den Hörer ab. Er sprach kurz mit dem Anrufer. Dann ging er zu Konnert. Nah an dessen Ohr flüsterte er: »Gehen Sie bitte in Ihr Büro. Sie bekommen dort in einigen Minuten einen Anruf. Ein Todesfall.«

Die Staatsanwältin hatte gezwungenermaßen mitgehört und legte Konnert die Hand auf den Arm.

Er stand auf, war schon fast an der Tür, als er noch einmal zurückkehrte, seine Unterlagen zusammenschob, sie an seine Brust drückte und geräuschlos den Raum verließ.

Mit großen Schritten eilte Konnert am großen Tisch vorbei und ließ sich in seinem Zimmer auf den Drehstuhl fallen. Er bemühte sich, ruhig zu bleiben, und starrte auf das Telefon. Wie oft hatte er sich und anderen schon gesagt, dass Spekulationen in solchen Situationen nur hektisch und unkonzentriert machten. Aber jetzt knetete er seine Finger und faltete sie krampfhaft, um sie stillzuhalten.

Das Telefon klingelte. Er riss die Finger auseinander und griff zum Hörer.

»Konnert.«

»Koop hier. Sie wissen, mit wem Sie sprechen?«

»Ja.« Er atmete tief durch. »Sie rufen wegen Sascha Knieling an?«

»So ist es.«

Es entstand eine kurze Pause. Konnerts Brustkorb hob und senkte sich heftig.

Dann sprach der Direktor der Justizvollzugsanstalt weiter. »Ihr Name ist der Einzige, der in den Akten von Sascha Knieling als Kontaktperson vermerkt ist. Darum rufe ich Sie an. Es tut mir leid, Ihnen sagen zu müssen, dass Herr Sascha Knieling in der vergangenen Nacht verstorben ist.« Koop wartete einen Moment, bis er weitersprach. »Auf dem Totenschein ist von unserer Anstaltsärztin *ungeklärte Todesursache* angekreuzt worden.«

Mit zusammengepressten Lippen saß Konnert steif auf seinem Stuhl. Er atmete bewusst ein und aus. Doch das beruhigte ihn immer noch nicht.

Koops Stimme klang sachlich: »Knieling wurde schon länger wegen Herzproblemen behandelt. Darum vermutet unsere Ärztin, dass ein Herzversagen vorliegen könnte.«

»Herzversagen?« Konnert zog die Augenbrauen hoch.

»Endgültig wissen wir das natürlich erst, wenn die Rechtsmedizin ihren Bericht geschrieben hat.« Er informierte im gleichen Tonfall wie zuvor. »Jetzt sind der Kriminaldauerdienst der Polizeiinspektion 2 und die Spurensicherung bei der Arbeit. Die Staatsanwaltschaft ist informiert.«

Konnert überlegte einen Augenblick. »Herr Koop, ich komme am späten Vormittag zu Ihnen. Ich würde gern unter vier Augen mit Ihnen sprechen. Ist das möglich?«

»Selbstverständlich.«

»Vielen Dank. Noch eine Frage. Befindet sich die Leiche Knielings schon in der Rechtsmedizin?«

»Die Polizei beauftragte das Bestattungsunternehmen Bressler. Sie transportiert den Leichnam in die Pappelallee.«

»Gut. Ich habe hier noch etwas zu erledigen. In einer Stunde bin ich bei Ihnen.«

»Ich erwarte Sie.«

Mit den Unterarmen auf den Lehnen seines Bürostuhls und mit geschlossenen Augen ließ sich Konnert zurückfallen.

***

Leise zog Stephanie die Tür zur Wohnung von Janina Geißendörfer zu. Musik klang aus der Nachbarwohnung in den Hausflur. Leon Braas stand auf dem Türschild. Sie klingelte.

Er öffnete. »Kommst du doch noch?«, waren die ersten Worte des hoch aufgeschossenen Mannes. Und dann: »Entschuldigung. Ich dachte, meine Nachbarin käme zu mir rüber. Was kann ich für Sie tun?«

»Sie könnten mich hereinlassen und mir eine Tasse Kaffee anbieten.« Stephanie machte eine kurze Pause. »Ich bin Kriminalbeamtin und möchte Ihnen ein paar Fragen stellen.«

»Dann kommen Sie mit in die Küche. Ich frühstücke gerade. Gleich hier links.« Er ließ ihr den Vortritt.

Es war für zwei Personen gedeckt. Eine Kerze brannte und ein Blumenstrauß stand auch dabei. Auf einem Teller lag eine angebissene Käsebrötchenhälfte.

Er schenkte ein und schob den Brötchenkorb in ihre Richtung. »Greifen Sie zu. Ich wollte meine Flurnachbarin mit einem schönen Frühstück auf andere Gedanken bringen. Sie hat mein Klingeln wohl nicht gehört.«

Stephanie ließ ihn reden.

»Sie sind hier, weil Janina Anzeige erstattet hat. Ich weiß Bescheid. Wir trafen uns gestern Abend im Treppenhaus. Sie hat mir gegenüber angedeutet, dass sie von der Polizei kommt und Anzeige erstattet hat. Wenn es wegen dem ist, was ich vermute …« Er machte eine kurze Pause. »Schlimm. Ganz schlimm.«

»Können Sie mir etwas über den Freundeskreis Ihrer Nachbarin sagen?« Stephanie nippte an ihrem Kaffee.

»Ich weiß, warum Sie das fragen. Sexuelle Übergriffe passieren meistens durch Menschen aus dem Familien- oder Bekanntenkreis. Das stimmt doch, oder?«

Sie ignorierte seine Frage und wartete.

Braas lachte. »Wir verkehren in völlig unterschiedlichen Freundeskreisen. Sie studiert Psychologie, ich Hörtechnik und Audiologie. Sie liebt Diskussionsrunden und Partys mit vielen Leuten, ich gehe zu Lesungen oder ins Theater und anschließend vielleicht noch in einen Pub. Wir haben außerhalb dieses Hauses kaum Berührungspunkte. Obwohl wir seit zwei Jahren Tür an Tür wohnen, kann ich Ihnen wirklich so gut wie nichts über Janinas Freundeskreis sagen.«

»Finden Sie, dass Frau Geißendörfers Tagesablauf vorhersehbar ist? Das heißt, kommt Sie zum Beispiel regelmäßig zu gleichen Uhrzeiten nach Hause?«

»Nein. Ganz im Gegenteil.« Er zeigte wieder sein offenes, sympathisches Lächeln. »Und außerdem lausche ich nicht mit dem Ohr an der Tür und führe Buch darüber, wann sie geht oder zurückkommt.«

»Natürlich.« Ihr Kaffee war zwischenzeitlich ausgetrunken. »Wo waren Sie am Sonntagabend zwischen 22 Uhr und Mitternacht?«

»Hallo!« Leon Braas Gesicht veränderte sich blitzschnell. Eine steile Falte bildete sich auf seiner Stirn. »Ende des Gesprächs.«

»Keine Antwort ist auch eine Antwort.«

»Denken Sie, was Sie wollen. Solange ich nicht unter Verdacht stehe, muss ich Ihnen keine Auskunft darüber geben, wo ich mich aufgehalten habe.«

***

Trau keiner Statistik, die du nicht selbst gefälscht hast, dachte sich Bernd Venske. Vor ihm lagen Ausdrucke der aktuellen Zahlen aus dem Landesanalysezentrum des BKA in Niedersachsen.

Ihn interessierte besonders die organisierte Kriminalität. Für ihn nicht nachvollziehbar, gingen die schweren bandenmäßigen Straftaten kontinuierlich zurück.

Er sah hinüber zu Konnert und bemerkte dessen Unruhe. Wieder einmal rätselte er, was seinen Vorgesetzten seit Montag beschäftigte.

Aus einem Schrank mit Hängeordnern suchte er die offizielle Akte *Tschabo Dumitrescu* heraus. Seit Jahren versuchten die Staatsanwaltschaften in Bremen und Oldenburg, ihm Straftaten im Bereich der Schutzgelderpressung, Prostitution, Drogenhandel, Geldwäsche und sogar Auftragsmord nachzuweisen. Immer hatte er entweder ein wasserdichtes Alibi gehabt oder ein Team spitzenmäßiger Anwälte wies nach, dass die ihm vorgeworfenen Verbrechen von anderen Tätern begangen worden waren. Oft kamen die an seiner Stelle verurteilten Kriminellen aus Rumänien. So entstand der Begriff der Rumänenbande.

Für Venske, und nicht nur für ihn, stand fest, dass Dumitrescu an allen Delikten direkt oder indirekt beteiligt gewesen war. Wie sollte er sonst mit seiner klitzekleinen Immobilienagentur so ein Vermögen angehäuft haben. Sie gehörte in der Zwischenzeit zu den drei besten Adressen, wenn es sich um Wohn- und Industrieimmobilien handelte. Verschiedene Bau- und Entsorgungsbetriebe gehörten auch zu seinem Imperium.

Ihm muss doch etwas nachzuweisen sein, ärgerte sich Venske und blätterte Prozessunterlagen, Zeitungsberichte und eigene Aufzeichnungen durch. Er stieß sich erneut daran, dass Dumitrescu zwar 1957 in Rumänien geboren worden war, aber jetzt die deutsche Staatsangehörigkeit besaß. Und außerdem fehlten die Jahre 1971 bis 1973 im Lebenslauf. Wehrdienst hatte er auch nicht abgeleistet.

Mit ein paar schnellen Klicks loggte er sich in die elektronische Ermittlungsakte ein. Die Bremer Kollegen hatten sie aktualisiert. Zusammen mit Beamten der Finanzverwaltung hatten sie die Steuererklärungen der vergangenen Jahre von Dumitrescus Firmen und Beteiligungen überprüft. Soweit sie das bis jetzt geschafft hatten, schien alles in Ordnung zu sein.

»Verdammt noch mal!«

***

Herzversagen. War Knieling so krank gewesen? Konnert stand am Fenster. Er hatte die Scheibe gekippt und blies den Rauch seiner Pfeife nach draußen.

Plötzlich lehnte Stephanie in der Tür. »Ist etwas vorgefallen, Adi?«

»Es gibt Menschen, die sind bedauernswert einsam auf der Welt.«

»Du sprichst nicht von dir, oder?«

Ein Lächeln flog über sein Gesicht. »Nein, bestimmt nicht. Du kennst mich doch. Manchmal muss ich sogar vor zu vielen Leuten fliehen und mich auf dem Friedhof verstecken.« Sofort wurde ihm mulmig zumute. Natürlich fühlte er sich seit der Trennung von Zahra bisweilen einsam. Er versuchte, gelassen zu bleiben.

»Von wem redest du denn dann?«

Konnert erzählte ihr, wie er Knieling kennengelernt und dann total aus dem Blick verloren hatte und auch vom Brief am Samstag und dem Gespräch am Montag. »Und in der vergangenen Nacht ist er plötzlich gestorben. Was hältst du davon?«

»In einer Haftanstalt ist es extrem schwierig, jemanden umzubringen.«

Er nickte. Nachdenklich, mit den Fingern an der Nasenwurzel, sah er seine Mitarbeiterin an. »Und was gibt es bei dir?«

»Janina Geißendörfer will nicht mehr über den Vorfall sprechen. Sie verdrängt die Vergewaltigung. Wir wissen, dass das schlecht für sie ist. Aber was kann ich machen?« Sie erwartete keine Antwort, blickte Konnert nur forschend mit ihren blauen Augen durch die Brillengläser an.

»Stephanie, du kriegst ihn trotzdem.«

Konnert blickte an Stephanie vorbei auf die Bilder an der Wand.

»Adi, was denkst du?«

»Treffen wir uns heute noch zur Besprechung am großen Tisch? Gibt es Berichtenswertes von eurer Sitzung mit den Herren aus der oberen Etage?«

»Ja, ja. Machen wir.« Konnert war mit seinen Gedanken wieder in der Justizvollzugsanstalt. »Ich muss noch mal weg. Wenn ich zurück bin, können wir uns zusammensetzen.«

Er merkte kaum, dass Stephanie die Tür hinter sich ins Schloss zog.

Konnert wurde es zu eng im Büro. Er musste raus und Weite um sich haben. Aus der linken oberen Schublade suchte er eine Pfeife aus, stopfte sie und ließ sie in der Jackentasche verschwinden. Auf dem Weg zum Fahrstuhl meldete er sich bei Stephanie ab. »Um zwei Uhr bin ich zurück. Dann reden wir miteinander. Sag den anderen Bescheid.«

Keine zehn Minuten brauchte Konnert bis zu seiner Lieblingsbank auf dem Friedhof. Nasskalt wehte ein Lüftchen über die Rasenfläche des anonymen Urnenfeldes. Hochnebelartige Wolken hingen am Himmel. Es war ein trüber Tag.

Knieling war tot. Er hatte es verhindern sollen, hatte es versucht, aber nicht geschafft. Die Knie aneinandergedrückt, mit den Händen unter den Achseln, saß er zusammengekrümmt im Mantel da und sinnierte. Eigentlich geht mich der Mensch nichts an. Er ist ein Täter, sogar ein Wiederholungstäter, ein Fremder, und doch fühle ich mich so elend, als wäre er ein Freund gewesen und ich schuld an seinem Tod.

Er zog die gestopfte Pfeife aus der Manteltasche und zündete sie an. Der Polizist in ihm übernahm die weitere Reflexion.

Herzversagen? Eine natürliche Todesursache aufgrund von Stress in einer beängstigenden Situation? Möglicherweise. Für die Anstaltsleitung wünschenswert. Alles andere würde das positive Bild der JVA in der Öffentlichkeit beschädigen.

Selbstmord? Mehr als unwahrscheinlich. Also doch Mord? Wer hatte die Gelegenheit dazu in einem Gefängnis, unter ständiger Beobachtung, hinter verschlossenen Türen? Hatte ihn jemand vor dem Nachteinschluss vergiftet? Wie sonst sollte man einen Häftling in der JVA umbringen? Aber woher bekam man das Gift?

Konnert bibberte und schlug die kalten Füße aneinander. Noch mehr Fragen schwirrten ihm durch den Kopf. Wer hatte einen Vorteil von Knielings Tod? Wer ein Motiv? Ein Mithäftling? Die Justizvollzugsbeamtin Lüttmann, die ihn als Letzte lebend gesehen hatte?

Irgendwas war falsch am Tod von Sascha Knieling. Davon war Konnert jetzt überzeugt. Er schloss die Augen.

Konnert schüttelte die Kälte aus den Gliedern, reckte sich und ging zu seinem Auto, um in die Cloppenburger Straße 400 zu fahren.

Die Beamten an der Pforte erwarteten ihn. Nach einer kurzen telefonischen Rücksprache mit der Frau im Vorzimmer des Anstaltsleiters brachte ihn ein Bediensteter ins dritte Obergeschoss.

An einem runden Besprechungstisch empfingen ihn Gerd Koop und seine Stellvertreterin. Auch Andreas Brenner war anwesend. Sie reichten einander die Hand und setzten sich.

Doch kein Vieraugengespräch, stellte Konnert fest.

»Wir haben in der Zwischenzeit vom Inhalt Ihres Anrufs gestern Abend erfahren«, begann Koop das Gespräch. »Ich habe bereits mit der Vollzugsbeamtin Maike Lüttmann gesprochen. Sie kommt erst wieder zum Spätdienst in die Anstalt. Sie bestätigt, dass Knieling zum Nachteinschluss allein und krank in seinem Haftraum gelegen hat. Es gab keine außergewöhnlichen Beobachtungen. Der Nachtdienst hat bei seinen regelmäßigen Rundgängen weder Unregelmäßigkeiten noch Unruhe bei ihm festgestellt. Alle Häftlinge waren in ihren Hafträumen eingeschlossen. Auch die Kameraüberwachung des Flurs weist keine Auffälligkeiten auf.«

Dann schilderte Andreas Brenner, wie er Knieling am Morgen vorgefunden hatte und welche Maßnahmen in die Wege geleitet worden waren.

»Alles so, wie es den Vorschriften entspricht«, kommentierte Koop.

Die stellvertretende Anstaltsleiterin schob Konnert Kopien der ärztlichen Niederschrift und des Totenscheins zu. Er überflog die Zeilen und nahm sich vor, die medizinischen Fachbegriffe mit Frau Dr. Landmann vom Institut für Rechtsmedizin durchzusprechen.

»Sascha Knieling hat mir, wie Sie wissen, von einer Todesdrohung berichtet. Er ist gestorben. Sehen Sie da einen Zusammenhang?«

Die Miene von Gerd Koop veränderte sich um eine Nuance. War er bis jetzt äußerst angespannt gewesen, so glätteten sich jetzt die Fältchen um die zusammengekniffenen Augen. »Knieling selbst war das bestimmt nicht bewusst«, versuchte er zu erklären, »aber bisweilen hinterließ er bei anderen Inhaftierten einen überheblichen, für einige Mitgefangene sicherlich einen arroganten Eindruck. Er hatte kleine Privilegien, größere finanzielle Spielräume, und damit auch Neider. Gibt es dann Streit um Kleinigkeiten, ist es denkbar, dass einer ihn anmacht und sagt: *Ich bring dich um.* Wenn wir von solchen Vorkommnissen Kenntnis bekommen, überwachen wir die infrage kommenden Personen auf besondere Weise. In den vergangenen Tagen wurden keine Beobachtungen gemacht, die in die Richtung einer ernsthaften Bedrohung gedeutet hätten.«

»Herr Brenner«, Konnert ignorierte Koops Ausführungen, »können Sie mir mehr über die Herzerkrankung von Knieling sagen?«

Der Beamte blickte zum Anstaltsleiter. Koop antwortete für ihn: »Unsere Anstaltsärztin ist leider im Moment unabkömmlich. Sie bittet Sie, sie zu entschuldigen. Was die Krankengeschichte des Patienten Knieling angeht, unterliegen wir der Schweigepflicht.« Er fügte mit einem leicht gereizten Unterton hinzu: »Wie Sie ja sicherlich wissen.«

»Natürlich.«

Für die Leute hier, sagte sich Konnert, ist Knieling an Herzversagen gestorben. Das steht für sie außer Frage. Seine Intuition ließ ihn aber zweifeln. Ihm fielen allerdings keine Gegenargumente ein.

»Eine Frage hätte ich noch. Ist der Haftraum des Toten schon aufgeräumt und gereinigt worden?«

Dieses Mal antwortete die Stellvertreterin für ihren Chef: »Die Kriminaltechniker hatten ihre Arbeit gegen elf Uhr beendet. Da sahen wir keinen Grund, den Besitz des Gefangenen nicht aufzulisten, zu verpacken und den Raum wieder herzurichten.«

Konnert dachte daran, dass Sauberkeit zu den Prinzipien der JVA Oldenburg gehörte, die zu ihrem Erfolgskonzept geworden waren.

»Danke, dass Sie sich die Zeit für dieses Gespräch genommen haben.«

Beim Händeschütteln mit Gerd Koop meinte Konnert, eine gewisse Erleichterung bei ihm feststellen zu können. Das verstärkte sein Misstrauen. Er wollte Koop nicht zu sehr in Sicherheit wiegen und sagte: »Eine Bitte hätte ich nun doch noch. Könnte ich mir einmal den Haftraum ansehen?«

»Herr Brenner wird Sie mitnehmen. Und sollte dann noch etwas ungeklärt geblieben sein, wenden Sie sich gern an mich.«

Auf dem Flur der Station B2 wischte der Stationsarbeiter Rolf Beeken mit weiten Schwüngen den hellen graublauen Fußboden. Der Inhaftierte sah auf. Brenner und Konnert stiegen mit großen Schritten über den Wischmopp. Dann machte sich erst Erstaunen auf seinem Gesicht breit und danach ein freches Grinsen. »Adolf Konnert, dieser fromme Feigling. Dich habe ich ja eine Ewigkeit nicht gesehen. Aber deine Visage würde ich jederzeit wiedererkennen. Endlich kommst du auch in den Knast.«

Für den Bruchteil einer Sekunde stockte Konnert der Atem. Brenner wandte sich um: »Machen Sie Ihre Arbeit, und lassen Sie den Hauptkommissar in Ruhe.«

»Kommissar! Oho! Dann will ich nichts gesagt haben.« Beeken grinste ihn an und schwang wieder den Feudel.

Knielings Haftraum war aufgeräumt und gründlich gereinigt worden. Der Geruch von Putzmitteln hing in der Luft und überdeckte die letzten Ausdünstungen von Zigarettenrauch. An der Holzleiste zum Anheften von Bildern war ein Fetzen Tesastreifen hängen geblieben. Brenner zupfte ihn ab. Im Regal darunter herrschte Leere. Über dem Bett aus Buchenholz lag eine glattgezurrte Decke. Die Tür zur Nasszelle stand einen Spaltbreit offen. Nichts deutete noch darauf hin, dass hier vor weniger als vierundzwanzig Stunden ein Mensch gestorben war.

»Wo sind Knielings Sachen?«, wollte Konnert wissen.

»Was die Kriminaltechniker nicht mitgenommen haben, wurde zur Kleiderkammer gebracht.«

»Könnte ich mir die einmal ansehen?«

»Nein. Zu Knielings Sachen gehörte ein Briefumschlag mit der Aufschrift *Testament*. Ein Bote brachte den Umschlag zum Nachlassgericht. Wer auch immer das Erbe antritt, der ist dann Ihr Ansprechpartner. Mit dem werden Sie sich über die Klamotten verständigen müssen.« Er machte eine kurze Pause. »Sie sollen ja die einzige Bezugsperson für Knieling außerhalb der Anstalt gewesen sein. Möglicherweise fällt Ihnen ja der Nachlass zu.«

Die Beamten verließen den Haftraum. Beeken lehnte an der gegenüberliegenden Wand und hielt den Stiel seines Putzwerkzeugs mit beiden Händen fest. »Du weißt nicht, wer ich bin. Stimmt's?«

Konnert wusste genau, wer da vor ihm stand. Er antwortete nicht.

»Ich sage nur Schützenhaus Buchholz.«

»Stehen Sie hier nicht rum! Sehen Sie zu, dass Sie fertig werden!« Zu Konnert gewandt, sagte Brenner: »Wiederholungstäter.

Er meint ständig, alle und jeden zu kennen. Denken Sie sich nichts dabei.«

Wenn das so einfach wäre, dachte Konnert. Ihm fiel die Nacht ein, die zur Beendigung der Freundschaft mit Beeken geführt hatte. Und es war keine angenehme Erinnerung. Um die muss ich mich endlich auch einmal kümmern, beschloss er.

***

Dem Gefühl nach hatte Otten am Vormittag mehr Zeit auf der Toilette verbracht als im Arbeitsraum. Dreimal war ein Bediensteter gekommen und hatte ihn aufgefordert, zurückzukehren. Jedes Mal gab er sich Mühe, dem Unterrichtsstoff zu folgen. Es ging nicht. Sein Magen und Darm rebellierten. Er hatte Durchfall. Mehrfach hatte er aufgestoßen und dann den bitteren Schleim heruntergeschluckt.

Otten meldete sich schließlich krank.

Er bekam einen Termin beim medizinischen Dienst. Brechdurchfall lautete die Diagnose. Weil möglicherweise Ansteckungsgefahr bestand, kam er auf die Krankenstation.

***

Die Besprechung am großen Tisch zog sich hin. Stephanie berichtete frustriert von den mageren Ermittlungsergebnissen. Venske versuchte, sie mit netten Worten zu motivieren. Der Versuch scheiterte.

Babsi sagte: »Auch von mir gibt es keine neuen Informationen.«

Konnert schilderte kurz die Erkenntnisse aus der JVA.

»Adi, wenn ich dir richtig zugehört habe, dann glaubst du nicht an einen natürlichen Tod von Sascha Knieling.« Venske wollte sich vergewissern.

Babsi reagierte. »Und wie stellst du dir vor, dass jemand in einer verschlossenen Zelle umgebracht wird?«

»Ich weiß doch auch nicht, was da tatsächlich vorgegangen ist.«

»Wie viele falsche Todesursachen stehen jedes Jahr in Deutschland auf den Totenscheinen?«, fragte Stephanie in die Runde.

Venske hatte die Zahlen im Kopf. »Je nachdem, welche Statistik du zugrunde legst, sind dreißig bis sechzig Prozent fehlerhaft.«

»Und Herzversagen wird in sehr vielen Fällen angenommen.«

Konnert fasste sich an die Nasenwurzel. »Auf Knielings Schein steht *unbekannte Todesursache.* Ein Kollaps ist die Vermutung der Anstaltsärztin und des Anstaltsleiters. Wir warten die Obduktion ab. Dann sehen wir, ob es ein Fall für uns ist oder nicht.«

»Du solltest deiner Intuition folgen«, meinte Babsi, »meistens liegst du damit doch nicht verkehrt. Rede mit der Staatsanwaltschaft.«

Fünfundzwanzig Minuten später teilte Frau Lurtz-Brämisch per E-Mail den Termin der Obduktion im Institut für Rechtsmedizin mit. Donnerstag, 9:30 Uhr.

Kurz vor Feierabend stellte man dann einen Anruf aus der JVA zu Hauptkommissar Konnert durch. Er hatte sich kaum gemeldet, als eine Frauenstimme loslegte. »Ich war am Vormittag verhindert, an der Besprechung in Sachen Knieling teilzunehmen. Wäre ich anwesend gewesen, hätte ich Ihnen aus meiner langjährigen Praxiserfahrung meine Vermutung zweifelsfrei begründen können. Der Inhaftierte war über zwei Jahre in meiner Behandlung, so dass ich Vorerkrankungen und seinen aktuellen Krankheitszustand in meine Beurteilung einfließen lassen konnte.«

Konnert ließ die Ärztin erst mal reden. Das Wort *mein* kam ihm in ihrem Redeschwall schlicht weg zu oft vor.

»Das wird natürlich auch die Obduktion unwiderlegbar feststellen. Und zukünftig sollten Sie dann meine medizinischen Einschätzungen nicht mehr infrage stellen. Ich wünsche Ihnen einen guten Abend.«

Da fühlt sich aber jemand ganz gehörig auf den Schlips getreten, dachte Konnert und räumte weiter seinen Schreibtisch auf.

***

Bei Bültmann & Gerriets drängelten die Käufer. Viele hatten begriffen, dass Beratung und Empfehlungen der ausgebildeten Buchhändlerinnen ein Zusatzgewinn zum Flair schön dekorierter Buchregale bedeuteten. Und schon vor dem Kauf ein Buch in der Hand zu halten, erste Abschnitte zur Probe zu lesen, um dann zu entscheiden, ließ die Zeit in einer Buchhandlung zum Erlebnis werden. Anders als im Onlinehandel.

»Opa!« Sein Enkel Lasse quetschte sich auf der Treppe zwischen zwei Frauen durch und strahlte ihn an. »Willst du mir englische Krimis kaufen?«

»Da liegst du völlig daneben. Du bekommst von mir erst im Januar dein Geschenk, wenn die Englischnote im Zeugnis im grünen Bereich liegt.«

»Und wenn nicht? Was machst du dann mit den Krimis?«

»Ich lege sie weg. Vielleicht gibt es im Sommer eine Chance, sie dir zu schenken.«

»Also kaufst du hier doch Krimis.«

»Ich schwöre. Ich kaufe heute keine Bücher für dich.« Er freute sich am Gesicht seines Enkels. Es sah so aus, als könne Lasse sich nicht entscheiden, ob ihn sein Opa foppte oder ob doch Enttäuschung angesagt war. »Du könntest mir aber helfen, ein Buch für deinen Vater zu finden. Was liest er denn so zurzeit.«

»Zu spät, Opa.« Lasse hielt eine Papiertasche der Buchhandlung in die Höhe. »Wer zu spät kommt, den bestraft das Leben.«

Sie verabschiedeten sich, und Konnert drängelte sich durch zum Tresen, um die bestellten und schon bezahlten Krimis für Lasse abzuholen.

Donnerstag, 11. Dezember

Der Garten lag im Nebel. Adi Konnert konnte aus dem Küchenfenster kaum bis zum Komposthaufen sehen. Mit beiden Händen auf die Arbeitsplatte seiner Küche abgestützt, wartete er darauf, dass der Kaffee vollständig durch den Filter gelaufen war. Musik von NDR2 rieselte aus der oberen Etage durch die Decke. Er meinte zu hören, dass Helene Fischer schon am Morgen atemlos durch die Nacht zog.

Unter der Brötchentüte lag die Nordwest-Zeitung. *Malala bedankt sich für den Friedensnobelpreis*, war die Überschrift zum Titelbild. Besser als die Auszeichnung vor zwei Jahren für die Europäische Union, urteilte Konnert. *Milliarden für das Land* sprang ihm fettgedruckt als Schlagzeile ins Auge. Ob sich die Anlieger über die Finanzierung der A20 freuten, wagte er zu bezweifeln.

Konnert pulte die Brötchentüte auf. Ein gefalteter Briefumschlag mit seinem Namen fiel auf sein Frühstücksbrettchen.

Auf dem Briefbogen stand in Zahras runder Schrift: Lieber Adi! Du kannst im neuen Jahr wieder selbst kommen und einkaufen oder hier frühstücken. Ich habe zum 1. Januar eine Arbeitsstelle in Bremen und ziehe noch vor Weihnachten zu meiner Mutter. Danke noch einmal für die schöne Zeit mit Dir. Lass es Dir gut gehen. Gott segne Dich. Zahra.

Sofort war sein Gesicht das eines alten Mannes, grau, schlaff, mit einem stumpfen Blick aus dem Fenster in den Nebel. Er presste die Lippen aufeinander.

Zahra, seine große Liebe. Monatelang hatte er bis zur Trennung in ihrem Backshop gefrühstückt. Jetzt brachte Schwiegersohn Sven auch für ihn die Brötchen mit.

Nicht jede Liebe führt zum Traualtar, hatte er sich seit dem Sommer schon so oft gesagt. Jetzt fiel ihm dieser Satz wieder ein. Und schnell, vielleicht einen Moment zu schnell, bestätigte er sich, dass die Entscheidung ihrer Trennung vernünftig und verantwortungsvoll gewesen war. Trotzdem.

Er ließ die Brötchen unberührt liegen, goss Kaffee in einen Becher, nahm Zahras Brief und stapfte zum Rauchen auf die Terrasse. Die Welt lag grau in grau um ihn.

Sein rechter Mundwinkel zuckte. Er hatte gedacht, den Abschied von Zahra verarbeitet zu haben. Jetzt nagten Zweifel an ihm. Es stimmte, Zahra war es gewesen, die Schluss gemacht hatte, aber er hatte oft mit seinen Weigerungen die entscheidenden Anlässe zu Auseinandersetzungen geliefert. Ich habe an ihr doch nicht nur ihre Jugend geliebt, dachte er bei sich. Sie war auch eine so gute Zuhörerin und konnte die passenden Fragen stellen, die mich inspiriert haben. Und wenn ich sie gefragt habe, dann waren ihre Antworten klug und weiterführend. Er erinnerte sich an tiefgehende Gespräche und so wunderbare Übereinstimmungen, wenn es um ihren gemeinsamen Glauben ging. Er vermisste diesen Gedankenaustausch.

Statt zu mir zu ziehen, wohnt sie zukünftig in Bremen. Aus den Augen, aus dem Sinn. Niemals! Ihr Lachen, ihre Zuversicht, ihren Lebensschwung würde er nie vergessen. Er zwinkerte eine Träne weg. Mit einer energischen Bewegung kratzte er die Pfeife aus und steckte sie in die Jackentasche. Als er ins Haus ging, vergaß er, den Terrassenstrahler auszuschalten. Die Tür zur Küche fiel diesmal lauter ins Schloss, als es bei ihm üblich war.

***

Magen und Darm hatten sich gestern Abend etwas beruhigt, und Otten war zurück auf die Station B2 in seinen Haftraum verlegt worden. Jetzt wartete er mit anderen Schülern im Treppenhaus darauf, zu den Unterrichtsräumen geführt zu werden.

Zwei Mithäftlinge hakten sich unter seinen Armen ein. »Unser aufrichtiges Beileid, Frau Knieling«, säuselte der linke. »Ihr Begatter war ein grandioses, allseits unbeliebtes, überhebliches Schwein. Er kroch so gern jedem in den Arsch und war deshalb auch bei den Knastbullen so beliebt.«

Otten ballte die Fäuste und dachte dabei an seine Frau und die beiden Töchter.

»Und mit wem gedenkt die gnädige Frau sich in ihrer Trauerzeit zu trösten? Ich würde mir größte Mühe geben, dir den Arsch aufzureißen«, zischte der rechte Gefangene ihm ins Ohr.

»Lasst ihn los!« Ein dürrer Zweimetermann hatte sich umgedreht und funkelte die beiden Störenfriede aus weit aufgerissenen Augen an.

Sie gehorchten, mussten aber trotzdem noch einen Kommentar ablassen: »Wir überlassen ihn dir natürlich zu treuen Händen.«

***

Die kahlen Äste der Bäume und Büsche rings um das Institut für Rechtsmedizin in der Pappelallee verstärkten bei Konnert die Erwartung eines tristen Tages. Er rauchte neben dem Dienstwagen und versuchte, in Gedanken einen Tagesplan zurechtzulegen.

Alles hing vom Ergebnis der Obduktion ab. Herzversagen ohne Fremdeinwirkung, dann konnte er sich weiter um die Akten auf seinem Schreibtisch kümmern. Suizid würde bedeuten, Formulare auszufüllen, und danach könnte alles andere den vorgeschriebenen Ablauf nehmen. Mord war nach dem, was er bisher wusste, nur schwer vorstellbar. Aber er konnte sich manches nur schwer vorstellen, und dann war es doch real.

Also besser keinen Plan und abwarten.

Die Staatsanwältin kam und begrüßte ihn mit einem Lächeln. »Bevor wir reingehen, rauche ich noch eine.« Dorothee Lurtz-Brämisch holte ihr Pall Mall-Päckchen raus, suchte sorgfältig eine Zigarette aus und ließ sich Feuer geben. Er erinnerte sich an das Frühjahr, als sie bei ihm auf der Friedhofsbank gesessen und geraucht hatte. Frierend hatten sie nach der Beerdigung eines Opfers und dessen Ehemannes dagesessen und geschwiegen. Auch jetzt rauchte sie und schwieg. Er musste erneut feststellen, dass ihm das gefiel. Mit jemandem rauchen und dabei schweigen. Das hatte er mit Zahra nicht gekonnt.

Im Haus kam ihnen die Chefin vom Institut für Rechtsmedizin im hellgrünen Kittel entgegen. Ihre Hände steckten in Latexhandschuhen. Konnert kannte Dr. Landmann seit vielen Jahren, und noch immer herrschte eine leicht prickelnde Spannung zwischen ihnen. Sie hatte ihn einmal sehr gemocht und zum Seitensprung verführen wollen. Als Konnert Witwer geworden war, bedauerte er, dass sie mittlerweile verheiratet war. Sie hielt ihm den Ellenbogen zur Begrüßung hin, und er fasste zu. Die Frauen beließen es bei einem Lächeln und angedeutetem Nicken.

Knieling lag nackt auf einem Obduktionstisch, neben dem der vorgeschriebene zweite Arzt wartete. Sie begannen mit der äußeren Leichenschau bei den Füßen. Fahle Haut überzog die Schienbeine. Waden und Schenkel waren fast fleischlos. Der eingefallene Bauchraum wies keine Verletzungen auf. Nur eine Narbe auf der rechten Seite ließ auf eine frühere Blinddarmoperation schließen. Ein verblasstes Tattoo am linken Unterarm entzifferte Konnert als *Till the day I die.* Drei Punkte zwischen Daumen und Zeigefinger hatten Mithäftlingen signalisieren sollen: Ich sehe nichts, ich höre nichts, ich sage nichts. Der andere Arm hatte keine Tätowierung. Am Ringfinger zeugte eine leichte Einkerbung davon, dass Knieling hier einen Ring getragen hatte, der bereits entfernt worden war.

Dr. Landmann untersuchte die Halspartie. Aus einer Schublade holte sie ein Vergrößerungsglas und begutachtete aufmerksam die Hautstruktur. Um den Bereich oberhalb des Kehlkopfes noch besser untersuchen zu können, schaltete sie die Beleuchtung der Lupe ein. Konnert hätte ihr gern über die Schulter geschaut. Sie bewegte ihr Instrument an den rot-braunen, schon eingetrockneten Lippen der Leiche vorbei zu den Wangen. Dann hob sie das rechte Augenlid an und überprüfte besonders sorgfältig die Hornhaut.

»Tod durch Erdrosseln«, sagte die Ärztin durch ihren Mundschutz und zeigte auf winzige punktförmige Blutungen in der Gesichtshaut. Sie waren zwischen den verschorften Kratzstellen im Gesicht nur schwer zu erkennen. »Und hier in den Augenbindehäuten.« Sie hielt die Lupe so, dass Konnert hindurchsehen konnte.

Wieder widmete sie sich der Haut am Hals. »Strangulationsfurche.«

Konnert beugte sich gleichzeitig mit der Staatsanwältin vor, sah aber nichts Auffälliges. Er bekam das Vergrößerungsglas gereicht und erkannte nun selbst die kaum vom übrigen Gewebe zu unterscheidende, ringförmige Einschnürung.

»Fass mal bitte mit an.«

Konnert fummelte aus seiner linken Hosentasche Einmalhandschuhe heraus und streifte sie über. So sehr in seiner rechten Hosentasche das Chaos herrschte, so aufgeräumt ging es in der linken zu. Da fanden sich nur Asservatenbeutel und eben Einmalhandschuhe. Gemeinsam drehten sie die Leiche. Auch im Nacken war die Strangulationsfurche zu erkennen. Auf der linken Halsseite war sie an einer Stelle breiter. Möglicherweise zeigte sich hier eine Druckstelle, die von einer Verknotung stammen konnte.

***

Tschabo Dumitrescu stützte seinen linken Ellenbogen auf dem Mahagonistehpult am Kopfende des rötlichen Konferenztisches ab. Sein Blick wanderte ruhig von einem seiner leitenden Mitarbeiter zum nächsten. Gespannte Stille beherrschte den abhörsicheren Raum.

»Victor.«

Der Angesprochene erhob sich, knöpfte das Jackett zu und berichtete. Er nannte Zahlen, ließ eine Grafik an die Wand projizieren und schloss mit dem Fazit: »Die in diesem Jahr von Ihnen erwartete Rendite von 17,3 Prozent im Immobiliensektor liegt noch 0,2 Prozent unter der anvisierten Marge.«

»Ja?« Mehr fragte sein Boss nicht dazu.

»Die verantwortlichen Abteilungsleiter sind angewiesen worden, entsprechend förderliche Maßnahmen zu ergreifen.«

»Radu-Liviu.«

Gleichzeitig mit der letzten Silbe seines Namens sprang der zuständige Leiter des Kreditwesens auf. Wie der Vorredner berichtete er und nannte Summen im sechsstelligen Bereich. Auch er schloss den Rapport mit einer Prozentzahl.

»Gut.«

Die Rechenschaftsberichte aus den übrigen Geschäftsfeldern und dem Personalwesen folgten. Nach jeder Meldung gab es eine der beiden Bewertungen: *Ja?* oder *Gut.*

Am Ende der Sitzung suchte und fand Dumitrescu stummen Augenkontakt zu jedem Einzelnen. Der Blick wurde mit einem leichten Senken des Kopfes erwidert. Als er dem letzten Mann in die Augen geschaut und das Zeichen der Unterwerfung empfangen hatte, sprach er mit Autorität in der Stimme zu allen: »Du bist verantwortlich, nicht ihr. Du bist verantwortlich, nicht deine Untergebenen. Du und niemand anderes!«

Nach einer sich hinziehenden Pause sagte er: »Danke.«

Er blieb hinter seinem Pult stehen. Die sechs Männer verließen schweigend den Raum.

Als die Tür geschlossen worden war, griff Dumitrescu zum Telefon, wählte, wartete und ordnete an: »Achte auf Victor!« Ohne eine Antwort abzuwarten, legte er auf. Gleich nahm er den Hörer wieder ab und wählte eine weitere Nummer.

Sein Blick hing dabei an einer Ikone, auf der die Heilige Familie im byzantinischen Stil dargestellt war. Er bekreuzigte sich und senkte nun seinerseits den Kopf.

Endlich meldete sich jemand am anderen Ende der Leitung.

»Ich bin es«, flüsterte er und hörte dann eine ganze Weile schweigend zu.

***

»Ich will nun doch mit Ihnen sprechen«, nuschelte Janina Geißendörfer.

»Ja?« Stephanie war überrascht von ihrem Sinneswandel.

»Können Sie jetzt kommen?«

In Gedanken überflog die Kommissarin ihre Vormittagsplanung.

»Was hat Ihre Meinung geändert?«

»Ich bin trotz allem nach Bassum zur Geburtstagsfeier meines Vaters gefahren und habe meiner Mutter erzählt, was mir passiert ist. Sie hat gleich meinen Vater aus der Feier herausgerufen. Der hat mir zugehört und meine Entscheidung, nicht mit Ihnen zu sprechen, gutgeheißen.«

»Und deshalb wollen Sie jetzt doch mit mir reden? Erklären Sie mir das bitte.«

»Wenn mein Vater meint, ich solle die Zusammenarbeit mit der Polizei beenden, dann hat er bestimmt Gründe dafür. Dann halte ich das für hochgradig verdächtig. Er hat noch nie irgendetwas freiwillig unterstützt, was ich gewollt oder gemacht habe.«

Stephanie runzelte die Stirn und überdachte die merkwürdige Logik der jungen Frau. Dann antwortete sie: »Ich komme, sobald ich kann.«

***

»Es ist nicht so schwierig, sich selbst zu erdrosseln, wie manche meinen«, dozierte Dr. Landmann. »Man muss einen Strick oder einen Schal nur für drei, vier Sekunden stramm genug um den Hals zuziehen. Dann wird die Blutzufuhr zum Gehirn abgeschnürt, es bekommt keinen Sauerstoff mehr und kollabiert. Die Bewusstlosigkeit tritt unmittelbar ein. Das geht so schnell, dass man sich dann nicht mehr aus der Schlinge befreien kann.«

Die Ärztin suchte erneut den gesamten Körper nach Spuren von Fremdeinwirkungen ab. Sie fand keine Abwehrverletzungen, weder Blutergüsse noch kleine Wunden. Ein Mord erschien ihr darum äußerst unwahrscheinlich zu sein. Sie ging aufgrund der bisherigen Befunde von einem Suizid aus. Selbstverständlich nahm sie trotzdem Proben der unter den Fingernägeln haftenden Partikel und klebte verschiedene Körperregionen ab, um Hautschuppen sicherzustellen und möglicherweise zu unterscheiden.

»Natürlich kann ich erst nach der Leichenöffnung einen abschließenden Bericht schreiben.«

»Ich erinnere mich«, sagte Konnert und wandte sich an die Staatsanwältin, »Knieling hat gesagt, er würde sich eher selbst umbringen, als die Tortur noch einmal durchzumachen.«

»Was ist Ihrer Meinung nach als Tatwerkzeug anzunehmen«, fragte Dorothee Lurtz-Brämisch die Ärztin.

»Ein fester Schal, ein fein gewebtes Geschirrtuch. Kein Seil oder Kabel oder so etwas Ähnliches.«

»Ich kann mir trotzdem einen Suizid nicht vorstellen«, mischte sich Konnert ein. »So unwahrscheinlich es auch klingen mag, auch in Gefängnissen kommen Morde vor. Ich bleibe vorerst dabei, wir sollten sicherheitshalber ein Verbrechen nicht ausschließen.«

Die Staatsanwältin entschied: »Van Stevendaal wird aus der Kriminaltechnik zusätzliche Erkenntnisse liefern. Dann sehen wir weiter.«

Damit verabschiedete sie sich von Frau Dr. Landmann und dem Assistenzarzt. Sie wartete an der Tür auf Konnert und schaute ihn freundlich an, als er auf sie zukam.

***

Auf dem Tischchen vor dem Ecksofa waren längliche Untertassen gedeckt. Feines Gebäck lag in einer quadratischen Schale aus weißem Porzellan. Janina Geißendörfer hatte ihre braunen Haare zu einem Zopf zusammengebunden. Die Blässe ihres Gesichts hatte sie nicht überschminkt.

»Nehmen wir doch Platz«, sagte sie und schritt zum Sofa.

Stephanie wartete ab, wie sie es von Konnert gelernt hatte, und betrachtete die leeren Untertassen.

»Cappuccino oder Espresso? Was darf ich Ihnen bringen?«

»Das Erste bitte. Gern mit mehr Süße.«

Janina Geißendörfer verschwand in der Küche. Stephanie ließ ihren Blick durch das Zimmer schweifen. Ein Flachbildschirm und darunter eine kostbar aussehende Musikanlage mit Regalen voller CDs. Auf einem Sideboard im Retrodesign stand eine einsame Vase mit Tulpen. Tulpen im Dezember irritierten sie. Durch eine geöffnete Tür konnte sie in das angrenzende Zimmer sehen. Dort ein aufgeräumter Jugendstilschreibtisch und darüber Familienbilder. Sie wäre gern aufgestanden, um die Personen auf den Fotos zu betrachten. Aber ihre Gastgeberin kam schon mit zwei Cappuccinotassen zurück.

»Was soll ich Ihnen erzählen?«

»Beginnen wir mit dem Montagabend. Was haben Sie unternommen?«

Erst stockend, dann immer flüssiger berichtete Janina Geißendörfer, was passiert war. Sie erzählte von der Weihnachtsfeier, beschrieb erneut die Begegnung mit dem Mann und schilderte fast emotionslos ihre Panik auf dem Holzsteg und den darauffolgenden kurzen Kampf. Als sie von dem Griff in ihr Haar sprach, mit dem der Täter sie zu Boden geworfen hatte, brach sie ab. Sie starrte nur stumm an Stephanie vorbei auf die gegenüberliegende Wand.

Minuten verstrichen.

Als erwachte sie aus einem Traum, zuckte Janina Geißendörfer plötzlich zusammen. Sie griff ihre Tasse und nippte am Cappuccino. »Kalt«, sagte sie und stellte die Tasse zurück.

»Janina, darf ich Sie so nennen?«

Leicht nickte sie zustimmend.

»Konnte der Mann wissen, dass Sie am Montagabend dort vorbeikommen würden? War er vielleicht bei der Weihnachtsfeier dabei gewesen?«

»Unmöglich. Der war viel älter als die Jungs auf der Party. Nein, es muss Zufall gewesen sein, dass er ausgerechnet mich erwischt hat.«

»Da sind Sie sich sicher? Bisher haben Sie gesagt, dass Sie den Mann nur im Gegenlicht gesehen haben. Er wäre dann auch immer hinter ihnen hergegangen. Sie konnten sich nicht an sein Gesicht erinnern.«

»Das spürt man doch, ob einer alt oder jung ist.«

»Wie alt kam der Mann Ihnen vor?«

»Etwas älter als dreißig Jahre vielleicht.«

»Doch so jung?«

Janina zog den Kopf zwischen die Schultern.

Stephanie gab sich damit zufrieden. »Meistens kommen Vergewaltiger aus dem Umfeld des Opfers.« Sie hatte bis jetzt vermieden, die Tat so deutlich anzusprechen. Ihre Fragen sollten nun konkreter werden. »Gibt es einen Mann hier aus der Nachbarschaft, aus Ihrem Bekanntenkreis, aus einer Arbeitsgruppe der Universität, der Sie an den Vergewaltiger erinnert? Denken Sie auch an Männer, die Sie aus Bassum kennen.«

Die Studentin dachte nach, zog das Haarband ab, mit der ihr Zopf zusammengehalten worden war, und schüttelte den Kopf. »Der Mann ist mir vollkommen fremd.«

»Bitte denken Sie noch einmal genau nach. Hatte der Mann irgendwelche Eigenarten? Sprach er einen Dialekt, roch er nach etwas Bestimmtem, bewegte er sich ungewöhnlich?«

»Nichts. Ich hatte Angst. Da achtet man nicht auf die Aussprache oder wie sich einer verhält.«

Stephanie glaubte ihr.

»Ist Ihnen in den Tagen vor der Tat etwas merkwürdig vorgekommen? Hat Sie vielleicht jemand angerufen und tat so, als wäre er falsch verbunden gewesen?«

Es sah mit einem Mal so aus, als würde die Studentin nun doch wieder unwillig, zusätzliche Fragen zu beantworten. »Ich erinnere mich an nichts.« Beide Frauen schwiegen.

Dann flüsterte Janina Geißendörfer: »Das Einzige, was mir einfällt, ist, dass vorige Woche mal ein Auto ungefähr zweihundert Meter neben mir hergefahren ist. Aber das ist schon öfter passiert, dass Blödmänner an mir vorbeifahren und hupen.«

»Wann war das?«

»Am Dienstag? Ich war mit dem Rad unterwegs zur Uni.«

»Wo?«

»Bremersweg. Ich glaube, der Wagen kam aus dem Hörneweg und ist bis runter zur Softwarefirma neben mir hergefahren.«

»Um wie viel Uhr war das?«

»Um elf habe ich dienstags eine Arbeitsgruppe. Es muss ungefähr zwanzig Minuten eher gewesen sein.«

»Was für eine Marke?«

»Ich kenne mich mit Autos nicht so gut aus. Es war so ein hohes, breites Modell. Ein protziger Geländewagen für Leute, die nie im Gelände unterwegs sind, aber in der Stadt auffallen wollen.«

»Beschreiben Sie bitte das Fahrzeug.«

»Ich habe geradeaus geguckt. Die wollen doch nur, dass man sie bemerkt und zu ihnen hinsieht. Erst als er mich überholt hatte, habe ich aufgeschaut.«

»Konnten Sie den Fahrer erkennen?«

»Es war so ein Angebertyp mit auf die Stirn geschobener Sonnenbrille. Im Winter! Ich bitte Sie. Er trug ein schwarzes Hemd mit offenem Kragen und Goldkette. Ein Jackett hatte er an, keinen Pullover.«

Sie hat doch hingeschaut. Sehr gut sogar, dachte Stephanie und machte sich Notizen.

»Erinnern Sie sich vielleicht auch noch an die Haarfarbe oder an etwas anderes?«

»Helle Haare. Bestimmt gebleicht. Glatt rasiert. Mehr weiß ich nicht. Ich habe ja nur kurz hingesehen. Ich fuhr doch mit dem Rad.«

»Auf welches Alter schätzen Sie den Mann?«

»Vielleicht so um die dreißig Jahre. Aber sicher bin ich mir da nicht. Er kann auch älter gewesen sein.«

»Haben Sie auf das Kennzeichen des Wagens geachtet?«

Sie überlegte einen Moment. »M wie München? Aber auch dabei bin ich mir unsicher.«

»Konnten Sie auch das Firmenlogo der Automarke erkennen?«

»Meinen Sie etwa, der Vorfall hätte mit meiner Vergewaltigung zu tun?« Nun hatte auch die Studentin das grässliche Wort ausgesprochen.

»Janina, Sie haben doch bestimmt einen PC oder einen Laptop. Lassen Sie uns einmal etwas nachsehen.«

Janina holte ein Tablet und schaltete es ein. Nach ein paar Sekunden hatten sie Bilder mit Automarken von SUVs gegoogelt. Mit dem Finger ging Janina Geißendörfer die Reihen entlang. Bei Land Rover hielt sie an. »Das Logo war auf der Heckklappe.«

»Super. Fällt Ihnen noch etwas ein? Die Farbe des Wagens vielleicht?«

»Das Dach war dunkel. Unten herum glänzte es rot und wieder schwarz. Es hatte zwei Auspuffrohre. Das weiß ich, weil der Fahrer plötzlich Gas gab und zwei Wolken hinter sich herzog.«

***

Der Nebel hatte sich verzogen. Es nieselte. Von der Cloppenburger Straße aus telefonierte Konnert mit Venske und informierte ihn über die vorläufigen Obduktionsergebnisse und die Anweisung der Staatsanwältin.

»In der JVA wissen sie Bescheid. Sie stellen uns Räume für Befragungen zur Verfügung. Ich warte auf dich im Café gegenüber.«

Er ließ sich ein Kännchen Kaffee servieren und bekam zwei Spekulatius zusätzlich auf die Untertasse gelegt. Konnert blickte hinüber zur Haftanstalt. Eine Erinnerung stieg in ihm auf, wie ihn als Kind die Angst vor Enge vor der Fürsorgeerziehung bewahrt hatte. Auf der Station B2 arbeitete Rolf Beeken. Er musste unbedingt dafür sorgen, dass Venske dessen Befragung übernahm.

***

Der Raum war kaum größer als die vorgeschriebenen neun Quadratmeter eines Haftraumes. Bernd Venske saß dem Stationsarbeiter Rolf Beeken gegenüber. Der lehnte sich auf seinem Stuhl zurück, verschränkte die Arme vor der Brust und sah den Kommissar herausfordernd an.

»Ist Ihnen eigentlich bewusst, was für ein Laumann Ihr Chef ist? Ich könnte Ihnen da Storys erzählen.«

»Die will ich aber nicht hören. Ich will von Ihnen wissen, was am Dienstag zwischen 14:30 Uhr und 16:30 Uhr auf der Station B2 abgelaufen ist.«

»Es geht nicht um Konnert?« Beeken grinste.

»Nein.«

»Also doch wieder nur um den Knieling? Irgendwer hat dem arroganten Schwein das Gas abgedreht. Stimmt's? Bloß weil er wusste, warum ein Eimer einen Boden hat, meinte er was Besseres zu sein. Wollte Heiland werden und die Welt retten. Kein Verlust, sage ich Ihnen. Ich jedenfalls kann auf den ...«

»Davon will ich erst recht nichts hören, Herr Beeken. Was ist abgelaufen?«

»Sie müssen vorher etwas über den Charakter des Opfers herausfinden, sonst missverstehen Sie doch den ganzen Fall.«

»Was lief ab?«

»Wenn Sie es nicht wissen wollen. Ist Ihr Bier. Also, der Knieling war krank. Hat auch sein Mittagessen stehen lassen, bekam trotzdem sein Abendbrot. Habe ich ihm hineingebracht und auf den Tisch gestellt. Die Lüttmann stand in der Tür. Ich habe ihn nicht abgefiedelt.«

»Wie verhielt sich Frau Lüttmann?«

»Die war schlecht drauf. Hatte wohl ihre Tage oder Stress mit ihrem Alten ... wenn sie denn einen hat. Blaffte jeden an, der ihr über den Weg lief.«

»Wo hielt sie sich auf, als Sie das Abendessen verteilt haben?«

»Stand neben der Tür und hat den abgefuckten Bimbo angeblökt. Der dreht ständig am Rad. Was der wollte, habe ich nicht verstanden. Es war sehr unruhig auf der Station. Wie immer, wenn die Lüttmann Dienst hat.«

Konnert hätte ihm jetzt beizubringen versucht, dass er von einem farbigen Mitgefangenen sprach, dachte Venske. Ihm war egal, wie sich Beeken ausdrückte. Er wusste ja, was gemeint war.

»Wie ging es nach dem Nachteinschluss von Knieling weiter?«

Beeken blies die Backen auf und ließ die Luft langsam entweichen. »Tja, wie ging es weiter? Keine besonderen Vorkommnisse. Die Blaue ist zurück in ihr Aquarium. Gut, wenn die da hinter der Scheibe sitzt und auf den Monitor glotzt. Dann bringt sie wenigstens die Leute nicht durcheinander.«

»Wie meinen Sie das?« Nun war Venske doch am allgemeinen Verhalten der Beamtin interessiert.

»Sie ist ungerecht. Sie hat Lieblinge, die sich alles erlauben können. Andere hat sie ständig auf dem Kieker und schikaniert sie.«

»Sie sind keines ihrer persönlichen Schätzchen, nehme ich mal an.«

»Nee.« Das Grinsen breitete sich wieder auf seinem Gesicht aus. »Aber mir kann sie nichts. Ich weiß, wie der Hase hier im Knast läuft. Auf drei Beinen. Bin lange genug dabei und kenne jeden Ausfallschritt. Wenn Sie wissen, was ich meine.«

Venske lächelte unwillkürlich auch. Irgendetwas war ihm an der Art, wie Beeken mit ihm redete, sympathisch. Wahrscheinlich war die Schnodderigkeit auch einer seiner Ausfallschritte. Der Mann hatte Menschenkenntnis.

»Wie stand Frau Lüttmann zu Knieling?«

»Den hat sie kleinlich behandelt. Sie hat ihn trotz seines kriecherischen Verhaltens öfter provoziert. In seiner Zelle herrsche Unordnung, hat sie zum Beispiel beanstandet. Dabei war der immer so pingelig und akkurat. Er musste dann unter ihrer Aufsicht aufräumen. Oder sie hat seine Anträge abgelehnt. Immer wieder hatten sie Zoff miteinander. Aber wenn ich das richtig mitgekriegt habe, hat sich Knieling meistens durchgesetzt. Lüttmann blieb nichts anderes übrig, als zähneknirschend nachzugeben und ihm zu genehmigen, was er beantragt hatte.«

Er machte eine Pause und grinste, als erinnere er sich an einen Vorfall.

»Dann gab es Situationen, da hat sie ihn wie Luft behandelt. Er konnte sie ansprechen, und sie ging einfach weg, um mit einem anderen von diesen Gangstern zu reden. Sie ist eben launisch.«

»Aber Sie wissen, wie sie zu nehmen ist.«

»Auf jeden Fall. Klar.«

»Noch einmal zurück zu dem Augenblick, als Sie den Haftraum verlassen haben. Was passierte dann? Was hat Frau Lüttmann gemacht?«

»Sie hat durch die offene Tür hineingeguckt. Irgendwas ging ihr wohl gegen den Strich. Sie hat den Riegel vorgeschoben, damit niemand die Tür zuwerfen kann, ist hineingegangen und hat die Tür hinter sich fast ganz zugezogen. Es dauerte, bis sie wieder zum Vorschein kam, dann hat sie abgeschlossen. Das war's.«

»Sie haben die Beamtin Lüttmann immer gut im Blick, was?«

»Muss man, sage ich Ihnen. Muss man. Wenn du die Wachtel aus den Augen verlierst, hast du hier gar keinen Spaß. Gar keinen.«

»Können Sie in etwa abschätzen, wie lange Frau Lüttmann allein in Knielings Haftraum war?«

»Lange genug. Das ist alles, was ich dazu sage. Ich will mir ja das Maul nicht verbrennen.«

***

Michael Otten trug einen braunmelierten Pullover, als ihn ein Justizvollzugsbeamter in den Besprechungsraum führte, abschloss und auf einem Stuhl neben der Tür Platz nahm. Konnert stand auf, ging dem Häftling zwei Schritte entgegen und stellte sich vor.

»Setzen wir uns.«

Konnert wies ihm einen Holzstuhl zu und wartete ab. Die erste Reaktion eines Befragten lieferte ihm Anhaltspunkte dafür, wie zuverlässig Aussagen waren.

Mit den Händen unter dem Tisch versteckt, rutschte Otten auf dem Stuhl hin und her. Ruhig setzte sich Konnert ihm gegenüber und schwieg.

Plötzlich platzte es aus Otten heraus. »Was wollen Sie eigentlich von mir?«

»Gleich, Herr Otten. Erst einmal die Formalitäten.« Konnert schaltete das Aufnahmegerät ein, nannte Tag und Uhrzeit, diktierte die Namen der Anwesenden und den Grund der Befragung.

»Herr Otten, ich möchte, dass Sie sich über Folgendes im Klaren sind. Dies ist kein Verhör. Ihnen wird nichts zur Last gelegt. Ich will mir nur ein Bild von dem machen, was am Dienstag zwischen circa 15 Uhr und 16 Uhr auf der Station B2 abgelaufen ist. Haben Sie das verstanden?«

Otten nickte.

»Sie hatten am Dienstag unbegleiteten Ausgang. Wo haben Sie den Tag verbracht?«

»Muss ich das sagen?«

»Es ist im Moment nicht so wichtig. Aber warum wollen Sie es verschweigen?«

»Ich war zu Hause. Bei meiner Frau war ich.«

»Trafen Sie noch jemanden? Verwandte, Freunde, ehemalige Kollegen vielleicht?«

»Nein, niemanden. Nur meine Frau und meine Töchter.«

»War es ein angenehmes Wiedersehen?«

»Was hat das mit B2 zu tun, wie es bei mir zu Hause war und was ich gemacht habe?«

Konnert spürte die Verärgerung Ottens und fragte sich, warum er so unwirsch reagierte. Er ließ es aber dabei und bohrte nicht nach. Noch nicht.

»In die Anstalt kamen Sie vor 15 Uhr zurück. Warum so früh? Sie hätten bis 16:30 Uhr draußen bleiben können.«

»Sascha, ich meine Herr Knieling, war krank. Für ihn hieß es 15:30 Uhr Nachteinschluss. Ich wollte noch mit ihm sprechen und ihm eine gute Nacht wünschen.«

»Ist Sascha Knieling Ihr Freund gewesen?«

»Im Gefängnis gibt es keine Freunde. Hier ist sich jeder selbst der Nächste.«

»Aber Sie haben auf eineinhalb Stunden draußen verzichtet, um Knieling gute Besserung wünschen zu können.«

»Sie haben keine Ahnung davon, wie es hier zugeht.«

»Erklären Sie es mir bitte.«

»Das kann ich nicht. Das muss man erlebt haben.«

Konnert schwieg, wartete geduldig und nickte dann aufmunternd.

»Allein bist du nichts im Knast. Erst recht nicht, wenn du nichts zu geben hast. Kaffee oder Tabak oder so. Die Beamten können nicht überall sein und kriegen auch nicht alles mit. Da bist du froh, wenn dir einer ab und zu den Rücken freihält, der sich besser auskennt als du. Freundschaft kann man das nicht nennen.«

»Wie würden Sie es bezeichnen?«

»Zweckbündnis.«

»Und das ist für Sie so wichtig, dass Sie auf eine Stunde mit Ihrer Frau und den Kindern verzichten?«

Jetzt schwieg Otten. Konnert geduldete sich und beobachtete den Gefangenen. In den starr geradeaus blickenden Augen meinte er, Verzweiflung zu erkennen. Der Mund des Gefangenen war leicht geöffnet. Otten atmete stoßweise, wie nach einer großen Anstrengung. Er sackte mit einem tiefen Seufzer zusammen und ließ die Schultern hängen.

»Ich habe ihm gute Besserung gewünscht und bin in meinen Haftraum gegangen. Mehr weiß ich nicht. Was außerdem auf der Station passiert ist, davon habe ich nichts mitbekommen.«

»Sie hören doch, was auf dem Flur los ist.«

»Meine Tür war zu.«

»Gab es Streit zwischen Ihnen und Knieling?«

Otten zögerte mit der Antwort.

Überlegte er, was die ihn belasten könnte? Konnert wartete ab.

Endlich hatte sich Otten entschieden. »Es kam schon mal vor. Aber nie heftig oder beleidigend. Wir haben uns gut verstanden.«

»Auch am Dienstag?«

»Ja, auch am Dienstag.«

»Sie haben eine Familie. Knieling war alleinstehend. Ihre und seine Entlassung standen in absehbarer Zeit an. Gab es Absprachen zwischen Ihnen für die Zeit nach der Inhaftierung?«

»Wie meinen Sie das?«

»Wollten Sie Ihrem Kumpel vielleicht beim Übergang in ein Leben in Freiheit behilflich sein?«

Wieder blieb Otten stumm. Er blickte auf seine Hände, die zwischen seinen Oberschenkeln klemmten. »Ich hätte ihm bestimmt geholfen. Ja, das hätte ich bestimmt getan.«

»Gut. Zurück zur Station B2 am Dienstag. Als Sie Knielings Haftraum verlassen haben, lebte er noch? War das so?«

»Sie verdächtigen mich doch. Ich habe ihn nicht umgebracht. So was kann ich nicht!« Otten schrie den letzten Satz, und gleich darauf schlug er sich mit der Hand auf den Mund.

»Frau Lüttmann hat dann Knieling eingeschlossen. Am nächsten Morgen wurde er tot aufgefunden. Können Sie sich vorstellen, dass er sich selbst getötet hat?«

»Muss er ja wohl. Als ich seine Zelle verlassen habe, lebte er. Die Lüttmann bringt keinen Häftling um. Auch nicht, wenn sie ihn auf dem Kieker hatte. Macht die nicht. Also wird er es selbst getan haben.«

»Noch einmal, Herr Otten. Trauen Sie Knieling eine Selbsttötung zu?«

»Er hat darunter gelitten, wenn die anderen ihm Schwuchtel oder Durchlauferhitzer zugeraunt haben. Dann redete er manchmal davon, dass er keine Lust mehr zu leben hätte.«

»Hat sich schon auf der Abteilung rumgesprochen, wie Knieling gestorben ist?«

»Das weiß ich nicht.«

Konnert ließ sich noch schildern, was Otten von Knieling hielt, was sie miteinander unternommen und geredet hatten.

Zum Schluss fragte er ihn: »Jetzt sind Sie wieder allein auf der Station. Wer wird Ihnen den Rücken freihalten?«

»Am Wochenende habe ich Hafturlaub. Ich hoffe, dass die Sache mit Knieling meinen Entlassungstermin nicht hinauszögert. Bis dahin muss ich die Augen offen halten, und wenn es möglich ist, schließe ich mich in meinen Haftraum ein.«

Freiwillig verzichtet er auf die kleine Freiheit, die ihm hier geblieben ist. Wie groß muss seine Angst sein, dachte Konnert.

***

»Adi, ist was?« Venske spürte, dass sich Konnert nicht wohlfühlte. Wenn sie vor einer Tür warten mussten, bis der Justizvollzugsbeamte sie ihnen aufschloss und hinter ihnen wieder abschloss, wirkte sein Chef angespannt. Er selbst fand die Erfahrung, eingeschlossen zu sein, nur lästig. Er wusste ja, er würde die Haftanstalt jederzeit verlassen können.

Sie waren auf dem Weg zur Mitarbeiterkantine. Die Anstaltsleitung hatte dafür gesorgt, dass die Anstaltsküche auch ihnen ein Mittagessen bereitstellte. Mit ihren Namen versehen, standen weiße Menagen auf dem Tisch. Sie setzten sich. Die Mehrzahl der Frauen und Männer hier arbeiteten als Zivilangestellte in der Zahlstelle oder dem Schulungsbereich. Konnert öffnete den Deckel der Box. Grünkohlgeruch strömte ihm entgegen. Salzkartoffeln, ein geräuchertes Mettende, eine Pinkelwurst, ein Stück Kassler und eine gehörige Portion Grünkohl präsentierten sich. Davon wurde man garantiert satt.

Es war nicht nur für Konnert schwierig, mit einem Messer aus ungehärtetem Blech die Wurst zu schneiden. Es bog sich, und richtig scharf war die Klinge auch nicht. Doch das Essen schmeckte. Solide Hausmannskost, zubereitet mit Zwiebeln, Schmalz und Gemüsebrühe. So hatte auch seine Mutter das norddeutsche Kultgericht gekocht.

Nach dem Essen hätte er gern geraucht. Aber es gab für die Bediensteten der JVA noch keinen Raucherraum. Also musste es auch ohne Pfeife weitergehen.

***

Zurückgelehnt auf seinem mäßig gepolsterten Stuhl saß Bernd Venske gelangweilt hinter dem Holztisch. Das Notizbuch lag aufgeschlagen vor ihm. Er hatte kaum Notizen aus der Befragung von Beeken eingetragen. Sein Erinnerungsvermögen war fast so gut wie das von Kriminalhauptkommissar Hans-Gerhard Struß, dem Chef vom FK3. Nachher im Büro würden ihm schon die wichtigen Überlegungen zu Beeken wieder einfallen. Und außerdem gab es die Tonaufzeichnung.

In Gedanken legte er sich Fragen für das Gespräch mit der Justizvollzugsbeamtin Lüttmann zurecht. Nur für den Fall, dass ihm nichts spontan einfallen sollte. Aber das kam sehr selten vor.

Das Warten fiel ihm schwer.

Um 14:15 Uhr hörte er endlich ein Schlüsselklappern. Kurz darauf betrat die Bedienstete den Raum. Sie trug die blaue Dienstkleidung mit den vorgeschriebenen schwarzen Schuhen. Venske schätzte sie auf knapp über vierzig. Dunkle, graublaue Augen sahen ihn direkt an. Er meinte etwas Verschlagenes, Lauerndes in ihnen zu entdecken. Wahrnehmen, aber nicht überbewerten, ermahnte er sich.

Die kleine, mollige Frau erinnerte ihn an eine seiner Tanten, die ihm nie Süßigkeiten mitgebracht hatte. Sie zog den Stuhl, auf dem vorher Beeken gesessen hatte, ein gutes Stück vom Tisch zurück, setzte sich und verschränkte die Arme unter ihrer Brust. »Sie wollten mich sprechen.«

»Danke, dass Sie gekommen sind.«

»Worum geht es?«

»Können wir erst die Formalitäten hinter uns bringen?«

Ruhig zog Venske ein Diktiergerät aus der Tasche. »Sie sind doch einverstanden, dass wir das Gespräch aufzeichnen.«

»Wozu?«

»Es geht beim Ablauf der Ereignisse auf der B2 möglicherweise um Minuten. Da möchte ich mich nicht nur auf mein Gedächtnis verlassen müssen. Sie verstehen? Das sichert außerdem auch Sie ab.« Er nannte ihren Namen, Tag und Uhrzeit.

»Also, was wollen Sie wissen?«

»Das können Sie sich doch denken. Wahrscheinlich haben Sie Sascha Knieling als Letzte lebend gesehen.«

»Auf jeden Fall lebte er, als ich seinen Haftraum verschlossen habe. Das ist für mich die Hauptsache.«

»Das kann man so sehen.«

»Kann man? So muss man es sehen.«

»Schildern Sie mir einfach die Zeit zwischen 15 Uhr und 16:30 Uhr, wie Sie sie in Erinnerung haben.«

»Nun denn. Für die Inhaftierten, die nicht arbeiten und nicht am Unterricht teilnehmen, ist um 15:30 Uhr Nachteinschluss. Gegen 15 Uhr hat der Stationsarbeiter das Abendessen in Knielings Haftraum gebracht.«

»Waren Sie dabei?«, unterbrach Venske.

»Natürlich.«

»Dann weiter.«

»Kurz vor 15:30 Uhr, vielleicht eine oder zwei Minuten vorher, habe ich in seinen Haftraum hineingeschaut. Eine Leselampe auf dem Tisch gab genügend Licht ab, um Knieling zu sehen. Er lag im Bett, mit dem Gesicht zur Wand, und schlief. Er war ja krankgemeldet. Ich habe ihn schlafen lassen und den Haftraum vorschriftsmäßig verschlossen.«

»Aufgefallen ist Ihnen bei Knieling nichts?«

»Was hätte mir schon auffallen sollen. Ein kranker Mann liegt in seinem Bett und schläft.«

»Sie sollen länger als üblich in der Zelle gewesen sein. Was haben Sie in der Zeit gemacht?«

»Ich habe das Fenster geschlossen. Ich habe es Ihnen doch schon gesagt. Knieling war krank. Da ist es besser, wenn in einer Winternacht das Fenster zu ist.«

Unterdrückte Aggression war zu spüren. Oder war es Angst?

»Was war danach auf der Station los?«

»Nichts. Die Männer haben gekocht, Billard gespielt, telefoniert oder ferngesehen. Was sie so am Spätnachmittag machen. Um 19:30 Uhr war dann Zählkontrolle und Nachteinschluss. Keiner fehlte. Ich habe die Zahlen in den Computer eingegeben und an die Sicherheitszentrale gemeldet. Um 20 Uhr hatte ich Dienstschluss und habe meinen Arbeitsplatz verlassen. Das war's.«

»Ich hörte, Sie seien an dem Tag nicht besonders gut drauf gewesen. Stimmt das?«

»Das hat Beeken Ihnen gesteckt, oder? Glauben Sie ihm kein Wort. Ein Inhaftierter lügt, wenn er den Mund aufmacht.«

»Ihnen ging es also gut?«

»Auf jeden Fall nicht schlecht.«

»Gab es am Wochenende oder am Montag besondere Vorfälle auf Ihrer Station?«

»Nein. Das können Sie auch in meinem Bericht nachlesen.«

»Inhaftierte sagten aus, Sie hätten Knieling trotz seines vorbildlichen Verhaltens schikaniert. Es sei immer wieder zu Wortwechseln zwischen ihm und Ihnen gekommen. Meistens hatten Sie zähneknirschend klein beigeben müssen.« Dass er diese Information nur von einem, von Beeken, hatte, buchte Venske unter erlaubtem Lügen ab.

»Vielleicht ist das tatsächlich einmal vorgekommen. Aber das passiert jedem Beamten hier irgendwann mit jedem Insassen.«

»Ist das so?«

»Ja, so ist das. Sie haben es hier überwiegend mit Männern zu tun, die schnell einen erhöhten Adrenalinspiegel haben und gesteigertes Gewaltpotenzial mitbringen. Was meinen Sie wohl, wie oft sich hier zwei Inhaftierte Nase an Nase stehen. Wir sind kein Mädchenpensionat, wenn Sie verstehen, was ich meine.«

Venske verkniff sich die Bemerkung, die ihm auf der Zunge lag, dass er es in seinem Beruf auch mit Kriminellen zu tun hatte. Stattdessen sagte er: »Aber Knieling doch nicht.«

»Ich habe ihn wie alle anderen behandelt.«

»Und als Sie ihn am Dienstag eingeschlossen haben, da lebte er noch.«

»Das habe ich doch schon gesagt. Ja, er lebte noch!«

»Wie können Sie sich da so sicher sein. Sie haben doch nicht nachgeprüft, ob er lebt.«

»Das musste ich auch nicht. Vorschrift ist, die Anwesenheit festzustellen. Das habe ich getan. Lebendkontrolle ist am Morgen. Ich habe mich vorschriftsmäßig verhalten. Sie hängen mir nichts an.«

»Das habe ich auch nicht vor. Aber eine Frage hätte ich noch.«

Sie grinste. »Natürlich, Kommissar. Wie im Fernsehen. Eine Frage hätte ich noch.«

»Ich wüsste gern, wie das Verhältnis Knielings zu Otten war.«

»Sie galten als schwul. Das ist nicht gerade förderlich für das Zusammenleben mit anderen Inhaftierten.«

»Wie hat Otten den Tod Knielings aufgenommen?«

»Er gibt sich Mühe, normal zu erscheinen. Ich glaube aber, dass es ihn sehr mitgenommen hat. Er hat sich mehrfach übergeben und war einen Tag lang bettlägerig. Jetzt tut er so, als sei er drüber weg. Das nehme ich ihm nicht ab.«

***

Zurück in der Polizeiinspektion bekam Konnert einen Anruf seiner Tochter. »Wo steckst du? Ich versuche, dich seit zwölf Uhr zu erreichen. Du wolltest zu uns zum Mittagessen kommen. Du änderst dich auch nicht mehr. Du könntest wenigstens Bescheid sagen, wenn du verhindert bist.«

Konnert ließ sie reden. Als sie endlich schwieg, sagte er: »Entschuldigung. Ich war im Gefängnis. Es tut mir leid.«

Während seine Tochter weiterredete, erinnerte er sich an Vorwürfe seiner verstorbenen Frau. Ich werde wieder kontrolliert und muss mich rechtfertigen, ärgerte er sich und beendete das Gespräch mit dem Hinweis, dass er weiterarbeiten müsse.

Der Anruf von Dr. Landmann erreichte Konnert, als er sich gerade zurücklehnen wollte, um den bisherigen Verlauf des Tages zu durchdenken.

»Zwei Fakten sind vielleicht schon jetzt für euch von Bedeutung. Der Todeszeitpunkt liegt am Dienstagnachmittag zwischen 15 Uhr und 17 Uhr, plus/minus einer Stunde. Und Herzversagen ist definitiv auszuschließen.«

Nach dem Telefonat stopfte er eine Pfeife, zündete sie an, blies Qualmwolken an die Zimmerdecke und betrachtete sein

Büro. Dabei kam ihm Lurtz-Brämisch in den Sinn. Wie stur hatte sie sich bei ihrem Amtsantritt im Frühjahr vor einem Jahr gegeben. Und das ausgerechnet in einer Phase, in der er sich müde und ausgebrannt gefühlt hatte.

Dann war er im Sommer mehr als zwei Monate im Urlaub gewesen und hatte obendrein noch Überstunden abgebummelt. Er hatte die Zeit genutzt, um jeden Tag zweimal eine halbe Stunde zu üben, mit zehn Fingern zu tippen.

Als er wieder ins Kommissariat zurückgekommen war, hatte man ihm einen neuen Computer hingestellt und auch ein Programm zur Spracherkennung installiert. Kilian hatte für die Anschaffung gesorgt. Tippen war out. Angesagt war nur noch das Korrigieren der falsch verstandenen Wörter. Natürlich lag die Fehlerquote nicht am Programm, sondern an Konnerts undeutlicher Aussprache, hatte Kilian behauptet.

Auch die Staatsanwältin war wie ausgewechselt gewesen. Sie zeigte sich zugänglich für Vorschläge und selbst bei der einen oder anderen Aktion am Rande der Legalität hatte sie ihnen den Rücken freigehalten.

Er blickte nachdenklich hinüber zu den Grünpflanzen auf der Fensterbank. Wie sich Situationen doch ändern können, stellte er fest und paffte.

Freitag, 12. Dezember

Christian Lübben vom Frühdienst informierte Stephanie Rosenberg, dass der Land Rover bei einer Straßenkontrolle der Bundespolizei auf der B5 bei Treplin auf einem polnischen Transporter entdeckt worden war. Er nannte ihr für Rückfragen auch die Durchwahlnummer der Dienststelle in Frankfurt/Oder.

Sie beendete den Anruf und wählte nach einem Moment des Nachdenkens Konnert an.

»Bist du noch zu Hause?«

»Nein, bin schon auf dem Weg.«

»Der Land Rover ist bei Treplin gefunden worden. Das liegt bei Frankfurt an der Oder. Was meinst du? Lohnt sich eine kriminaltechnische Untersuchung?«

»Du warst der Meinung, der Fahrer des Rovers würde die Ermittlungen vorwärtsbringen. Frag an. Vielleicht haben die in Frankfurt gerade wenig zu tun und sehen ihn sich genauer an.«

»Du Optimist. Kriminaltechnik und weniger zu tun. Und wenn, sie würden es nie zugeben.«

»Versuch macht kluch«, antwortete Konnert.

***

Die Ermittler saßen zusammen um den großen Tisch in der Mitte des Großraumbüros.

»Stephanie, bitte.« Konnert blickte erst zu ihr und dann zu Babsi.

Die eine saß da mit einem offenen Blick und aufrechter Haltung. Die andere hockte wie abwesend daneben. Ihm tat die Oberkommissarin leid. Er wusste aber nicht, wie er ihr helfen könnte. Reden, mit ihr sprechen, fiel ihm wieder ein. Aber das hatte er schon probiert. Sie hatte ihn zurückgewiesen. Damit muss ich allein fertig werden, hatte sie gesagt. Und als er versucht hatte, ihr zu widersprechen, war sie kommentarlos weggegangen.

Er hatte den Anfang von Stephanies Bericht überhört. Aber den Inhalt kannte er ja schon.

»Das ist niemals eine *normale* Vergewaltigung.« Die Kommissarin zeichnete Anführungsstriche in die Luft. »Da steckt mehr dahinter.«

»Wie kommst du darauf?«, fragte Venske, und Konnert ahnte schon, dass gleich wieder eine Diskussion über Bauchgefühle und weibliche Intuition beginnen würde.

»Damit du mir nicht wieder irgendwelche übernatürlichen Ahnungen unterstellst, kriegst du gleich zwei Anhaltspunkte zum Nachdenken. Einmal fällt auf, dass ihr Vater nicht will, dass die Vergewaltigung seiner Tochter aufgeklärt wird. Das kommt nicht nur der Tochter verdächtig vor, sondern dir doch wohl auch. Und dann der Land Rover. Auch wenn Janina Geißendörfer den Vorfall heruntergespielt hat, ist er für mich bedeutsam. Es ist doch kein Zufall, dass der Wagen nach Polen verschoben werden sollte.«

»Geht doch, Stephanie. Fakten, Fakten, Fakten. Damit sind wir bei der Kripo immer am besten gefahren.«

Wie sie es auch macht, er schiebt noch einen Spruch hinterher, dachte Konnert und nahm sich vor, ihm zu raten, sich das abzugewöhnen. Wenn er einmal Chef sein wird, kommt so etwas negativ rüber.

»Du kriegst noch mehr Fakten.« Stephanie konnte mit Venske umgehen. »Janinas Vater hat das Baugeschäft der Familie seiner Frau zu einem Unternehmen mit Sandkuhlen, Baustoffhandel und Ingenieurbüro erweitert. Er besitzt außerdem eine Immobilienbeteiligungsgesellschaft. Die Baufirma ist auf öffentliche Gebäude und Mietwohnungsbau spezialisiert. In Bassum ist er eine Persönlichkeit mit Einfluss. Mäzen des Sportvereins ist er auch. Und der Mann will nicht, dass ein Verbrechen aufgeklärt wird. Das stinkt doch zum Himmel, oder?«

»Vielleicht ist ihm sein Image wichtiger als die Lebensumstände seiner Tochter.«

»Oder er hat etwas zu verbergen und will die Polizei nicht im Haus haben.« Sie sah Venske an. »Noch Fragen?«

»Du hast nichts über den Halter des Fahrzeugs gesagt.« Babsi schaute mit eingefrorenem Gesichtsausdruck zur Kollegin.

»Der Rover ist ein Leasingfahrzeug. Die Rechnungen gehen an den Unternehmer Volker Aden.« Mit Blick zu Konnert sagte sie: »Nachher fahre ich nach Bassum. Ich will mit dem Vater von Janina Geißendörfer sprechen.«

Konnert sah in die Runde. Die Blicke der Kollegen waren auf ihn gerichtet. »Bernd und ich, wir haben die Gespräche aus der JVA ausgewertet. Wir sind zu dem Schluss gekommen, dass es Sinn hätte, die Lebensumfelder der Justizvollzugsbeamtin und von Otten zu durchleuchten. Ich weiß, das ist keineswegs originell. Ob uns das weiterbringt, werden wir sehen. Ihr kennt ja den Grundsatz: Wir verfolgen eine Spur so lange, bis sie nichts mehr ergibt ... oder uns weiterbringt. Alles andere kennt ihr aus den Berichten und Protokollen. Ich wünsche euch einen guten und erfolgreichen Freitag.«

Auf dem Weg zu ihren Büros fing Venske an zu reden: »Ist das jetzt deine Taktik, mich an dich zu binden?«

»Was meinst du?«

»Stephanie hat einen eigenen Fall. Kilian ist im Urlaub. Babsi zählt im Moment nicht. Und auf meinem Schreibtisch liegen Akten von Kneipenschlägereien, Drohungen von Idioten, die ihre Nachbarn umbringen wollen, oder von Freiern, die sich die Scheckkarte haben klauen lassen. Raus komme ich nur, wenn ich hinter dir herdackle und Befragungen mache. So stelle ich mir meine Zukunft hier nicht vor.«

Venske zog die Tür zu Konnerts Büro mit Schwung zu. »Ich sage dir was. Im Vertrauen. Ich habe seit drei Wochen ein Angebot einer Objektsicherheitsfirma. Wenn ich die Stelle FK6 nicht bekomme, gehe ich da hin. Chefposition, gutes Gehalt bei überschaubarer Arbeitszeit, und ich bekomme meinen eigenen Bereich.«

Konnert setzte sich und sagte: »Nun halt mal die Füße still. Setz dich bitte.«

»Ich bleibe lieber stehen.«

Konnert sah zu ihm auf. »Du bist ein guter Polizist, manchmal sogar ein sehr guter Polizist. Warum? Weil dir dein Schöpfer alle Fähigkeiten gegeben hat, die ein guter Polizist braucht. Soll ich sie dir aufzählen?«

»Lass man.«

Nun setzte sich Venske doch und verschränkte die Arme vor der Brust.

»Du hast mir einmal erzählt, dass du schon immer Kriminalkommissar werden wolltest. Ich glaube, dass sich da bereits bemerkbar gemacht hat, was in dir steckt.«

Venske legte die Stirn in Falten.

»Lass mich das auch noch sagen. Das Wichtigste im Leben junger Leute ist es, herauszufinden, für welche Aufgaben, das heißt, für welche Dienste sie überhaupt auf der Welt sind. Du hast diese Frage beantwortet. Du bist Kriminalpolizist geworden.«

»Und meine Bestimmung ist es, Polizeibeamter zu sein und kein Sicherheitsbeauftragter in einer gut zahlenden Firma? Willst du mir das damit sagen?«

»Es geht doch im Leben nicht um Geldverdienen oder Applaus, Bernd. Das weißt du so gut wie ich. Man muss seine Berufung finden und ausfüllen. Das macht zufrieden und glücklich.«

»Und meine Berufung ist es, hinter dir herzulaufen?«

»Nein. Du wirst, so sehe ich das, ein Leiter sein, ein leitender Polizist. Du hättest sogar das Zeug dazu, ein ganz guter zu werden. Du brauchst nur noch ein paar Jahre, in denen du lernst, deinen Kollegen zu dienen.«

»Nun hör aber auf. Dienen. Staatsdiener sein.« Er dehnte die letzten Worte.

»Schon gut. Ich habe gesagt, was meine Überzeugung ist. Entscheiden musst du.«

Aus den Augenwinkeln sah Konnert durch den Glasausschnitt der Bürotür, dass sich Babsi am Kopierer herumdrückte, ohne dass die Maschine lief. Hin und wieder schielte sie zu ihm herüber. Er wandte sich an Venske: »Es sieht so aus, als wollte Babsi etwas von mir. Ich komme dann noch mal zu dir rüber.«

Venske verschwand durch die Verbindungstür in sein Büro und zog das Rollo herunter. Konnert suchte eine Pfeife aus und begann, sie zu stopfen.

»Kann ich dich was fragen?«

Konnert blickte auf und winkte Babsi zu sich ins Büro. Sie zog die Tür zu, blieb aber mit dem Rücken vor dem Glasausschnitt stehen. Sie betrachtete sekundenlang den Stuhl vor dem Schreibtisch und entschied dann, doch stehen zu bleiben. Sie holte tief Luft und atmete wieder aus. »Das hat noch Zeit. Ich komme darauf zurück.« Unvermittelt drehte sie sich um, riss die Tür auf und verschwand in Richtung ihres Arbeitsplatzes.

Als Konnert in Venskes Büro trat, war der schon unterwegs in die JVA, um mit seinem Team die restlichen Inhaftierten der Station B2 zu befragen.

***

Dorothee Lurtz-Brämisch hatte es dringend gemacht und erreicht, dass noch für Freitag ein Termin im Amtsgericht zur Testamentseröffnung anberaumt worden war.

Rechtspfleger Solden erledigte professionell die Formalitäten und präsentierte ihr den verschlossenen Briefumschlag. Er hatte die Größe DIN A5. Handschriftlich stand darauf *Testament von Sascha Knieling*.

Den Inhalt ließ Solden auf die Schreibtischplatte aus Glas rutschen. Mit den Fingern prüfte er, ob noch etwas im Umschlag stecken geblieben war. Das war nicht der Fall.

Als Erstes nahm der Rechtspfleger mehrere gefaltete und zusammengeheftete A4-Blätter in die Hand. Die fünf Seiten enthielten eine Aufstellung unter der Überschrift: *Das alles gehört mir.* Kleidungsstücke, Bücher, Elektrogeräte wie Fernseher oder Föhn waren aufgeschrieben, dazu eine Vielzahl an kleineren Gegenständen wie Füllhalter, Radiergummi, Kaffeebecher und Andenken.

Ein Dieb hat Sorgen, dass man ihn nach seinem Tod bestiehlt. Dorothee Lurtz-Brämisch schmunzelte. Auch im Gefängnis ist man wer, wenn man mehr als andere besitzt. Aber noch nach dem Sterben?

Ein weiteres Blatt trug die Überschrift *Mein letzter Wille*. Der Anwalt las den Text vor: »Ich überlasse meinen gesamten Besitz Kriminalhauptkommissar Adolf Konnert.« Nach einem Absatz ging der Text weiter. »Er war der Erste und Einzige, der mich als den Menschen ernst genommen hat, der ich bin: Ein Verbrecher, der vielen Menschen großen Schaden zugefügt hat. Alle Gutmenschen und erst recht die übrigen haben immer Anderes in mir gesehen oder sehen wollen, als ich wirklich bin: eine von Anfang an gescheiterte Existenz.« Es folgte ein dritter Abschnitt. »Ich habe meine Lebenserinnerungen aufgeschrieben. Die beiden Kladden liegen unter meinem Kopfkissen. Wenn Herr Konnert es für möglich hält und er es will, kann er das Manuskript bearbeiten und veröffentlichen.

Oldenburg, an meinem Geburtstag, den 27. Juni 2014

Sascha Knieling«

Die Staatsanwältin hatte aufmerksam zugehört. Sie ließ sich von Solden das Blatt geben und las es noch einmal still für sich.

»Jahrelang hat er den Kopf auf seine Vergangenheit gelegt«, sagte sie. »Vor jedem Einschlafen wird er die harten Umschläge gespürt haben. Was war wohl sein letzter Gedanke, bevor er auf die Kladden sank?«

Die Anstaltsleitung hatte eigene geheftete Papiere mitgeliefert. Auf ihnen war säuberlich aufgelistet, wie sich seine Kontostände entwickelt hatten. Das Hausgeld, mit dem ein Inhaftierter wöchentlich einkaufen konnte, betrug 47,58 Euro. Pfändbares Eigengeld war nicht vorhanden. Die vorgeschriebenen 1596 Euro Überbrückungsgeld für die ersten Tage nach der Haftentlassung waren vollständig vorhanden.

»Die werden jetzt knapp für seine Beerdigung reichen«, meinte Solden.

***

Der Alfa Romeo hielt in der Haltebucht für den Bus. Der Fahrer hupte und winkte Otten heran.

Nie wieder hatte er mit dem Mann zu tun haben wollen. Knieling war doch tot. Was wollte der Typ jetzt noch von ihm? Otten drückte das Kreuz durch und sah zur Lidl-Filiale. Ich gehe zurück ins Gefängnis. Da bin ich sicher vor dem Kerl. Er beugte sich schon vor, um seine Reisetasche zu greifen. Erneut wurde gehupt. Es kam ihm so vor, als sei der Ton lauter, energischer, einschüchternder geworden. Gegen seinen Willen blickte er wieder hinüber zum Alfa und sah, wie Eugen mit Daumen und Zeigefinger der linken Hand ein O formte. Dann hielt er drei Finger der anderen hoch, legte sie blitzschnell aneinander und stieß mit ihnen wieder und wieder in das Loch hinein.

Tränen traten in Ottens Augen. Er sackte zusammen und senkte den Kopf. Verdammt, verdammt, verdammt, dachte er und fasste zögernd seine Tasche. Wie ein geprügelter Hund schlich er zum Auto und setzte sich hinein.

»Dass du nach den Wochen unserer so erfolgreichen Zusammenarbeit immer noch zwei Aufforderungen brauchst, macht mich wütend.« Der Alfa preschte vor und quetschte sich zwischen einen Lieferwagen und eine Harley-Davidson. Der Fahrer im Motorradanzug und schwarzem Stahlhelm zeigte ihnen den Mittelfinger.

»Du brauchst nie wieder Bus zu fahren. Dafür sorge ich.«

Eugen legte Otten seine rechte Hand aufs Knie und lächelte. Otten sah aber nur auf den kleinen Finger, dem das letzte Glied fehlte.

***

Das Navi führte Stephanie auf Sandwegen an Wiesen und abgeernteten Maisfeldern vorbei. In einem Wasserloch drehten die Reifen durch. Das fehlt mir noch, dass ich hier stecken bleibe, dachte sie. Der Schwung reichte aber aus, um dem Passat wieder Bodenhaftung zu geben. Schließlich erreichte sie wieder einen gepflasterten Weg. Die Frauenstimme ihres Navis befahl ihr, rechts abzubiegen. Kurz darauf sah sie das gesuchte Anwesen. Es lag abseits hinter einer mannshohen Buchenhecke, an deren Zweigen noch vertrocknete, braune Blätter hingen.

Ein zweiflügeliges Gittertor öffnete sich automatisch, als Stephanie davor anhielt. Sie steuerte den VW eine geteerte Auffahrt hinauf. Seitlich parkten Limousinen auf einem Schotterplatz. Vor einem Niedersachsenhaus in Fachwerkoptik stoppte sie. Es war ein Neubau im traditionellen Stil, das sah sie sofort.

Ein Schild mit der Aufschrift *Büros* zeigte nach links.

Vom Beifahrersitz zog sie ihre Umhängetasche herüber und stieg aus.

Hinter dem Haus wieherte ein Pferd und ein anderes antwortete. Noch unschlüssig sah sie sich um. Von Büros war nichts zu sehen. Sie entdeckte aber das Lämpchen der Überwachungskamera unter dem Reetdach. Es blinkte. Weder ein Namensschild noch eine Klingel gab es am Türpfosten.

»Kann ich Ihnen behilflich sein?« In der Haustür stand eine Frau mit grauer Kurzhaarfrisur. Ihre Strickjacke mit Holzknöpfen schien zwei Nummern zu groß zu sein. Sie reichte bis an die Schäfte der grünen Gummistiefel.

»Ich bin Stephanie Rosenberg, Kriminaloberkommissarin aus Oldenburg. Ich würde gern Herrn Volker Aden sprechen.«

»Meinen Mann finden Sie hinter dem Haus im Büro oder bei den Pferden.«

Erst, als Stephanie um die Hausecke sehen konnte, entdeckte sie eine Reihe einstöckiger Neubauten. Auch sie hatte der Architekt mit Reetdächern und Fachwerk geplant. Es sah alles irgendwie gewollt, kitschig aus.

Kurz darauf saß die Kommissarin einem gut gelaunten Mittsechziger gegenüber. »Sagen Sie mir, wie ich Ihnen helfen kann. Es kommt nicht jeden Tag vor, dass mich eine gutaussehende Kriminalkommissarin besucht. Da will ich mich doch von meiner besten Seite zeigen.«

Sie erklärte ihm, dass sie wissen wollte, ob er am Dienstag, den 3. Dezember, vormittags mit seinem Land Rover in Oldenburg gewesen wäre.

»Ich bestimmt nicht. Ich bin jeden Tag von sechs bis zwölf Uhr hier im Büro. Am Nachmittag beschäftige ich mich mit meinen Oldtimern oder bin mit den Pferden im Gelände. Das können Ihnen meine Söhne und die Mitarbeiter gern bestätigen.«

»Wer war dann mit Ihrem Wagen unterwegs?«

»Das weiß ich doch nicht.« Aden schien sich zu amüsieren. »Mir muss keiner sagen, wann er ein Auto braucht und es aus der Garage holt.« Er stand auf. »Kommen Sie! Ich zeige es Ihnen.«

Beim Näherkommen öffnete sich lautlos ein automatisches Hallentor unter dem Reetdach einer zwischen Bäumen liegenden Scheune. Sie traten ein, und vor Stephanie parkten, exakt aufgereiht, an die zwanzig Autos. Links waren Oldtimer nebeneinander aufgestellt und im Hintergrund zwei Trecker und ein Wohnmobil. Rechts standen Limousinen und Minis und ein Kleinbus. Einen Land Rover sah sie nicht.

»Wir wohnen und arbeiten hier nahe am Paradies.« Er schmunzelte. »So heißt die Gegend hier bei Gellen wirklich.

Bis zur Autobahnauffahrt oder nach Oldenburg sind es circa zehn Kilometer. Zu unserer Firma gehören Betriebsstätten an verschiedenen Orten. Wer ein Auto braucht, nimmt sich eins.«

»Wer hat Zugang zu den Fahrzeugen?«

»Meine drei Söhne und acht Mitarbeiter und Mitarbeiterinnen. Alle mit Verantwortung und darum auch mit der Berechtigung, einen Firmenwagen zu benutzen.«

»Wird an irgendeiner Stelle notiert, wer wann einen Wagen benutzt? Werden Fahrtenbücher geführt?«

»Wozu?«

»Um nachvollziehen zu können, wer mit welchem Auto wohin gefahren ist. Wenn es zum Beispiel um eine Geschwindigkeitsüberschreitung geht.«

»Wir zahlen alle Knöllchen aus der Firmenkasse. Und niemand fährt so, dass er als Fahrer haftbar gemacht werden muss.« Volker Adens Mundwinkel verzogen sich erneut zu einem gewinnenden Lächeln, als er Stephanies erstauntes Gesicht ansah.

Wenn es bei allen Unternehmen ähnlich zugeht, überlegte Stephanie, dann verstehe ich das ein oder andere unverschämte Verhalten im Straßenverkehr.

»Herr Aden, ich überprüfe eine Aussage zu einem Verbrechen mit schwerer Körperverletzung. Es ist notwendig, zu wissen, wer am Dienstag der vorigen Woche mit Ihrem Land Rover unterwegs war. Sie haben bestimmt eine Möglichkeit, das herauszufinden. Bitte veranlassen Sie das und teilen es mir umgehend mit.«

»Es ist selten geworden, dass mir jemand sagt, was ich zu tun habe. Aber der Polizei bin ich, wie schon gesagt, selbstverständlich gerne behilflich. Aber ich versichere Ihnen, ich beschäftige keine Kriminellen.«

Stephanie gab ihm ihre Visitenkarte. »Eine E-Mail reicht. Bitte mit Namen, Adresse und Telefonnummer des Fahrers. Vielen Dank.«

***

Auf der A1 vor Bremen musste Eugen wegen der automatischen Verkehrsbeeinflussungsanlagen den Alfa auf 120 km/h herunterbremsen. Er fluchte.

Sein Handy meldete sich mit Takten der Titelmelodie aus dem Film *Spiel mir das Lied vom Tod.* Aus der Innentasche des Jacketts holte er es heraus und hörte nur zu. Dann fluchte er erneut und fuhr an der Anschlussstelle Bremen/Brinkum ab, um sofort wieder in die Gegenrichtung aufzufahren.

Sie passierten Oldenburg auf der A29 Richtung Wilhelmshaven. Der Alfa Romeo blieb stur auf der linken Spur. Der Tachozeiger pendelte zwischen 160 km/h und 190 km/h. Musik dröhnte aus den Lautsprechern. Eugen grölte immer mal wieder ein oder zwei Liedzeilen mit. Selten traf er denselben Ton wie der Sänger der Band. Seine Laune verbesserte sich.

Mit beiden Händen klammerte sich Otten an den Sicherheitsgurt. In Gedanken suchte er nach Fluchtmöglichkeiten. Die Haare klebten ihm strähnig am Kopf.

In Hahn-Lehmden verließen sie die Autobahn. Eugen tippte auf die Armatur und stellte die Heizung drei Grad herunter. »Ist dir heiß, mein Freund? Soll ich das Fenster öffnen?«, fragte er und lockerte den doppelt um seinen Hals geschlungenen Seidenschal.

Vor ihnen tauchte ein Wäldchen auf. »Ich muss mal«, sagte Otten und knetete seine Hände.

»Was willst du?«, rief Eugen.

»Ich muss austreten!«

Abrupt bremste Eugen den Wagen. Als der Wald endete, lenkte er den Alfa auf einen Feldweg. Niemand war zu sehen. Otten löste den Gurt mit zitternden Fingern, riss die Tür auf und war mit einem Fuß schon auf dem Pflaster. Da griff ihm Eugen in die Haare und hielt ihn fest.

»Langsam, mein Freund.«

Otten schrie auf. Er versuchte Eugens Hand zu fassen zu bekommen, um sich an ihr hochzuziehen und so den Schmerz zu verringern. Aber dessen Finger fassten nur noch kräftiger zu und rissen ihn zurück.

»Du kannst ja pissen gehen. Aber ich komme mit. Also alles mit Bedacht, mein Freund.« Eugen ließ Otten los und stieg aus. Zwischen seinen Fingern klebten Haarbüschel. Er blies sie weg. Eugen kam um den Wagen herum, packte Otten am Ärmel, zog ihn aus dem Wagen und wischte seine Hand an dessen Mantel ab. »Beeil dich, bevor du mir noch die Sitze versaust.« Er stieß Otten über den Graben neben dem Weg und sprang selbst hinterher.

Eugen strullte. »Kannst wohl nicht, wenn ich danebenstehe, was? Oder hattest gar keinen Druck auf der Blase? Wolltest abhauen, was?«

Er zog den Reißverschluss der Hose hoch. »Ich meine es ja gut mit dir, mein Freund. Ich warte auf dich.« Er hüpfte zurück zum Alfa und steckte sich eine Zigarette an.

Otten sah sich aus den Augenwinkeln heraus um. Gab es hier einen Knüppel oder einen Stein? Etwas, das als Waffe taugen könnte? Aber alles war zu klein oder zu leicht oder zu weit entfernt, als dass er es schnell hätte greifen können. Er ließ die Schultern hängen.

Eugen sah lässig über das Autodach zu ihm herüber und rauchte.

»Erleichtert? Dann steig man wieder ein, mein Freund.« Er schnippte seine Kippe in Ottens Richtung. »Und damit das ein für alle Mal klar ist: Ich bin jetzt dein Schatten. Solange du lebst, mein Freund.«

***

Der Rechtspfleger Solden vom Nachlassgericht hatte das Fachkommissariat 5 vom Inhalt des Testaments unterrichtet. Van Stevendaal interessierten besonders die Kladden. Er ging hinüber zu seinen Mitarbeitern.

Die angelieferten Kartons waren exakt beschriftet. In der Kleiderkammer der Haftanstalt Oldenburg mussten sehr ordentliche Häftlinge arbeiten. Auch den Inhalt hatten sie sorgfältig verpackt. Obenauf lag jeweils eine Liste der verstauten Gegenstände.

Derk van Stevendaal suchte die Kartons mit der Kleidung und übergab sie an Sabrina Retzlaf, seiner Spezialistin für Textilien. »Es geht um Selbsttötung. Sortier mal die Sachen aus, mit denen man sich erdrosseln könnte, und nimm Proben.«

Er selbst nahm den Rest in Augenschein.

Beide fanden die Kladden mit Knielings Vermächtnis nicht.

***

Noch vor dem Mittagessen erreichte Konnert der Anruf der Staatsanwältin. Sie unterrichtete ihn, dass Knieling ihn zum Alleinerben seiner Hinterlassenschaft gemacht hatte.

»Werden Sie das Erbe antreten?«

Konnert war so überrascht, dass er sich stammelnd Bedenkzeit ausbat.

***

In der Kriminaltechnik zeigte van Stevendaal auf die ausgebreiteten Sachen und lächelte. »Das gehört jetzt alles dir. Glückspilz. Ich befürchte nur, das meiste ist nicht deine Konfektionsgröße, und einen anderen Geschmack hast du auch.«

»Welche Informationen kannst du mir sonst noch mit auf den Weg geben?«, fragte Konnert.

»Zum Erbe gehören zwei Schals.« Er hörte nicht auf, seinen Kollegen zu foppen. »Der Seidenschal kommt als Tatwerkzeug infrage. Seide dehnt sich nicht. Der andere ist aus Wolle und zu locker gestrickt. Der scheidet aus.«

Sie gingen an den Tischen vorbei in Richtung Labor. »Meistens benutzt einen Schal immer nur eine Person. Darum findet man in der Regel nur ihre Hautschuppen im Gewebe. Wir haben an dem Seidenschal aber welche von unterschiedlichen Menschen gefunden.«

Konnert sah van Stevendaal erwartungsvoll an.

»Nehmen wir einmal an, Knieling hat diesen Schal in der Nacht seines Todes getragen. Dann sind die meisten Schuppen von ihm. Morgens wurde der Schal von der medizinischen Mitarbeiterin oder der Ärztin gelöst. Mitgefangene haben danach den Haftraum aufgeräumt und den Schal für die Kleiderkammer verpackt. Also werden auch eine geringe Anzahl der Hautschuppen von ihnen am Schal haften. Bemerkenswerterweise gibt es zusätzlich eine größere Menge frischer und älterer Schuppen, die von einer anderen Person stammen müssen.«

»Von wem?«

»Kann ich noch nicht sagen. Kriegen wir aber raus.«

Schon war van Stevendaal auf dem Weg zurück zu seinem Büro. Konnert folgte ihm.

»Hier sind Kopien von Knielings Testament. Er hat jede Socke und jeden Bleistift genau für dich aufgezählt. Der Liste entsprechend gehören zwei Kladden dazu. Die konnten wir aber nicht in den Kartons finden. Ich habe in der Anstalt angerufen. Die sollen noch einmal nachsehen.«

»War es das?«

»Für mich ist das eine ganze Menge.«

***

Mit erhobenen Händen stützte sich Rolf Beeken neben der Tür zur Toilette seines Haftraumes ab. »Beine auseinander«, befahl Andreas Brenner und zog sich Latexhandschuhe über. Der Gefangene gehorchte. Er kannte die Prozedur. Brenner begann am Kopf, fasste hinter den Kragen, tastete Schultern und Achseln ab, streifte am Brustkorb entlang und fand auch nichts Verdächtiges am Unterkörper. Das ließ den Beamten kalt. Er hatte auch nicht damit gerechnet, die Kladden an Beekens Körper zu finden. Aber die Gelegenheit, ihn zu filzen, wollte er sich nicht entgehen lassen.

Ein Kollege führte den Inhaftierten aus der Zelle, und die Durchsuchung des Raumes wurde fortgesetzt. Routiniert gingen die Bediensteten vor. Schubladen wurden herausgezogen und ihr Inhalt auf dem Tisch ausgebreitet. Jeden Kleiderstapel nahmen die Beamten aus dem Schrank und rückten den dann von der Wand ab, um dahinter zu schauen. Brenner schob seine Hände unter der Matratze durch, bevor er sie aus dem Bett hob. Hier hatte er mit einem Fund gerechnet. Fehlanzeige.

Wenn man schon dabei war, den Raum zu filzen, konnte man ja auch gleich alles kontrollieren. Im Schränkchen, auf dem der Fernseher stand, entdeckten sie acht Päckchen Tabak. Für einen Nichtraucher war das ungewöhnlich, aber nicht verboten. Brenner würde den Hausarbeiter dazu zur Rede stellen. Im Sanitärraum schauten sie hinter den Spiegel und untersuchten das Waschbecken.

Ohne die besagten Kladden verließen die Beamten schließlich den Haftraum.

Für Andreas Brenner war es unvorstellbar, dass Beeken nichts mit dem Verschwinden der Kladden zu tun haben sollte. Er war doch einer der Gefangenen gewesen, der beim Verpacken der Gegenstände aus Knielings Haftraum geholfen hatte. Also musste Beeken die Hefte woanders versteckt haben.

Brenner schaute aus dem Stationsfenster den Flur entlang. Beeken war nicht zu sehen. Er räumte wahrscheinlich seinen Haftraum auf. Gelassen machte sich Brenner auf den Weg ans andere Ende der Station. Er schloss die Tür zum Vorratsraum auf. Dort lagerten Putzmittel, und Beeken hatte hier Besen und Wischmopp stehen. Der Vollzugsbeamte musste nicht lange suchen. Im Schrank, hinter den Toilettenpapierrollen, fand er die beiden schwarzen Kladden. In der einen steckte ein Stück Pappe als Lesezeichen.

***

Frau Otten wartete in der Küche auf ihren Mann. Von hier aus konnte sie über die Thujahecke ein Stück die Straße hinuntersehen. Die Uhr im Wohnzimmer schlug einmal. Halb zwei. Schon vor einer Stunde hätte ihr Mann ankommen sollen. Hatte er den Bus verpasst? War sein Hafturlaub kurzfristig gestrichen worden? Sie nahm sich vor, noch eine Viertelstunde zu warten. Dann würde sie in der Haftanstalt anrufen und fragen, wo er blieb.

***

Outlook meldete den Eingang einer Mail. Stephanie Rosenberg sah nach. Volker Aden ließ mitteilen, dass einer seiner Mitarbeiter den Land Rover am Freitag, den 28. November, für eine Fahrt zu Kunden in Wiefelstede und Neuenburg genutzt hatte. Er behielt den Wagen dann auch über den 1. Advent und fuhr mit ihm zur Jagd in die Lüneburger Heide. Am Montag hatte er dann in Oldenburg zu tun und hatte den Land Rover in der Rosenstraße, in der Nähe des Hauptbahnhofs geparkt. Nach seinen Besorgungen hatte der Wagen dort nicht mehr gestanden. Aden hatte den Diebstahl ordnungsgemäß der Polizei und dem Leasingunternehmen in München gemeldet. Damit war für ihn der Fall erledigt gewesen.

Im nächsten Absatz standen der Name, die Adresse und die Telefonnummer des Fahrers.

Stephanie rief den Mann an. Schon bei den ersten Worten ahnte sie, dass es sich um einen älteren Herren handeln musste. Sie wollte es aber genau wissen und verabredete mit ihm ein

Treffen für den kommenden Nachmittag in der Polizeiinspektion.

***

»Koop hier.«

Konnert hielt in der einen Hand seine Pfeife und in der anderen den Telefonhörer.

»Ja?«

»Frau Otten, die Ehefrau von Michael Otten, dem Inhaftierten, der mit Knieling befreundet war, hat mich eben angerufen. Ihr Ehemann ist noch nicht zu Hause eingetroffen.«

»Ja?«

»Otten hatte Wochenendurlaub mit der Auflage, ihn bei seiner Frau zu verbringen. Er hat um 10:45 Uhr die Haftanstalt verlassen und ist zur Bushaltestelle gegangen. Spätestens um 11:30 Uhr hätte er zu Hause ankommen müssen. Wir haben jetzt 14:10 Uhr und gehen davon aus, dass etwas passiert sein muss. Das alles zu Ihrer Information.«

»Vielen Dank.« Pfeifenqualm kräuselte sich zur Bürodecke.

»Nachforschungen sind eingeleitet.«

Anscheinend erwartete der Anstaltsleiter einen Kommentar von Konnert. Der sagte erst mal nichts zu dem Vorfall. Stattdessen fragte er: »Herr Koop, sind eigentlich die beiden Kladden in der Zwischenzeit aufgetaucht?«

Irritiert vom plötzlichen Themenwechsel antwortete Koop: »Die Durchsuchung des Haftraumes Beeken wurde von mir angeordnet. Bisher gibt es noch keine Rückmeldung.«

Dann legte er auf.

Mit den Fingern an der Nasenwurzel stellte sich Konnert ans Fenster. Zwei Dohlen suchten im Grünstreifen zwischen Fahrbahn und Radweg nach Futter. Knieling erdrosselt. Und Otten ist möglicherweise untergetaucht?

Mit ein paar Schritten war er am Schreibtisch, griff zum Telefon und rief in der JVA an. »Bitte informieren Sie Kommissar Venske. Er möchte mich anrufen.«

Wieder zurück am Fenster, wartete Konnert. Die Dohlen flogen über den Zaun des gegenüberliegenden Grundstücks. Von einem Busch pickten sie letzte Beeren. Er drückte den Tabak in seiner Pfeife nach.

Das Telefon klingelte. Venske rief zurück. »Bernd, Otten ist nicht bei seiner Familie angekommen. Konzentrier dich bei den Befragungen verstärkt auf die Person Otten.«

»Ist klar.«

»Und noch etwas. Du wolltest deinen eigenen Fall haben. Kümmere dich um Otten.«

***

Zwei Kerzen brannten auf dem Adventskranz im Arbeitszimmer der Staatsanwältin. Es roch nach Tannenwald und Bienenwachs. Konnert war beeindruckt. Er überlegte, ob die Kerze, die seit zwei Wochen bei ihm auf dem Schreibtisch stand, von ihr dahin gestellt worden war. Nie käme er selber auf die Idee, eine Kerze mit ins Büro zu bringen und sie auch noch anzuzünden.

Dorothee Lurtz-Brämisch schaute ihn mit einem freundlichen Lächeln an. »Sie haben sich gleich auf den Weg zu mir gemacht. Ich weiß das zu schätzen.«

»Ich möchte Ottens Flucht im Zusammenhang mit dem Fall Knieling bearbeiten.«

»Ermitteln Sie, wie von Ihnen gewünscht.«

Die Staatsanwältin notierte ihre Anweisung in eine Akte.

»Das passt auch zu einer Information, die aus dem Fachkommissariat 5 kommt. Der Seidenschal, mit dem Knieling erdrosselt wurde, gehörte Otten. Jetzt ist er auf der Flucht. Das legt doch den Verdacht nahe, dass er Knieling getötet haben könnte.«

»Aber warum sollte Otten morden? Warum baut ein Inhaftierter erst eine freundschaftliche Beziehung zu einem Mithäftling auf und tötet ihn dann?«

»Es soll ein sexuelles Verhältnis gewesen sein. Vielleicht gab es Streit. Eifersucht wäre ein Motiv.«

»Beide hatten ihre baldige Entlassung vor Augen.«

»Umso unwahrscheinlicher ist eine Selbsttötung.«

Konnert dachte nach. »Knieling war am Montag fast in Panik. Die Drohung, ihn durch die Mangel zu drehen, schien für ihn schlimmer als der Tod zu sein. Ich glaube nicht an eine sexuelle Beziehung. Da haben sich zwei zusammengetan, um den Druck im Gefängnis besser aushalten zu können. Otten hat Frau und zwei Töchter. Er ist ein Handwerker. Wegen fahrlässiger Tötung verurteilt. Der ist doch kein Mörder. Ich denke, die anderen auf der Station sind neidisch auf die beiden gewesen und haben sie als Homopärchen abgestempelt. So konnten sie auf Knieling und Otten herabsehen und sich ihnen überlegen fühlen.«

»So sehen Sie das«, meinte die Staatsanwältin, »aber bedenken Sie, Knieling ist tot. Mit Ottens Schal erdrosselt.«

»Und der ist jetzt auf der Flucht, weil er befürchtet, dass wir ihm den Mord anhängen.«

»Nein, das glaube ich nicht. Otten ist wohl ein einfacher Mann. Aber er ist bestimmt nicht dumm. Wenn er tatsächlich unschuldig wäre, würde er dann fliehen? Bestimmt nicht. Er würde darauf vertrauten, dass Sie den wirklich Schuldigen finden. Er hat Knieling getötet. Darum ist er entwichen.«

***

Sie trafen sich im Besucherzimmer gleich rechts nach der Zugangsschleuse in der Polizeiinspektion. Stephanie war sofort klar, dass der kleine Mann im dunkelblauen Mantel nicht im Land Rover neben Janina Geißendörfer hergefahren war. Sie schätzte ihn auf 130 Kilo und vom Alter her auf über sechzig Jahre.

»Wie ich sehe, enttäusche ich Sie«, sagte er und reichte ihr die Hand.

Ein fester Händedruck verstärkte bei Stephanie den Eindruck eines in sich ruhenden Buddhas, der das Leben genoss und ab und zu ein Wildschwein oder einen Fuchs schoss.

Sie setzten sich, und Stephanie fragte: »Können Sie Gedanken lesen?«

»Wohl eher Ihre Körpersprache. Das gehört zur Grundvoraussetzung für erfolgreiche Verhandlungen und Geschäftsabschlüsse. Ich vertrete Herrn Aden in Konferenzen und bei unseren Geschäftspartnern, wenn er mit seinen Kutschpferden beschäftigt ist.«

»Ich muss Sie das fragen: Was hatten Sie am Montagmorgen der vergangenen Woche in Oldenburg zu erledigen?«

»Ich habe schon in meinem Kalender nachgesehen. Ich hatte um neun Uhr einen Termin beim Arzt und wurde sofort von ihm empfangen. Für die Untersuchung und das anschließende Beratungsgespräch brauchte er circa zwanzig Minuten. Danach habe ich im *Schwan* gefrühstückt. Ich hatte nüchtern in der Praxis zu erscheinen. Gegen elf Uhr bin ich dann zum Auto zurückgegangen. Es war aber nicht mehr da. Es wurde gestohlen, wie Sie schon wissen.«

»Bitte sagen Sie mir noch, wo Sie am Dienstag, den 3. Dezember, vormittags waren.«

»Dafür muss ich meinen Terminkalender befragen.« Er aktivierte einen Organizer. »Ich kann mich von dem alten Stück nicht trennen. Ist ja funktionstüchtig. Nun, am Dienstagvormittag hatte ich um elf Uhr eine Besprechung mit dem Produktionsleiter unserer Betriebsstätte in Bösel. Herr Kreider, Telefon 04494 714638.«

»Wo Sie gerade Ihren Kalender geöffnet haben. Wo waren Sie am Sonntagabend?«

»Am Siebten? Auf dem Rückflug von einer kurzfristig notwendig gewordenen Geschäftsreise. Von Chengdu über Peking und Amsterdam nach Bremen. Ankunft am Montagmorgen.«

»Sie verstehen, wir werden die Angaben für den Dienstag überprüfen. Vielen Dank, dass Sie gekommen sind.«

Für Stephanie war die Spur *Land Rover* tot.

***

Mit der Hand am Haltegriff über der Tür kauerte Otten mit dem Rücken an der Seitenscheibe vom Alfa. Er beobachtete Eugen. Der hielt sich jetzt auf der Bundesstraße peinlich genau an die Geschwindigkeitsbegrenzungen. Sie fuhren eine Eichenallee entlang. Links konnte Otten Ferienhäuser sehen. Zwei Baggerseen merkte er sich. Nethen stand auf einem Ortsschild. Auf einem anderen Mollberg. Dann bogen sie rechts ab. Laher konnte er noch lesen. Das zweite Wort auf dem Straßenschild verschwamm ihm vor den Augen. Der Heizungsventilator blies Schweinegeruch ins Auto.

Eugen kuppelte aus und ließ den Alfa hinter einem Wohnhaus ausrollen. »Endstation, mein Freund. Alles aussteigen. Die Fahrt endet hier. Und komm mir nicht auf dumme Gedanken. Ich bin schneller als du.«

Mit seiner Reisetasche in der Hand wartete Otten am Auto und sah sich um. In der Fertiggarage war das Tor geöffnet. Er konnte einen Rasenmäher und Gartengeräte entdecken. Zwei Obstbäume reckten in der Rasenfläche dahinter die kahlen Äste in den grauen Himmel. Sichtschutzelemente begrenzten das Grundstück auf der einen Seite. Drumherum ein abgeerntetes Maisfeld, auf dem Wasserlachen in Senken standen.

Eugen kam um das Auto herum. »Kehrt marsch, mein Freund.« Mit Eugens Hand im Nacken wurde Otten zur Hintertür geführt. Im Flur leuchtete eine Deckenlampe auf, und sein Bewacher schob ihn an einer Holztreppe vorbei. Er hat die Tür nicht abgeschlossen, merkte sich Otten. Eugen führte ihn in eine Küche.

Es war warm im Zimmer. Orangefarbene Schränke hingen an niedrigen Wänden und darunter die Spüle, Kühlschrank, Herd und Spülmaschine. Eichenstühle standen um einen Tisch herum. Der Fußboden war mit bräunlichen Teppichfliesen ausgelegt. Alles sah alt, aber sauber und benutzt aus. Es roch auch nicht muffig, wie in selten gelüfteten Räumen.

»Setz dich und entspann dich, mein Freund. Wir sind da.«

»Ich will nach Hause.«

»Das kann ich verstehen. Ich will auch so viel und bekomme so wenig. Dein Wunsch wird leider unerfüllt bleiben müssen.«

»Warum? Ich habe gemacht, was Sie wollten. Sie haben mir versprochen, alles würde wieder gut. Ich will nach Hause.«

»Begreif doch endlich mal, dass ich nicht dauernd alles zweimal sagen möchte.« Eugen zündete sich eine Zigarette an. »Auch eine?«

Otten griff zu. »Aber Sie haben es versprochen.«

»Tja, da habe ich mich wohl versprochen. Kommt schon mal vor. Tut mir leid für dich. Du warst ein nützlicher Idiot. Aber du weißt zu viel. Zum Beispiel wie ich aussehe, wohin wir gefahren sind oder was ich dir beigebracht habe.«

»Ich werde niemandem etwas davon sagen. Ich verspreche es.«

»Und versprichst dich so wie ich?« Er lachte, als hätte er einen guten Witz gemacht. »Wir reden noch einmal darüber. Okay? Willst du was trinken? Ein Bier, einen Klaren oder etwas Edles? Einen Whisky, Grappa oder einen Sekt zum Abschluss der Aktion?«

Otten schwieg.

Eugen holte sich eine Flasche aus dem Kühlschrank, ließ den Verschluss aufploppen und trank mit zurückgelegtem Kopf.

***

Als Babsi sah, dass Konnert den Mittelgang im Großraumbüro entlang kam, gab sie sich einen Ruck, stand auf und lief hinter ihm her. »Adi, gehst du zum Mittagessen? Kann ich mitkommen?«

»Aber selbstverständlich. Gern.«

»Aber nicht in die Kantine. Ich möchte mit dir sprechen, ohne Kollegen am Nachbartisch sitzen zu haben.«

»Wohin möchtest du dann gehen?«

»Nach gegenüber.«

Er wartete, bis seine Kollegin sich ihren Mantel angezogen hatte. Wortlos gingen sie miteinander über die Straße ins Zeus im Ziegelhof.

Wenig später hatten sie bestellt. Babsis Lippen bewegten sich nervös, aber sie sagte nichts. Konnert sah ab und zu in ihre Richtung und saß stumm da, wie es seine Gewohnheit war.

Die Getränke wurden serviert. Babsi klammerte sich an ihre Cola. »Adi, ich habe einen Film gesehen.«

Er nickte und sah Babsi an.

»Vielleicht kennst du ihn.« Sie wartete auf eine Reaktion.

Mehr als ein fragendes Gesicht bekam sie nicht.

»Er heißt *Der stumme Schrei.*«

»Ich habe ihn auch einmal vor gut zehn Jahren gesehen.«

Statt um das Colaglas, presste Babsi ihre Hand jetzt auf ihren Mund. Sie wurde blass. Plötzlich stand sie auf und lief in Richtung der Toiletten. Konnert schloss die Augen.

Kleine Wassertropfen hingen in Babsis Haaren, als sie zurückkam. Sie schob die Schale mit dem Salat in die Mitte des Tisches. »Ich habe meinen Appetit verloren.« Sie seufzte. »Nicht nur heute. Schon seit ...« Sie brach mitten im Satz ab. Dann sah sie Konnert an und sagte: »Iss du ruhig. Wirklich. Es macht mir nichts aus. Vielleicht kann ich sogar besser reden, wenn du mit deinem Essen beschäftigt bist.«

Er stocherte in seiner Vorspeise herum und begann dann langsam, einzelne Salatblätter aufzuspießen.

»In dem Film wird gezeigt, wie ein Mensch abgetrieben wird. Alte Aufnahmen. Manchmal sind sie nur schwer zu erkennen«, sie holte tief Luft, »und noch schwerer zu ertragen.«

Mit weit aufgerissenen Augen und offenem Mund ließ sie den Rest der Atemluft entweichen und sackte zusammen.

Konnert wartete darauf, dass sie wieder einatmete.

Ein Zucken ging durch ihren Körper. Ihr Kinn zitterte. »Weißt du, mein Verlobter wollte die Abtreibung. Unbedingt. Er hat gedroht, mich zu verlassen. Und jetzt spiele ich in Gedanken durch, wie ich ihn umbringen kann.« Sie hielt ihre Hand vor den Mund. »Aber das wäre dann mein zweiter Mord.«

»Ja«, sagte Konnert und schob auch seinen Salat zur Seite.

»Eine Freundin von mir meint, ich sei etwas überspannt. Ich soll mir einfach einen anderen Freund suchen und mit ihm in einen schönen Urlaub fahren, damit ich auf andere Gedanken komme. Das kann ich nicht.«

»Ist etwas mit dem Salat?« Die Bedienung stand mit der Hauptspeise neben dem Tisch.

»Nein, damit ist alles in Ordnung.« Konnert nahm seinen Oberkörper zurück. Die junge Frau servierte aber erst bei Babsi, dann bei ihm. Ihr Gesicht verriet Unverständnis, als sie zurück in die Küche ging.

»Ich habe sogar daran gedacht, mich selbst umzubringen und es auch versucht. Mein Körper hat sich dagegen gewehrt, wie das Kind in dem Abtreibungsfilm, und ich habe die Tabletten wieder herausgewürgt. Aber irgendetwas muss ich doch tun. Ich fühle mich so schuldig.«

Sie drehte das Colaglas und trank dann ein Schlückchen. Auch Konnert nippte an seinem Mineralwasser.

»Sag du mir, was ich machen soll.«

Er zögerte, wiegte den Kopf hin und her und legte die Hände neben seinen Teller. »Ich kann dir nicht sagen, was du tun sollst. Ich kann nur von mir reden und dir erzählen, wie ich mit Schuld umgehe. Willst du das hören?«

Sie nickte kurz und beugte sich vor.

»Das weißt du auch, Babsi, dass kein Mensch ohne Schuld ist. Wir werden auf die eine oder andere Weise alle schuldig. In diesem

Leben bewerten wir das eine Vergehen als Kleinigkeit und ein anderes als Kapitalverbrechen. Über das eine gehen wir oberflächlich hinweg, für ein anderes werden wir bestraft. Ich glaube, dass bei Gott jedes Unrecht gleich schwer wiegt. Ob einer lügt oder ein anderer tötet, Gott behandelt beide gleich. Er bietet jedem Menschen Vergebung an. Wirklich jedem, egal, was er getan oder an Gutem unterlassen hat. Darauf vertraue ich.«

»Vergebung? Was soll das sein?«

»Es bedeutet, dass Gott nichts mehr gegen mich hat und ich von ihm keine Strafe befürchten muss. Und dass ich auch mir vergeben darf und kann und auch ich mich nicht bestrafen muss.«

»So einfach soll das gehen?«

»Ich kenne keinen anderen erfolgreichen Weg mit Schuld umzugehen als den Weg der Vergebung. Und einfach ist der bestimmt nicht.«

Nach einer Stunde räumte die Bedienung die Teller ab. Babsi und Konnert hatten ihr Essen nicht angerührt, nur ein weiteres Getränk bestellt und getrunken.

Zurück im Kommissariat fand Konnert die kopierte Akte aus der Vollzugsanstalt auf seinem Schreibtisch. Sie enthielt die Personenstandsdaten, die haftabhängigen Einträge, Knielings Anträge und die dazugehörenden Niederschriften und Gutachten. Daneben lag die Ermittlungsakte und abseits davon die beiden Kladden. Aktenlesen, sich an die Tage mit Knieling in der Waldarbeiterhütte erinnern und sich wieder in ihn hineinversetzen, sich erneut mit dem Leben und Denken des Opfers vertraut machen, über mögliche Motive nachdenken, stand endlich auf Konnerts Programm.

Aber vorher eine Pfeife aussuchen. Er wählte eine Vauen Basic und stopfte sie mit Sillem's Rot. Zurückgelehnt genoss er die ersten Züge. Dann beugte er sich vor, um die Ermittlungsakte aufzuschlagen und sie genau zu studieren.

Sascha Knieling, geboren am 27. Juni 1955 in Gronau. Vater unbekannt. Stiefvater 1964, Mutter 1973 gestorben. Verschiedene Pflegeeltern, Kinderheime, 1969 Einweisung in die Fürsorgeerziehung nach Hartingsen. 1971 von dort entwichen und knapp ein Jahr danach bei einem Ladendiebstahl erwischt. Urteil zur Bewährung ausgesetzt. Erneut straffällig. Vollstreckung der Haftstrafe in der Jugendstrafanstalt Attendorn. Konnert überblätterte die folgenden Seiten und fand die eigenen Protokolle und Vernehmungsniederschriften aus dem Jahr 2010.

Zum Glück, dachte Konnert, nimmt nicht jedes Leben eines Jungen, den seine Mutter vernachlässigt, einen solchen Verlauf. Und nicht jeder, der in seiner Kindheit als schwierig gilt, wird kriminell. Er musste an sich selbst denken und lehnte sich zurück. Manchmal wird einer sogar Kriminalhauptkommissar.

Seine Pfeife war ausgegangen. Mit einem Feuerzeug zündete er sie neu an und paffte mit dem Blick auf die Bilder an der Wand. Was wäre wohl aus mir geworden, wenn man mich nach Hartingsen geschickt hätte?

Seine Gedanken kehrten zu Knieling zurück.

Den ersten Teil der Anstaltsakte mit den Personendaten überblätterte er. Beim Lesen des zweiten Teils ging ihm erneut die Pfeife aus. Er merkte es nicht, zog weiter daran und stutzte bei der Auflistung der Finanzen des Toten. Von März 2011 bis Juni 2014 waren regelmäßig Überweisungen in Höhe von monatlich vierhundert Euro eingegangen. Davon waren seine Prozesskosten und Schulden bezahlt worden. Für den wöchentlichen Einkauf blieben ihm zusätzlich zum Taschengeld fünfzig Euro. Er war für Gefängnisverhältnisse ein wohlhabender Mann, stellte Konnert fest. Er erinnerte sich an einen Satz Knielings vom vergangenen Montag: Bis vor einem halben Jahr ist es mir sogar sehr gut gegangen. Möglicherweise war auch wegen der finanziellen Mittel Neid bei anderen Gefangenen aufgekommen. Hatten sie ihn deshalb ausgegrenzt?

Aus den Unterlagen ging nicht hervor, von wem die Geldzuwendungen gekommen waren.

Auf seinen Block notierte Konnert, dass er das nachprüfen wollte.

Knielings Verlegung auf die Station B2 war das Ergebnis eines gut begründeten Antrags und einer vorzüglichen Sozialprognose in einem ausführlichen Gutachten gewesen.

Wer hatte trotzdem so viel Wut auf ihn, dass er ihm mit Vergewaltigung und Mord drohte? Zur Vergewaltigung war es nicht gekommen. War es doch kein Mord gewesen?

Mit einer bedächtigen Bewegung kratzte er die Pfeife aus und zog einen Pfeifenputzer durch das Mundstück. Er legte sie zurück in die dafür vorgesehene Schublade seines Schreibtisches.

Im Büro seines Stellvertreters ging das Licht an. Venske warf einen Packen Papiere und sein Notizbuch auf das Chaos vor dem Computer und kam zu Konnert herüber.

»Nichts Neues unter der Sonne. Als hätten sich die Kerle alle abgesprochen. Niemand hat am Dienstagabend etwas auf der Station gesehen, gehört oder gerochen. Sie schweigen. Einer nahm sich meinen Kugelschreiber und malte sich drei Punkte zwischen Daumen und Zeigefinger. Punkt, Punkt, Punkt und Ende. Ich habe nichts gesehen, nichts gehört und sage auch nichts.«

»Auch nichts zu Otten?«

»Doch, über den reden sie wie ein Wasserfall. Er sei ein wunderbarer Mensch gewesen, immer hilfsbereit und für jeden

Scherz zu haben. Dabei verziehen sie ihre Mundwinkel, dass die Ohren Besuch bekommen.«

»Ist mir klar.«

»Als wäre heute Freitag der 13. und nicht der 12. Alles läuft irgendwie ins Leere.«

»An Gott magst du nicht glauben, aber dass ein Datum Einfluss auf Ermittlungsergebnisse haben soll, das scheint dir logisch zu sein. Ich bitte dich!«

Venske schwieg.

Nachdem Konnert seinen Schreibtisch aufgeräumt hatte und gegangen war, holte Venske den Aktenordner mit der Aufschrift »Tschabo Dumitrescu« hervor. Er vertiefte sich erneut in die Protokolle und Zeitungsmeldungen, die er für sich abgeheftet hatte. Zum ersten Mal fiel ihm auf, dass er kein aktuelles Foto hatte, auf dem der Mann auf einem Stuhl oder im Sessel saß. Immer stand er irgendwo.

***

Die Titelmelodie aus *Spiel mir das Lied vom Tod* zerriss die Stille. Michael Otten schreckte aus seinen Gedanken auf. Eugen kramte das Handy aus der Jacketttasche und nahm das Gespräch an.

Nachdem er einen Moment lang zugehört hatte, antwortete er: »Ja, alles wie abgesprochen. Hat wunderbar geklappt. Otten sitzt mir gegenüber und macht entweder einen auf empört oder kackt sich fast in die Hose.« Plötzlich bekam er rote Ohren. »Das sollen wir ja nicht mehr sagen.«

Eugen stand auf, verließ die Küche und schloss die Tür.

Otten konnte nicht hören, was draußen gesprochen wurde. Er sah sich um und bemerkte, dass die Fenster abschließbare Griffe hatten. Die Schlüssel fehlten. Natürlich. Hinter den Scheiben breitete sich die Nacht aus. Licht war auch in der Ferne nicht zu sehen.

Ich komme hier nicht lebend raus, ging ihm durch den Kopf. Der bringt mich um. Aber wenigstens habe ich meine Frau und die Kinder gerettet, versuchte er sich zu trösten. Doch die haben Eugen auch gesehen. Tränen sammelten sich in seinen Augen. Verdammt, verdammt, verdammt. Was soll ich nur machen?

Er schlich zu den Küchenschränken auf der anderen Zimmerseite und zog eine Schublade auf. Gabeln, Löffel und Messer lagen perfekt nebeneinander aufgereiht in einem Besteckkasten. Die Messer hatten abgerundete Schneiden. Er prüfte mit dem Daumen die Schärfe. Unbrauchbar. In der Lade darunter stapelten sich Geschirrhandtücher und Topflappen. Er knallte sie zu und riss die nächste auf. Mit beiden Händen wühlte er in Kellen und Pfannenhebern und anderem Küchenkram herum. Aber er fand kein Brotmesser oder ein Fleischermesser mit spitzer Klinge.

»Suchst du was?« Eugen stand direkt hinter ihm. »In der Schublade rechts wärst du fündig geworden. Das Glück ist nicht auf deiner Seite. Und außerdem besitze ich diese hier.« Er griff seitlich unter sein Jackett und holte eine Pistole hervor. »Glaub mir, ich kann damit umgehen.« Er schubste Otten. »Setz dich! Ich bekomme Hunger. Du doch bestimmt auch.«

»Bitte lassen Sie mich gehen«, bettelte Otten, als er wieder am Tisch saß. »Meine Frau und meine Töchter brauchen mich doch.«

»Hör auf zu flennen! Wer A sagt, muss auch B sagen. So ist das im Leben. Das weißt du genau.«

Eugen ging zum Kühlschrank und öffnete das Tiefkühlfach. »Welche Pizza willst du? Ist deine Henkersmahlzeit. Wähle gut! Im Angebot sind *Vier Jahreszeiten*, belegt mit Spinat, Thunfisch, Salami und Champignons, und eine *Speziale* speziell für dich mit Salami und Schinken.« Er grinste. »Ich nehme die, die du nicht magst.«

»Das mit der Henkersmahlzeit ist ein Scherz. Ich habe doch recht? Oder?« Otten versuchte, im Gesicht seines Entführers zu lesen.

Der spitzte seine Lippen, als wollte er flöten. »Selbstverständlich, mein Freund. Wisch dir die Tränen ab. War nur so dahergeredet. Du verstehst doch Spaß, oder? Also, welche Pizza darf ich servieren?«

Otten wischte mit beiden Händen die Tränen von den Wangen und zog den Rotz in der Nase hoch. Sein Blick hing an der Schublade, in der die Messer liegen sollten. Ich mag ein Idiot sein, sagte er sich, aber ich bin kein Trottel, mit dem man machen kann, was man will. Auf einmal musste er lächeln. Er dachte an einen blöden Spruch, den sein Onkel immer zu ihm gesagt hatte: Wenn du keine Chance hast, dann nutze sie.

»Wie ich sehe, freust du dich. Das finde ich gut. Also zum letzten Mal. Welche Pizza bestellst du?«

»Die Vier Jahreszeiten. Und wenn es möglich ist, hätte ich dazu gern ein alkoholfreies Bier.«

»Ohne fehlt auf der Getränkekarte.«

»Dann eins mit und ein Glas bitte.«

»Sehr wohl, mein Herr.« Eugen schien sich zu amüsieren. »Das nenne ich eine sportliche Lebenseinstellung. Sich mit Anstand und Etikette verabschieden. Hätte ich nicht von dir gedacht.«

***

Konnert las unter dem Heizstrahler auf der Terrasse die ersten Zeilen in Knielings Aufzeichnungen. Er hatte damit begonnen, über verschiedene Pflegefamilien zu schreiben und aus seiner späteren Sicht ihre Bemühungen bewertet. Ein paar Erinnerungen an gute Zeiten waren dabei. *Sie konnten mir aber keinen Halt geben*, stand da. Knieling schilderte ohne Verbitterung die Zustände in den Kinderheimen der 1960er Jahre. Er zeigte sogar Verständnis für die mangelhafte Pädagogik der Erzieher. Immer noch wirkten die Werte der Vorkriegszeit nach. Die jüngeren Erzieher hatten so gut wie keinen Einfluss in den Heimen.

Bei einem Glas Rotwein las Konnert die nächsten Abschnitte. Über ihm hörte er, wie sich Ruth und Sven im Bad für die Nacht zurechtmachten. 23 Uhr. Er kam in der Kladde bis zur Einweisung Knielings in die Fürsorgeerziehung in Hartingsen.

Weder Mond noch Sterne zeigten sich am Himmel. Im Süden schimmerten die Lichter der Stadt unter einem bleiernen Wolkenhimmel. Es würde später bestimmt regnen.

Wo mochte Otten jetzt stecken?, überlegte Konnert. Verbarg ihn seine Frau im Keller? Lag er frierend hinter einer Bushaltestelle oder in einer Scheune?

Konnert rauchte und betete – auch für Otten.

Morgen ist auch noch ein Tag, sagte er sich. Auf dem Weg durchs Wohnzimmer kniete er sich vor das Bücherregal. Rechts unten standen Bücher, aus denen er wusste, wie es nach dem Krieg in den Besserungsanstalten zugegangen war. Die Zustände hatten ihn zum Weinen gebracht. Manchmal aus Wut über die Brutalität in den Heimen und manchmal aus Dankbarkeit, vor einer Einweisung bewahrt worden zu sein.

Er zog zwei Bücher heraus und blätterte ein paar Seiten um. Unterstreichungen und in Minischrift gemachte Anmerkungen stießen eine Erinnerung an.

Zur Abschlussfeier nach der Polizeiausbildung waren seine Eltern angereist. Beim Festessen hatte sich seine Mutter zu ihm herübergebeugt und gesagt: »Ich bin stolz auf meinen Polizisten. Meine Erziehung kann dann ja wohl nicht so ganz falsch gewesen sein.« Er hatte die Lippen zusammengepresst und nichts dazu gesagt.

***

Sie hatten damit angefangen, Witze zu erzählen, und Otten schöpfte ein bisschen Hoffnung. Dann erzählte Eugen von seinen beiden Brüdern. Einer saß in Rumänien im Gefängnis. Der andere verbüßte eine lebenslange Strafe in Österreich. Otten wischte sich den Schweiß von der Stirn. Ihm gegenüber prahlte ein Berufsverbrecher mit den Straftaten seiner Geschwister. Aber war er auch ein Auftragskiller, oder erpresste er nur andere? Zwischendurch dachte Otten an seine Töchter, die sich bestimmt Sorgen machten. Die Sehnsucht nach seiner Frau ließ ihn manchmal seufzen.

»So schwer ist das Leben?«, fragte Eugen und lachte. »Ach, Otten, dann sei doch froh, dass es bald vorbei ist.«

Er spielt mit mir, wie die Katze mit der Maus, bevor sie tötet. Aber bisweilen entwischt die Maus der Katze. Wieder dachte er an seine Familie. Ich werde nicht aufgeben. Für sie kämpfe ich.

»Sie belasten Ihr Gewissen, wenn Sie mich umbringen.«

»Ich habe kein Gewissen. Was gestern war, ist vergangen, erledigt, vergessen. Ich lebe heute und tue das, was mir jetzt nutzt.

Das ist meine Devise. Was morgen ist, weiß doch sowieso niemand. Und wenn du tot bist, bist du tot. Dann kräht kein Hahn mehr nach dir.«

Sie tranken schon den ganzen Abend Bier und Doppelkorn. Otten versuchte, Eugen unter den Tisch zu saufen. Er setzte Hoffnung in seine Handwerkerleber. Sie war bestimmt an ihren Aufgaben gewachsen und größer als die von Eugen, und sie arbeitete schneller, effizienter.

»Warum musste Knieling eigentlich sterben?«, traute er sich gegen zwei Uhr zu fragen.

»Das weiß ich doch nicht. Mein Boss sagt mir, was ich zu tun habe, und ich erledige das. Fertig. So ist es ja auch bei dir gelaufen. Ich habe dir gesagt, was du tun sollst, und du hast es gemacht. Und fertig.«

»Und wenn ich mich geweigert hätte?«

»Hast du aber nicht. Oder?«

Otten ließ die Frage im Raum stehen, schenkte aus der zweiten Flasche Doppelkorn nach und achtete darauf, dass Eugen mehr bekam als er. Das eigene Glas hielt er in der Hand, damit der nicht sehen konnte, dass es nur halb gefüllt war. »Nich lang snacken, Kopp in' Nacken!«

»Hast du es gemacht oder nicht?« Eugen kippte den Schnaps hinunter. Otten nippte nur, wenn auch mit zurückgelegtem Kopf.

»Du weißt doch schon über alles Bescheid. Warum fragst du dann noch?«

»Mittwoch haben sie einen inner Blechkiste mit einem Leichenwagen abtransportiert.« Eugens Zungenschlag wurde schon schwerfällig.

»Und wenn einer auf der Krankenstation gestorben ist?«

»Dann fährt keine Bullerei hinterher.«

Eugen tapste zum Kühlschrank, um eine weitere Flasche Bier zu holen. Otten griff wieder zum Doppelkorn und füllte Eugens Glas auf.

»Ich weiß alles. Und du weißt zu viel.« Eugen grinste. »Kennst du den Unterschied zwischen alles und zu viel?«

Er bekam ein Kopfschütteln als Reaktion.

»Der eine überlebt. Der andere beißt ins Gras.«

Auch die Handwerkerleber konnte gegen drei Uhr die Alkoholmenge nicht mehr zügig genug abbauen.

»So«, Eugen drückte seinen Rücken durch, »nun wird es Zeit. Stell das Glas in die Spüle. Meins bleibt hier. Nachher nehme ich mir den Rest vor.« Er zeigte auf die Flasche. »Jetzt bist erst einmal du dran ... alle gemacht zu werden.«

Otten blieb sitzen.

»Los«, Eugen rieb sich die Augen mit den Fingerknöcheln, »stell das Schnapsglas da rüber.«

Zitternd griff Otten über den Tisch.

»Trinken wir noch einen, Eugen. Auf dich und deine Brüder.«

»Ich bin ja kein Unmensch, mein Freund. Schenk ein. Aber ehrlich!«

Eine kleine Chance schien sich aufzutun. Sie tranken.

»Austrinken! Meinste, ich wär blind? Du willst mich besoffen machen? Dich schaffe ich immer. Immer und zu jeder Zeit, sage ich. Klar?«

Mit einem Schlag war Otten so gut wie nüchtern. Er stand auf, ging zur Spüle, behielt aber die Schublade mit den Messern im Auge. Er kam nicht dazu, einen Schritt zur Seite auszuweichen. Eugen drückte ihm den Lauf der Pistole zwischen die Schulterblätter.

»Immer dasselbe mit dir. Einmal was sagen muss doch reichen. Das nennt man Gehorsam, mein Freund.«

Das Glas fiel ins Becken.

»Zieh dir deinen Mantel an. Wir gehen ein paar Schritte.« Otten selbst zog sich nur den Schal um den Hals fest, knüpfte auch den oberen Knopf am Jackett zu und schlug den Kragen hoch.

»Los, vorwärts, nach draußen!« Eugens Aussprache klang erstaunlich deutlich. Otten ließ alle Hoffnung fahren und stolperte vor seinem Entführer her den Flur entlang, hinaus durch die Hintertür in die kalte Winternacht.

Der sternenlose Himmel war schwarz. Die Hoflampe im Nacken, tapste Otten auf seinen eigenen Schatten zu. Eugen ging hinter ihm und dirigierte ihn mit dem Pistolenlauf auf die Straße. Da war es stockdunkel.

Langsam gewöhnten sich die Augen an die Dunkelheit und die Teerstraße hob sich von der Umgebung ab.

»Weiter, mein Freund. Immer weiter. Schön einen Fuß vor den anderen. Jetzt bitte keine falsche Bewegung mehr. Denk gar nicht erst daran.«

Otten dachte nicht an Flucht. Eine Kugel im Kopf war am Ende besser als eine Kugel im Rücken, um dann elendig in einem nassen Graben zu verbluten.

»An der nächsten Abbiegung links, mein Freund. Gleich sind wir da.«

Vor dem Nachthimmel zeichnete sich ein einsamer Stall ab. Die Torbänder und das Schließblech der Holztür glänzten hell, als wären sie erst vor kurzem gestrichen worden. Er roch den Jauchegestank.

»Hier, mach auf!« Eugen stieß ihn mit einem eisernen Kuhfuß an. »Weil du so schnell vergisst, was ich dir gesagt habe, wiederhole ich mich. Denk nicht einmal daran, mein Freund.«

Nur für einen Moment dachte Otten doch daran, mit dem Einbruchwerkzeug zuzuschlagen. Dann verschob er den Versuch, sich zu befreien, und brach die Tür auf. Sie gingen hinein. Eugen machte Licht. In einem quadratischen Flur standen zwei Paar Gummistiefel. Ein schwarzes Paar war offensichtlich für einen Mann. Das andere war kleiner und grün. An beiden haftete Schweinekot. Drei blaue Kittel hingen an der Wand neben einem Waschbecken und Behältern mit Seife und Desinfektionsmittel. An einer Seitentür klebte das Symbol für eine Dusche. Ein anderer Aufkleber war eingerissen. Auf ihm stand: *Landwirtschaft dient allen.*

»Vorwärts! Es ist gleich vorbei.«

Die nächste Tür war nicht abgeschlossen. Otten stieß sie auf. Neonröhren unter der Decke flammten auf. Hunderte Schweine begannen zu quieken. Sie liefen zwischen Gittern aus verzinkten Rohren durcheinander. Der Lärm war ohrenbetäubend.

Eugen stand dicht hinter Otten und befahl: »Gib das Eisen her, und zieh den Mantel aus!«

Was blieb ihm anderes übrig, als wieder einmal zu gehorchen.

»Leg ihn auf die Erde. Hose runter, und leg deine Kleider auf den Mantel.«

Bedächtig legte Otten Kleidungsstück für Kleidungsstück ab. Er zitterte erbärmlich vor Kälte und Angst. Verstohlen blickte er sich um. An der Wand lehnten mehrere Schaufeln. Zu weit weg? Hätte ich doch bloß draußen zugeschlagen. Tränen der Verzweiflung stiegen ihm in die Augen. Hätte, hätte, Fahrradkette. Der blöde Spruch schoss ihm durch den Kopf.

»Kennst du das Lied von Reinhard Mey Gute Nacht, Freunde, es ist Zeit für mich zu gehen. Was ich noch zu sagen hätte, dauert eine Zigarette und ein letztes Glas im Steh'n?« Eugen schüttelte Zigaretten aus einer Schachtel Marlboro und bot Otten eine an.

Samstag, 13. Dezember

Im Garten nebenan schrien zwei Kater wie Babys. Konnert horchte und hoffte, dass sie ihren Revierkampf bald beenden würden. Aus dem oberen Stockwerk hörte er Schritte. Sven. Sein Schwiegersohn öffnete ein Fenster und klatschte in die Hände. Aufjaulend jagten die Katzen auseinander.

Hellwach lag Konnert im Bett. Er schloss die Augen und versuchte, sich zu entspannen. Normalerweise schlief er so nach wenigen Augenblicken ein. Aber ihm schoss der Name Knieling durch den Kopf, und das erinnerte ihn an einen Satz, den er in der Kladde gelesen hatte. *Liebe war in Hartingsen ein Fremdwort. Drill und Gehorsam, entwürdigende Strafen bei kleinsten Vergehen und harte Arbeit im Moor sollten uns zu ordentlichen Menschen machen.*

Und die Erzieher waren evangelische Diakone, wusste Konnert. Sie hätten von Güte und Vergebung und Barmherzigkeit wissen müssen, und von immer neuen Chancen, die Gott gibt. Sie waren doch theologisch ausgebildet worden. Wurden die entsprechenden Bibeltexte ausgeblendet? Kann man für die Art und Weise der liebevollen Hinwendung Gottes zu seinen Geschöpfen taub und blind werden? Vielleicht dann, wenn schwierige Jugendliche erst einmal Zuwendung zurückweisen und Geduld ausnutzen?

Konnert suchte weiter nach Erklärungen für den oft brutalen Umgang mit den Zöglingen. Lag es daran, dass die Männer selbst mit zu vielen Bestrafungen zu Gehorsam und Pflichterfüllung und zu als Demut getarnter Unterwürfigkeit erzogen worden waren? Ihnen fehlte auch eine pädagogische Ausbildung. Trotzdem. Das Gebot der Liebe mussten sie völlig verdreht verstanden haben.

An Schlaf war nicht mehr zu denken. Er ging in die Küche, füllte Kaffeepulver in den Filter und legte zwei Zwiebäcke zurecht. Der Wasserkocher summte. Er schaute aus dem Fenster. Im Gegenlicht sah Konnert leichten Regen. Norddeutsches Wetter. Regen zu Weihnachten.

Kurz darauf saß er mit einer Decke über den Knien unter seinem Heizstrahler. Mit der einen Hand hielt er die Pfeife und mit der anderen Knielings Kladde. Vom Tisch neben ihm stieg Kaffeeduft auf. Er las langsam. Einiges beschrieb Knieling ausführlich. Die verschiedenen Strafen zum Beispiel. Von tagelanger Isolation in einem Raum ohne Möbel bis hin zu körperlichen Züchtigungen. Er musste sich zusammenreißen, als er von den täglichen Morgenandachten und den Märschen in Dreierreihen zum sonntäglichen Gottesdienst las. Mit zusammengekniffenen Lippen las er, wie Knieling darüber berichtete, dass es den Befehl zum Mitsingen der Kirchenlieder gab. Die Missachtung der Anweisung bedeutete Rauchverbot und Ausschluss von Kartenspielen und Billard am Sonntagnachmittag.

Der Regen hörte nicht auf. Konnert kaute auf dem Mundstück seiner kalten Pfeife herum. Er las weiter: *Unter uns Zöglingen herrschte eine brutale Hierarchie. Die Älteren spielten sich als Herren auf, und wir Jüngeren mussten sie wie Könige bedienen. Wir nahmen uns dafür die Neuankömmlinge vor und quälten die. Durchhalten konntest du nur, wenn du Freunde hattest. Freundschaften waren aber den Diakonen verdächtig. Sie erschwerten ihnen die vollständige Überwachung, weil sie nicht mitbekamen, was miteinander besprochen und geplant wurde.*

Wir waren zu viert. Torsten, Ewald, Dieter und ich. Wir standen füreinander ein. Wir verschafften uns Respekt. Sogar bei den Älteren, und bei den Jüngeren und Schwächeren erst recht.

Wir lernten, dass Gewalt und Macht über andere wie Zwillinge zusammengehören.

Wehe mir, ich wäre dahin gekommen. Minutenlang saß Konnert still da und stierte in das Grau des Regens.

***

Im Polizeikommissariat Westerstede lief um 6:08 Uhr ein Notruf ein. Eine sich vor Aufregung überschlagende Frauenstimme kreischte: »In meinem Schweinestall liegen Knochen. Und ein Schädel. Von einem Menschen!«

»Sagen Sie mir bitte Ihren Namen.«

»Monika Rogge. Wir haben Mastschweine. Unser Stall steht allein im Feld. Als ich eben zum Füttern gekommen bin, sah ich die Knochen. Da ist etwas passiert. Die Schweine haben Hunger. Ich kriege die nicht von den Knochen weg. Kommen Sie. Sehen Sie sich das selbst an.«

»Wo liegt Ihr Stall?«

Mit wenigen Worten versuchte die Anruferin, den Standort ihrer Schweinezucht zu beschreiben. Der Beamte suchte den Platz vergeblich auf einer Landkarte. »Kommen Sie uns entgegen. Wir sind in fünfzehn Minuten in Mollberg.«

»Ich warte an der Oldenburger Straße. Wir fahren einen grünen Passat.«

***

Konnert hörte, wie sein Schwiegersohn die Brötchentüte mit der Zeitung vor der Wohnungstür fallen ließ und dann nach oben stieg. Bevor er sich zum Frühstück an den Küchentisch setzen konnte, klingelte sein Handy. Ein Kollege aus Westerstede meldete sich. »Tut mir leid, dass ich dich wecken muss. In Mollberg liegen die Knochen eines Menschen in einem Schweinestall. Eine Streife ist vor Ort. Benachrichtigst du die Kriminaltechnik?«

Die Uhr an der Küchenwand zeigte 6:27 Uhr an. »Van Stevendaal hat dieses Wochenende frei. Klingelt die raus, die heute Dienst haben. Ich komme. Wo genau liegt der Stall?« Er bekam eine Wegbeschreibung. Mit Brötchentüte und Zeitung stieg er ins Auto und hielt nach zwanzig Minuten auf einem Vorhof. Die Pflasterung mit Verbundsteinen aus Beton hatte tiefe Spurrillen, in denen Regenwasser stand. An einem grünen Passat stand die Fahrertür offen.

Konnert holte ein Paar Stiefel aus dem Kofferraum. Sein Blick folgte der abgesackten Fahrspur. Er konnte neben dem Gebäude zwei Futtersilos vor dem regenverhangenen Morgenhimmel ausmachen. Das Licht einer Lampe über der Stalltür spiegelte sich zusammen mit dem Blaulicht von zwei Streifenwagen in den Pfützen. Schweinegeruch stieg ihm scharf in die Nase.

Im Stall empfing ihn das ohrenbetäubende Quieken und Grunzen der nervösen Schweine. Die Mastanlage hatte noch die Bauweise des vorigen Jahrhunderts. Rechts und links von einem Mittelgang erstreckten sich zwei lange Buchten. Konnert konnte die Anzahl der Tiere nicht schätzen. Es mussten Hunderte sein.

Der Bauer und zwei uniformierte Beamte liefen in der linken Bucht hin und her. Sie riefen sich Anweisungen zu, um mit Gittern in den Händen die Tiere in den hinteren Bereich zu drängen. Zwei andere Beamte pulten einzelne Kleiderfetzen von den verschmutzten Wänden ab. Hin und wieder hoben sie

Knochenstücke vom kotverschmierten Spaltenboden auf oder zogen Fleischfetzen von den verzinkten Rohren. Sie versuchten so viele menschliche Überreste sicherzustellen wie eben möglich.

Auf einer Plane an der Tür zu einem Nebenraum lag der schon geborgene Körper mit dem angenagten Schädel. Nase, Ohren und Unterkiefer fehlten. Nur noch einzelne schwarze Haarbüschel hafteten am Hinterkopf. Ein Schienbein, an dem noch Teile des Knies hingen, war zu erkennen und eine blutige Hand, deren Finger nicht mehr vollständig vorhanden waren. Unwillkürlich entstand vor Konnerts innerem Auge das Bild eines Toten aus einem früheren Fall. Der war, mit dem Gesicht nach unten, die Autobahn entlang geschleift worden.

Konnert hielt sich ein Taschentuch vor Nase und Mund. Als ihm aufging, dass die Männer, schwer atmend vor Anstrengung, zwischen den Schweinen auch noch die kleinsten Knochensplitter suchten, steckte er es verschämt wieder ein.

Die Männer beachteten ihn nicht.

Konnert zog sich zurück und schloss die Tür. Der Lärm drinnen war auch draußen zu hören. Nieselregen durchnässte seine Haare. Die Kälte kroch durch den Mantel und ließ ihn zittern.

Ein älterer Opel Caravan fuhr auf den Platz. Zwei Männer in verdreckten Overalls und Gummistiefeln stiegen aus. Ohne den Kommissar zu beachten, hasteten sie in den Stall. Nachbarn, die helfen wollen, vermutete Konnert. Er ließ sie passieren. Wichtiger als Spuren zu sichern war ihm, dass möglichst viele Leichenteile geborgen wurden.

Er setzte sich bei offener Tür ins Auto. Fahrig stopfte er eine Pfeife und rauchte. Der Tabakqualm überlagerte den Stallgeruch. Auf dem Beifahrersitz lag die NWZ. Er las die Schlagzeile. *Mehr Sicherheit für Patienten.* Er bedauerte die Kollegen, die in über zweihundert Verdachtsfällen von Tötungen durch einen Krankenpfleger in Oldenburger und Delmenhorster Kliniken ermitteln mussten.

Wer könnte der Tote im Stall sein? Systematisch begann Konnert, die Situation zu durchdenken. Wohnungslose und Umherziehende übernachten nicht in Schweineställen. Also kein Unfall. Von einer Selbsttötung durch Schweine hatte er in den vielen Dienstjahren weder gelesen noch gehört. Dann war die Wahrscheinlichkeit groß, dass ein Mörder sein Opfer auf diese Weise entsorgen wollte.

Die Bäuerin war zu früh gekomen, war sein nächster Gedanke. Eine Stunde später und niemand hätte noch etwas von der Leiche mitbekommen. Eveline Landmann wird es in der Rechtsmedizin schwer haben, Anhaltspunkte für die Identität des Toten zu finden.

***

Unangemeldet stand Venske um Punkt neun Uhr vor dem Haus der Familie Otten. Die Frau musste hinter der Tür gestanden haben, so schnell öffnete sie, nachdem er geklingelt hatte. In ihrem Gesicht war Enttäuschung zu sehen und Angst.

»Frau Otten?«

Sie nickte.

»Mein Name ist Venske. Ich bin Kriminalkommissar. Darf ich hereinkommen?«

»Was ist mit meinem Mann?«

»Setzen wir uns doch erst einmal in Ihre Küche.«

Frau Otten öffnete die Tür und ließ ihn herein. Sie ging voraus ins Wohnzimmer.

Eine braune Wohnlandschaft nahm den meisten Platz ein. An der Wand hing ein Flachbildfernseher. Ein bescheidenes Modell.

In einem angrenzenden Raum konnte Venske einen Esstisch mit sechs Stühlen erkennen. Auch da fehlte der Platz zwischen Tisch und Anrichte. Ihm wurde das Sofa angeboten. Er setzte sich. Frau Otten blieb stehen.

»Was ist jetzt mit meinem Mann?«

Es kam Venske komisch vor, dass er saß und zu Frau Otten aufblicken musste. »Wollen Sie sich nicht auch setzen, Frau Otten?«

Sie ignorierte die Aufforderung. »Was ist mit meinem Mann? Sagen Sie es mir!« Ihre Stimme klang heiser und fordernd, als sie zum dritten Mal dieselbe Frage stellte.

»Wir wissen nicht, wo er ist. Ich habe aber ein paar Fragen an Sie. Ihre Antworten könnten uns helfen, ihn zu finden.«

»Ich weiß auch nicht, wo er steckt.« Ärger und Verzweiflung ergaben einen gepressten Unterton. Sorgen legte ihre Stirn in Falten. Sie waren lang und tief.

»Ihr Mann ist im Hafturlaub untergetaucht. Wir gehen davon aus, dass er wenige Monate vor seiner Entlassung einen schwerwiegenden Grund dafür gehabt haben muss. Sie haben bestimmt auch schon darüber nachgedacht. Was könnte ihn dazu veranlasst haben, zu verschwinden?«

Hilflos hob sie die Hände und zog die Schultern hoch. »Woher soll ich das denn wissen?« Sie ließ sich gegenüber von Venske auf einen Hocker fallen.

»In den vergangenen Wochen hat sich Ihr Mann mit einem anderen Gefangenen angefreundet. Hat er Ihnen davon erzählt?«

»Er hat hin und wieder mal etwas von einem Sascha Knieling gesagt. Sie würden gut miteinander auskommen und manchmal zusammen fernsehen. Mein Mann hat keinen eigenen Apparat im Gefängnis.«

»Mehr hat er nicht darüber gesagt?«

»Großzügig sei er gewesen und der Einzige, dem er ein bisschen vertraut.«

»Sie haben doch sicherlich in den letzten Tagen mit Ihrem Mann telefoniert. Worum ging es in den Gesprächen?«

»Wann er kommen würde und was wir an diesem Wochenende erledigen müssten.«

»Was war das?«

»Für die Zeit nach seiner Entlassung ist geplant, Hühner anzuschaffen. Er wollte schon mit dem Bau eines Stalls beginnen. Wir haben eine günstige Bezugsquelle für das Holz gefunden. Ob die Bretter inzwischen geliefert worden sind, hat er gefragt, und welche Weihnachtsgeschenke ich für die Kinder besorgt habe.«

»Wann war das?«

»Gestern.«

»Ihr Mann ging also davon aus, dass er von Freitag bis Sonntag hier sein würde. Ist das richtig?«

»Ja.«

»Frau Otten, ist Ihnen in den vergangenen Wochen etwas Ungewöhnliches aufgefallen? Hat sich Ihr Mann anders als früher verhalten?«

»Er nörgelte öfter als früher. Ich habe das mit dem Aufenthalt im Gefängnis in Verbindung gebracht. Es ist nicht so einfach, eine Ehe zu führen, wenn der Ehemann eingesperrt ist.« Sie sah Venske an. »Die Familie wird mitbestraft.« Sie suchte nach einem Taschentuch und schnäuzte hinein. Dann probierte sie, zu lächeln. Es misslang.

»Das Einzige, was mir noch einfällt, sind Telefonanrufe. Jemand sagte, er sei ein Freund meines Mannes und erkundigte sich immer mal wieder, wann Michael Ausgang oder Hafturlaub hätte. Er wolle ihn treffen.«

»Haben Sie dem Anrufer die Termine genannt?«

»Ja. Er hat sich auch mit ihm, also mit meinem Mann getroffen und ihm sogar etwas Geld geschenkt. Er hätte noch etwas gutzumachen.« Sie kämpfte mit den Tränen. »Ohne den Lohn von meinem Mann mussten wir uns beim Sozialamt melden. Wir leben von Hartz IV.«

In das betretene Schweigen hinein klingelte das Telefon. Venske spürte Unsicherheit bei Frau Otten. Wusste sie nur nicht, ob sie einfach aufstehen durfte, oder erwartete sie einen Anruf? Vielleicht von ihrem Mann?

»Gehen Sie ruhig dran. Ich kann warten.«

Schweigend hörte Frau Otten zu. Hektische Flecken breiteten sich im Gesicht aus. Ihre Hand am Hörer zitterte. Dann verließ sie das Zimmer und zog die Tür zu. Venske hörte ihre Stimme, konnte aber nicht verstehen, um was es ging. Leichenblass kam sie nach wenigen Minuten zurück ins Wohnzimmer. Sie blickte an dem Kommissar vorbei, setzte sich wieder auf den Hocker und schob die gefalteten Hände über die Knie. Ganz offensichtlich versuchte sie gelassen zu wirken und so zu tun, als sei alles in Ordnung.

»Wer hat Sie angerufen?«

Sie drehte den Kopf zur Seite, schaute in den Raum mit dem Esstisch und schwieg.

»War es Ihr Mann?«

»Nein!« Schnell und heftig kam die Reaktion.

»Wer war es dann?«

Sie blickte zur Tür und biss die Zähne zusammen, als müsse sie die Antwort mit Gewalt zurückhalten.

»Ich sehe doch, wie der Anruf Sie aufgewühlt hat. Sagen Sie mir, wer hat Sie angerufen?«

»Fragen Sie mich bitte nicht. Bitte! Ich muss schweigen. Ich darf nicht darüber reden.«

Venske versuchte, Frau Otten zum Sprechen zu überreden. Sein Bemühen blieb ohne Erfolg.

***

Warme Luft wurde von der Heizung in den Innenraum seines Wagens geblasen und entwich zusammen mit dem Pfeifenqualm gleich wieder aus dem geöffneten Fenster. Konnert erinnerte sich an Knielings Beschreibung der Fürsorgewirklichkeit in Hartingsen. Er wollte mehr darüber erfahren, als was er am Morgen gelesen hatte. Spontan griff er zum Handy und drückte die Kurzwahltaste, die für Babsi programmiert war.

Sie meldete sich mit einem herzhaften Gähnen. »Adi, was ist?«

»Wie geht es dir?«

»Adi, was ist?«

»In einer der Kladden von Knieling beschreibt er seinen Aufenthalt in der Anstalt Hartingsen. Sagt dir der Name etwas?«

»Die Einrichtung gibt es immer noch. Ja, der Name sagt mir, dass es da bis in die 70er Jahre nicht ganz gewaltfrei zugegangen ist. Es gab mal eine Dokumentation im Fernsehen, und irgendwo habe ich gelesen, dass im nächsten Jahr ein Spielfilm über Hartingsen ins Kino kommt.«

»So lange kann ich nicht warten. Es wäre prima, wenn du einen Erzieher auftreiben könntest, der um 1970 in Hartingsen gearbeitet hat.«

»Kann das nicht bis Montag warten?« Ein Augenblick verging. »Und außerdem, gehört das überhaupt zu unserem Fall?«

»Nicht direkt. Es könnte uns aber vielleicht dabei helfen, Knieling besser zu verstehen.«

»Könnte, vielleicht, besser. Was steckt wirklich dahinter?«

»Ich würde auch aus persönlichen Gründen sehr gern mit jemandem sprechen, der damals dort gearbeitet hat.«

»Lass dir noch ein paar zusätzliche Begründungen einfallen. Frau Lurtz-Brämisch könnte danach fragen.«

Ein Lächeln huschte über Konnerts Gesicht.

»Dass ich es nicht vergesse: Wir haben einen weiteren Fall. Einen Toten in einem Schweinestall. Ich bin vor Ort und warte auf die Staatsanwaltschaft und die Kriminaltechnik.«

»Einen zusätzlichen Fall, und ich soll den Erzieher des toten Knieling auftreiben. Du hast Nerven!«

***

Auf dem Weg zum Pflegeheim stoppte Stephanie bei Real und kaufte zwei Flaschen Traubensaft und eine Packung Hafertaler. Ihr Vater würde sie bestimmt wieder für seine Mutter halten, sich aber an den Geschmack der Kekse und das Flaschenetikett erinnern und sich darüber freuen. Sie versuchte, ihn zweimal in der Woche zu besuchen. Meistens schaffte sie es am Mittwochabend und Samstagvormittag. Sie tranken Saft und aßen die Kekse. Der alte Mann hörte ihr höflich zu, beantwortete ihre Fragen mit Schulterzucken oder einem Gesichtsausdruck, der Unverständnis zeigte. Nach einer Dreiviertelstunde verabschiedete sie sich. Ihr Vater gab ihr höflich die Hand und machte einen Diener, ganz wie ein braver Junge.

Ihr waren die Besuche unangenehm. Manchmal quälte sie anschließend ein schlechtes Gewissen, weil sie ihren Vater nicht zu Hause pflegte. Aber es war unmöglich geworden, ihn auch nur für zehn Minuten allein zu lassen. Obwohl sie die Schalter am Gasherd abgebaut hatte, war es ihm gelungen, alle vier Flammen anzuzünden. Sie hatte nicht gewusst, dass in der untersten Schublade im Flurschränkchen Werkzeug lag. Er hatte sich ausgerechnet daran erinnern können.

Ohne Eile ließ sie den Fiat Panda vom Parkplatz rollen. In Gedanken noch im Pflegeheim überhörte sie zuerst ihr Handy. Als sie es dann doch hörte, fuhr sie rechts an den Seitenstreifen und nahm das Gespräch an.

Konnert informierte sie über den Toten im Schweinestall.

***

In Mollberg traf die Mannschaft der Kriminaltechniker ein. »Immer am Wochenende«, war der knappe Kommentar des letzten Mannes, der mit eingezogenem Kopf und zwei Koffern an Konnert vorbeischlurfte.

Er hatte mit dem Bauern darüber gesprochen, dass er die Schweine entfernen sollte, damit die Techniker ihre Arbeit machen könnten. Es war unmöglich gewesen, so kurzfristig einen leeren Stall zu finden. Transportkapazität hätte auch nicht zur Verfügung gestanden. Also mussten die Tiere im Stall bleiben. Die Spurenlage würde noch dürftiger ausfallen.

Konnert wartete und rauchte, während der Schweinemäster und seine Frau für die Techniker Teile der Bucht freihielten.

Die Innenseite der Fahrertür seines Autos war in der Zwischenzeit pitschnass. Es kümmert ihn nicht. Geduld war eine seiner besten Eigenschaften. Kollegen flachsten, er sei eben bummelig im Denken und Handeln. Er nahm es mit Gleichmut hin.

Im Osten wurde der Himmel heller. Aus der Richtung, aus der auch er gekommen war, näherte sich ein Auto. Es bog ab und kam über die kleine Brücke zwischen Feldweg und Stall auf Konnert zu. Am Steuer saß eine Frau. Sie stieg aus und zog eine Kapuze über ihr graues Haar. Mit flinken Schritten war sie bei ihm. »Ich bin die Nachbarin von Frau Rogge. Sie hat mir von dem Vorfall in ihrem Schweinestall erzählt. Ich will eine Aussage machen.«

»Wer ist Frau Rogge, und wer sind Sie?« Konnert merkte, dass er bis dahin noch mit niemandem gesprochen hatte.

»Den Rogges gehört dieser Stall. Ihr Haus steht da hinten.« Sie zeigte mit dem Daumen hinter sich. »Mein Name ist Wilma Harms. Ich trage Zeitungen aus. Und heute Morgen, also so gegen fünf Uhr, kam mir da unten ein Auto entgegen.« Diesmal drehte sie sich um und zeigte zu einer Baumreihe. »Ziemlich schnell. Die Straßen hier im Feld sind nicht so breit. Ich musste auf den Grünstreifen ausweichen. Ich weiß, wo der Wagen sonst steht.«

»Warum meinen Sie, das Auto hätte mit dem Vorfall im Stall etwas zu tun?«

»Weil er aus diesem Feldweg auf die Straße eingebogen ist.«

»Und das konnten Sie genau sehen?«

»Wenn es Nacht ist, dann sehen Sie hier jeden Scheinwerfer meilenweit. Auch bei Regenwetter. Ja, ich habe genau gesehen, dass das Auto von hier kam.«

»Können Sie sich an die Farbe oder die Marke des Autos erinnern?«

»Es ist weiß. Ein Alfa Romeo.«

»Woher wissen Sie das so exakt?«

»Der parkt manchmal da hinten bei dem alleinstehenden Haus an der Tannenbaumschonung. Ich komme jeden Morgen dort vorbei. Ich glaube, dass es ein Mann als Ferienhaus benutzt.«

Sie fuhren hin. Frau Harms hielt wie verabredet an der Schonung und ließ Konnert vorbeifahren.

Die meisten Fenster im Haus waren erleuchtet. Konnert näherte sich vorsichtig und stellte das Auto hinter dem Haus ab. Er wartete und beobachtete die Fenster. Niemand bewegte sich in den Räumen. Die Hintertür schien nur angelehnt zu sein. Im Flur brannte kein Licht.

Wenn man mein Kommen bemerkt hatte, müsste eigentlich schon irgendeiner nach mir gesehen haben, dachte Konnert.

Er stieg aus.

»Hallo! Ist jemand zu Hause?«

Nichts rührte sich.

Schritt für Schritt näherte er sich der Tür.

»Hallo! Ich bin von der Polizei. Ist hier jemand?«

Mit der rechten Hand drückte er vorsichtig die Klinke herunter. Die Tür war tatsächlich nur angelehnt. Er rief erneut.

Immer noch keine Antwort.

Er fand den Schalter, machte Licht im Flur und trat ein. Gleich links befand sich eine geschlossene Tür. Dann eine Treppe aus Holz und auf der anderen Seite zwei Türen. Er ging den Flur entlang. Hinter der Treppe, neben der Kellertür, konnte er durch einen Spalt in die Küche sehen.

»Hallo!«

Mit einem Ruck stieß er die Tür auf und sprang einen Schritt zurück.

Niemand befand sich im Raum.

Konnert untersuchte die übrigen Zimmer. Alle waren verlassen und sorgfältig aufgeräumt. Nur in der Küche standen Teller, Gläser und Besteck neben dem Abwaschbecken. Im Aschenbecher auf dem Tisch lagen zahllose Kippen und daneben eine leere Packung Pall Mall ohne Steuerbanderole. Auf den ersten

Blick gab es nichts Außergewöhnliches zu sehen. Nur dass die Hintertür offen stand und das sonst am Haus parkende Auto verschwunden war, erregte sein Misstrauen.

Er verließ das Haus, ließ die Lampen brennen und zog nur die Hintertür ins Schloss. Dann fuhr er zurück zu Frau Harms, die an der Schonung gewartet hatte, bedankte sich für ihren Einsatz und schickte sie nach Hause.

Im Stall fand er die Kriminaltechniker bei der Arbeit. »Wenn ihr hier fertig seid, hätte ich noch ein Objekt, das ihr bitte untersucht.«

Die Männer ließen keine Begeisterung erkennen.

Am Himmel zeigten sich einzelne blaue Flecken. Es hörte auf zu regnen. Konnert verspürte Hunger. Ihm fielen die Brötchen auf dem Rücksitz ein. Bei der Erinnerung an die Leichenteile auf der Plane im Stall verging ihm aber gleich wieder der Appetit.

Gegen zehn Uhr kamen die Techniker heraus.

»Ich würde euch und mir jetzt gern ein Frühstück spendieren. Hier gibt es aber weit und breit keinen Bäcker. Bevor ich hierhergefahren bin, hatte ich Brötchen eingekauft. Wollt ihr die?«

»Trocken?«

»Tut mir leid.«

»Danke fürs Angebot.«

»Gibt es schon etwas?«

»Schweinekacke und Spinnweben. Und wo jemand angefasst hatte, da haben andere mit Scheiße an den Handschuhen drübergewischt. Wo jemand gegangen ist, da sind dann alle mit Scheiße an den Stiefeln rumgelaufen. Adi, wir haben uns alle Mühe gegeben.«

»Nichts? Gar nichts? Das ist noch nie vorgekommen. Ihr findet doch immer etwas.«

»Selbstverständlich auch dieses Mal.«

»Na, dann mal los.«

»Die Tür ist mit an Sicherheit grenzender Wahrscheinlichkeit mit einem Kuhfuß aufgebrochen worden. Gleich dahinter zwei unterschiedliche Schuhabdrücke. Schuhabdrücke! Du verstehst? Und als besondere Hinterlassenschaft ein Seidenschal, auch beschissen, aber nicht vollständig verdreckt. An dem könnten wir eventuell noch Spuren finden, die dich vielleicht weiterbringen.«

Konnert dachte an den Schal, mit dem sich Knieling erdrosselt hatte, oder erdrosselt wurde.

***

Schon vom Auto aus beantragte Venske bei der Staatsanwaltschaft Einsicht in die Liste der Telefonverbindungen der Familie Otten und eine Telefonüberwachung. Es würde einige Zeit dauern, bis die genehmigt waren.

Er fuhr ins Kommissariat. Erstaunt stellte er fest, dass Babsi bei der Arbeit war. »Hey, was machst du denn hier? Du hast doch frei.«

»Du ja auch.« Ein vorsichtiges Grinsen entstand.

»Ich tauge zu nichts anderem als zur Polizeiarbeit, sagt Adi. Also tue ich, was ich kann. Morgens, mittags, abends und in der Nacht und das an sieben Tagen in der Woche. Macht echt Spaß!«

Ihr Gesichtsausdruck verstärkte sich. »Geht mir genauso.«

»Jetzt erst einen Kaffee?«

Sie nickte. Er ging zur Kaffeemaschine.

Mit zwei Bechern kam er zurück. Babsi hielt den Telefonhörer ans Ohr. Venske hörte die Stimme eines Anrufbeantworters. »Wir rufen zurück.«

»Du und ich, wir sind die Einzigen auf der Welt, die heute arbeiten. Alle anderen lassen Maschinen für sich schuften.«

Er stellte einen Becher auf ihren Schreibtisch und zog einen Bürostuhl heran. »Ich komme von Frau Otten. Keine wirklich ergiebigen Antworten. Und du?«

»Ich beschäftige mich mit der Vollzugsbeamtin Lüttmann. In deinem Protokoll der Befragung Beeken steht, dass sie Knieling auf dem Kieker gehabt hat. Auch andere Inhaftierte sagten aus, dass sie nicht gut auf Knieling zu sprechen gewesen war. Ein paarmal habe er sie vor anderen auf ihre Pflichten aufmerksam gemacht.

Sie war mit Knieling allein in der Zelle. Der ständige Konflikt mit ihm könnte ein Motiv sein – wenn auch ein schwaches. Sie hatte die Gelegenheit, und sie war die letzte Person, die mit ihm zusammen war, bevor er von ihr eingeschlossen wurde. Am nächsten Morgen wurde er tot aufgefunden. Meinst du nicht auch, dass das genug Hinweise sind, ihren Lebenshintergrund näher zu untersuchen?«

»Heute? Am Samstag?«

»Und was machst du an einem Samstag?«

»Frau Otten nach ihrem Mann ausfragen. Und nun kommt meine Lieblingsbeschäftigung.«

»Aktenlesen.«

»Genau.«

***

Zum zweiten Mal an diesem Tag stand Konnert in einem Backshop. Diesmal in Wiefelstede. Eine freundliche Bedienung belegte Brötchen mit Käse oder Zervelatwurst. Eine andere Frau befüllte zehn Pappbecher mit Kaffee.

»Adi Konnert, unsere Servicekraft.«

Wenig später hatten die Kriminaltechniker die Overalls ausgezogen, sich die Hände gewaschen und desinfiziert, hockten in den Autotüren und reichten die Pappe mit den Brötchen herum.

»Du kannst zu uns ins FK5 wechseln.«

»Wir machen uns für deine Versetzung stark.«

Der Kaffee schmeckte. Konnert saß dabei und ließ sich ihre Frotzelei gefallen.

»Zwischen zwei Bissen kann mir ja vielleicht mal einer sagen, was ihr hier gefunden habt.«

»Man spricht nicht mit vollem Mund.«

»Lass uns erst einmal essen. So viel Zeit muss sein.«

Konnert trottete zum Rauchen um das Haus herum zur Straße. Von hier aus konnte er die Einfüllrohre auf den Futtersilos am Schweinestall gut erkennen. Hier wohnt der Besitzer des Alfas, überlegte er. Das Auto biegt vom Stall kommend in die Straße nach Mollberg ein und begegnet der Zeitungsausträgerin. Im Stall machen sich die Tiere über eine Leiche her. Wer saß im Alfa, und wer war die Leiche im Stall?

Als er wieder hinter das Haus kam, packten die Beamten ihre Ausrüstung in die Autos. Einer winkte ihn zu sich.

»Adi. Wir haben Fingerabdrücke, Hautschuppen und noch ein paar Einzelteile eingepackt. Natürlich willst du heute noch unsere Laborergebnisse bekommen. Kriegst du.«

»Danke.«

»Wenn wir mit den Leichenteilen fertig sind, bringen wir sie in die Rechtsmedizin. Okay? Sprichst du mit Dr. Landmann?«

»Ruft ihr sie an. Und meine Anerkennung. Gute Arbeit«. Er hob den Daumen.

***

Konnert saß im Kommissariat am Schreibtisch und schrieb seinen Bericht. Babsi war noch einmal nach Mollberg gefahren und hatte die Bäuerin Monika Rogge befragt und das magere Ergebnis durchgegeben. Was ihr sonst noch im Zusammenhang mit Hartingsen wichtig und dringend gewesen war, konnte nach Meinung anderer Dienststellen erst am Montag bearbeitet werden. Sie hatte resigniert und war gegangen.

Die Rückfrage bei Stephanie ergab, dass es auch keine neue Nachricht aus Frankfurt/Oder gab.

Mit der Schulter am Pfosten der Verbindungstür zwischen ihren Büros informierte Venske seinen Chef, und der schilderte ihm die Ereignisse in Mollberg. Kurz darauf suchte Venske in seinem Büro zwischen den Zeilen der Protokolle nach Antworten auf seine Fragen nach dem Verbleib von Otten und fand nichts. Er hörte, wie Konnert seinen Stuhl bis an die Wand zurückschob, und blickte hinüber. Sein Vorgesetzter legte den Kopf zurück, gähnte und schloss die Augen.

Venskes Telefon klingelte.

»Du bist doch immer noch hinter dem Dumitrescu her«, sagte Sabrina Retzlaf, die Textilienspezialistin. »Schon mal vorweg. Die meisten Fingerabdrücke in dem Haus, das wir heute Morgen untersucht haben, stammen von einem Eugen Gogoasa. In einschlägigen Kreisen als *Gogo das Ass* bekannt. Manche sprechen es auch mit doppeltem A aus. Du kennst ihn als Dumitrescus Laufburschen.«

»Vielen Dank.«

Venske öffnete Dateien im Intranet der Polizei. Eugen Gogoasa. Letzte Verurteilung 2008 für versuchte Schutzgelderpressung in Oldenburg. Wegen seiner verschiedenen Vorstrafen verurteilt zu achtundzwanzig Monaten. 2013 aus der JVA Wilhelmshaven entlassen. Seitdem unauffällig.

Ereignisse im Zusammenhang mit den Ermittlungen und dem Prozess gegen Gogoasa und Dumitrescu tauchten in Venskes Erinnerungen auf. Die Kommissare und die Staatsanwaltschaft waren davon überzeugt gewesen, dass Gogoasa bei der Erpressung im Auftrag von Tschabo Dumitrescu gehandelt hatte. Für den Richter reichten die Beweise aber nicht aus. Gogoasas Boss war damals aus Mangel an Beweisen nicht verurteilt worden.

Mit Schmerzen im Nacken wachte Konnert auf. Er reckte sich und stakste in Richtung Toilette. Nach dem Händewaschen warf er sich kaltes Wasser ins Gesicht und streckte sich noch einmal.

Als er bei Venske vorbeischaute, rümpfte der die Nase. »Adi, du stinkst nach Schwein. Mach Feierabend, fahr nach Hause und dusch dich.«

»Ich rieche nichts.«

»Die KT hat schon Fingerabdrücke von Eugen Gogoasa in dem Haus in Mollberg gefunden. Wenn wir Zugriff auf die Daten vom Einwohnermeldeamt und Katasteramt hätten, wüssten wir auch, ob er dort gemeldet ist und wem das Haus gehört. Aber die Politiker halten ja mehr vom Datenschutz als von schnellen Ermittlungsergebnissen.«

»Mit Recht.«

»So siehst du das.«

»Montag bekommst du alle Informationen, die du brauchst.«

»Montag ist aber nicht heute.« Venskes Ungeduld ließ seine Stimme laut werden.

»Und übermorgen ist auch noch ein Tag.«

»... und wenn nicht, dann ... Ach, lassen wir das. Ich will dir noch etwas Persönliches sagen.«

Konnert überlegte, ob er jetzt *was denn* fragen müsste, schwieg aber.

»Ich verzichte auf den Job.«

»Du meinst den bei der Sicherheitsfirma?«

***

Was die Polizisten und die Bauern an Stofffetzen im Stall gefunden hatten, war von den Beamten der Kriminaltechnik wie ein Puzzle zusammengelegt worden. Herausgekommen waren die Reste eines T-Shirts, einer Boxershorts und von zwei Socken.

»Wir haben die Bereitschaftspolizei angefordert. Sie suchen morgen die Umgebung nach den übrigen Kleidern ab«, erklärte ein Mitarbeiter. »Die werden sich bedanken, dass sie am Sonntag ins Gelände müssen.«

»Was habt ihr außerdem?«

»Fingerabdrücke von Eugen Gogoasa überall im Haus und auffallend viele Abdrücke einer anderen Person im Bereich der Küche. Die Abdrücke laufen zurzeit durchs Programm. Den Schal untersuchen wir später. Wir haben aber kaum Hoffnung, an ihm verwertbare Spuren zu finden. Er lag in einer Ecke, in der sich viel Mist angesammelt hatte. Er ist nass und muss erst noch getrocknet werden. Montag sehen wir weiter.«

***

Die Einfahrt zur Garage blockierten Gartenmöbel. Auf einem Tapeziertisch stand ein Glühweintopf. Seine Tochter arrangierte Trinkbecher und Servietten in weihnachtlichem Dekor. Konnert wunderte sich. Sven trug Polster aus dem Haus und verteilte sie in die Rattansessel von der Terrasse und auf die Bänke einer Bierzeltgarnitur.

Dann fiel es Konnert wieder ein. In den vier Wochen vor Weihnachten feierte man den *lebendigen Advent.* An jedem Abend trafen sich Erwachsene und Kinder der Umgebung bei einer anderen Familie. Sie sangen Adventslieder, bekamen eine adventliche Geschichte oder eine Andacht vorgelesen und unterhielten sich noch ein bisschen bei einem Getränk und Spekulatius. Für heute hatten Ruth und Sven eingeladen.

Konnert hatte keine Lust auf *Macht hoch die Tür, die Tor macht weit* oder *In der Weihnachtsbäckerei.* Nach den Ereignissen des Tages war ihm erst recht nicht nach Small Talk.

Auf eine Pfeife unter seinem Heizstrahler hatte er sich gefreut. Aber seinen Sessel entdeckte er auf der Garageneinfahrt.

Er parkte auf der Straße und ging ins Haus. Zwinge ich mich, mitzumachen? Im Haus kann ich mich nicht verstecken. Aber wohin? Ins Kommissariat? Nein. Kino? Theater? Das wäre was. Aber allein? Wen könnte ich einladen? Dorothee Lurtz-Brämisch kam ihm in den Sinn. Die Staatsanwältin fällt mir als Erste ein ...

Er entschied, Alois Weis anzurufen. Mit dem freiberuflichen Kriminalreporter verband ihn eine Männerfreundschaft. Schon manches Mal hatten sie in den vergangenen Jahren kniffelige Situationen besprochen und meistens auch passende Lösungen gefunden.

Gut versorgt mit Pfeifen, Tabak und einer Flasche Wein verließ er zwanzig Minuten später das Haus. Bei seiner Tochter entschuldigte er sich damit, dass er noch eine Verabredung hätte. Welche, behielt er für sich.

Sie hatten im Paulaner gegessen und waren anschließend zu Alois Weis in den Lerigauweg gefahren. Nach drei Partien Schach kam in Konnert der Verdacht auf, dass Alois ihn die Revanche hatte gewinnen lassen. In der dritten Runde wurde er dann wieder ruckzuck mattgesetzt. Er hatte sich bei keinem Spiel konzentrieren können. Statt vorauszudenken, waren seine Gedanken ständig zu Knieling, Hartingsen und dem Toten im Schweinestall abgedriftet.

Alois Weis hatte noch nicht nach dem Mord in Mollberg gefragt. Wusste er davon nichts? Sie tranken Rotwein. Der Gastgeber schenkte großzügig ein.

»Du hast schon mal besser gespielt, Adi.«

»Wenn du es sagst, wird es stimmen.«

»Kein Widerspruch von dir? Bist du krank?«

»Lass mal, Alois. Mir ist nicht nach Scherzen.«

»Wonach denn?«

»Ein Gefangener, Sascha Knieling, ist tot. Du erinnerst dich, der hatte mich ein paar Tage in einer Waldhütte festgehalten. Am Montag bat er mich um Hilfe, weil er eine Morddrohung erhalten hatte. Ich konnte ihm nicht helfen. Wir müssen davon ausgehen, dass er ermordet wurde. Aber wie soll das in seinem eigenen Haftraum möglich sein? Die Letzte, die ihn gesehen hat, war eine Vollzugsbeamtin beim Nachteinschluss. Sie behauptet felsenfest, dass er da noch gelebt hat.«

»Steht sie unter Verdacht?«

»Wir überprüfen ihren Lebenshintergrund.«

»Wie läuft's denn mit der Staatsanwältin und dir?«

Konnert hatte den Eindruck, sein Freund wollte an diesem Abend über keine Kriminalfälle sprechen. Und er selbst hatte keine Lust, über Dorothee Lurtz-Brämisch zu plaudern. Erst recht nicht, solange er sich selbst noch unklar darüber war, warum er bei der Theateridee zuerst an sie gedacht hatte.

Sie tranken, hörten Musik aus dem Hintergrund, und jeder hing seinen Gedanken nach.

Alois räusperte sich und sagte: »Wenn du rauchen willst, mach das nur.«

Was ist denn jetzt mit ihm los?, überlegte Konnert. Er holte aber gern eine Pfeife heraus und paffte nach weniger als einer Minute Qualmwolken an die Wohnzimmerdecke.

»Ich muss dich mal was fragen.« Alois Weis stand auf und öffnete eine Schublade in einem Bücherschrank. Er zögerte noch eine Sekunde und griff dann nach einem Briefumschlag.

»Lies das bitte mal, und sag mir, was du davon hältst.«

Der Absender des Briefes war ein Verlag in Berlin, der anfragte, ob der Kriminalreporter Alois Weis sich vorstellen könnte, ein Buch über Bandenkriminalität zu schreiben. Der Verlag stellte ihm sogar einen Vorschuss in Aussicht. Er müsste aber Anfang April des kommenden Jahres ein druckreifes Manuskript vorlegen.

Konnert legte den Brief zur Seite.

»Und? Was meinst du?«

»Jeden Tag fragt mich einer, was er tun soll.«

»Das hat wahrscheinlich damit zu tun, dass du einem nicht nach dem Munde redest.«

»Ich wollte dich gerade fragen, was du denn von mir hören willst.«

»Jetzt ist mir nicht nach Scherzen.«

»Das war mir ernst. Meistens haben sich die Menschen schon entschieden, wenn sie solche Fragen stellen, und wollen nur noch eine Bestätigung bekommen. Also sag mir, wofür dein Herz schlägt.«

»Ich höre nicht auf mein Herz.«

»Wovor hast du Angst?«

»Ich habe noch nie ein Buch geschrieben.«

»Und wovor noch?«

»Als freier Kriminalreporter könnte ich in den Monaten der Schreiberei das aktuelle Geschehen aus den Augen verlieren und den Anschluss nicht wiederfinden.«

»Was noch?«

»Die Konkurrenz könnte sich bei meinen Stammkunden breitmachen. Was sind da schon die Euros Vorschuss, wenn ich anschließend auf dem Trockenen sitze?«

Weis schwieg, und Konnert ahnte, dass hinter dem Schweigen etwas verborgen blieb.

»Du würdest das Buch gern schreiben. Warum?«

»Wie kommst du denn darauf?«

»Warum?«

»Das Buch wäre einmal etwas Längeres. Nicht nur die Viertelseite neben Werbung für Kreuzfahrten oder Hundefutter. Ich hätte 400.000 Zeichen zur Verfügung, um auch mal ins Detail gehen zu können oder Zusammenhänge zu erklären.«

»Warum noch?«

»Ein Buch wäre etwas, was nicht am nächsten Tag mit der Zeitung im Papiermüll landet. Verstehst du?«

»Schreib das Buch. Du willst es. Du kannst es. Und für deine Bedenken finden sich Lösungen.«

Auf dem Nachhauseweg überlegte Konnert, weshalb Kollegen und Freunde ausgerechnet ihn um Rat fragten, wo er sich doch oft genug selbst unsicher war.

Konnert stieg kurz nach ein Uhr vor seinem Haus aus dem Taxi. Zwei Autos parkten vor der Garage, und im oberen Stockwerk waren die Fenster noch erleuchtet.

Sie haben wieder Freunde, freute er sich. Er ging zu Bett, ohne noch einmal unter seinem Heizstrahler gesessen zu haben.

Sonntag, 14. Dezember

Lachen und die Geräusche schwerer Stiefel auf der Treppe weckten Konnert. »Pst! Mein Vater schläft noch.« Doch Ruths Stimme brachte die Meute nicht zur Ruhe.

»Gut, dass er schläft.« Eine Bassstimme und dazu das Klingeln von Autoschlüsseln.

Das ist nun der lebendige Advent, dachte Konnert, lächelte und erinnerte sich an seine Jugend. Nie und nimmer hätte er sich nach einer fröhlichen Nacht getraut, bei fremden Leuten so laut aufzubrechen. Auf Socken wäre er davon geschlichen und ebenso leise zu Hause am Schlafzimmer der Eltern vorbeigehuscht. Da war ich auch jünger als die Bande da draußen.

Autos starteten und wurden aus der Einfahrt gelotst. Die Haustür fiel ins Schloss, und dann war wieder das Knarren der Treppe zu hören. Konnert drehte sich zur Seite und versuchte weiterzuschlafen. Über ihm liefen Ruth und Sven hin und her. Sie räumen wohl auf. Hätte das nicht Zeit bis morgen gehabt? Ein Blick zum Wecker klärte ihn auf. Es war schon Morgen. Statt wieder einzuduseln, wurde er zunehmend wacher. Er stierte in die Dunkelheit. Seine Gedanken flatterten von Otten zur Staatsanwältin und von ihr zu den Geschenken, die noch gekauft werden mussten. Zahra kam ihm in den Sinn.

In der Oberwohnung kehrte Ruhe ein. Er drehte sich auf die andere Seite. Aber statt einzuschlafen, spürte er das Verlangen, seine Blase zu entleeren. »Na dann«, stöhnte er, schwang die Beine aus dem Bett und ging zur Toilette.

In der Küche blieb er vor dem Fenster stehen und sah hinaus in die Dunkelheit. Die Heizung war noch nicht angesprungen.

Ihn fröstelte. Unter die wärmende Bettdecke oder unter den Heizstrahler? Er entschied sich für warme Kleidung, Wolldecke, heißen Kaffee und Pfeife.

Die Luft war milder als erwartet. Zwieback krümelte auf die aufgeschlagenen Seiten der schwarzen Kladde. Nach drei Absätzen trank Konnert einen Schluck Kaffee und überdachte die gelesenen Sätze.

Knieling erzählte von seiner Flucht aus Hartingsen. Wie er sich im Herbst, nur mit einem Schlafanzug bekleidet, tagsüber in Scheunen versteckt hatte und zwei Nächte lang unterwegs zu seiner Mutter gewesen war. Als er endlich vor ihrer Wohnungstür gestanden hatte, wollte sie ihn nicht hineinlassen. Sie sagte nur: *Du? Wie siehst du denn aus? Sag bloß, du bist abgehauen? Du gehst sofort wieder zurück, und besser dich erst mal, dann kannst du vielleicht wiederkommen.* Sie hatte ihm die Tür vor der Nase zugehauen.

Von da an hatte er seine Mutter gehasst und jeden Kontakt zur Familie abgebrochen. Den Groll habe ich ins Heim mitgenommen, stand da noch und: Man konnte dort besser mit Hass als mit Liebe leben. Was sollte man da gernhaben? Die Prügel, das Einschließen, das Umsonstarbeiten, die Schikanen, die willkürlichen Bestrafungen?

Als Strafe für die Flucht hatten sie ihn zwei Wochen lang bei Wasser, Brot und Marmelade ins Besinnungsstübchen eingesperrt. Eine Bibel hatten die Erzieher ihm dazugelegt.

Ob er dort wohl die Geschichte vom verlorenen Sohn gelesen hatte? Der war schuldig und verkommen zurück zu seinem Vater gegangen und von ihm mit offenen Armen empfangen worden. So handelt Gott, so sollten wir Menschen uns auch verhalten und erst recht Diakone, dachte Konnert.

Er verstand Knielings Groll und spürte, wie auch in ihm die

Wut aufstieg. Er stopfte den Tabak in der Pfeife so heftig fest, dass er kräftig ziehen musste, um sie in Gang zu halten. Ihr heißer Rauch brannte auf der Zunge. Unwirsch warf er die Pfeife auf den Gartentisch. Er stand auf und stapfte den Weg zum Komposthaufen entlang. Unüberlegt trat er gegen die Holzumrandung. Was hat Knieling mit seinem Hass gemacht?, fragte er sich und überlegte: Wie ist der Wiederholungstäter zu dem besonnenen Menschen geworden, den ich am Montag kennengelernt habe?

Wie viel Uhr ist es eigentlich? Zehn Minuten nach fünf. Unter dem Heizstrahler hielt er es nur noch kurze Zeit aus, dann ging er ins Haus und legte sich aufs Sofa im Wohnzimmer.

Was verändert einen Menschen? Selbsterkenntnis, Wissen, Liebe? Worüber ist Knieling zur Einsicht gekommen, dass Hass ihm nicht weiterhilft? Über dieser Frage schlief Konnert ein.

***

Der Wechsel von der Nacht- zur Tagschicht in der JVA Oldenburg lag schon zwei Stunden zurück.

Versteckt hinter Café Burrichter parkte seit vier Uhr ein Alfa Romeo. Auf der Rückbank lag unter einem Wintermantel ein Mann mit angewinkelten Beinen und schlief.

Die Glocken der St. Michael Kirche läuteten um acht Uhr den Sonntag ein. Otten wachte auf. Mit klammen Fingern öffnete er die Autotür, stieg aus und streckte die steifen Glieder. Unmittelbar darauf presste er beide Hände an die Schläfen, als müsste er seinen Schädel zusammenhalten. Kopfschmerzen rumpelten durch sein Gehirn. In der vorigen Nacht hatte er zu viel getrunken und in den letzten 24 Stunden zu wenig.

Vorsichtig ließ er sich hinter dem Steuer nieder. Er brauchte einige Augenblicke, bis die Konzentration reichte, um den Alfa zu starten, zurückzusetzen und endlich zur Cloppenburger Straße zu rollen. Kein Querverkehr hinderte ihn um diese Uhrzeit daran, die Ausfallstraße zu überqueren und auf die Außenpforte der Justizvollzugsanstalt zuzufahren. Er stellte den Motor ab, blieb aber noch einen Moment sitzen und beobachtete die Beamten hinter den Panzerglasscheiben der JVA. Dann stieg er aus, hob beide Hände über den Kopf und ging langsam auf den Eingang der Haftanstalt zu.

Zwei Vollzugsbeamte erwarteten ihn an der Pforte und nahmen ihn in Gewahrsam. Otten ließ sich widerstandslos Handschellen anlegen und abführen.

»Ich hätte gern eine Flasche Wasser und starke Schmerztabletten.«

»Die kriegen Sie.«

»Ich will mit Kriminalkommissar Konnert sprechen. Ich rede nur mit ihm. Mit keinem sonst.«

***

Die Rasierklinge war stumpf. Konnert hätte schon lange eine neue Packung kaufen müssen. Er hatte es immer wieder vergessen oder auf den nächsten Tag verschoben. Es nutzte nichts, zum vierten oder fünften Mal über dieselbe Stelle zu kratzen. Wenn er mit den Fingern nachprüfte, stieß er immer noch an Stoppel. Zum Glück bin ich grau am Bart. Da fällt es nicht so auf. Für heute soll es reichen, entschied er.

Konnert trocknete sich gerade das Gesicht ab, als sein Handy klingelte. Es lag auf dem Nachttisch. Sonntagmorgen, noch keine neun Uhr. Wer kann schon um diese Zeit etwas von mir wollen? Mein Arbeitgeber. Er schlurfte ins Schlafzimmer.

»Natürlich«, sagte er, als er die Nummer der Polizeiinspektion auf dem Display sah.

»Konnert.«

»Adi, du glaubst es nicht, was ich dir gleich sagen werde.« Kriminalkommissar Schröder, vom Wochenenddienst, war am anderen Ende der Leitung.

»Sag es nicht erst gleich, sag es mir jetzt.«

»Der Otten ist vor einer Stunde in der Cloppenburger Straße 400 im Alfa Romeo vorgefahren, hat zwei Schmerztabletten verlangt und will mit dir reden. Auf jede Frage antwortet er mit einem ganz vorsichtigen Kopfschütteln oder wiederholt nur: Ich will mit Konnert sprechen.«

»Wer hat angerufen?«

»Direktor Koop selbst.«

Statt im Gottesdienst zu singen und der Predigt zuzuhören, saß Konnert in einem Verhörzimmer der JVA Oldenburg dem Inhaftierten Michael Otten gegenüber. Die Beamten hatten ihn duschen und sich rasieren lassen. Müde hockte er im blauen Trainingsanzug aus der Kleiderkammer der Strafanstalt auf seinem Stuhl.

»Ich flehe Sie an. Bitte kümmern Sie sich um meine Familie. Ich bin hier in der Anstalt in Sicherheit. Irgendjemand muss meine Frau und die Mädchen beschützen.«

»Beruhigen Sie sich. Wir werden alles veranlassen, was nötig ist. Erklären Sie mir, worum es geht.«

»Ich habe heute Nacht meine Frau angerufen. Mir war nicht klar, wie ich mich verhalten sollte. Da schien es mir noch zu gefährlich zu sein, nach Hause zu fahren und vielleicht der Polizei in die Arme zu laufen.«

Er saß auf der Stuhlkante. Seine Beine zitterten. »Sie hat mir gesagt, dass ein fremder Mann bei ihr angerufen hatte, als ein Kommissar Venske bei ihr gewesen sei. Der Anrufer hätte nach mir gefragt und gedroht, wenn sich Eugen nicht in den nächsten vierundzwanzig Stunden bei ihm melden würde, dann käme er vorbei. Sie hat geweint, als sie mir das gesagt hat.«

»Wer ist Eugen?«

»Der Mann, der mich entführt hat.«

»Sie sind entführt worden?«

»Ja doch. Er wartete an der Bushaltestelle auf mich und hat mich gezwungen, in sein Auto zu steigen.«

»Dieser Eugen hat Sie gezwungen?«

»Ja doch.«

Otten fasste sich wieder an die Schläfen. »Die Tabletten wirken nicht. Was für ein Zeug haben die mir eigentlich gegeben? Meine Kopfschmerzen bringen mich um.«

»Soll ich noch mal wegen Tabletten nachfragen?«

»Und etwas zu trinken, bitte.«

Konnert erbat über die Gegensprechanlage zwei Flaschen Mineralwasser und das stärkste Schmerzmittel, das im Haus zu bekommen war. »Das ist für unseren Ermittlungserfolg wichtig«, fügte er an.

***

»Ich habe dich umbringen lassen.« Tränen rannen Babsi über die Wangen und tropften neben das Ultraschallbild eines Fötus. Vorgebeugt saß sie auf einem der beiden Klappstühle am Ikea-Küchentisch. Noch zwei andere Aufnahmen lagen zwischen ihren Unterarmen.

»Es tut mir so leid, mein Kind.« Sie schniefte und stand auf, um sich ein Tuch von der Küchenrolle zu reißen. Fahrig wischte sie sich die Wangen trocken und putzte die Nase. Auf der Arbeitsplatte lagen ausgebreitet die Einkäufe für ihr Mittagessen. Ruckartig schob sie alles zusammen in den Abwasch.

Als hätte das all ihre Kraft gekostet, ließ sie sich wieder auf den Klappstuhl fallen. Sie sah den anderen Stuhl an und erinnerte sich an ihren Verlobten. Da hatte er immer gesessen und gescherzt, wenn er ihr beim Vorbereiten des Mittagessens zugesehen hatte.

»Du hast alles kaputtgemacht«, stieß sie hervor und dachte nicht an ihn, sondern an das abgetriebene Kind. Sie erschrak. »Du konntest nichts dafür. Aber wenn es dich nicht gegeben hätte, wäre alles noch ...« Sie brachte den Satz nicht zu Ende. Stumpf starrte sie aus dem Fenster ihrer Parterrewohnung.

Ein Auto fuhr vorbei und hupte kurz. Auf der gegenüberliegenden Straßenseite erschien ein Mann, der hinter dem Auto hersah und rückwärts gegen einen Laternenmast stieß. Babsi verzog keine Miene. Sie stand auch nicht auf, als sich das Handy meldete.

Der Anrufer nervte sie weiter.

»Was soll's.« Sie schlurfte hinüber und nahm den Hörer ab.

»Ja?«

»Mensenkamp. Sie hatten bei mir angerufen und Ihre Telefonnummer auf meinem Anrufbeantworter hinterlassen. Sie baten um einen Rückruf.« Die Stimme gehörte offensichtlich einem älteren Herrn. Er sprach leise. Zwischendurch konnte Babsi ein rasselndes Luftholen hören. »Ich war im Gottesdienst und komme gerade zurück. Worum geht es?«

Sie schloss die Augen und atmete tief ein und langsam wieder aus. »Herr Mensenkamp, ich bin Kommissarin Deepe aus

Oldenburg. Wir ermitteln in einem Fall, in dem ein Mann zu Tode gekommen ist, der einmal in Hartingsen in der Fürsorgeerziehung war. Mein Chef würde sich gern mit jemandem unterhalten, der Ende der Sechzigerjahre, Anfang der Siebzigerjahre dort gearbeitet hat. Sie ...«

Aufgelegt.

»Blöder Kerl!« Babsi warf den Hörer in die Ladeschale. Mit hängenden Schultern stand sie still da und schloss die Augen erneut. Lange Minuten vergingen. Als das Telefon läutete, zuckte sie zusammen. Mensenkamp meldete sich, und Babsi sagte schnell: »Wir ermitteln nicht gegen Sie. Wir wollen nur etwas über die Biografie des Toten wissen. Mein Chef ist der Meinung, das Motiv der Tötung könnte in der Vergangenheit liegen – in der frühen Vergangenheit des Toten.«

Babsi hörte die rasselnden Atemzüge. Wenigstens hat er nicht gleich wieder aufgelegt. Abwarten!

»Wie heißt Ihr Chef?« Die Frage kam überraschend.

»Kriminalhauptkommissar Adi Konnert.«

»Er soll mich selbst anrufen.«

Und wieder beendete Mensenkamp das Gespräch ohne Ankündigung.

Die freundliche Stimme am Anfang des Gesprächs passte nicht zur schroffen Art am Ende des Anrufs. Babsi lehnte sich an den Kühlschrank und wählte Konnerts Festnetznummer. Er ging nicht dran. Sie versuchte es mit der Handynummer. Auch kein Erfolg. Niedergeschlagen schlurfte sie ins Schlafzimmer, ließ sich aufs Bett fallen und starrte die Zimmerdecke an.

***

»Fangen wir noch einmal von vorn an.« Konnert schaltete das Aufnahmegerät ein und diktierte die vorgeschriebenen Floskeln ins Mikrofon.

Dann erzählte Otten noch einmal von der ersten Begegnung mit Eugen Gogoasa. Er berichtete von dessen Forderung und der Angst um seine Frau und die Töchter. Nur die Sorge um sie hatte ihn veranlasst, überhaupt die Beziehung zu Knieling anzufangen. »Er war ein Homosexueller. Ich aber nicht.« Die Stimme klang weinerlich. »Er wollte immer was von mir. Bis ich ihm gesagt habe, dass es mit unserem Zusammensein aus wäre, wenn er so weitermachen würde. Da hat er sich meistens zurückgehalten.«

Nachdem er ein Glas Wasser in einem Zug leergetrunken hatte, erzählte Otten weiter. Von anderen Treffen mit Eugen, von dessen Befehl, Knieling zu töten, seiner Weigerung und den immer neuen Drohungen, seine Frau zu versklaven und die Töchter in die Prostitution zu zwingen. Mit Tränen in den Augen und ineinander verkrampften Fingern schilderte er, wie er üben musste, einen Menschen zu erdrosseln. »Er hat es mir vorgemacht, indem er mir den Schal um den Hals gelegt hat. Mit der einen Hand hielt er die Enden fest. Mit der anderen hat er in die Schlinge gefasst und so gedreht, dass sich die Schlinge zuzog.« Er zeigte die Handgriffe. »Da dachte ich, er bringt mich um. Aber Eugen ließ wieder locker. Dann zwang er mich, es bei ihm zu probieren. Auf diese Art und Weise habe ich Sascha Knieling getötet.«

Otten schwieg einen Moment und schaute durch Konnert hindurch.

»Hätte ich den Kerl doch bloß damals schon erdrosselt.«

Geistesabwesend goss er Wasser in sein Glas, trank es aus, stellte es aber nicht wieder auf dem Tisch ab.

»Ich wollte kein Mörder werden. Das müssen Sie mir glauben, Herr Kommissar. Ich habe bis zuletzt gehofft, es würde noch einen anderen Ausweg für mich geben.«

»Michael Otten, ich frage Sie, haben Sie Sascha Knieling am Dienstag, den 10. Dezember 2014, in seinem Haftraum erdrosselt?«

Mit aufgerissenen Augen schleuderte Otten Konnert entgegen: »Was hätte ich denn machen sollen?« Er sprang auf. »Entweder meine Frau und meine Töchter oder Sascha. Was hätten Sie denn gemacht, Herr Kommissar?«

Was hätten Sie denn gemacht, hallte es bei Konnert nach. Otten ließ sich ihm gegenüber zurück auf den Stuhl fallen. Er fasste sich an die Schläfen und schloss die Augen.

Was hätte ich gemacht? Wie oft hatte Konnert sich das schon in seinem Polizistenleben gefragt. Meistens konnte er sich in die Lage der Täter versetzen und ihr Handeln sogar verstehen, ohne aber ihre Taten zu rechtfertigen. Wenn er überlegt hatte, was er selbst in einer ähnlichen Situation getan hätte, dann waren ihm die Antworten oft leicht gefallen. Er hätte sich fast immer anders verhalten, als die, gegen die er ermittelte. Andere Maßstäbe bestimmten sein Leben. Aber dieses Mal traute er sich keine Antwort zu.

Er wusste, dass Otten in einem moralischen Dilemma gesteckt hatte. Solche Situationen hatte er selbst schon durchlitten. Otten musste sich zwischen zwei verschiedenen Möglichkeiten entscheiden und wusste genau, wie er es auch drehte oder wendete, er machte sich in jedem Fall schuldig. Eugen Gogoasa hatte Otten in eine Zwickmühle gesteckt und gewusst, dass er Knieling töten würde, um seine Familie zu beschützen. Trolley-Dilemma nannte man das in der Fachsprache.

»Ich brauche eine Pause«, sagte Konnert. »Ich habe heute noch kein Frühstück gehabt. Sie vermutlich auch nicht.«

Er unterbrach die Aufnahme und wandte sich über die Gegensprechanlage an einen Beamten der Anstalt. »Können wir ein Frühstück bekommen?«

»Frühstück? Schauen Sie mal auf die Uhr. Seien Sie froh, wenn wir noch ein Mittagessen für Sie ergattern können.«

»Ich habe keinen Appetit«, redete Otten dazwischen. »Ich würde lieber eine Zigarette rauchen. Ist das möglich?«

»Gut, dann versuchen Sie bitte, für mich etwas zu essen zu bekommen und ein paar Zigaretten für Herrn Otten. Die zahle ich.«

Zwischen den beiden Männern im Verhörraum blieb es still. Otten saß zusammengesunken auf dem Stuhl und hatte die Augen geschlossen.

Mit Zeigefinger und Daumen an der Nasenwurzel saß der Kommissar ihm gegenüber und betrachtete ihn. Anhand der Ermittlungsergebnisse aus der Kriminaltechnik wird sich schon herausstellen, ob Ottens Geständnis der Wahrheit entspricht, sagte er sich. Er nahm ihm, bis zum Beweis des Gegenteils, die Schilderung ab. Obwohl er ein Mörder war, respektierte Konnert den Mann. Er hatte alles dafür getan, seine Familie zu beschützen.

Seine Familie zu beschützen, der Satz echote in Konnerts Kopf.

»Herr Otten, Sie haben mich gebeten, mich um Ihre Familie zu kümmern. Wie konnten wir das vergessen?«

»Ich weiß es nicht. Ich bin einfach kaputt. Das ist alles zu viel für mich gewesen.«

»Ich muss telefonieren. Umgehend!«, rief Konnert in die Gegensprechanlage.

Kurz darauf kam ein Vollzugsbeamter. »Ihr Mittagessen steht in der Kantine. Und Sie, Herr Otten, kommen mit mir.«

***

Zwei Streifenwagen fuhren auf die Einfahrt. Das Blaulicht blinkte. Im Haus auf der gegenüberliegenden Straßenseite zog jemand die Gardine zur Seite. Ein Junge und ein Mädchen blickten neugierig herüber und sahen, wie zwei Beamte im Garten verschwanden. Der andere klingelte an der Haustür. Drei Schritte hinter ihm bezog der vierte Polizist Stellung mit der Hand am Pistolenhalfter.

Niemand öffnete. Auch der zweite Versuch des Polizisten an der Klingel blieb ohne Erfolg. Er wummerte mit der Faust gegen die Tür. Immer noch keine Reaktion. Nach drei Schritten zur Seite stand er im Blumenbeet unter einem Fenster und versuchte, hindurchzuschauen. Mit den Fingerknöcheln klopfte er. Leicht bewegte sich der Vorhang hinter der Scheibe.

Kurz darauf öffnete Frau Otten die Haustür und blickte den Polizisten an. »Kommen Sie herein.«

»Meine Kollegen sind hinter dem Haus. Ist bei Ihnen alles in Ordnung?«

»Ja. Kommen Sie. Schnell!«

Die Beamten standen im Flur und redeten auf Frau Otten ein. »Sie müssen hier weg. Ihr Mann ist der Überzeugung, dass die Drohung des Anrufers ernstzunehmen ist.«

»Wir könnten bei meinen Eltern unterkommen.«

»Nein. Wenn man Sie hier nicht findet, wird man Sie sofort bei Ihrer Verwandtschaft suchen.«

»Wo sollen wir denn dann hin?«

»Wir bringen Sie erst einmal nach Oldenburg in die Polizeiinspektion.«

»Meine älteste Tochter ist bei ihren Großeltern.«

»Wir holen sie von dort ab. Packen Sie ein paar Sachen zusammen. Wir warten hier.«

Der Streifenwagen war gerade abgefahren, und der Junge und das Mädchen hatten die Gardine wieder zugezogen, als Venske vorbeifuhr. Er parkte den Wagen in der nächsten Seitenstraße. Mit den Händen in den Manteltaschen schlenderte er zurück und klingelte am Haus der Kinder. Deren Mutter öffnete.

Mit seinem Ausweis in der Hand stellte er sich vor und bat darum, hereinkommen zu dürfen.

Nach ein paar Minuten zog er die Gardinen einen spaltbreit auseinander, schob einen Sessel ans Fenster und beobachtete das Haus der Familie Otten. Die beiden Kinder saßen rechts und links neben ihm und stellten eine Frage nach der anderen.

Zwei Straßen zurück dösten Zivilfahnder in einem schwarzen Passat und warteten. Sie sollten Venske unterstützen, wenn sich etwas vor dem Haus Otten ereignen würde.

***

Das Handy in Konnerts Hosentasche vibrierte. Er fummelte es heraus und hatte Babsi in der Leitung.

»Wo steckst du?«

»Im Gefängnis.« Vor der Außenschleuse ging er auf und ab, weil er aus dem engen Verhörraum raus musste. Den Vormittag über war ihm nicht bewusst gewesen, wo er Otten verhört hatte.

Jetzt war es ihm wieder unangenehm, dass die hohen Mauern ihm den freien Blick versperrten.

Konnert informierte Babsi: »Otten hat sich gestellt und gestanden, Knieling erdrosselt zu haben. Seine Schilderung des Tathergangs klingt glaubwürdig. Venske weiß Bescheid und observiert Ottens Haus, weil dessen Familie bedroht wird. Von wem, wissen wir nicht. Noch nicht! Informier du bitte Stephanie.«

»Und ich habe einen Gerhard Mensenkamp aufgetrieben, der in Hartingsen gearbeitet hat. Mit mir wollte er nicht sprechen. Aber du kannst ihn anrufen.« Sie gab ihm die Nummer durch.

»Danke, Babsi.«

Die Art und Weise, wie sie sprach, war ihm aus den Jahren gemeinsamer Arbeit bekannt. Aber er hörte wieder diesen fremden resignierten Unterton heraus, der sich erst in den vergangenen Wochen bei ihr eingeschlichen hatte.

»Babsi? Bist du noch dran?«

»Ist noch was?«

»Wie geht es dir?«

Sie unterbrach die Verbindung.

***

Im Verhörzimmer brannte das Deckenlicht, als Konnert eintrat. Auf dem Tisch standen zwei umgestülpte Gläser, und eine Packung Marlboro lag neben dem Aufnahmegerät. Zwei frische Plastikflaschen Mineralwasser hatte man auf den Fußboden gestellt. Die Stühle waren unter den Tisch geschoben worden. Alles wirkte auf ihn ruhig, sauber, geordnet, ja friedlich.

Einem Impuls folgend setzte er sich auf Ottens Stuhl und betrachtete den Raum aus einer anderen Perspektive. Was hätte ich an seiner Stelle unternommen, um meine Familie zu schützen?, überlegte er.

Eine Gipfelbesteigung mit seiner Frau in den Südtiroler Alpen kam ihm in den Sinn. Der Sonnenschein auf ihrem Gesicht und der Moment, als sie die Sonnenbrille abnahm und ihn verliebt ansah. Die Erinnerung an die ersten glücklichen Stunden im eigenen Haus ließen ihn die Augen schließen. Elias Geburt und bange Tage und Nächte nach dem Kaiserschnitt, mit dem Ruth auf die Welt gekommen war. Ihre Hochzeiten, die Enkelkinder Inga und Lasse erschienen vor seinem inneren Auge. Und das letzte Weihnachtsfest mit seiner Frau im Krankenbett, kurz vor ihrer Beerdigung.

Mit leicht geöffnetem Mund saß er andächtig da.

Würde ich einen Menschen töten, um meine Familie vor einem Unglück zu bewahren? Sieben Familienangehörige, Menschen, die ich liebe, die mich lieben. Oder wäre ich das Risiko eingegangen und hätte die Polizei angerufen?

Ich hätte auch getötet. Wahrscheinlich. Ich weiß doch viel besser als Otten, dass die Polizei die Familie eines Zimmermanns nicht über Wochen rund um die Uhr beschützen kann.

Ich käme ins Gefängnis.

Er schauderte.

***

Der gepolsterte Sessel war individuell für Tschabo Dumitrescus Bedürfnisse angefertigt worden. In der Mitte der Sitzfläche hatten die Polsterer eine Vertiefung eingearbeitet. Trotzdem schmerzten den Kranken selbst die vorsichtigsten Bewegungen.

1993 hatte er sich einer Operation unterzogen. Die Teildurchtrennung der Schließmuskulatur war für damalige Verhältnisse eine erfolgreiche Therapie gewesen. Niemand hatte ihn darüber aufgeklärt, dass noch Jahrzehnte nach dem Eingriff erneut Komplikationen auftreten könnten. Vor dreizehn Monaten hatte er zum ersten Mal bei einer Besprechung seinen Stuhl nicht mehr halten können. Stuhlinkontinenz und schmerzhafte Entzündungen schränkten seitdem seinen Aktionsradius enorm ein. Der Arzt hatte ihm erklärt, dass das durch den im Alter physiologischerweise abnehmenden Schließmuskeltonus begünstigt würde. Inzwischen gehöre diese Operationsart auch nicht mehr zu den bevorzugten Therapiemöglichkeiten. Er hatte ihm zu einem künstlichen Darmausgang geraten.

Schon auf dem Weg von der Praxis zu seiner Villa hatte Dumitrescu zu seinem Chauffeur gesagt: »Ich bin kein guter Mensch gewesen. Dieses Leiden ist eine Auflage Gottes. Mit ihm kann ich meine Schuld abtragen. Als Sühne.«

Sein Fahrer hatte in den Rückspiegel geschaut und geantwortet: »Sie sind ein guter Mensch, Chef. Sicher.«

Er hatte auf der Fahrt immer wieder darüber nachgedacht, dass sein Verlangen, die Deutschen zu demütigen, um Rache zu nehmen, verkehrt gewesen war. Er hatte deutsche Mädchen in die Prostitution zwingen lassen. Geschäftsleute hatten ihn angefleht, wenn sie nicht rechtzeitig ihr Schutzgeld bezahlen konnten. Seine Leute hatten Familienväter in seine Spielhöllen gelockt, wo sie ihr Gehalt verzockten. Und mit dem Schwarzgeld hatte er über Strohmänner Immobilien gekauft. Am Ende hatten selbst Politiker ihn als Geschäftspartner anerkannt.

»Alles wird gut«, hatte der Fahrer gesagt und in den Rückspiegel gelächelt. Aber er hatte gewusst, dass nicht alles wieder gut, sondern vieles immer schlechter werden würde.

Daran dachte Dumitrescu, als er mit Frau und Tochter am gedeckten Mittagstisch im Esszimmer saß.

»Elisei, erzähl, was macht die Galerie?«, fragte er seine Tochter.

»Ach, Papa, heute ist Sonntag. Da will ich nicht an die Arbeit denken.«

»Arbeit? Zwischen Bildern, die niemanden interessieren, herumstehen und mit unbekannten Künstlern schon am Morgen Sekt trinken. Das nennst du Arbeit?« Dumitrescu malte mit dem Löffel in der Hand bei dem Wort Künstler Anführungsstriche in die Luft.

»Tschab, bitte. Wir haben genug darüber gesprochen.«

»Hast du bis jetzt auch nur ein Bild verkauft?«

»Papa, die Bilder stelle ich nur in Kommission aus. Verkaufe ich sie nicht, nimmt sie der Maler zurück. Es macht mir einfach Spaß, mit Kunden und Künstlern zusammen zu sein. Obwohl deine Pferde noch nie ein Rennen gewonnen haben, hast du doch Freude an ihnen. Und die Kinderheime in Rumänien lässt du dir auch einiges kosten.«

»Elisei!« Frau Dumitrescu maßregelte ihre Stieftochter.

»Lass sie, Nadine.«

»Du hast damals auch einmal klein angefangen, Papa, und bist mit der Zeit immer erfolgreicher geworden.« Sie lächelte ihren Vater an. »Lass mir noch ein bisschen Zeit. Ich schaffe den Durchbruch ins ganz große Geschäft. Warte nur ab. Ich schaffe das.«

Tschabo Dumitrescu schwieg dazu und gab den Hausmädchen ein Zeichen, das Suppengeschirr abzuräumen.

***

Konnert presste noch seine Arme an den Körper, als ein Beamter die Tür öffnete und Otten hereinführte.

»Wollen Sie seinen Platz einnehmen?«, fragte dieser ihn und schob Otten einen Schritt vor.

Der sah Konnert an. Ihre Blicke trafen sich. Konnert nickte ihm fast unmerklich zu.

»Dann machen wir mal weiter.« Damit stand Konnert auf und gab dem Beamten ein Zeichen, dass alles in Ordnung war. Er blieb als Zeuge neben der Tür sitzen.

Otten hockte sich nicht wie am Vormittag auf die Stuhlkante, sondern auf die gesamte Sitzfläche und stellte die Füße ruhig nebeneinander.

»Sie sagten, Sie wären am Freitag von Eugen Gogoasa entführt worden. Erzählen Sie mir, was passiert ist.«

»Er wartete an der Bushaltestelle.«

»An welcher?«

»Na, die hier vor der Anstalt.«

»Stopp. Ich habe vergessen, das Aufnahmegerät einzuschalten.« Konnert drückte die entsprechenden Tasten, diktierte erneut die vorgeschriebenen Sätze und schob das Mikrofon weiter in Ottens Richtung. »Entschuldigung. Bitte beginnen Sie noch einmal.«

Otten erzählte sachlich von der Autobahnfahrt nach Bremen und der plötzlichen Änderung der Fahrtrichtung. Er berichtete von Nethen und Mollberg und dem Haus, in dem sie gegessen und getrunken hatten. Er sprach flüssig und ohne Unterbrechungen.

Es gab für Konnert keinen Grund, dazwischen zu reden. Erst, als Otten die Ereignisse im Schweinestall überspringen wollte, hakte er nach. »Erzählen Sie bitte ganz präzise, was da passiert ist.«

»Wie es passiert ist, ist doch egal. Ich gebe zu, dass ich Gogoasa umgebracht habe. Mehr möchte ich nicht darüber sagen.«

»Ob Sie gemordet haben oder Ihre Tat als Notwehr gelten muss, hängt davon ab, wie Sie die Tat ausgeführt haben und wie es dazu gekommen ist. Erzählen Sie so genau wie möglich.«

Konnert sah Entsetzen in Ottens Augen. Dieser rückte mit dem Stuhl ein Stück vom Tisch ab. Mit ausgestreckten Armen umklammerte er mit beiden Händen die Tischplatte. Das Grauen in seinen Augen wandelte sich zu einem flehenden, bettelnden Ausdruck.

Konnert hielt dem Blick stand, nickte ermutigend und wartete. Sie hatten so viel Zeit. Nichts drängte.

Dann quälte sich Otten Wort für Wort ab.

»Im Schweinestall musste ich mich ausziehen. *Die Entsorgung deiner Leiche ist dann einfacher, mein Freund*, hat er gesagt und vielsagend zu den Schweinen geschaut. An der Wand lehnte eine Schaufel. Erst dachte ich, dass ich die unmöglich zu packen kriegen könnte. Mein Mantel lag auf dem Boden. Ich hatte schon Hemd und Hose darauf gelegt. Barfuß stand ich auf dem kalten Beton und fror erbärmlich. Mit einem Mal schoss mir der Spruch durch den Kopf: *Wenn du keine Chance hast, dann nutze sie.* Was habe ich zu verlieren, dachte ich. Nichts! Ich beugte mich vor und tat so, als wollte ich meine Sachen noch ein bisschen zurechtrücken. Mit einem plötzlichen Schwenk und einem Sprung zur Seite war ich bei der Schaufel. Ich griff zu und mit dem Schwung aus der Drehung wollte ich mit dem Blech seinen Kopf treffen. Von Beruf bin ich Zimmermann. Ich bin stark. Glauben Sie mir, Herr Kommissar. Ich legte alle Verzweiflung und Wut in den Schlag. «

Die Hände immer noch verkrampft an der Tischplatte, lehnte sein Oberkörper jetzt über dem Tisch. Das Gesicht war rot angelaufen.

»Aber Eugen riss instinktiv die Arme hoch, um sich zu schützen. Die Schaufel traf ihn mit voller Wucht am linken Ellenbogen und ließ ihn zur Seite wanken. Er kam auf dem glitschigen Boden ins Rutschen. Mit der rechten Hand, in der er die Pistole hielt, wollte er sich an den Rohren festhalten oder den Sturz abfangen. Ich weiß nicht, was genau passiert ist. Jedenfalls glitt ihm die Waffe aus der Hand. Er stolperte einen Schritt vorwärts und stürzte dann auf die Knie. Mit meinem zweiten Schlag traf ich sein linkes Schulterblatt.«

Seine Stimme klang heiser, fast tonlos. Dabei starrte er durch Konnert hindurch, als sähe er hinter ihm an der Wand einen Film ablaufen.

»Ich riss die Schaufel wieder hoch, um sie ihm auf den Kopf zu schlagen. Aber er drehte sich auf den Rücken und stieß sich mit den Füßen ab. Er rutschte auf dem glitschigen Boden zurück. Ich traf ihn nicht. Scheppernd knallte das Blech auf den Beton. Die Schweine quiekten wie verrückt. Der Kerl kam auf die Beine und schrie mich an: *Du verdammtes Arschloch ruinierst mir den Anzug.*«

Otten hielt inne und sah Konnert an.

»Verstehen Sie das? Der ist wütend geworden, weil sein Anzug schmutzig wurde. Kein Wort von seinem Arm oder der Schulter. Der Anzug ...«

Ungläubig verkrampfte sich sein Gesicht zu einem bizarren Lächeln. »Weil ich seinen Anzug ruiniere, nimmt er den Kampf wieder mit mir auf.«

Adrenalin lässt ihn den Schmerz nicht spüren, wusste Konnert. Er saß einen halben Meter vom Tisch entfernt, hatte die

Hände auf seine Oberschenkel gelegt und ermutigte Otten, mit seiner Aussage fortzufahren.

»Ich weiß nicht mehr, wie, aber er bekam die Schaufel zu fassen und zog mich mit einem Ruck zu sich. Ich hätte nur den Stiel loslassen müssen. Er wäre wieder auf den Rücken gefallen. Aber ich hielt fest. Er stieß und zog und stieß und zog, und ich mühte mich ab, auf den Beinen zu bleiben. Ich zog wie verrückt. Mit einem Mal ließ der verdammte Kerl los. Ich taumelte nach hinten, knallte gegen die Gitter und sackte zusammen. Mit zwei Schritten war der Kerl über mir, beugte sich runter und wollte mir an die Gurgel. Ich trat ihm in den Schritt. Er jaulte auf, und ich krabbelte unter ihm weg. Ich war schneller auf den Beinen als er. Er versuchte sich auch aufzurichten, rutschte aber aus, drehte sich und hockte für einen Augenblick auf seinen Knien. Ich ließ mich auf seinen Rücken fallen und bekam den Schal zu fassen und drehte die Schlaufe zu. So wie er es mir beigebracht hatte.«

Otten sackte zurück an die Stuhllehne. Seine Arme hingen schlaff herab.

Konnert schwieg. Aus dem Flur drangen Gesprächsfetzen herein. Er hörte Schritte, beachtete sie aber nicht. Das Lämpchen des Aufnahmegerätes leuchtete grün. Minuten vergingen. Konnert dachte an sein Gebet für Otten. War das die Erhörung der Bitten um Bewahrung und einen guten Ausgang für Otten? Er hütete sich, diese Frage schon jetzt zu beantworten.

Stattdessen erkundigte er sich leise: »Und dann?«

»Dann bin ich aufgestanden, habe mich über das Gitter gelehnt und mich in den Schweinestall übergeben. Die Tiere sind gekommen und haben meine Kotze aufgeschleckt.«

Konnert registrierte, wie sein Gegenüber würgte und schluckte. Er schenkte Wasser ein und schob ihm das Glas entgegen. Otten trank.

»Noch in Unterwäsche habe ich Eugen die Kleider vom Leib gerissen und darin Geld gesucht. Dann habe ich ihn über die Abtrennung gehievt und zu den Schweinen geworfen. Im Vorflur habe ich mich gewaschen, angezogen und versucht, meinen Mantel zu reinigen. Mit dem Alfa bin ich dann auf die Autobahn und in Richtung Wilhelmshaven gefahren. Erst da bin ich wieder zur Besinnung gekommen.«

Jetzt nicht drängeln. Otten braucht Zeit. Konnert griff zur Wasserflasche und hielt sie ihm hin. Er nickte.

»Ich würde jetzt gern eine Zigarette rauchen.«

Noch bevor er sich Wasser eingoss, sagte er: »Ich hätte die Leiche nicht vor die Schweine werfen dürfen. Das war nicht recht.«

***

Die Frauen der Familie Otten hatten in der Polizeiinspektion ein Mittagessen bekommen. Sie blieben in der Kantine sitzen. Die Töchter blätterten gelangweilt in Zeitschriften, der liegengebliebenen *Bild am Sonntag* und der Samstagsausgabe der *NWZ*. Frau Otten schaute aus dem Fenster in den trüben Dezemberhimmel. Sie wartete auf Nachrichten aus der Haftanstalt.

»Mama, hier steht, dass in der Justizvollzugsanstalt Oldenburg ein Häftling von einem Mitgefangenen getötet worden ist. Der Täter sei flüchtig. Konnte Papa deshalb am Freitag nicht zu uns kommen?«

»Lass uns ein anderes Mal darüber sprechen. Ich weiß selbst nicht, was ich denken soll.«

»Heute Nacht hat das Telefon geklingelt, und du bist dran gegangen. Ist das Papa gewesen? Was hat er gesagt?«

»Ich kann mir nicht vorstellen, dass euer Papa einen Menschen umbringt. Er kann ja nicht einmal eine Maus totschlagen, die unser Kater mit ins Haus schleppt. Die fängt er und trägt sie nach draußen. Nein, ich kann nicht glauben, dass Papa etwas damit zu tun hat.«

»Aber wenn er es doch getan hat?«

»Rede nicht so!«

»Totschweigen ändert nichts, Mama.«

***

Die beiden Männer im Verhörzimmer rauchten und schwiegen. Erst, als Otten seine Zigarettenkippe im Verschluss der Mineralwasserflasche ausgedrückt hatte, fragte Konnert: »Was wollten Sie in Wilhelmshaven?«

»Mir das Leben nehmen.«

»Und warum haben Sie es nicht getan?«

»Ich bin durch die menschenleere Stadt gefahren. Einfach so, ohne Sinn und Verstand, planlos mal hier links abgebogen und dann mal wieder rechts. Nur immer weiter. Mit einem Mal war ich in Hooksiel im Hafen. Da bin ich ausgestiegen und im Dunklen auf den Deich geklettert. In der Ferne konnte ich die Lichter eines Schiffes sehen, das in Richtung Jadebusen tuckerte. Vielleicht war es ein Fischerboot oder ein Küstentrawler. Ich habe mir vorgestellt, dass sich die Besatzung auf ihren Heimathafen und ihre Familien freut. Da habe ich auch an meine Frau und die beiden Mädchen gedacht. Für sie bin ich doch zum Mörder geworden. Ein Vater im Gefängnis ist besser als gar kein Vater, habe ich gedacht. Stimmt doch, oder?«

Otten wartete auf eine Antwort.

Er bekam sie nicht. Stattdessen fragte Konnert: »Sie sind zurückgefahren und haben mit Ihrer Frau telefoniert?«

»Nein. Ich bin erst eine Weile am Strand von Hooksiel auf und ab gelaufen. Da waren wir schon ein paarmal als Familie. Ich kannte von den Ausflügen einen Parkplatz hinter Bäumen und Büschen. Ganz am Ende habe ich dann da geparkt und bin eingeschlafen.

Wie verrückt hatte ich am Morgen Kopfschmerzen und Durst, habe mich aber nicht aus meinem dürftigen Versteck getraut. So gegen zehn Uhr wurden die Schmerzen unerträglich, und ich bin zu einer Tankstelle im Ort gefahren. Da habe ich getankt, mir Brötchen und Kaffee gekauft und nach einer Schmerztablette gefragt. Die Frau hat mir aus ihrer Handtasche zwei Thomapyrin geschenkt. Dann bin ich auf die Toilette gegangen.«

Er griff zur Wasserflasche und schenkte sich erneut ein, trank das Glas gierig aus, stellte es ab und griff zur Zigarettenpackung. Unsicher steckte er eine in den Mund. Konnert gab ihm Feuer.

»Warum haben Sie sich gestellt und sind hierher zurückgekommen?«

»Ich habe mit meiner Frau telefoniert. Ich habe es Ihnen schon gesagt. Sie hat mich überzeugt, dass es das Beste für mich und die Familie ist, wenn ich mich stelle.«

Konnert ließ die Tonaufnahme des Verhörs noch abschreiben. In der Zeit hingen sie ihren Gedanken nach, tranken Kaffee und rauchten.

Während Otten den Text im Beisein eines Vollzugsbeamten durchlesen und unterschreiben sollte, ging Konnert vor der Haftanstalt unter den kahlen Bäumen auf und ab. Er telefonierte mit Venske und erfuhr, dass alles ruhig geblieben war.

Zurück im Verhörzimmer hatte er beim Betreten den Eindruck, der Raum sei leer. Otten hockte in einer Ecke auf dem

Fußboden und weinte lautlos vor sich hin. Konnert kniete sich neben ihn, legte ihm eine Hand auf die Schulter und wartete.

»Der ganze Mist hat damit angefangen, dass ich zu geizig war, ein Taxi zu bestellen.« Er schniefte. »Meine Familie habe ich ins Elend gestürzt.« Nasenschleim hing ihm auf der Oberlippe. »Die Mädchen haben mir erzählt, dass Mitschüler sie mobben, weil ihr Vater im Knast sitzt.« Mit dem Handrücken wischte Otten unter der Nase durch und suchte ein Taschentuch in der Trainingshose. Konnert reichte ihm ein Tempo.

»Beate geht putzen, damit die Kinder mit auf Klassenfahrt gehen können. Ich bin am Ende.«

Das ist eine gute Voraussetzung für einen Neuanfang, dachte Konnert, bremste sich gerade noch rechtzeitig und sprach den Satz nicht aus.

»Setzen wir uns doch wieder an den Tisch.« Ein Ortswechsel, hatte er gelernt, hilft zu neuen Gedanken. Er bot Otten eine Hand an, und der nahm sie und ließ sich aufhelfen.

»Ich könnte für Sie mit Ihrem Rechtsanwalt telefonieren. Wer hat Sie verteidigt?«

»Keil heißt die Pfeife. Pflichtverteidiger. Immer der. Hätte er mich ordentlich verteidigt, könnte ich als freier Mann für meine Familie sorgen.«

Mit einem Mal ist wieder ein anderer schuld, wunderte sich Konnert und trat für den Strafverteidiger ein. »Ich hatte einen guten Eindruck von ihm.«

»Ich kenne sowieso keinen anderen. Machen Sie, was Sie für richtig halten.«

***

Hinter der Gardine saß Venske inzwischen allein. Ein Fenster im Haus gegenüber war beleuchtet. Die Außenlampe brannte. Es sollte der Eindruck entstehen, jemand wäre zu Hause.

Einmal war ein Auto die Straße hinaufgefahren und gleich wieder zurückgekommen. Venske hatte die Autonummer durchgegeben und den Halter des Wagens feststellen lassen. Eine Streife war zu der eingetragenen Adresse gefahren und hatte den Besitzer befragt. Er gab an, seinen Bruder von einer Familienfeier nach Hause gebracht zu haben. Auch das ließ Venske überprüfen. Die Angaben stimmten.

Mehr hatte sich nicht ereignet.

Er telefonierte mit Babsi und sprach mit ihr ab, dass sie ihn um 22 Uhr ablösen sollte.

***

Konnert saß mit einem Klemmbrett auf der Decke über den Knien unter dem Dachvorsprung auf seiner Terrasse und rauchte. Was für ein Tag! 3. Advent. In zehn Tagen ist Weihnachten.

Fragen gingen ihm durch den Kopf, die er sich notierte. Wer hatte bei Ottens angerufen und gedroht, als Eugen schon tot war? Immer noch war das Motiv für die Ermordung Knielings nicht aufgeklärt. Er glaubte Otten die Geschichte von der Erpressung und der Notwehr. Aber Beweise mussten dafür noch gefunden werden. Vielleicht war ja alles inszeniert. Am Ende hatten sich Eugen und Otten besoffen in die Haare gekriegt, und einer hatte versucht, den anderen umzubringen. Unwahrscheinlich? Seiner

Erfahrung nach ja. Aber weiß man's? Zu oft schon hatten sich plausibel klingende Geschichten später als geniale Erfindungen herausgestellt.

Unter der Bettdecke war es dann doch wärmer als auf der Terrasse. Konnert saß im Bett und las die nächsten Seiten der ersten Kladde mit Knielings Lebensgeschichte.

Es ging noch um die vier Freunde in Hartingsen. Er beschrieb den Galgenhumor von Torsten, der auch nach einer Tracht Prügel einen Spruch losließ und das Lachen der Kumpels genoss. Dieter war der Kräftigste, der ihm bei der Arbeit half, das vorgeschriebene Pensum zu schaffen. Und Ewald las Bücher. Selbst die Bibel nahm er sich vor und zeigte die Texte herum, in denen es um Sex und Vergewaltigung oder Nutten ging.

Dann fehlte eine Seite. Konnert befühlte mit den Fingern den Papierrest im Knick. Was hatte da gestanden? Was konnte für einen unbefugten Leser so wichtig sein, dass Knieling die Seite herausgerissen hatte? Oder hatte ein anderer sie entfernt, nachdem er das Tagebuch gefunden hatte? Beeken?

Der Text ging damit weiter, dass die Erzieher die Vier an einem Sonntag getrennt hatten. Die Freunde wurden auf verschiedene Häuser in Hartingsen verteilt. Miteinander sprechen konnten sie dann nur in den seltenen unbeaufsichtigten Minuten nach dem Sonntagsgottesdienst. Bei der Arbeit im Moor war es unter Strafe verboten, sich mit Zöglingen anderer Abteilungen zu unterhalten.

Torsten war eines Tages von einem Onkel abgeholt worden. An dessen Opel Ascona hingen Nummernschilder mit weißer Schrift auf schwarzem Grund. Der Mann rauchte eine Zigarre und wartete geduldig auf seinen Neffen.

***

Es hatte Zeiten gegeben, in denen seine Mitarbeiter davon überzeugt waren, dass ihr Chef nie schlief. Jederzeit, wirklich zu jeder Zeit, auch am Sonntag, mussten sie damit rechnen, dass Dumitrescu auftauchte. Wehe, er erwischte einen, der nicht bei der Arbeit war. Bei der Arbeit, die ihm Dumitrescu befohlen hatte.

In dieser Nacht schlief er tief und fest neben seiner Frau. Der Mond leuchtete durch die Spalten der Jalousie ins Schlafzimmer.

Das Telefon im Wohnzimmer ließ ein paar Takte von Abbas *Money, money, money* hören. Dumitrescus Frau wachte auf. Ihr Blick fiel sofort auf die gelben Ohrstöpsel ihres Mannes. Sie wartete einen Moment. Regte er sich? Nein. Sie stand auf, suchte ihren Morgenmantel und zog ihn an. Wieder erklang das Lied vom Geld. Sie beeilte sich, den Flur zu durchqueren, die Treppe hinunter zu kommen und durch die geöffnete Küchentür zu schlüpfen.

»Ja?«

»Mama?«

Frau Dumitrescu schloss die Tür. »Warum rufst du um diese Zeit an? Ist etwas passiert?«

»Ich bin in Oldenburg. Unsere Jungs haben mich aus dem Bett geholt. Gogo das Ass ist tot. Umgebracht.«

»Und das melden sie erst jetzt?«

»Zu dem Fall gibt es eine Nachrichtensperre der Polizei. Du solltest aber informiert sein, wenn morgen ein Trupp von ihnen vor eurer Tür steht.«

»Danke, meine Große. Wir werden darauf vorbereitet sein. Mach dir keine Sorgen.«

Nachdem sie den Hörer aufgelegt hatte, murmelte sie: »Geht das also wieder los.«

Montag, 15. Dezember

Im Glasausschnitt in Konnerts Bürotür klebte eine Zeitungsseite mit einem Artikel von Alois Weis. Die übrige Fläche war mit Haftnotizen zugepflastert.

Früher war er ärgerlich geworden, wenn jemand in seiner Abwesenheit das Büro betreten hatte. Jetzt, wo er keinen besonderen Wert mehr auf die Unverletzlichkeit seines Arbeitsplatzes legte, akzeptierten die Mitarbeiter den damaligen Wunsch.

Knallrot umrandet und noch mit Leuchtmarker unterstrichen fiel ihm sofort ein Termin ins Auge. 14:30 Uhr Schießen. Konnert riss den Zettel ab. Ihm würde schon etwas dazwischenkommen, damit er eine gute Begründung hätte, die Übung zum x-ten Mal zu verschieben. Sie ganz streichen zu lassen, war unmöglich. Er war offiziell Waffenträger. Auch, wenn seine Pistole immer im Waffenschrank lagerte, er musste zum Übungsschießen. Vorschrift!

Aber heute nicht.

Er klebte die anderen Zettel auf seine Schreibunterlage. Aus der Jackentasche fischte er den Fragenkatalog der letzten Nacht und legte ihn dazu. In Gedanken formulierte er eine To-do-Liste. Wehmeyer und Lurtz-Brämisch informieren. Besprechung am großen Tisch. Vorher Obduktion? Termin erfragen. Mit Rechtsanwalt Keil telefonieren. Diesen Diakon anrufen – wie hieß der noch?

Dann überflog er den Zeitungstext. Da berichtete Alois Weis von dem Toten in der JVA und von einer Leiche in einem Schweinestall. Im nächsten Absatz zitierte er eine Quelle, die den zweiten Toten mit der ehemaligen Rumänenbande in Verbindung brachte.

Die Frage wurde aufgeworfen, ob die beiden Fälle etwas miteinander zu tun hätten. War der Chef der Rumänenbande wieder aktiv? Hatte er die Aufträge für die Morde erteilt? Dann folgten noch Informationen zu Tschabo Dumitrescu. Andere Namen standen nicht im Text.

Es kostete Konnert einiges an Anstrengung, gelassen zu bleiben und die Telefonnummer seines Freundes zu wählen.

»Wer hat dir das mit den beiden Toten gesteckt?«, polterte er los.

»Kein Kommentar, lieber Adi.«

»Venske?«

»Würdest du ihm das denn zutrauen?«

»Natürlich nicht.«

»Warum fragst du dann, ob er es war?«

»Es war blöd, dich anzurufen. Entschuldige.«

»Gern. Und wie geht es nun weiter?«

»Ich rufe wieder an.«

»Du kannst es mir ruhig schon jetzt sagen, dass du den Artikel ausgezeichnet findest.«

»Wie sagt ihr in Bayern?«

»Leck mich am Arsch! Meinst du das? Oder doch besser Pfiat di?«

»Pfiat di.«

Konnert hatte gerade aufgelegt, als kurz an die Tür geklopft wurde und unmittelbar darauf Kilian Kirchner vor seinem Schreibtisch stand.

»Moin, Adi! Ich melde mich zum Dienst zurück.«

Irritiert schaute Konnert auf. Sein Blick blieb am Ohrläppchen des vierten Kommissars im Team hängen. Ein noch kleiner schwarzer Flesh Tunnel glänzte da. Die Haare waren an den Seiten kurz geschoren. Einen exakt gezogenen Scheitel trug er rechts. Rasiert hatte er sich anscheinend die drei Wochen auch nicht. Mit Dreitagebart war Kilian schon vor dem Urlaub öfter im Büro erschienen. Jetzt wucherte sein Kinnschmuck. Es sollte wohl ein Vollbart werden.

Kilian registrierte den Blick seines Chefs. »Krieg dich ein, Adi. Wir waren gut drauf im Urlaub. Ab und zu mal was Neues, und das Leben kommt aus der Eintönigkeit raus.«

Konnert erinnerte sich, wie Kilian sein Erscheinungsbild schon einmal von heute auf morgen total verändert hatte. Damals war aus einem Dandy ein normal gekleideter Mann geworden. Und jetzt? Wollte er plötzlich trendy auffallen?

»Was Neues? Für dich vielleicht. Zu meiner Konfirmation war ich mit Scheitel im gegelten Haar fast schon wieder out. Wellig nach hinten gekämmte Haarfülle, wie James Dean sie trug, wurde Mode. Wart es ab, bald ist Wuschelkopf angesagt.«

»Dann bist du ja perfekt darauf vorbereitet.«

»Auch eine Uhr, die steht, zeigt zweimal am Tag die richtige Uhrzeit an.«

Konnert wurde ernst. »Wir haben zwei Leichen und eine Familie, die bedroht wird. Stephanie bearbeitet eine Vergewaltigung. Dazu das Übliche. Auf deinem Schreibtisch liegen die entsprechenden Akten.«

Mit der Türklinke in der Hand drehte sich Kilian noch einmal um. »Schön, dass du wieder dabei bist«, sagte Konnert und schmunzelte. »Gut siehst du aus!«

Fünf Minuten später stand Konnert vor Kilians Schreibtisch. Der war dabei, die wegen seines Urlaubs unbearbeiteten Fälle aus dem Rotlichtmilieu zu sichten. Konnert legte ihm eine Adresse auf den Tisch. »Da beobachtet Babsi seit gestern Abend ein Haus. Fahr hin, nimm die Akten mit und löse sie ab.«

***

In Groß-Ippener verließ Stephanie die A1 und wechselte auf die Landstraße nach Bassum. Für neun Uhr hatte sie sich bei Janina Geißendörfers Vater angemeldet. Sie musste sich beeilen. Erst hatte sie verschlafen, weil sie bis in den Morgen Informationen zur Familie Geißendörfer recherchiert hatte. Sie war beim Frühstücksfernsehen hängen geblieben, um ein Lebensbild des verstorbenen Ex-Ministerpräsidenten Ernst Albrecht anzusehen. Sie hatte Werder Bremen bedauert, die wegen der klaren Fehlentscheidung eines Linienrichters nur unentschieden gespielt hatten. Immer noch besser als der BVB, der in Berlin zum sechsten Mal auswärts verloren hatte. Dann erst hatte sie auf die Uhr gesehen und war erschrocken aufgesprungen.

Ein Trecker mit zwei Anhängern bog von einem Seitenweg auf die Straße ein. Mit der Lichthupe ließ sie ihrem Unmut freien Lauf. *Landwirtschaft dient allen* stand auf der Ladeklappe. Selbst Mördern zur Entsorgung von Leichen in einem Schweinestall, dachte sie und unternahm einen Überholversuch, den sie prompt abbrechen musste. Radfahrer kamen ihr entgegen. Kurz vor Harbstedt konnte sie endlich an den klappernden Anhängern vorbeiziehen. Sie scherte ein. Jetzt blendete der Landwirt auf.

Hinweisschilder machten es Stephanie leicht, das Bürogebäude der Geißendörfer Immobilien GmbH zu finden. Sie stellte den Wagen auf dem Platz für Besucher ab, stieg aus und spannte ihren Regenschirm auf. Winterwetter mit fünf Grad plus. Wieder keine weißen Weihnachten.

Die junge Frau im Empfang erwartete sie und begleitete Stephanie durch einen Flur mit großformatigen Fotos verschiedener Bauprojekte zum Büro ihres Chefs. Der stand mitten im Raum und telefonierte. Mit einer Handbewegung deutete er an, seine Besucherin solle sich schon in einen der Schwingsessel an den Besprechungstisch setzen. Da waren zwei Tassen, eine Warmhaltekanne, Zucker, Milch und Gebäck gedeckt.

Das Büro war großzügig, aber nicht pompös eingerichtet. Stephanie vermisste Aktenschränke oder Bücherregale. An den Wänden hingen moderne Gemälde. Man konnte sehen, dass es der Hausherr bunt und großflächig liebte. Die Bilder signalisierten ihr Lust am Leben und zeigten, dass man sich was leisten konnte.

Geißendörfer war ein Mann mit Lachfältchen um die braunen Augen. Sein Händedruck war angenehm und die Stimme in der sonoren Tonlage, die Frauen lieben und Männer als überzeugend empfinden.

Die Antworten auf Stephanies Fragen aber blieben merkwürdig schwammig. Von viel Glück im Leben war die Rede, als es um das rasante Wachstum der Firma ging. Er habe sehr gute Mitarbeiter im Team, antwortete er, als die Kommissarin wissen wollte, wie die unterschiedlichen Firmenbereiche kooperierten. Er hatte sich auch nicht vorstellen können, dass der Vergewaltiger seiner Tochter aus der eigenen Familie oder deren Umfeld kommen könnte. Wer kann das schon, dachte Stephanie. Ereignisse, die mit der kriminellen Tat zusammenhängen könnten, waren ihm auch nicht aufgefallen. Bei der Antwort hatte Stephanie den Eindruck, der nachdenkliche Gesichtsausdruck sei gespielt. Sicher war sie sich aber nicht.

Stephanie hatte sorgfältig recherchiert, war gut vorbereitet und fragte: »Ihre Familie stammt aus Bela Crkva im Grenzgebiet Serbien zu Rumänien. Kennen Sie zufällig Tschabo Dumitrescu, einen Immobilienbesitzer in Bremen? Er kommt, wenn ich mich recht erinnere, aus Oravita, auf der anderen Seite der Grenze.«

»Kennen wäre zu viel gesagt. Aber selbstverständlich weiß ich, wer Tschabo Dumitrescu ist. Wir kommen uns bisweilen bei Immobilienprojekten in die Quere.« Er lächelte sein Kaufmannslächeln.

Nach fünfunddreißig Minuten endete das Gespräch, ohne dass Stephanie verwertbare Informationen zu Geißendörfers Tochter, den Beziehungen untereinander oder Hinweise auf einen möglichen Vergewaltiger erhalten hatte.

Trübe wie das Wetter waberten die Antworten Geißendörfers durch ihre Gedanken. Wieder zuckelte sie hinter einem Treckergespann die Landstraße in Richtung Groß-Mackenstedt entlang. Dort fuhr sie auf die Autobahn. Bei nochmaligem Durchdenken drängte sich das Gefühl in den Vordergrund, die Vergewaltigung seiner Tochter würde Geißendörfer doch mehr beschäftigen, als er seiner Tochter zu verstehen gegeben hatte.

***

Auf den ersten Blick wirkte der Sektionssaal, in den Konnert eintrat, menschenleer. Dann entdeckte er flache Damenschuhe in Plastiküberziehern und blaue Hosenbeine. Die Leiterin der Gerichtsmedizin, Frau Dr. Landmann, kniete hinter der Säule des Sektionstisches und schien etwas zu suchen.

»Hallo, Eveline.«

Der Kopf der Ärztin tauchte über dem Tisch auf.

»Kann ich dir helfen?«

Er verstand nicht, was er zur Antwort bekam, und umrundete den Edelstahltisch.

»Was hast du gesagt?«

»Ich suche meine Kontaktlinse.«

»Und kannst sie nicht finden, weil du sie nicht im Auge hast.«

»Statt olle Kalauer loszulassen, bück dich lieber und hilf mir.«

Die Plastiklinse lag nur wenige Millimeter vor dem Knie der Pathologin. Damit die empfindliche Schale nicht im nächsten Augenblick zerdrückt würde, musste Konnert flink unter ihrem Oberkörper hindurch greifen. Dabei streifte er unsanft ihren Busen.

»So stürmisch? Aber es ist zu spät, Adi. Ich bin glücklich verheiratet.«

»Es ging nur um deine Sehhilfe, Eveline. Und um sonst nichts.«

»Dann ist es ja gut.«

Sie richteten sich beide gleichzeitig auf. Ihre Gesichter kamen sich dabei sehr nahe. Ein Lächeln breite sich auf ihnen aus. Das lag wohl daran, dass sie sich an eine Zeit erinnerten, in der Eveline Landmann sehr intensive Annäherungsversuche unternommen hatte. Konnert war nicht darauf eingegangen. Damals war er noch kein Witwer.

Als sie über den Tisch schauten, sahen sie vielleicht zwei oder drei Meter von ihnen entfernt die Staatsanwältin stehen. Wie lange beobachtet sie uns schon?, ging es Konnert durch den Kopf.

»Guten Morgen«, sagte Dorothee Lurtz-Brämisch und streckte ihre Hand zuerst Konnert über die Leiche hinweg entgegen. Er nahm sie und hatte den Eindruck, sie würde zu lange festhalten.

Eveline Landmann ging am Tisch und an den beiden vorbei und rief über die Schulter: »Ich bin gleich zurück.«

Die Tür klappte zu. »Dann haben wir ja einen Augenblick für uns«, sagte die Staatsanwältin.

Der Satz irritierte Konnert. Er wandte sich ab und eilte zum Waschbecken, um die Hände abzuspülen. Bevor die Frau hinter ihm noch etwas sagen konnte, erschien die Pathologin mit dem Assistenten, Dr. Seiler.

»Wir können.« Frau Dr. Landmann streifte Latexhandschuhe über ihre schlanken Hände.

Vor Konnert lagen der Rumpf und einzelne Glieder, die von den Kriminaltechnikern im Schweinestall gefunden worden waren. Vermutlich war es die Aufgabe des Assistenten gewesen, die Teile so zuzuordnen, dass die Leiche als menschlicher Körper zu erkennen war.

Der Leiche fehlten Finger und Zehen. Der Bauchraum war mit vier groben Stichen notdürftig geschlossen worden. An Armen und Beinen fehlten Muskelpartien, so dass die Knochen zu sehen waren. Die verbliebenen Hautpartien waren mit unzähligen Bissspuren übersät.

Mit weit aufgerissenen Augen stand Konnert da. Als er zur Seite schaute, war der Platz leer. Die Staatsanwältin hatte den Raum verlassen.

»Auch, wenn wir schockiert sind«, flüsterte die Ärztin, »wir müssen unseren Job machen. Also los.«

Dr. Seiler durchtrennte die Fäden, mit denen der Leib verschlossen worden war.

»Eveline, wir bekommen wie immer einen ausführlichen Bericht von dir. Das wird uns reichen. Lass uns gehen, und mach du deine Arbeit ohne Zuschauer. Wir sind hier überflüssig.« Er sprach wie selbstverständlich auch im Namen der Staatsanwältin und ging weg. Er suchte die Toilette auf und hoffte, Dorothee Lurtz-Brämisch würde ohne extra Verabschiedung abgefahren sein.

Bei milden zehn Grad lehnte die Staatsanwältin aber unter dem Vordach der Rechtsmedizin an der Betonmauer. Sie war dabei, eine Pall Mall aus der Packung zu schütteln, als Konnert vor die Tür trat. Sie bot ihm eine Zigarette an. Er lächelte verlegen, bedankte sich höflich und förderte eine Pfeife aus der Jackentasche. Dann standen sie schweigend nebeneinander und rauchten.

»Bleibt es beim Arbeitsessen?«, unterbrach die Staatsanwältin.

Konnert wandte sich ihr zu und sah sie fragend an.

»Ich hatte Sie für heute eingeladen, mich zum Essen zu begleiten.«

Aufmerksam beobachtete sie den Gesichtsausdruck ihres Gegenübers. Verwirrt hatte er seine Augenbrauen zusammengezogen.

»Mir bedeutet es sehr viel, mich gerade heute mit Ihnen zu treffen. Ich werde es Ihnen erklären.«

Sein Gehirn begann krampfhaft, nach Ausflüchten zu suchen. Alles, was ihm so spontan einfiel, verwarf er gleich wieder. Es waren zu plumpe Argumente, die schnell als fadenscheinige Ausreden zu durchschauen sein würden. Und außerdem, hatte er nicht in der letzten Woche die Einladung angenommen? Ihm blieb nichts anderes übrig, als zuzustimmen. »Wenn Ihnen so viel daran gelegen ist.«

»Um zwölf Uhr? Bitte seien Sie pünktlich.«

***

In einer verschlüsselten Datei bewahrte Georg Geißendörfer Telefonnummern, Adressen und andere Informationen auf, die keinen Angestellten etwas angingen. Über eine Stunde war er in seinem Büro auf und ab gegangen, hatte geflucht und gebetet und wieder geflucht. Vor allem hatte er die Finger von der Computertastatur gelassen und das Dokument nicht geöffnet.

Wir haben klare Absprachen getroffen, sagte er sich immer wieder. Belastende Akten sollten vernichtet werden. Ich habe mich daran gehalten. Mitarbeiter, die eingeweiht waren, mussten mit Geldzuwendungen zum Schweigen verpflichtet werden. Auch das ist passiert. In vier Monaten läuft die Verjährungsfrist ab. Dann kann kein Staatsanwalt mehr Anklage erheben. Und jetzt fängt er an, mich unter Druck zu setzen. Was soll das?

Geißendörfer wusste sich nicht zu helfen. Er sah keinen anderen Weg. Er musste Dumitrescu anrufen. Mit unsicheren Fingern tippte er das Passwort ein. Auf dem Bildschirm erschienen nebeneinander Kolonnen an Zahlen. Er scrollte herunter. Unter dem Namen Dumitrescu fand er vier Telefonnummern. Eine war besonders gekennzeichnet.

Aus einer Stahlkassette in der untersten Schublade seines Schreibtischs holte er ein Handy heraus. Er wählte. Eine professionelle Frauenstimme sagte ihm: »Diese Telefonnummer ist nicht vergeben.«

Der Versuch mit der zweiten Nummer endete mit der gleichen Ansage. Nur die Stimme war eine andere. Er tippte die dritte Zahlenreihe ein. Zwölf Ziffern. Nach dem fünften Klingeln meldete sich eine Männerstimme in einer Sprache, die Geißendörfer nicht verstand. Er legte auf und begann den Rundgang durch sein Büro von Neuem.

Dann rief er entschlossen die vierte Nummer an. Eine Frauenstimme forderte ihn in Englisch auf, eine Nachricht zu hinterlassen. Damit hatte er nicht gerechnet. Er wollte mit Dumitrescu reden, mit keinem Automaten. Seine Stimme war belegt, als er sagte: »Wir haben eine Vereinbarung. Keine gemeinsamen Geschäfte mehr. Keine Kontakte. Warum setzt du mich jetzt unter Druck? Warum hast du mir nur 24 Stunden Zeit gegeben? Wir hätten doch darüber sprechen können.«

Die Leitung wurde unterbrochen. Geißendörfer hatte jetzt den Eindruck, nicht auf ein Band gesprochen zu haben.

***

Am dritten Whiteboard im Großraumbüro vervollständigte Bernd Venske den derzeitigen Ermittlungsstand.

Die am Samstag noch nicht zugeordneten Fingerabdrücke aus dem Haus in Mollberg stammten eindeutig von Otten. Das Anwesen gehörte der Immobiliengesellschaft *Heimat finden GmbH & Co. KG.* Ein Mitarbeiter aus Kilians Team ermittelte die hinter der Gesellschaft stehenden Personen. Eugen Gogoasa war unter der Adresse gemeldet.

Aus der Kriminaltechnik lag der Befund der zweiten DNA aus dem Schal vor, mit dem Knieling erdrosselt worden war. Sie gehörte Otten. Der Wahrheitsgehalt seiner Version der Ereignisse erhärtete sich.

Venske ging weiter zu Stephanies Fall, an einer anderen Tafel im Raum. Als E-Mail-Anhang war das Verhörprotokoll Victor Basescus aus Frankfurt/Oder eingetroffen. Der Fahrer des Autotransporters hatte ausgesagt, er habe den Land Rover von einem ehemaligen Kumpel übernommen. Er sei ordnungsgemäß bezahlt worden. Die Papiere wollte der Vorbesitzer nachreichen. Auf die Frage, wer der Kollege sei, antwortete er mit dem Hinweis auf die drei Punkte zwischen Daumen und Zeigefinger seiner rechten Hand. Knasttätowierung.

Die Beamten in Frankfurt/Oder hatten natürlich in den entsprechenden Dateien nachgesehen. Basescu war als Mitglied der Bremer Rumänenbande zu achtundvierzig Monaten Haft wegen bandenmäßiger Schutzgelderpressung im Rotlichtmilieu verurteilt worden. Bekannt war ebenfalls, dass er einer der Fahrer von Tschabo Dumitrescu war. In zwei Prozessen hatte er ihm ein Alibi verschafft. Jetzt betrieb er einen Autohandel in Eisenhüttenstadt und Krosno Odrzańskie, auf der anderen Seite der Grenze.

Für Venske war damit klar, dass auch der Autodieb aus demselben Umfeld kommen musste.

»Scheiß auf die kleinen Fische«, fluchte er, »ich will den Boss hinter Gittern sehen.«

***

Bevor Stephanie hinauf in ihr Kommissariat ging, schaute sie bei Hans-Gerhard Struß im K3, Wirtschaftskriminalität, Betrug und Ausländerdelikte vorbei. Missmutig, wie man es von ihm gewohnt war, sah er sie an.

»Hans-Gerhard, kannst du mir helfen?«

»Wenn es schnell geht.«

»Weißt du irgendetwas über die Geißendörfer Immobiliengesellschaft, das Geißendörfer Baugeschäft oder seinen Baustoffhandel?«

»Geißendörfer aus Bassum?«

»Genau.«

»Ist nicht mein Bereich. Wende dich an die Bremer Kollegen.«

»Hans-Gerhard, bitte. Du kriegst das doch mit, wenn da Ermittlungen laufen. Gibt es Unregelmäßigkeiten?«

»Nur Gerüchte. Frag im ZAKS Bremen nach.«

»Was ist das?«

»Der Bremer Senat hat 2006 eine zentrale Antikorruptionsstelle beschlossen. Wenn wer was über Geißendörfer weiß, dann die. Und nun lass mich weiterarbeiten.«

Auch dieses Gespräch gehört zu deiner Arbeit, dachte Stephanie, sagte aber: »Ich danke dir.«

Darauf reagierte Hans-Gerhard Struß schon nicht mehr.

Von ihrem Schreibtisch aus rief sie in Bremen an und bekam zur Antwort: »Wir ermitteln gegen keine der Firmen.«

Es gibt Gerüchte, hatte Struß gesagt. Das reichte ihr für den Augenblick.

***

Konnert ließ sich von Venske auf den letzten Stand der Ermittlungen bringen. Sie verabredeten eine Zusammenkunft um 14:30 Uhr am großen Tisch. Vorher sollte er mit der Staatsanwältin telefonieren, und sie dazu bitten. Konnert verschwieg, dass er mit ihr zu einem Arbeitsessen verabredet war.

Im Großraumbüro schweifte sein Blick über die Mitarbeiterinnen und Mitarbeiter. Er suchte keine bestimmte Person. Es war wieder einmal eine Freude für ihn, die Frauen und Männer zu sehen, die mit ihrer kleinteiligen Arbeit Puzzleteil für Puzzleteil zusammentrugen. Und mit jedem Stück, das sie einpassten, kamen sie der Lösung der unterschiedlichen Fälle näher. Durchweg großartige Leute, sagte er sich und ging zu seinem Büro.

Nach seinem Anruf bei Rechtsanwalt Keil war der bereit, die Verteidigung von Otten zu übernehmen, wenn ihn das Gericht wieder als Pflichtverteidiger einsetzen würde.

Die Nummer von Diakon Gerhard Mensenkamp, die Babsi ihm herausgesucht hatte, wählte er als Nächstes. Er ließ es klingeln, bis nach gefühlten zehn Minuten das Besetztzeichen zu hören war. Er drückte die Wahlwiederholungstaste und ging selbstverständlich davon aus, dass Mensenkamp zu Hause war.

Er stellte sich vor, wie der unentschlossen durch sein Wohnzimmer tigerte und dabei sein Telefon nicht aus den Augen ließ. Gleich kommt das Besetztzeichen, dachte Konnert, und dann lasse ich es noch einmal klingeln.

»Ja?« Eindeutig die Stimme eines alten Mannes. Sie klang müde.

»Adi Konnert. Guten Tag. Spreche ich mit Diakon Gerhard Mensenkamp?«

»Was wollen Sie?«

»Ich bin Polizist und würde Sie gern treffen.«

»Das kann jeder behaupten, bei der Polizei zu sein. Außerdem empfange ich keinen Besuch von Fremden.« Die Stimme klang jetzt beherrscht.

»Würde es Sie beruhigen, wenn ich Ihnen die Telefonnummer der Polizeiinspektion hier in Oldenburg gebe und Sie dort anrufen? Meine Kollegin in der Zentrale wird Sie dann mit mir verbinden.«

Schweigen.

Konnert vermutete, dass der Diakon darüber nachdachte, was er tun sollte. Er könnte doch auflegen. Warum tut er das nicht? Und warum geht er auch nicht auf meinen Vorschlag ein?

»Ich überlege mir das noch. Geben Sie mir Ihre Handynummer. Vielleicht rufe ich zurück.«

Auch seine Adresse nannte Konnert, entschuldigte sich für die Störung und verabschiedete sich. »Ich hoffe sehr, von Ihnen zu hören. Ich würde mich ausgesprochen gern mit Ihnen unterhalten.«

Kurz darauf rief Mensenkamp zurück. »Worum geht es denn? Worüber wollen Sie mit mir sprechen?« Er muss ein Telefon mit Rückruftaste besitzen, dachte Konnert.

»Ein Strafgefangener ist gestorben. Ich habe mich ein wenig um ihn gekümmert. In den nächsten Tagen will ich die Beerdigung vorbereiten. Da wüsste ich gern mehr über sein Leben.«

»Und ich soll ihn kennen?«

»Er war zu Ihrer Dienstzeit in Hartingsen.«

»Wie hieß er?«

»Sascha Knieling.«

Erst war es ganz still am anderen Ende der Leitung, dann legte Mensenkamp auf.

***

Das Restaurant war gut besucht. Konnerts Blick schweifte auf der Suche nach der Staatsanwältin durch das Lokal. Die Tische an der Fensterfront trugen entweder ein *Reserviert*-Schild, oder es wurde schon an ihnen gespeist. Anscheinend hatte nicht nur er sich verspätet, sondern auch Dorothee Lurtz-Brämisch. Konnert wählte einen Tisch in der zweiten Reihe, der für vier Personen eingedeckt war. Als der Kellner ihm die Speisekarte reichte, bedankte er sich und deutete an, dass er noch auf jemanden wartete. Er bestellte ein Mineralwasser und beobachtete die Gäste. Vier Männer in dunklen Anzügen hatten ihre Tablets und Papiere neben ihren Speisen und Getränken liegen. Sie diskutierten, zeigten sich gegenseitig Unterlagen und stopften nebenbei ihr Essen in den Mund. Arbeitsessen, dachte Konnert. Zwei Tische weiter saß ein Mann um die Fünfzig einer jungen Frau gegenüber. Sie könnte seine Tochter sein, die in Oldenburg studiert, dachte Konnert, und von ihrem Vater besucht wird.

Mit einem Mal sah er sich selbst da mit Zahra sitzen. Ein Stich ging ihm durchs Herz. Er schloss die Augen und dachte an ihr Gesicht. Ihr Lächeln. Ihr Mund öffnete sich, und Konnert meinte zu hören, wie sie seinen Namen aussprach. »Adi Konnert.« Er blickte auf. Dorothee Lurtz-Brämisch stand neben ihm.

Sie hatte ihren Mantel, unter dem sie einen glänzenden hellbraunen Hosenanzug trug, schon aufgeknöpft. Schick, stellte Konnert fest. Sie hat sich wie für eine Abendgesellschaft umgezogen? Abgenommen hat sie auch. In seiner Erinnerung war ein anderes Bild der Staatsanwältin abgespeichert. Selbst am Morgen unter dem Vordach der Rechtsmedizin war sie ihm nicht so schlank vorgekommen.

»Ich habe einen Tisch für uns reservieren lassen.«

Konnert sah sie an. Ihr Gesicht passte nicht zur Eleganz ihrer Kleidung. Es war extrem geschminkt. Dennoch wirkte es leblos und traurig. Sie schien nervös zu sein.

Mit einem Ruck stand er auf. Sie wechselten hinüber zu einem Tisch mit zwei Gedecken im geheizten Wintergarten, dem Raucherraum. Da waren sie die einzigen Gäste. Verunsichert von der Aufmachung der Staatsanwältin hätte er sich fast einfach hingesetzt. Zum Glück merkte er noch früh genug, dass die Dame neben ihm darauf wartete, dass er ihr den Mantel abnahm und zur Garderobe brachte. Als er zurückkam, rauchte sie mit hektischen Zügen und blies den Rauch zur Decke.

Abwarten, sagt er sich und hoffte, dass sie das Dienstgespräch eröffnen würde. Aber sie sah an ihm vorbei, verqualmte bald schon die zweite Zigarette und blieb stumm.

Diesmal empfand Konnert ihr beiderseitiges Schweigen als bedrückend, hielt es aber aus und wartete gespannt ab.

Die Karte wurde gebracht. Dorothee Lurtz-Brämisch beachtete sie nicht. Auf einen schmalen Block notierte sich der Kellner die Getränkebestellungen und verschwand. Konnert blätterte durch die Speisefolge und entschied sich für den Steak-Teller, aber mit Spaltkartoffeln statt Baked Potatoe.

»Informieren Sie mich doch.« Die Staatsanwältin versuchte, einen lockeren Ton anzuschlagen. Konnert berichtete knapp, manchmal im Telegrammstil, schob Schriftstücke über den Tisch und bemühte sich um eine sachliche Ausdrucksweise. Während sie schweigend zuhörte und die Papiere nur oberflächlich ansah, zog sie hastig an ihrer Zigarette. Bei Konnert verstärkte sich der Eindruck, dass sie ihm nicht wirklich wegen der Informationen gegenübersaß. Er strebte ein schnelles Ende an.

Der Kellner brachte eine Karaffe Rotwein. »Für die Dame«, sagte er dazu und schenkte ein. »Und eine zweite Flasche Mineralwasser für den Herrn.« Emotionslos bekam er von der Staatsanwältin eine Nummer genannt. Dann warf er nur einen kurzen Blick auf das Gericht, auf das Konnert mit dem Finger zeigte, und verschwand.

»Ich ...« Sie brach den Satz schon nach dem ersten Wort ab und blickte auf die Serviette und das Besteck vor ihr.

Ohne Konnert anzusehen, sagte sie unvermittelt: »Sie werden sich gefragt haben, was diese Einladung zu bedeuten hat.« Die Worte kamen leise, wie gehaucht aus ihrem Mund. »Ich werde versuchen, es Ihnen zu erklären.«

Ein tiefer Zug von ihrer Zigarette. Achtlos drückte sie danach den Rest der Pall Mall im Aschenbecher aus.

»Vor knapp zwei Jahren kam ich nach Oldenburg. Sie erinnern sich? Meine Seele war viele Jahre lang immer wieder tief verletzt worden. Mein Herz war voller Hass und Trotz. Rache, immer wieder wollte ich Rache nehmen. Vor allem Männer sollten sie zu spüren bekommen. Ich kümmerte mich nicht um das von den Herren der Schöpfung ausgeklügelte System aus Verordnungen und stillschweigenden Erwartungen. Sie wissen, wozu das in meiner Karriere geführt hat. Irgendwann war meine Kraft zur Opposition am Ende. Ich entschied mich für einen Neuanfang in Oldenburg und nahm mir vor, mich einzufügen und ordentlichen Dienst nach Vorschrift zu machen.«

Mit einem Mal sprach sie flüssig, als hätte sie die Rede vorformuliert.

»Und dann sind Sie mir begegnet. Auch Sie waren niedergeschlagen und ausgebrannt. Es kam mir wenigstens so vor. Aber Sie hatten dennoch die Kraft, sich mir und meinen Anweisungen zu widersetzen, um Ihren Werten und Überzeugungen treu zu bleiben. Sie gingen Ihren Weg konsequent weiter, waren freimütig, ehrlich, offen und bereit, auch Nachteile dafür hinzunehmen.«

Sie blickte Konnert ins Gesicht und suchte Augenkontakt. Aber jetzt war er es, der auf die Tischdecke sah und dabei einen Brotkrümel direkt neben der Blumenvase entdeckte. Er wusste nicht, wie er auf die Beurteilung seines Verhaltens reagieren sollte.

»In den letzten Monaten habe ich oft überlegt, wie die letzten zwanzig Jahre meines Lebens wohl verlaufen wären, wenn ich Sie früher hätte kennenlernen dürfen. Jedes Mal bin ich zu dem Schluss gekommen, es wäre friedlicher verlaufen, wahrscheinlich auch glücklicher und bestimmt liebevoller.«

Das war Konnert alles zu verwirrend. Er fühlte sich unwohl, errötete auch ein wenig und spürte, wie seine Handflächen feucht wurden. So viele Komplimente machten ihn misstrauisch. Was wollte sie von ihm?

»Verstehen Sie mich bitte nicht falsch. Ich habe nicht an eine Beziehung gedacht. Aber mein Männerbild wäre ein anderes gewesen, hätte ich Sie zum Vater oder Bruder oder einen wie Sie zum Ehemann gehabt.«

Sie wollte schon weitersprechen, als der Kellner die Tür öffnete und die Speisen auf einem Servierwagen hereinrollte.

Konnert atmete auf.

Der Kellner ging, und Frau Lurtz-Brämisch sah auf ihre Armbanduhr. »Warum ich Ihnen das gerade heute sagen wollte, ja sagen muss, das erkläre ich Ihnen nach dem Essen. Wir haben noch genügend Zeit. Ich wünsche Ihnen einen guten Appetit.«

Er sah die Frau auf der anderen Seite des Tisches an. Ruhig saß sie jetzt auf ihrem Stuhl. Ihre Gesichtsfarbe wirkte unter dem Make-up mit natürlicher Röte unterlegt. Ihre Augen waren klar, und er stellte fest, dass sie von einem Blau waren, das ihn an einen Sommerhimmel in Schweden erinnerte.

Sie aßen schweigend, nur ab und zu von ein paar netten Worten über das vorzügliche Essen oder einem belanglosen Satz über Extraräume für Raucher oder die milden Temperaturen so kurz vor Weihnachten unterbrochen. Erstaunliches Arbeitsessen, wunderte er sich.

In der einen Hand das Espressotässchen und zwischen den Fingern der anderen eine Pall Mall, so saß die Staatsanwältin dann wenig später aufrecht auf ihrem Stuhl. Sie lächelte Konnert an. Ihm kam es jetzt wieder verlegen, unsicher vor. Er selbst war aufs Äußerste gespannt, versuchte aber, es sich nicht anmerken zu lassen.

»Ich habe gehört, dass Sie regelmäßig Gottesdienste besuchen. Das stimmt doch?«

Spontan hätte er gern geantwortet, dass man Konzerte besuchen kann oder Museen, dass man aber an Gottesdiensten teilnimmt. Man beteiligt sich am Ereignis und teilt mit den anderen Fragen und Antworten, Freude und Leid, und wenn es gut geht, hätte er gern gesagt, dann nimmt man einen Teil des Geschehens in sein Herz auf und mit in den Alltag. Die Gedanken jagten in

Zehntelsekunden durch sein Gehirn. Wenn man nur Besucher bleibt, verpasst man das Beste, hätte er noch sagen können. Er presste aber die Lippen aufeinander, sah sie nur an, schwieg und wartete weiter ab.

»Sie sind kein Priester. Ich weiß. Aber ich kenne niemanden, dem ich vertraue und dem ich erzählen könnte, was mir schon lange auf dem Herzen liegt. Werden Sie mir zuhören und schweigen?«

Nach einem Zug an seiner Pfeife nickte er fast unmerklich. Es kam ihm so vor, als lockerte sich der strenge Zug um ihren Mund ein wenig.

»Mein Vater war ein ehrgeiziger Mann. Mehr als von sich selbst erwartete er von uns Kindern erstklassige Leistungen. Mit Zuckerbrot und Peitsche trieb er uns zu Erfolgen an. Zensuren unter *sehr gut* ließ er nicht gelten. Mein älterer Bruder ist unter dem Druck zerbrochen. Er zählte dann nicht mehr. Ich hatte vielleicht ein wenig mehr Begabung als er und hielt durch. Während meines Studiums wohnte ich weiter zu Hause unter der Kontrolle meines Vaters. Der Leistungsdruck war für mich normal geworden. Und ich war inzwischen mit Lob und Tadel leicht zu manipulieren, Herr Konnert, und noch viel leichter einzuschüchtern.«

Sie drückte ihre Zigarette aus, indem sie den feucht gewordenen Rest über den Stummel faltete und den Daumen so lange darauf presste, bis kein Rauchwölkchen mehr aufstieg.

»Im Referendariat am Landgericht in Hannover sollte ich mein Leben dann plötzlich selbstständig führen.«

In Gedanken versunken schüttelte sie die nächste Zigarette aus der Packung und zündete sie an.

»Nach drei Wochen hatte mich ein älterer Kollege des mich begleitenden Richters im Bett. Ein Vierteljahr später zog ich mit ihm zusammen. Mein Vater tobte. Aber in der Zwischenzeit hatte mich Herr Brämisch im Griff. Ich tat, was er von mir wollte, und merkte nicht einmal, wie sehr ich ein weiteres Mal fremdbestimmt lebte. Dann schleppte er mich zum Standesamt. Siebenunddreißig Tage nach der Hochzeit, ich habe das nachgezählt, bekam ich von ihm den ersten harten Schlag ins Gesicht. Ich hatte gewagt, ihm ernsthaft zu widersprechen. Bei ihm ging es nicht mehr um Leistung. Gehorsam wurde von mir gefordert. Die kleinsten Abweichungen wurden mit schmerzhaften Übergriffen bestraft.«

Dorothee Lurtz-Brämisch legte ihre Zigarette ab. Konnert bemerkte die winzigen Schweißperlen auf ihrer Stirn. Er rührte sich nicht. Seine Pfeife war erloschen. Er dachte nicht daran, sie wieder anzuzünden. Berührt von ihrem Bericht, wartete er auf die nächsten Sätze.

»Heute vor vier Jahren, genau um 12:57 Uhr«, sie schaute auf ihre Uhr, »schlug ich zurück.«

Erst hob sie die Espressotasse an und stellte sie, ohne zu trinken, wieder ab. Dann schob sie ihre Finger in Richtung Glaskaraffe und zog die Hand mit einem Seufzer zurück. Für den Bruchteil einer Sekunde erschien ihre Zungenspitze zwischen den roten Lippen. Konnert goss ihr den Rest seines Mineralwassers ins Weinglas. Sie trank es in einem Zug leer.

»Es war ein Dienstag, zehn Tage vor Heiligabend. Wir waren in der Schweiz. Weihnachtsurlaub auf einer Hütte in Saas Fe. Am Abend zuvor wollten wir feierlich ausgehen. Ich hatte mich für den Hosenanzug entschieden, den ich auch heute trage. Angeblich hatte er ein Kleid angeordnet. Er bestrafte mich hart und ging ohne mich fort. Das hätte er nicht tun sollen, denn in den Stunden seiner Abwesenheit ist in mir der Entschluss gereift, mich zu rächen.«

Ihr Gesicht zeigte wieder den Anflug eines Lächelns. Es gefiel Konnert nicht.

»Angetrunken kam er zurück und bedrängte mich, mit ihm zu schlafen. Nach dem Frühstück am nächsten Tag befahl er, ich solle mich ordentlich schminken. Damit man die blauen Flecken nicht sieht, sagte er. Wir waren zum Mittagessen eingeladen worden. Für den Anlass sei der Hosenanzug angemessen, ordnete er an und ging zum Skilaufen.

Ich öffnete eine Flasche Sekt und trank gerade genug, um mich mutig zu fühlen. Als er zurückkam, empfing ich ihn oben auf der Treppe zur zweiten Ebene der Hütte. Übertrieben geschminkt, wie heute, trat ich ihm in dem Kleid entgegen, das er ja für den Vorabend gefordert hatte. Schreiend, mit hochrotem Kopf stürmte er auf mich zu. Noch bevor er die letzte Stufe erreicht hatte, holte ich aus. Ich trat ihm gegen die Brust. Er taumelte, schien sich zu fangen und stürzte dann doch die Treppe hinunter und blieb auf den Landhausdielen im Wohnbereich liegen. Tot, dachte ich, und schaute auf die Uhr hinter ihm an der Wand über der Küchenzeile. 12:57 Uhr. Aber nach wenigen Schrecksekunden bewegte er sich und schrie. Diesmal vor Schmerzen.«

Wieder erschien das kaum wahrnehmbare Lächeln um ihren Mund. Konnert zwang sich, still zu sitzen und aufmerksam ihr Mienenspiel zu beobachten. Er war eben Polizist.

»Im Krankenhaus hat mein Mann, mein ehemaliger Mann, alles als Unfall dargestellt. Querschnittsgelähmt wurde er später in eine Rehaklinik entlassen. Auch danach hat er immer nur von einem Unglück gesprochen. Selbst mir gegenüber hat er meinen Stoß nie erwähnt. Ich bin dann aus unserer gemeinsamen Wohnung ausgezogen und habe die Scheidung eingereicht.«

Sie sprach immer noch mit Blickkontakt direkt zu Konnert, hatte zum Schluss aber die Hand vor den Mund gelegt.

»Heute vor zwei Jahren ist er wieder nach Saas Fe gereist, allein, und hat sich in derselben Hütte, die wir damals angemietet hatten, eine Kugel durch den Kopf geschossen.«

Unvermittelt sprang sie auf und hastete zu den Toiletten. Erschrocken erhob sich auch Konnert, um der Staatsanwältin zur Hilfe zu eilen. Er ließ sich dann aber auf seinem Stuhl zurückfallen und schloss die Augen.

Es dauerte eine Weile, in der Konnert allein im Raucherraum saß. Er hatte, ohne nachzudenken, eine andere Pfeife mechanisch gestopft, aber nicht angezündet. Sein Gehirn wollte das Gehörte irgendwie einordnen. Sollte er sie für ihre Erziehung bedauern oder vielleicht dafür bewundern, dass sie es so lange unter einem gewalttätigen Vater und dann mit dem herrschsüchtigen Ehemann ausgehalten hatte? War es nicht verständlich, dass irgendwann das Maß voll war und sie Rache wollte? War das eine Entschuldigung? Nur eins war ihm klar: Er selbst hatte kein Recht, den Stab über der Staatsanwältin zu brechen. Irgendwie sind wir alle schuldig. Auch, wenn wir oft meinen, die anderen oder die Umstände wären am eigenen Schicksal schuld.

Plötzlich war wieder der Gedanke in seinem Kopf, dass er mit Beeken über seine eigene Vergangenheit sprechen musste.

Sie hatte sich abgeschminkt, als sie zurückkam, und blickte Konnert forschend an. »Bitte entschuldigen Sie. Ich danke Ihnen, dass Sie mir zugehört haben. Jetzt würde ich gern gehen.« Sie stand hinter ihrem Stuhl und wartete darauf, dass Konnert ihr den Mantel holte.

Sie ließ sich in den Mantel helfen, die Tür aufhalten und verabschiedete sich mit einem erneuten Dankeschön. Dabei hatte sie Tränen in den Augen.

Konnert setzte sich wieder, und als der Kellner kam, um den Tisch abzuräumen, bestellte er einen doppelten Espresso.

Alle sind wir schuldig. Wieder einmal war ihm das deutlich vor Augen geführt worden. Wir können in diesem Leben nicht schuldlos bleiben. Auch wenn wir uns vormachen, es wären die anderen, die Umstände, die uns in bestimmte Situationen zwängen. Menschsein heißt Verantwortung für die eigenen Taten übernehmen.

***

Die Besprechung am großen Tisch hatte Konnert telefonisch um eine Stunde verschoben.

Er war einfach an der Polizeiinspektion vorbeigefahren und hatte sich auf dem Neuen Friedhof verkrochen. Den Mantel eng um den Körper geschlungen hatte er geraucht und über das nachgedacht, was die Staatsanwältin ihm erzählt hatte. Mehr und mehr war seine innere Ruhe zurückgekehrt. Noch bevor die Pfeife ausgeraucht war, hatte er für sich beschlossen, nun seinerseits Dorothee Lurtz-Brämisch zu einem Essen einzuladen. Für ihn war es, nach dem, was er nun wusste, unvorstellbar, einfach weiter so wie bisher mit ihr zusammenzuarbeiten. Wir müssen noch einmal miteinander reden, hatte er sich vorgenommen.

Trotz der Kälte war er noch auf der Bank sitzen geblieben. Auf seiner Bank. Erinnerungen an glückliche Treffen mit Zahra tauchten auf, und Sehnsucht nach ihr hatte sich in ihm breitgemacht. Hier vor den Lorbeerbüschen hatten sie eng umschlungen gesessen, sich geküsst, und sie hatte von der gemeinsamen Zukunft geschwärmt.

Dann gebot er seinen Gefühlen Einhalt und räumte der Vernunft wieder den Vorrang ein. Ruf sie nicht an, schreib ihr nicht und fahr bloß nicht nach Bremen.

Schritte auf dem Kiesweg hinter den Büschen erinnerten ihn an einen anderen Moment auf dieser Bank. Statt nach einem Trauergottesdienst für ein Opfer und deren Ehemann mit zum Grab zu gehen, hatte er sich auf seine Bank verkrochen. Dorothee Lurtz-Brämisch hatte sich zu ihm gesetzt. Schweigend hatten sie geraucht. Das hatte ihm gefallen, erinnerte er sich zum zweiten Mal in den letzten Tagen.

***

Um halb vier Uhr saßen nur Konnert und Stephanie mit verschiedenen Unterlagen auf ihren Plätzen. Babsi war auf dem Weg, um Kilian abzulösen. Venske wollte etwas in der Stadt besorgen und war noch nicht zurückgekehrt.

Konnerts Telefon vibrierte in seiner rechten Hosentasche. Er nahm das Gespräch an.

»Adi, das ist jetzt der vierte Termin, den du versäumst.«

»Stimmt. Ich gebe auch zu, dass es mir keineswegs leidtut, wenn eine dringende Sitzung mein Schießtraining verhindert.«

»Dieses Mal ist einmal zu viel. Du bekommst einen Verweis in die Akte und ein Sondertraining mit der MP5.« Das Klackern einer Tastatur war zu hören. »Neuer Termin für dich: Montag, 13. Januar, neun Uhr. Deine Besprechungen liegen an dem Tag alle am Abend. Kapiert?«

»Ich weiß doch jetzt noch nicht, was an dem Tag anliegt.«

»Du hast mich schon verstanden, Adi. Und komm mir bloß nicht mit moralischen Bedenken und deinen Zehn Geboten. Wenn du im Ernstfall deine Pistole ziehen musst, ist es zu spät, Reflexe einzuüben.«

Wenn ..., dachte Konnert, wenn ich dann überhaupt eine Waffe dabei habe.

»Dann musst du ...« Der Schießlehrer brach ab. »Das hast du von mir oft genug gehört. Jetzt ist Schluss! Halte dich an die Vorschriften, und gut ist's.«

Konnert hatte den Eindruck, dass der Hörer bei seinem Anrufer kräftiger als gewöhnlich aufgelegt worden war. Er sah auf. Kilian setzte sich soeben neben Stephanie an den Tisch. Er begrüßte sie mit einem Grinsen. »Wollt ihr einen Kaffee?«, fragte Konnert in Richtung seiner Kommissare.

»Für heute kann ich keinen Kaffee mehr sehen. Die Hausfrau, in deren Wohnzimmer wir sitzen, hat mich mit Espresso und Mokka und Macchiato und Cappuccino überschwemmt. Sie hat einen Kaffeeautomaten. Im Halbstundentakt ist sie mit einer neu aufgebrühten Variation Kaffee gekommen. Unglaublich, was die mit dem braunen Pulver zustande bringt. Die nächsten drei Tage werde ich nicht mehr schlafen können.«

»Das trifft sich gut.« Venske setzte sich Kilian gegenüber. »Du übernimmst die Nachtschicht.«

»Bernd, ich bin anwesend, ich sitze hier am Kopfende.«

Venske ignorierte den Zwischenruf seines Chefs. »Und meinst du, mit deinem Aussehen noch Autorität bei Vernehmungen ausstrahlen zu können?«

Er hat recht, dachte Konnert, aber hat nicht jeder auch das Recht, die Frisur zu tragen, die ihm gefällt? Auch als Polizist? Gab es da Vorschriften? Er erinnerte sich nicht.

In dem Moment öffnete die Staatsanwältin die Doppeltür zum Großraumbüro. Sie hat sich umgezogen, fiel Konnert auf. Unter dem schwarzen Kurzmantel mit Webfellkragen trug sie statt des Hosenanzugs jetzt ein Shirt mit Ringelmuster und eine 5-Pocket-Jeans.

Kilian stand auf, um ihr aus dem Mantel zu helfen.

»Ich bitte um Entschuldigung für die erneute Verspätung. Ein Anruf aus der JVA Oldenburg hat mich aufgehalten.« Sie blieb stehen. »Die sofortige Verlegung von Michael Otten in die JVA Celle ist vom Sicherheitsdienst angeordnet worden. Der Gefangene ist schon auf dem Weg.« Ihr Blick blieb für einen Moment am Stuhl neben Konnert hängen. Aber sie setzte sich zu Stephanie, Konnert gegenüber.

Konnert schaute irritiert an ihr vorbei. Weshalb war sie gekommen? Sie hatte doch schon alle Informationen von ihm bekommen. Wegen der Minimitteilung der Verlegung Ottens hätte sie den Weg ins Polizeipräsidium nicht machen müssen.

»Kilian, was gibt es außer der Kaffeeflut von der Überwachung zu berichten?« Konnert eröffnete die Besprechung.

»Null. Zerro. Sifir. Das ist Türkisch. Aktenstudium und Kaffeetrinken ist alles. Das war's. Nach meiner Einschätzung der Lage sollte die Kontrolle des Hauses Otten aufgehoben werden.«

»Mindestens die Nacht über bleiben wir noch vor Ort«, bestimmte Venske, ohne die Einschätzung seines Chefs abzuwarten.

Der ging darüber hinweg. »Stephanie, was hast du?«

»Zu den bekannten Informationen am Whiteboard kann ich anfügen, dass Kriminalhauptkommissar Struß im Zusammenhang mit Bassum von Gerüchten murmelt. Darüber will er nichts sagen. Die zentrale Antikorruptionsstelle in Bremen plant zurzeit keine Ermittlungen gegen Geißendörfer. Was *zurzeit* bedeutet, bekomme ich noch raus.«

»Fragen?« Konnert blickte in die Runde.

»Ob der gestohlene Land Rover überhaupt etwas mit der Vergewaltigung zu tun hat, wissen wir nicht. Ich meine, da ist uns Kommissar Zufall zur Hilfe gekommen und macht uns wieder einmal auf Dumitrescu aufmerksam. Wir sollten eher nach einem Zusammenhang Land Rover mit Otten und Eugen Gogoasa suchen, als zu Stephanies Fall. Gogoasa und der Autohändler Basescu, da passt was zusammen. Dumitrescu hat mit Sicherheit die Finger im Spiel.« Venske streckte seinen Rücken.

»Rumänenbande, seit Jahren Bernds Lieblingsthema.« Kilian sah Konnert an.

»Gehörte Gogoasa dazu? War Basescu Mitglied der Bande?«, fragte Venske. Weil Kilian weder Ja noch Nein sagte, legte Venske nach: »Sind die Leute von Dumitrescu schon mal mit Vergewaltigungen aufgefallen?«

»Häufig«, konterte Kilian.

»Aber nur im Rotlichtmilieu, sonst nie.«

»Und warum sollte die Bande Knieling umbringen lassen? Der ist doch nur ein Kleinkrimineller und verhinderter Bankräuber. Ich meine, wir setzen zu hoch an. Wichtiger als die Beziehung Knieling zur Rumänenbande ist seine Verbindung zu Gogoasa.« Kilian bot weiter Paroli.

»Meine Herren, wer von Ihnen recht hat, werden Sie hier am großen Tisch nicht herausfinden.« Die Staatsanwältin mischte sich ein. »Ich verfüge, dass die jeweiligen Zusammenhänge vorrangig geklärt werden. Ich schlage vor. Sie, Herr Venske, kümmern sich um die mögliche Beziehung der Leute von Dumitrescu zu Knieling, und Herr Kirchner nimmt sich Knieling/Gogoasa vor. Was den Toten angeht, arbeiten Sie bitte professionell zusammen.«

Richtig so, dachte Konnert. Ich hätte es nur gern selbst angeordnet.

Van Stevendaal stieß die Tür auf und trat ein. Der Leiter der Kriminaltechnik war gut gelaunt. »Ich hoffe, ich störe.« Schon im Hinsetzen begann er zu berichten. »Die Angaben des geständigen Michael Otten kann ich von den Ergebnissen der kriminaltechnischen Untersuchungen her bestätigen. Sowohl was die Spuren im Haus des toten Gogoasa angehen, als auch die Fakten aus dem Schweinestall beweisen die Richtigkeit seiner Aussage. Eindeutiges Täterwissen. Wir konnten an allen Gegenständen, die er genannt hat, die dazu passenden Spuren sicherstellen und den Ablauf rekonstruieren. Für uns sind damit die Arbeiten an diesem Fall abgeschlossen.«

»Hintergrundarbeiten werden wie üblich abgearbeitet, und Sie, Herr Konnert, verfassen bitte einen vorläufigen Bericht.« Die Staatsanwältin schaute Konnert aufmerksam an. »Die Leiche Knieling ist übrigens freigegeben.«

Nach dieser Information verabschiedete sie sich. Konnert stand auf und eilte hinter ihr her, um für sie die Tür zum Flur aufzuhalten. Ob das die passende Reaktion war, fragte er sich auf dem Rückweg zum großen Tisch. Er sah Stephanie an und meinte, einen Anflug von Erstaunen zu erkennen.

***

Mit gesenktem Kopf saß Michael Otten auf der Rückbank des Funkstreifenwagens. Ihn interessierte weder die trübe Winterlandschaft noch das Gespräch der beiden Polizisten vor ihm. Er betrachtete seine gefesselten Hände. Die Unterarme hatte er auf die Oberschenkel gelegt.

Auf diesen Händen habe ich meine neugeborenen Töchter getragen. Sie haben meine Frau gestreichelt. Tränen stiegen ihm in die Augen. Arbeiten konnte ich mit ihnen und Geld verdienen und unser Haus bauen. Aber auch die Schnaps- und Biergläser habe ich mit ihnen gehoben und zwei Menschen mit ihnen getötet.

Otten ließ sich zur Seite fallen und zog die Füße auf die Sitzbank.

Der Fahrer fuhr rechts ran. Sein Kollege stieg aus und öffnete die hintere Wagentür. »Otten, was ist los?«

Ein wütendes Grollen war die Antwort.

»Setzen Sie sich auf!«

Der zusammengezogene Körper vor dem Beamten zitterte.

»Ist es Ihnen nicht gut? Ist Ihnen übel geworden? Reden Sie mit mir!«

Der Fahrer war in der Zwischenzeit auch ausgestiegen und hatte die andere Tür geöffnet. Er griff Otten am linken Arm und zerrte ihn mit Gewalt hoch. Der Sicherheitsgurt verhinderte, dass er den Gefangenen sofort aufrichten konnte.

»Machen Sie keine Faxen. Das bringt nichts. Hinsetzen!«

Er legte den Sicherheitsgurt Otten über die Schulter und zurrte ihn fest.

»Sitzen geblieben. Wir sind gleich da.«

»Lass ihn«, sagte der andere Polizist. »Du siehst doch, dass er fertig ist.«

»Einsteigen«, kommandierte der Fahrer. Er hatte einen Stern mehr auf der Schulterklappe.

Mit dem Handrücken wischte Otten die Tränen von den Wangen. Er schloss die Augen und dachte an Konnert. Er hatte gehört, dass der ein Frommer sein sollte. Mit einem Mal wünschte er sich, beten zu können. Ihm fielen nur die ersten Zeilen vom Vaterunser ein. Aber Gott ist im Himmel, und ich bin auf der Erde. Der kann mir jetzt auch nicht helfen, sagte er im Stillen und hoffte, es würde anders sein.

***

»Ich werde Sie mit allem, was mir zur Verfügung ist, unterstützen«, meinte die Oma der beiden Kinder, die Babsi Kaffee und Kuchen bringen wollte. »Ottens sind die besten Nachbarn, die Sie sich vorstellen können. Es ist unvorstellbar, dass so nette Leute bedroht werden. Wer macht so was?«

Mit abwehrend erhobenen Händen signalisierte Babsi, dass sie nicht gestört werden wollte.

»Falls Sie mich brauchen, sagen Sie es mir bitte. Man muss die Polizei bei ihrer Arbeit unterstützen, hat mein Mann immer gesagt. Er war bei der Bahn. Wo er nur konnte, hat er geholfen. Das hat auch der Pastor bei seiner Beerdigung gepredigt. Vier Jahre ist das nun schon wieder her.«

»Danke, vielen Dank«, versuchte es Babsi erneut. »Wissen Sie, ich muss telefonieren. Würden Sie mich jetzt allein lassen.«

»Selbstverständlich. Aber denken Sie daran, wenn Sie etwas brauchen, dann sagen Sie es mir.«

Babsi nickte und wartete, bis die Tür geschlossen war. Sie wählte die Nummer des Jugendamtes in Hannover. Eine junge Frau meldete sich. Babsi hätte lieber mit einem älteren Herrn gesprochen, der am besten schon in den siebziger Jahren dort gearbeitet hatte. Sie nannte ihren Namen und die Dienstbezeichnung.

»Wir ermitteln im Mordfall Sascha Knieling. Das Jugendamt Hannover hat ihn bis 1970 betreut. Dann wurde er per Gerichtsbeschluss in die Fürsorgeerziehung nach Hartingsen eingewiesen. Können Sie mir zu seiner Akte verhelfen?«

»Ich bediene nur das Nottelefon. Ab 16:30 Uhr ist hier niemand mehr. Soll ich Ihnen die Telefonnummer der Sozialarbeiterin geben, die jetzt Bereitschaft hat?«

»Tun Sie das bitte.«

Sie bekam die Rufnummer, notierte sie in ihrem Notizbuch und rief dort an, um ihr Anliegen erneut zu erklären. Die Frau am anderen Ende der Leitung verstand erst nicht, um was es ging. Dann war sie aufgeschlossen und überlegte, wer um diese Zeit Zugang zu den Akten haben könnte. Ihr wollte kein Name einfallen.

»Warten Sie«, sagte sie plötzlich, »vor vier Jahren ist ein Kollege in den Ruhestand gegangen. Der hat sein gesamtes Berufsleben hier im Jugendamt verbracht. Vielleicht kann der Ihnen weiterhelfen.«

Das Blättern in einem Telefonbuch war für Babsi zu hören. Dann bekam sie eine weitere Telefonnummer. Sie bedankte sich und bediente die Tasten ihres Handys.

Wieder erklärte Babsi, um was es ging.

»Knieling? Den gibt es noch? Hätte ich nicht gedacht.«

»Er wurde ermordet. Deshalb rufe ich Sie an.«

»Tot? Knieling? Tot?« Ein Schaben, als würde ein Stuhl über Steinfliesen geschoben, war zu hören. Dann sprach der Mann weiter. »Ha, Knielings. Die Familie war in allen Ämtern der Stadt aber auch so was von bekannt. Sozialhilfeempfänger in der dritten Generation, wenn Sie verstehen, was ich meine. Treudoof und arbeitsscheu, aber nicht straffällig. Genaueres kann ich Ihnen über Sascha Knieling nicht sagen.«

Enttäuscht legte die Kommissarin den Kugelschreiber auf ihren Notizblock.

»Sie sollten mit dem Kollegen sprechen, der ihn damals betreut hat. Der lebt auch noch. Wir treffen uns manchmal und reden über unsere Erlebnisse aus der Zeit lange vor Hartz IV. Ich gebe Ihnen seine Nummer.«

Zu den bisherigen Aufzeichnungen kamen zusätzliche Zahlen

und der Name Walter Knaak. Erneut bedankte sich Babsi, wählte und hatte Glück.

»Ja, Sascha Knieling ist mir bekannt.« Eine hohe Fistelstimme antworte auf Babsis Frage. »Ich erinnere mich sehr gut an ihn. Es war einer meiner ersten Fälle. An die erinnert man sich sein Leben lang.«

Einen Moment lang war nur noch das Knistern in der Leitung zu hören. Babsi wartete und nahm an, dass der Pensionär in der Zwischenzeit nachdachte.

»Der Junge war nicht dumm. Er hätte der Erste werden können, der sich aus dem Sumpf seiner Familie hätte herausstrampeln können. Seine Mutter war ungebildet. Ich bin mir sicher, dass sie oft gar nicht begriff, was Sascha sie gefragt hatte. So bekam er statt Antworten Prügel und den Befehl: Sei nicht so neugierig! In der Schule ging er in Klassengrößen mit vierzig und mehr Schülern unter. Und auf dem Schulhof wusste er sich nur mit Fäusten und Tritten zu behaupten. Sein Stiefvater half gelegentlich mal hier, mal da. Er vertrank aber den größten Teil des Lohns und das Kindergeld noch obendrein. Er starb bei einem Arbeitsunfall. Da musste Sascha neun oder zehn Jahre alt gewesen sein. Weil es Schwarzarbeit war, zahlte keine Versicherung. Selbst die Beerdigung musste das Sozialamt finanzieren.«

Knaak machte eine Pause. Es war zu hören, wie er trank und die Tasse hart zurückstellte.

»In der Wohnung tauchten dann für längere oder kürzere Zeit die Liebhaber seiner Mutter auf und meinten, ihn erziehen zu müssen. Mit Schlägen natürlich. Mit elf oder zwölf Jahren, so ganz genau weiß ich das nicht mehr, ist Sascha zum ersten Mal abgehauen. Die Polizei hat ihn aufgegriffen und zurückgebracht. Ich habe auch mit ihm gesprochen. Wenn ich mich richtig erinnere, hat sich auch einmal eine Erzieherin über mehrere Monate speziell um ihn gekümmert. Da muss er so vierzehn oder fünfzehn gewesen sein. Eine Lehre zum Bauschlosser hat er nach einem halben Jahr abgebrochen. Er trieb sich dann oft auf dem Hauptbahnhof herum. Einer der ersten Streetworker in Hannover hat ihn da betreut, weil er verhindern wollte, dass Sascha auf dem Schwulenstrich ankäme. Leider erfolglos.«

Babsi schrieb aufmerksam mit. Sie unterbrach den Redefluss nicht.

»So einen Touch in Richtung Homo hatte er. War ja auch ein ansehnlicher Junge.«

Die folgende Gesprächspause interpretierte Babsi als stille Erinnerung des ehemaligen Sozialarbeiters an die homosexuelle Orientierung Knielings.

Dann sprach Knaak weiter. »1970 bestand noch der Paragraf 175. Sie wissen, welcher Straftatbestand gemeint ist?«

»Ich bin im Bilde. Homosexuelle Handlungen.«

»Genau. Knieling verdiente sich zu der Zeit seinen Lebensunterhalt in der entsprechenden Szene. Er wurde aufgegriffen und statt einer Gefängnisstrafe in die Fürsorgeerziehung nach Hartingsen eingewiesen. Das ist in Kurzfassung die Lebensgeschichte von Sascha Knieling, soweit ich sie kenne. Eine Biografie fast wie ein Klischee.« Und als Babsi schwieg, fragte er: »Konnte ich Ihnen behilflich sein?«

»Ja, vielen Dank, Herr Knaak. Was meinen Sie, gibt es die Akte Knieling noch im Jugendamt?«

»Das kann ich mir nicht vorstellen. Aber versuchen Sie es. Morgen ab neun Uhr müsste jemand im Archiv zu erreichen sein.«

***

Mit der Pfeife im Mund stand Konnert am Fenster. Er schaute in die Dunkelheit über den kahlen Alleebäumen. Babsi hatte ihn angerufen. Nachdem er sie ausdrücklich für ihre Recherche gelobt hatte, überdachte er ihre Informationen. Knielings Geschichte war nicht die erste dieser Art, die ihn nachdenklich machte. Nicht jeder wird kriminell, der in seiner Kindheit und Jugend vernachlässigt worden ist. Schlechte Bedingungen beim Start ins Leben sind nur schwer wettzumachen. Aber der Lebensweg von Knieling hatte ein besonderes Gewicht für ihn, weil er sich auf eine unerklärliche Weise für den Mann verantwortlich fühlte. Vielleicht deshalb, weil er in ihm sah, was aus ihm hätte werden können.

Offiziell war dieser Fall so gut wie beendet. Knielings Mörder hatte sich gestellt. Um die Ermittlung des Hintergrunds der Erpressung durch Gogoasa würden sich Kilian, Venske und deren Mitarbeiter kümmern. Was könnte noch dabei herauskommen, wenn er sich weiter um die Vergangenheit eines Toten kümmerte und dafür Zeit und Kraft einsetzte?

Er wandte sich um. Der Schreibtisch war schon aufgeräumt und der Computer heruntergefahren. Nur die beiden schwarzen Kladden lagen neben der Tastatur. Sie erinnerten ihn daran, dass er Knielings Nachlass abholen wollte. Auch die Beerdigung musste er organisieren.

Morgen, entschied er. Er nahm die Hefte und verließ das Büro.

Stephanie saß zurückgelehnt an ihrem Arbeitsplatz. Worüber denkt sie noch nach?, überlegte Konnert und ging zu ihr.

»Mach Feierabend. Der Tag war lang genug.«

»Ach, Adi. Da sitze ich genauso allein vor meinem Computer wie hier.«

Eine Viertelstunde später saßen sie beide in der Cucina di Da Vinci. Stephanie schilderte ihre Lebensumstände, wie sie sich um ihren Vater gekümmert hatte und sich dadurch ein Kontakt nach dem anderen zu Freunden und Bekannten in Luft aufgelöst hatte. Ihre Stimme wurde immer leiser und trauriger. Sie berichtete vom Zustand im Pflegeheim und dass sie oft nicht wüsste, was sie da solle. Ihr Vater würde sie nicht mehr als seine Tochter erkennen und sie mit »Mutter« anreden.

Konnert saß ihr mit zusammengekniffenen Lippen gegenüber und hörte zu. Manchmal, wenn Stephanie sich einen Bissen in den Mund schob, dachte er an die Einsamkeit der Staatsanwältin und an Zahra in Bremen. Hatte sie sich schon in einen anderen Mann verliebt, oder war sie noch allein? Dachte sie bisweilen an ihn? Er verscheuchte den Gedanken und schaute die Kollegin an. Was konnte er ihr sagen? Woher sollte sie den Mut nehmen, sich wieder den alten Freunden anzuschließen oder neue zu finden. Venske fiel ihm ein. Hatte der sich nicht um sie bemüht?

Als sie sich voneinander verabschiedeten, bedankte sich Stephanie dafür, dass ihr Chef ihr zugehört hatte. Und er schämte sich ein wenig, weil er nicht mehr für sie tun konnte.

Erst in seinem Auto dachte er daran, dass auch ihn niemand in seiner Wohnung erwartete.

***

Solange Babsi telefonieren oder auf ihrem Laptop recherchieren konnte, machte sie sich keine Gedanken über ihr eigenes Leben. Sie war auch ein bisschen stolz darauf, dass Konnert sie gelobt hatte. Jetzt saß sie hinter der Gardine und beobachtete das gegenüberliegende Haus der Ottens. Das Licht einer Straßenlaterne beleuchtete die Front und einen Teil der rechten Hausseite. Im Wohnzimmer hatten sie die Beleuchtung angelassen. Die kahlen Äste einer Birke warfen schemenhafte Schatten auf den Rasen hinter der Buchenhecke. Die Straße lag menschenleer und totenstill vor ihr.

Kollege Seifert aus dem Streifenwagen in der Seitenstraße rief an. »Schläfst du schon, oder observierst du noch?«

»Und ihr spielt Skat mit einem, der nicht da ist.«

»Du sagst es.«

»Dann ist ja alles in bester Ordnung.«

»Wie siehst du das, müssen wir die ganze Nacht hier hocken?«

»Wie ich Konnert kenne, könnt ihr euch morgen Überstunden anschreiben lassen.«

»Mein Konto ist voll. Da ist nicht mal mehr Platz für nur eine zusätzliche Stunde.«

»Dann würde ich an deiner Stelle ein neues Konto einrichten. Macht sich immer gut beim Vorgesetzten.«

Babsi konnte ein Motorengeräusch hören.

»Uns passiert ein dunkelblauer BMW. Henning checkt das Nummernschild. Wahrscheinlich wieder ein Anlieger, der betrunken ...«

Babsi legte das Handy zur Seite, ohne es auszuschalten. Der Lichtkegel des Autos war für sie schon zu sehen. Im Schritttempo fuhr der Wagen an ihr vorbei. Ganz deutlich war zu erkennen, dass der Fahrer zum rechten Fenster hinaussah. Dann bog er in die Einfahrt zu Ottens Haus ab und parkte auf dem Betonsteinpflaster vor der Garage.

»Vorrücken!«, kommandierte Babsi.

Sie trat an die Gardine heran und beobachtete den BMW. Da blieb alles ruhig.

Der Streifenwagen rollte bis zur Grundstücksgrenze. Polizeiobermeister Henning Lück wartete mit dem Handy am Ohr auf die Nachricht vom Nachtdienst der Zulassungsstelle.

Von ihrem Beobachtungsposten aus konnte Babsi nicht erkennen, was im BMW passierte. Erst als sie sich fast bis zur Fensterunterkante beugte, konnte sie sehen, dass der Fahrer telefonierte.

Lück meldete: »Das Auto ist zugelassen auf einen Dennis Nölting, deutscher Staatsangehöriger. Wohnhaft in Rastede, Am Horstbusch. Ich rufe mal seine Daten bei uns ab.«

Vor der Garage öffnete ein schlanker Mann die Fahrertür und stieg aus. Trotz der Kälte trug er keinen Mantel. Mit ruckartigen Kopfbewegungen schaute er nach allen Seiten. Dann eilte er auf die Haustür zu. Babsi konnte ihn nicht mehr sehen. Sie nahm an, dass er auch aus dem Blickfeld der Polizisten im Streifenwagen verschwunden war.

»Journalist. Bewährungsstrafe wegen Widerstand gegen die Staatsgewalt«, meldete sich Lück. »Besitzt einen Waffenschein, also besondere Vorsicht.«

Babsi nahm das Handy in die linke Hand und überprüfte den Sitz ihrer Waffe am Gürtel.

»Ich steige aus. Henning sichert mich ab.«

Niemand im Haus sollte mitbekommen, dass sie den Beobachtungsposten verließ. Sie schlich aus dem Wohnzimmer, drückte die Tür zum Flur auf, die sie anheben musste, und ging auf Zehenspitzen zur Haustür. Sie bewegte die Klinke. Abgeschlossen! Sie griff zur Taschenlampe und knipst sie an. Der Schlüssel hing am rechten Rahmen. Sie öffnete die Tür. Vor ihr stand der schlanke Mann im Anzug und sagte: »Entschuldigen Sie bitte die Störung. Können Sie mir vielleicht sagen, ob Ottens im Urlaub sind?«

In der Einfahrt erschien Henning Lück mit der Waffe im Anschlag. »Polizei! Hände über den Kopf! Ich komme zu Ihnen. Drehen Sie sich nicht um!«

Der Mann gehorchte. Die Kommissarin beleuchtete das Gesicht. Die Wangenmuskulatur bewegte sich in schneller Folge, als pumpe er Adrenalin durch seine Adern. Die Augen blickten starr an der Hauswand hinauf.

Seifert erschien auf den Gehwegplatten und ging an Lück vorbei. »Die Hände an die Wand! Die Beine auseinander!«

Eilig streifte er sich Latexhandschuhe über. Wie schon ungezählte Male in seinem Polizistenleben praktiziert, tastete er den Mann ab und fand eine Pistole unter der linken Achsel. In der rechten Hosentasche steckte ein Klappmesser. Beides reichte er seiner Kollegin. Mit einer oft geübten Bewegung zog er eine Hand des Mannes auf den Rücken und ließ eine Handschelle zuschnappen. Die andere Hand folgte. Aus der Brusttasche des dunklen Anzugs zog er einen Ausweis heraus und las im Licht der Taschenlampe vor: »Dennis Nölting.«

***

Mit einer Maus im Maul tigerte Ruths Kater in den Lichtkreis, in dem Konnert auf seiner Terrasse saß. Er ließ die linke Hand herunterbaumeln und spielte mit den Fingern, um ihn anzulocken. »Ja, komm in die Wärme unter meinem Strahler.«

Der Kater ließ die Beute fallen und zog sich tief an den Boden geduckt gut einen Meter weit zurück. »Soll ich die bekommen? Willst du sie nicht zu den jungen Leuten hinauftragen?«

Blitzschnell sprang der Kater wieder auf seinen Fang, warf ihn in die Luft, schlug erneut die Krallen in den leblosen Körper und drehte sich dabei selbst auf den Rücken. Blutig gebissen ließ er die Mäuseleiche liegen, kam zu Konnert, schnupperte an dessen Fingern und schnurrte. Er kraulte ihn zwischen den Ohren.

»Vielen Dank, großer Jäger. Aber ich mag keine Mäuse.«

Mit aufgerichtetem Schwanz schlich der Kater noch eine Runde um Konnerts Rattansessel herum und verschwand wieder in der Dunkelheit.

Konnert stopfte die Pfeife nach. Seine Gedanken kehrten zu Sascha Knieling zurück. Auf den letzten Seiten, die er in Knielings Kladde gelesen hatte, stand, wie ihn ein Mann vor dem Bremer Bahnhof frierend, verdreckt und zugedröhnt gefunden hatte. Der nahm ihn mit, ließ ihn in seiner Wohnung schlafen, besorgte neue Kleidung, Verpflegung und Dope. Nach einer Woche wollte er von Knieling eine Gegenleistung und schickte ihn auf den Schwulenstrich. *Das war eine gute Zeit*, hatte Knieling geschrieben. *Jemand kümmerte sich um mich, ich hatte ein Dach über dem Kopf, einen immer gefüllten Kühlschrank. Ich bekam in dem Maß Stoff, in dem ich Geld ranschaffte. So hätte das weitergehen können, wenn nicht eines Tages Torsten aufgetaucht wäre. Er hatte einen todsicheren Plan für einen Einbruch in eine Villa in Oldenburg dabei.*

Torsten, später ein Freund im Erziehungsheim, erinnerte sich Konnert. Aus Knielings Akte wusste er, dass sie geschnappt wurden. Für Knieling folgte die erste Verurteilung.

Im Haus klingelte das Telefon. Konnert blieb unter dem Terrassenstrahler sitzen.

Mit einem Mal interessierte er sich dafür, was aus Torsten, Dieter und Ewald geworden war. Wie heißen sie mit Nachnamen? Ich muss mit dem Diakon sprechen, entschied Konnert. Er könnte sich vielleicht an einen der Jungen erinnern.

Im Kopf rechnete Konnert nach, wie viel Urlaub er noch hatte.

***

Weil Babsi ihren Chef nicht ans Telefon bekommen konnte, rief sie Venske an. »Wir haben einen Dennis Nölting vorläufig festgenommen. Es sagt aus, dass er nur Frau Otten fragen wollte, ob sie etwas von seinem Freund Gogoasa gehört hätte. Ihr Mann sei doch mit ihm befreundet gewesen. Gogoasa wäre seit Tagen, genau seit Freitag, unerreichbar.«

»Komm auf den Punkt.« Venske unterbrach die Kollegin. »Ist er der gesuchte Erpresser?«

»Er sagt, er wüsste von keiner Drohung. Er sei ein rechtschaffener Bürger ...«

»Ist aber befreundet mit einem ehemaligen Bandenmitglied, das Otten zum Mord gezwungen hat. Hör mir auf! Der steckt mit in dem Fall. Ich wette, dahinter zieht Dumitrescu die Fäden.«

»Wie du es bei jedem zweiten Verbrechen im Norden behauptest?«

»Die Observation könnt ihr abbrechen. Geht schlafen. Morgen quetschen wir den Nölting aus. Dann können die Frauen wieder in ihr Haus zurückkehren.«

»Und wenn er die Wahrheit sagt?«

***

Die Einfahrt durch den Sichtschutzzaun war schmal. Alois Weis parkte seinen Mercedes auf dem dahinterliegenden Schotterplatz. Eine rote Laterne warf schwaches Licht auf den Eingang. Er klingelte. Im Türspion erlosch das Licht. Eine Frau begrüßte ihn mit einem professionellen Lächeln.

Es dauerte keine Minute, dann saß links neben ihm auf dem Barhocker eine rothaarige Frau in Hotpants und einem trägerlosen Oberteil. Rechts streckte eine Blondine ihm ihre mächtige Oberweite entgegen.

»Mädels, ich bin zum Arbeiten hier.«

»Wir auch«, sagte die Rothaarige.

»Wir empfehlen dir, dich erst zu entspannen. Arbeiten kannst du immer noch«, flüsterte die Rechte ihm ins Ohr. »Wenn du dazu noch Lust hast.«

Ein muskulöser Mann im schwarzen Anzug und mit offenem weißen Hemd kam auf sie zu und schnippte mit den Fingern. Die Damen sprangen auf und verschwanden im Hintergrund.

»Du bist gekommen. Neugierig, was?«

»Bleiben wir doch beim Sie, Herr ...?«

»Gut, Mann, also lassen wir es vornehm beim Sie, und Namen spielen keine Rolle.«

»Bekomme ich in Ihrem Lokal auch etwas zum Trinken?«

»Möchten Sie lieber ein alkoholfreies Wasser für sich allein oder zusammen mit mir einen anständigen Whisky?«

»Wer bestellt, bestimmt und zahlt.«

Der Mann hob zwei Finger in Richtung des Barkeepers. Unmittelbar darauf standen zwei Whiskytumbler und eine halb volle Flasche vor ihnen.

Eine Türglocke schlug an, und drei Männer betraten die Bar, schüttelten sich und lachten. »Wo sind die Ladys? Hallo! Kundschaft!«

»Kommen Sie. Wir gehen ins Büro.«

Weis hatte den Eindruck, ein uralter Stahlschrank würde die

Atmosphäre des Büros bestimmen. Die übrige Einrichtung war nicht viel jünger und abgenutzt. Es roch nach Zigarettenrauch und Alkohol. Der Duft eines schweren Parfums mischte sich darunter. Diese Mischung war ihm bekannt. Oft genug hatte er in ähnlichen Räumen gesessen und Interviews gemacht. Ein Kriminalreporter muss die Informanten nehmen, wie sie kommen, und auch deren Duftnoten hinnehmen.

»Sie wollten mich sprechen«, eröffnete Weis die nächste Gesprächsrunde.

»Die Rumänen sind wieder aktiv.« Der Geschäftsführer der Bar beobachtete sein Gegenüber genau.

Der Reporter verzog keine Miene. »Erzählen Sie.«

»Vor drei, vier Jahren gingen die Aktivitäten der Rumänenbande zurück. Es entstand in dem Segment unserer Dienstleistungen ein Vakuum. Es gab Gerüchte, Dumitrescu hätte sich zurückgezogen und wollte zukünftig nur noch Immobiliengeschäfte abwickeln.«

»Ich habe darüber einen Artikel geschrieben«, warf Weis ein.

»Freunde von mir und natürlich auch diese Wenigkeit«, er tippte sich mit dem Finger auf die Brust, »wir haben uns redlich bemüht, das entstandene Vakuum zu füllen und die Nachfrage zu befriedigen. Ich dachte, das sei uns gut gelungen. Aber im vergangenen Herbst tauchten vermehrt rumänische Frauen auf. Die kann nur Dumitrescu organisiert haben. Sie unterbieten unsere Preise. Fünfunddreißig oder vierzig Euro für eine halbe Stunde. Da können wir nicht mithalten.«

Die Automarke, deren Schlüssel neben dir auf dem Tisch liegt, dachte Weis, spricht eine andere Sprache.

»Seit Januar gilt die Arbeitnehmerfreizügigkeit der EU auch für rumänische und bulgarische Frauen. Die verdrängen unsere deutschen und polnischen Angestellten.«

»Was kann ich als Journalist, Ihrer Meinung nach, dagegen tun?«

»Sie sollen einen Artikel schreiben und darauf aufmerksam machen, dass auch in unserer Dienstleistung Arbeitsplätze für deutsche Frauen bedroht sind.«

Weis dachte nicht im Traum daran, diesen Ganoven zu unterstützen. Aber das musste er ihm ja nicht gleich auf die Nase binden. Er war ja sowieso nur hier, um ganz andere Hinweise zu bekommen.

Sie prosteten einander zu. Der Mann im schwarzen Anzug lächelte seltsam verlegen.

»Man munkelt, ein ehemaliges Mitglied der Rumänenbande sei tot in einem Schweinestall gefunden worden. Gogo das Ass. Die Polizei hat eine Nachrichtensperre verhängt. An wen soll ich mich wenden, um trotzdem an Informationen zu kommen?« Nach einer Kunstpause fügte Weis an: »Oder sind Sie vielleicht schon die Adresse, die ich suche?«

Der Geschäftsführer leerte sein Glas.

Da weiß doch jemand was, meinte Weis am Verhalten des Mannes im schwarzen Anzug ablesen zu können. Seine Menschenkenntnis sagte ihm, er solle abwarten. Gleich platzt er vor Stolz und Überheblichkeit. Und tatsächlich verschwand das Lächeln und machte einem frechen Grinsen Platz.

»Vor ein paar Jahren war Gogo das Ass im System der Rumänen für Erpressungen zuständig. Wenn es was zu regeln gab, dann wurde er aktiviert. Sein Gedächtnis war phänomenal. Er kannte von allen und jedem die dunklen Seiten. Nach Gogos speziellen Forderungen funktionierten Lieferungen dann immer wieder geräuschlos und glatt.«

»Was gab es festzulegen?«

»Das wissen Sie doch. Wenn einer nicht spurt, dann muss er

auf Vordermann gebracht werden. Oder bei den Summen gibt es Differenzen, weil einer schludert. Und selbstverständlich hatte er auch die Externen unter dem Daumen. Solange er am Werk war, stieg keiner einfach aus.«

»Könnte es sein, dass ihm jetzt ein Kunde von damals die Retouren geschickt hat?«

»Danach sieht es nicht aus.« Der Geschäftsführer öffnete die Whiskyflasche. Mehr als eine Daumenbreite floss in das Glas. Er trank es gleich aus. »Da ist einer alt geworden oder leichtsinnig und hat einen Gegner unterschätzt. Gut, dass er weg ist.«

Auch Alois Weis trank sein Glas aus. »In Oldenburg machen sie sich Sorgen wegen der Rumänen. Hauptsächlich waren die doch in Bremen tätig und hier nur wie nebenbei. Ist das heute anders?«

»Ich habe schon viel zu viel geredet. Aber weil Sie es sind und ich auf ausgezeichnete Gegenleistung in überregionalen Zeitungen hoffe, sage ich: Die Kapazitäten in Bremen sind jetzt in drei starken Händen. Da wieder einzusteigen und zu kämpfen, ist mit enormen Kosten verbunden. Im Oldenburger Land gibt es einzelne Geschäftsleute, so wie mich. Da rechnen die mit weniger Widerstand und schnelleren Erfolgen. Darum sollen Sie ja auch darüber schreiben.«

»Ich werde sehen, was sich machen lässt.« Damit stand Weis auf und wollte gehen.

»Wollen Sie nicht noch etwas bleiben? Ich sage den Mädels Bescheid.«

Weis winkte ab und ging.

Dienstag, 16. Dezember

An diesem Morgen nieselte es wieder. Trotzdem war Konnert zu Fuß unterwegs. Er wollte in Ruhe den Service eines Frühstücks außer Haus genießen. Vor ein paar Tagen hatte er an einem Nachmittag die Räume der Bäckerei Müller & Egerer in der Weißenmoorstraße begutachtet und sie für passend befunden.

Vor der Bahnschranke musste er warten. Der blaue Zug der Nordwestbahn ratterte vorbei. In ein paar Stunden wollte er mit der Bahn nach Bersenbrück fahren. Entspannt könnte er so einen Vorweihnachtsurlaub beginnen. Er brauchte nur noch die Genehmigung seines Vorgestzten, Kriminaloberrat Werner Wehmeyer.

***

Im Verhörraum der Polizeiinspektion saß Venske schon seit einer Stunde Dennis Nölting gegenüber. Der hatte erneut seine Personalien zu Protokoll gegeben und dann auf Venskes Frage monoton wieder und wieder erklärt: »Ich bin investigativer Journalist und weiß, dass Sie nicht berechtigt sind, mich hier festzuhalten. Gegen mich liegt nichts vor. Also lassen Sie mich gehen.«

Irgendwann sah Bernd Venske ein, dass er gegen Nölting nichts in der Hand hatte, und entließ ihn.

Später saß Konnert beim Kriminaloberrat und beantragte Urlaub. »Die Fälle Knieling und Gogoasa sind bis auf die Nacharbeiten abgeschlossen«, beruhigte er seinen Vorgesetzten. »Stephanie kommt auch ohne mich gut zurecht. Außerdem muss ich die Beerdigung für Knieling vorbereiten.«

Wehmeyer hörte sich die Begründungen an. Sein Mund zuckte ab und zu belustigt.

»Voriges Jahr musste ich dich zwingen, Urlaub zu machen. Jetzt kommst du freiwillig? Für was willst du die freien Tage wirklich nehmen?«

»In Knielings Aufzeichnungen werden drei Freunde aus der Zeit seiner Fürsorgeerziehung erwähnt. Rein privat interessiert es mich, was aus ihnen geworden ist.«

»Du erinnerst dich an die alte Kripoweisheit: Wer sich zu sehr auf der persönlichen Ebene engagiert, verliert die objektive Sicht.«

»Aber wie will man in unserem Beruf nicht hart und bitter werden, wenn man keinen Anteil am Leben der Opfer und der Täter nimmt?«

»Auch wenn sie schon gestorben sind?«

»Irgendwo in meinem Inneren ist da so ein Wissen. Nenn es Berufserfahrung oder Intuition, das ist mir egal. Da ist dieser Eindruck, ich sollte mich darum kümmern.«

»Bei dir nenne ich es Inspiration.«

Konnert nickte fast unmerklich. Sein Gesicht sah für einen Augenblick so aus, als wäre er abwesend.

»Also gut. Du bekommst eine Woche Zeit. Ab Heiligabend hast du dann wie vorgesehen Bereitschaftsdienst.«

Vom Büro aus rief er das Bestattungsinstitut an. Einen Termin für die Beisetzung bekam er für Samstag, 20. Dezember, 11 Uhr, Neuer Friedhof.

Anschließend sprach er mit Pastor Töbens. Er musste ihn drängen, so kurz vor Heiligabend auch noch den zusätzlichen Trauergottesdienst zu übernehmen.

Auf dem Weg in die Kriminaltechnik blieb Konnert bei Babsi stehen. »Wie geht es dir?«

»Adi, du nervst mich mit deiner dauernden Fragerei.«

Er kniff die Lippen zusammen und fragte: »Wie sieht es mit dem Lebenshintergrund der Justizvollzugsbeamtin Lüttmann aus?«

»Sie ist oft in der Spielbank Bad Zwischenahn oder in Spielotheken zu sehen. Die Folgen davon sind Schulden bei der Bank und verschiedenen Privatleuten. Sonst unauffällig, keine Freunde, ohne Familienleben.«

»Erpressbar?«

»Danach sieht es nicht aus. Aber weiß man's?«

»Sie hat ja Knieling nicht umgebracht. Alles andere ist erst einmal ihre Privatangelegenheit.«

»Ihr Vorgesetzter sollte davon besser nichts erfahren.«

»Etwas anderes. Knieling hat bis vor einem halben Jahr Geldüberweisungen bekommen. Ich wüsste gern, wer ihn finanziell unterstützt hat. Vielleicht gibt es ja doch irgendeinen Angehörigen.«

»Kriege ich raus.«

»Ich mache bis nächsten Montag Urlaub. Du kannst mich aber über Handy erreichen.«

»Vergiss nicht, den Akku aufzuladen.«

Kilians Drehstuhl war noch unbesetzt. Konnert notierte auf die Schreibtischunterlage: »Wem gehört die Immobiliengesellschaft Haus Gogoasa?«

Mit dem Fahrstuhl fuhr er hinunter zur Kriminaltechnik. Neben van Stevendaals Bürotür standen drei Umzugskartons mit der Aufschrift »Hinterlassenschaft Knieling«. Konnert nahm sich einen, der mit »Kleidung« gekennzeichnet war, und schleppte ihn zu seinem Auto. Er wollte eben den nächsten holen, da kam van Stevendaal vorbei und kommentierte so nebenbei: »Viel Spaß mit dem Gelumpe.«

»Sag mal, wo steht eigentlich, dass immer alles Spaß machen muss?«

»Bestimmt nicht in der Bibel.«

Konnert fielen ein paar Gedanken zum Unterschied von Spaß und Freude ein, ließ es aber, sie auszusprechen. Stattdessen fragte er: »Was macht dir zurzeit Spaß?«

»Wir hatten am Tatort *Vergewaltigung Geißendörfer* Haare gefunden. Dazu gehörten auch männliche Schamhaare. Die Analyse ergab, dass die DNA südeuropäisches Erbgut enthält. Das engt den Tätertyp ein.«

»Weiß das Stephanie schon?«

»Selbstverständlich.«

Ist das nur ein Zufall, dass Gogoasa und der Vergewaltiger aus derselben Region kommen?, fragte sich Konnert und trug den nächsten Karton mit der Aufschrift »Krimskrams« hinaus.

***

Alois Weis nahm Konnerts Anruf nach dem zweiten Klingeln an.

»Moin.«

»Grüß dich, Alois. Nur eben kurz. Kennst du einen Dennis Nölting?«

»So ein langer Schlacks?«

»Kennst du ihn?«

»Ist mir unsympathisch, aber fleißig, auch immer wieder mal erfolgreich und kann ordentlich schreiben.«

»Hältst du ihn für kriminell?«

»Für mich schwer vorstellbar. Er hat seit Monaten nichts veröffentlicht. Entweder ist er an einer großen Sache dran, oder er verdient sich seine Brötchen auf eine andere Art und Weise.«

»Danke und pfiat di.«

»Das war schon recht ordentlich. Aber die Vokale könnten noch mehr Stimme bekommen. Pfiat di!«

***

Kurz vor halb zwölf saß Konnert auf einem Fensterplatz der Nordwestbahn. Gemächlich wollte er sich von den Ermittlungen im Kommissariat trennen und Abstand gewinnen.

Der Zug rollte an, beschleunigte sacht, um schon nach acht Minuten in Sandkrug zu halten. So ging es im Minutentakt von Haltestelle zu Haltestelle. Ihm war es recht. Fast war es so, als säße er auf seiner Bank auf dem Neuen Friedhof.

Kahle Bäume und Büsche, dreckigbraune Feldraine und Ställe für massenhafte Schweinezucht zogen am Fenster vorbei. Dann ratterten sie durch Siedlungen. In vielen Gärten standen Holzhäuschen. Otten kam ihm in den Sinn. Ein Familienvater, der hin und wieder zu viel Alkohol trank. Drei Menschen verloren durch ihn ihr Leben. Den Grund der einen Ermordung wollte er herausfinden. Aber warum will ich das eigentlich wissen?

Er dachte an seine Diebstähle als Jugendlicher aus dem EDEKA-Laden im Nachbardorf, wenn die Inhaberin ins Lager gehen musste, um Salz abzuwiegen. Dann erinnerte er sich an Beeken und nahm sich fest vor, gleich nach seiner Rückkehr mit ihm zu sprechen. Weiter wollte er jetzt nicht darüber nachdenken.

Wer ist der Unbekannte, der Knieling finanziell unterstützt hatte? Und warum endeten die Zahlungen? Wo ist die Verbindung Knieling zu Gogoasa? Hatten sie geschäftlich miteinander zu tun? Ein Mitglied der Rumänenbande mit einem Einzelgänger? Unwahrscheinlich, aber wie sagt Babsi? Weiß man's?

Und Dumitrescu? Er fragte sich, was machten eigentlich dessen Kinder. Leben sie von Papas Millionen oder arbeiten die irgendetwas?

Der Zug hielt. Konnert suchte den Ortsnamen. Bersenbrück. Hier musste er aussteigen.

***

Im Treppenhaus roch es immer noch nach Putzmitteln, aber diesmal gemischt mit dem Geruch von scharf angebratenen Zwiebeln. Durch die Gardinen hinter dem Glasausschnitt der Tür konnte Stephanie den Messingleuchter erkennen. Die Lampen brannten. Sie klingelte. Nichts regte sich in der Wohnung. Erneut versuchte sie es und behielt den Finger länger auf dem Knopf. Dasselbe Ergebnis. Mit dem Fingerknöchel klopfte sie erst zaghaft an die Scheibe, dann kräftiger. Ein Schatten bewegte sich auf Stephanie zu. »Wer ist da?«

»Stephanie Rosenberg. Wir haben miteinander gesprochen.«

Die Sicherheitskette wurde gelöst und der Schlüssel herumgedreht. Ein Gesicht erschien im Türspalt. Stephanie erschrak. Janina Geißendörfer war ungeschminkt. Ihre Haare hingen wirr im Nacken und hätten schon längst gewaschen werden müssen. Sie trug einen Trainingsanzug und war barfuß.

»Kommen Sie herein.«

Vor dem Garderobenschrank lag ein Mantel, achtlos über Schuhe und Taschen fallen gelassen. Die Luft war abgestanden. Die Studentin schlurfte ins Wohnzimmer, und Stephanie folgte ihr.

»Frau Geißendörfer, was ist passiert?« Sie wieder zu duzen schien Stephanie unpassend zu sein.

»Was soll schon passiert sein? Einer hat mich vergewaltigt, und mein Vater meint, ich sollte die Angelegenheit nicht überbewerten. Ich wäre nicht die Erste und würde auch nicht die Letzte sein, der so etwas zustößt.« Janina setzte sich ins Ecksofa und verschränkte die Arme, als müsste sie ihren Körper zusammenhalten.

»Sie fühlen sich von den Äußerungen Ihres Vaters verletzt.«

»Fangen Sie nicht mit diesem Therapeutengequatsche an. Ich weiß, wie ich mich fühle. Reden Sie wie eine Polizistin, und sagen Sie mir, ob Sie das Schwein gefasst haben.«

»Kollegen in Frankfurt an der Oder sind dabei, den Namen des Mannes zu ermitteln, der mutmaßlich im Land Rover neben Ihnen hergefahren ist. Das Auto war gestohlen worden. Kurz vor der polnischen Grenze ist es durch Zufall entdeckt worden.«

»Ist das alles?«

»Ich habe Ihren Vater besucht.«

»Ich weiß. Es hat bestimmt keine zwei Minuten gedauert, nachdem Sie das Haus verlassen hatten, da hat er schon bei mir angerufen. Er fühlte sich belästigt. Nicht von Ihnen. Nein. Von den Folgen meines Lebensstils.« Sie lachte verbittert. »Das muss ausgerechnet er mir vorwerfen.«

»Was wollen Sie damit sagen?«

»Nichts.«

Sie schwiegen, und Stephanie beobachtete, wie sich der Gesichtsausdruck von Enttäuschung zu Wut veränderte.

»Oder doch.« Janinas Augen funkelten. »Sie sollten sich mal die Geschäfte meines alten Herrn genau ansehen. Dann wissen Sie, was ich damit sagen will.«

»Und wie bringt das unsere Ermittlungen im Zusammenhang mit Ihrem Fall voran?«

»Ich habe noch einmal nachgedacht, bin mir aber nicht sicher. Vielleicht täusche ich mich, weil ich es so gesehen haben will. Aber wenn ich mich recht erinnere, habe ich den Mann im Land Rover irgendwann schon einmal gesehen.«

»Erinnern Sie sich, wann das gewesen sein kann?«

»Das ist schon drei oder vier Jahre her. Werder Bremen spielte gegen Hannover. Mein Vater hatte Geschäftsfreunde ins Stadion eingeladen. Ich musste als Augenweide für die Herren mit. So hat das mein Erzeuger genannt. Nach dem Spiel, so meine ich mich zu erinnern, stand der Roverfahrer wie ein Bodyguard am Ausgang und begleitete die Gäste zu einer wartenden Stretchlimousine. Den Sieg feierte die Gesellschaft in Bassum. Dabei war ich dann nicht mehr erwünscht.«

»Kannten Sie ein paar Gäste?«

»Nein. Einen oder zwei hatte ich schon vorher bei ähnlichen Treffen gesehen. Alles Männer in schwarzen Anzügen, mit Bäuchen über dem Hosengürtel und anzüglichen Blicken. Wie die heißen? Daran habe ich keine Erinnerungen.«

»Wenn ich Ihnen Bilder zeigen würde, könnten Sie einige wiedererkennen?«

»Kann schon sein.« In Janina Geißendörfers Augen zeigte sich die Lust an Vergeltung.

***

»Otten sitzt warm und trocken in Celle. Bis sein Prozess anläuft, vergehen Monate. Wir haben noch genügend Zeit, uns um die Aufträge der Staatsanwältin zu kümmern. Kilian, lass uns ein Profil von Dumitrescu erstellen. Dafür haben wir dich doch zur Fortbildung geschickt. Jetzt wollen wir von dem profitieren, was du gelernt hast.« Venske hatte Kilian in sein Büro kommen lassen.

»Nach allem, was wir wissen, hat sich Dumitrescu vollständig auf das Immobiliengeschäft verlegt. Er gilt seit ein paar Jahren als ehrbarer und angesehener Geschäftsmann in Bremen. Der geht uns nichts mehr an. Wir sollen uns nur um mögliche Verbindungen seiner ehemaligen Leute zu Knieling kümmern. Wenn du dich über die Dienstanweisung hinwegsetzen willst, ist das deine Angelegenheit. Ich weiß, was ich zu tun habe.«

»Noch bin ich stellvertretender Kommissariatsleiter, und Adi ist im Urlaub. Also mach, was ich dir sage.«

»Wenn du eine Verbindung Knielings zu Dumitrescu nachweisen kannst, bin ich dabei. Sonst nicht.«

»Die Bräsig ist doch auch der Meinung, dass die Angelegenheit was mit der Rumänenbande zu tun hat. Dumitrescu und Gogoasa gehörten zusammen. Alles läuft auf den Bremer Boss und seine Leute hinaus.«

»Ich sage dir, du irrst dich.«

»Wetten, dass ich recht habe?«

»Denk daran, dass du die Wetten in der Vergangenheit immer verloren hast.«

»Dieses Mal nicht.«

Sie gaben sich in dem Moment die Hand auf die Wette, als Stephanie dazu kam. »Wettet ihr wieder?«

Kilian erklärte ihr: »Er mag uns so gern zum Essen einladen.«

»Kilian, bist du dir da sicher?«

»Warum?«

»Ich habe mit Janina Geißendörfer gesprochen. Sie meint jetzt, sie hätte den Mann im Rover schon einmal gesehen. Nach einem Fußballspiel wartete er auf Gäste ihres Vaters. Nehmen wir einmal an, es war der Kollege, der Basescu den Rover vermacht hatte. Dann war möglicherweise einer der Gäste von Geißendörfer Dumitrescu.«

Auf Venskes Gesicht machte sich Siegesgewissheit breit. Er saß aufrecht auf seinem Bürostuhl und strahlte Vorfreude aus.

»Du kennst aber den Namen nicht«, meinte Kilian mit Blick zu Stephanie. »Du suchst immer noch den großen Unbekannten.«

»Die Frankfurter Kollegen müssen Basescu dazu kriegen, ihnen den Namen seines Kollegen zu sagen.«

***

Sein Magen war gefüllt, geschmeckt hatte es ihm nicht. Man hatte ihm eine normale Bratwurst als Currywurst verkauft, und die Pommes hatten zu kurz im Frittierfett gelegen. Nur das Mineralwasser war in Ordnung gewesen.

Der Taxifahrer konnte genau so gut schweigen wie Konnert selbst. Nachdem er ihm die Adresse in Gehrde genannt hatte, war er stumm abgefahren, und erst nach zehn Minuten Fahrt hatte er gemurmelt: »Jahrelang klüngelt der einsam und verlassen vor sich hin, und jetzt bekommt er plötzlich regelmäßig Besuch.« Auf Konnerts Nachfrage hatte er nicht geantwortet.

An einem Weg, der unter Bäumen zu einem Landarbeiterhaus aus der Zeit zwischen den Weltkriegen führte, hielt das Taxi. Konnert zahlte und erbat sich die Telefonnummer des Fahrers. »Ich muss ja auch wieder zurück«, lächelte er, bekam aber nur die Quittung mit aufgedruckter Adresse und das Wechselgeld ohne ein Lächeln.

Konnert stieg aus und betrachtete die Landschaft. Hinter dem Haus lag ein Maisfeld, auf dem nur noch die Stoppeln standen.

Er wandte sich um. In der Ferne war ein Bauernhof zu sehen, links ein Waldstück, das teilweise Hühnermastställe verdeckte. Abseits vom Weg gelegen das Anwesen des Diakons.

Beim erneuten Blick zum Gebäude meinte er, eine Bewegung an einem der drei Seitenfenster zu beobachten. Er ging den Weg entlang und bog hinter den Bäumen ab. Die Gartenflächen waren unkrautfrei, das Stück Rasen hatte man im Herbst ordentlich gemäht. Es war mit Moos durchwachsen. Grauer Qualm quoll aus dem Schornstein.

In der Haustür stand ein dürrer Mann. Er hätte schon vor einiger Zeit einen Friseur besuchen müssen. Ein struppiger Bart verbarg einen langen Hals. Er hielt den Kopf schräg und reckte das Kinn vor. Bis über das Gesäß hing der Norwegerpullover herab und bedeckte einen großen Teil der Cordhose. Sie hatte Flecken. An den Füßen trug er Pantoffeln mit blank gewetzten Spitzen. Gerhard Mensenkamp hinterließ bei Konnert den Eindruck eines Greises, der kaum noch Wert auf sein Äußeres legte. Die Augen aber bewegten sich flink und begutachteten Konnert von den Schuhen bis zu den vom Wind zerzausten Haaren.

»Was wollen Sie?«

»Mein Name ist Konnert, Adi Konnert. Wir haben miteinander telefoniert. Ich würde mich gern mit Ihnen unterhalten.«

»Ich mich aber nicht mit Ihnen. Ich rufe das Taxi zurück, und Sie fahren dahin, woher Sie gekommen sind.«

So plump konnte man Konnert nicht abwimmeln. Er trat auf den Diakon zu und sagte: »Ich ermittele nicht. Es ist mehr ein privates Interesse, was mich hierher führt.«

»Ich habe nichts zu erzählen. Es ist besser, Sie verschwinden. Es ist auch besser für Sie. Glauben Sie mir.«

Jetzt war die Polizistenneugier erst recht geweckt. Warum sollte es auch für ihn besser sein, umzudrehen? Und für wen noch?

»Es ist ungemütlich, hier draußen herumzustehen. Geben Sie mir eine Viertelstunde. Zwei, vielleicht drei Fragen und Sie sind mich wieder los.«

Die Stirn des Diakons zog sich zusammen. Der Blick ging an seinem Besuch vorbei in die Ferne. Konnert meinte Unsicherheit, sogar Furcht im Verhalten von Mensenkamp zu erkennen.

Ohne die Tür zuzuschmeißen oder ein Wort zu sagen, verschwand er im Haus. Konnert deutete das als Einladung und betrat den Flur. Die aufstehende Haustür war die einzige Lichtquelle. Paneelbretter aus einem dunklen Holz bedeckten den unteren Teil der Wände. Darüber schimmerten vergilbte Tapeten mit einem Blumenmuster. An der Decke hingen die gleichen Bretter wie an den Seiten. Alles erinnerte ihn an einen Gang zu einer Höhle.

Eine der braun gestrichenen Türen stand offen. Zögernd trat Konnert ein. Mensenkamp saß in einem Ohrensessel, in dem seine Figur mickrig und unbedeutend wirkte. Die Energiesparlampe in der Stehlampe hinter ihm verbreitete kaltweißes Licht. Obwohl die Flammen im Kaminofen loderten, war es ungemütlich klamm im Raum. Konnert knüpfte nur den Mantel auf, zog einen Stuhl heran und setzte sich Mensenkamp gegenüber.

Der schwieg.

Neben der Lampe stand ein Beistelltisch, auf dem ein Aschenbecher, Zigarillos und ein Feuerzeug vor einem Adventskranz lagen. Drei Kerzen waren teilweise abgebrannt. Der übrige Raum lag im Halbdunkel. Mensenkamp griff nach den Stumpen und steckte sich einen an. Auch Konnert kramte eine Pfeife aus der Manteltasche, stopfte sie mit Bedacht und begann ebenfalls zu rauchen.

Minuten vergingen, in denen Konnert abwartete und sich weiter umsah. Hinter Mensenkamp entdeckte er einen Fernseher, der klobig auf einem Sideboard stand. Bücher fand er nirgends. Nur eine Bibel lag aufgeschlagen auf einem Fensterbrett. Keine Musikanlage oder ein Radio. Sitzt Mensenkamp den Tag über in seinem Sessel, stiert ins Feuer und grübelt?, überlegte Konnert. Oder verschläft er den Tag? Was macht er dann nachts?

Im Ofen knisterte das Holz. Irgendwann erhob sich der Diakon schwerfällig und warf zwei Holzscheite in die Flammen. Mühsam ging er die Schritte zurück zu seinem Sessel. »Sie wollen also mit mir über Sascha Knieling sprechen?«

»Ja.«

Es dauerte, bis Mensenkamp erneut ansetzte. »Es ist wirklich besser, wenn Sie die alten Geschichten ruhen lassen.«

»Warum sollten wir uns nicht darüber unterhalten?«

»Es hilft niemandem, die Vergangenheit immer wieder aufzuwühlen. Ich weiß, wovon ich rede. Damals ist damals und heute ist heute.«

»Am Samstag wird Sascha Knieling beerdigt. Er wurde getötet. Seinen Mörder hat man offenbar zur Tat gezwungen. In der Zwischenzeit hat er sich gestellt. Ich möchte wissen, warum Knieling sterben musste. Wir betrachten jeden seiner Lebensabschnitte. Sie sind der Einzige, den wir bis jetzt aus der Zeit in der Fürsorgeerziehung in Hartingsen ausfindig machen konnten.«

»Er ist tot. Wen interessiert da noch die Vergangenheit?« Mensenkamp sagte das in einem so sachlichen Ton, als hätte er schon gewusst, dass Knieling ermordet worden war.

»Vielleicht kennen Sie dieses Gefühl ja auch. Bisweilen habe ich den Eindruck, ich müsste etwas Bestimmtes tun. Ich glaube, dass solche Impulse von Gott kommen. Manchmal habe ich mich getäuscht. Oft stimmten meine Empfindungen aber. Sie zu befolgen hat immer wieder gute Ergebnisse gebracht.«

Mensenkamp verdrehte die Augen und wackelte skeptisch mit dem Kopf.

»Ich habe mir extra Urlaub genommen, um von dienstlichen Pflichten und Vorschriften frei zu sein. Ich interessiere mich rein privat für die Geschichte von Sascha Knieling.« Konnert machte eine Pause und paffte, bevor er weitersprach. »Knieling hat einiges aus seinem Leben aufgeschrieben. Zum Beispiel, dass er in der Fürsorgeerziehung in Hartingsen war. Sie haben dort gearbeitet. So ist es doch, oder?«

Die Asche vom Zigarillo wurde im Aschenbecher abgeklopft. »Wollen Sie einen Kaffee?«

Überrascht von der plötzlichen Wende im Benehmen des Diakons antworte Konnert: »Ja, gern. Wenn es Ihnen nichts ausmacht, mit Zucker und Milch bitte.« Er sah hinter der Gestalt her, die sich mühsam aus dem Sessel hochgezogen hatte und gebeugt aus dem Raum hinausschlurfte.

Mit der Zeit erwärmte sich das Zimmer. Konnert zog seinen Mantel aus und legte ihn über die Lehne eines anderen Stuhls. Kaffeeduft verdrängte den Geruch von Tabakrauch und Asche. Kurz darauf balancierte Mensenkamp ein Tablett durch die Tür, auf dem zwei Becher und eine halbvolle Flasche Rum standen. Er stellte alles auf dem Fußboden ab, fiel in den Sessel und schob vorgebeugt einen Kaffeepott zu Konnert rüber.

»Ich mache mir einen Pharisäer. Bei dem Wetter ist das das einzige passende Getränk. Wenn Sie auch einen wollen, nehmen Sie so viel Rum, wie Sie mögen.« Er goss einen gehörigen Schluck in seinen Kaffee. Konnert begnügte sich mit einem Schlückchen. Sie schlürften das dampfende Getränk, und Mensenkamp zündete den Zigarillo wieder an.

»Ich erinnere mich an Knieling. Er kam verwahrlost mit Läusen in den ungewaschenen Haaren aus einer Pflegefamilie zu uns. Wir mussten ihn heiß einweichen, abschrubben und ihm erst einmal eine anständige Frisur verpassen, bevor wir ihn zu den anderen Jungs lassen konnten. Er hatte die Schule geschwänzt, war in Gartenlauben eingestiegen, um zu stehlen. Seine Pflegeeltern wussten ihn nicht mehr zu bändigen. So einer war bei uns genau richtig.«

Der Zigarillo glühte auf.

»Ein Sachbearbeiter aus dem Jugendamt Hannover hatte eine andere Erinnerung an Knieling. Er hat uns gesagt, den Jungen hätten sie am Steintor aufgegriffen. Er habe sich da herumgetrieben. So ist er von dort zu ihnen in die Fürsorgeerziehung gekommen.«

»So?« Mensenkamp zog an seinem Zigarillo. »Dann verwechsele ich ihn mit einem anderen Zögling.« Er führte den Zigarillo noch einmal zwischen die Lippen, inhalierte und legte den kurzen Rest im Aschenbecher ab. Er stieß den Rauch aus. »Knieling hat aber zu einer Clique gehört. Das weiß ich genau.«

»Davon hat er in den Aufzeichnungen berichtet. Sie waren zu viert. Er hat leider nur die Vornamen notiert. Torsten, Dieter, Ewald und der Vierte war Sascha Knieling.«

»Dann habe ich eben von dem Dieter erzählt. Richtig, Dieter, das war so ein Brocken von Kerl. Konnte schuften, da kam kein anderer mit. Schaffte immer das Arbeitspensum. Ein Schläger. Wen er traf, der hatte nicht nur blaue Flecken. Wir haben ihn isolieren müssen, nachdem er Kameraden die Schulter ausgekugelt oder das Nasenbein gebrochen hatte. ... Dieter ... auch den haben wir kleingekriegt.«

»Knieling hat geschrieben, dass ihn Dieter oft verteidigt und ihm geholfen hat.«

»Dann ist Knieling dieser Stricher gewesen. Jetzt erinnere ich mich. Hat auch bei uns im Heim versucht, sich auf diese Weise mit Zigaretten entlohnen zu lassen.«

Eine neue Handelsgold wurde der Packung entnommen und angezündet. Mit ihr zwischen den Lippen stand Mensenkamp auf, griff die Becher und ging in Richtung Küche. »Sie trinken doch noch einen mit, oder?«

Konnert antwortete nicht. Er war damit beschäftigt, seine Pfeife auszukratzen. Es dauerte, bis der Diakon zurückkam, die Kaffeepötte abgesetzt und Rum eingefüllt hatte. Auch seinem Gast schenkte er spendabel ein. Er setzte sich und versank in seinem Sessel.

»Ein anderer Junge hieß Torsten. Können Sie sich auch an den erinnern?«

»Torsten. Das war damals ein häufiger Name. Sie haben eben gesagt, er gehörte zu der Viererclique mit Knieling und dem Schläger? ... Wir haben die Jungs immer nur mit Nachnamen gerufen ... Torsten? ... Ich weiß nicht.«

Die Pausen zwischen den Worten schienen bewusst gesetzt worden zu sein. So wie bei schlechten Schauspielern. Konnert reagierte nicht darauf.

»In Knielings Aufzeichnungen steht, dass der vierte Freund, Ewald, immer Bücher gelesen hat. Erinnern Sie sich an den?«

»Dann war Torsten so ein Blonder, ein Hübscher, der ständig am Wetten und Handeln war.«

Konnert dachte blitzartig an Venske.

»Er gewann so gut wie jedes Spiel. Auch beim Pokern, was natürlich unter Strafe verboten war, oder beim Skatspielen zog er die anderen über den Tisch. Wir konnten ihn beim Betrügen erwischen. Uns entging nichts. Das müssen Sie mir glauben. Er hat trotz der Strafen weitergemacht. Wie besessen hat er um Geld gespielt. Ich weiß noch, dass wir einmal alle seine Sachen durchsucht haben, ohne einen Pfennig zu finden. Keiner der Jungs wusste, wo er die Gewinne versteckt hatte. Aber wir haben immer gefunden, was wir gesucht haben. Im Wasserkasten einer Toilette lagen über einhundert Mark in einer verklebten Dose.«

»Können Sie sich vielleicht doch an einen der Nachnamen der Jungen erinnern?«

»Ich bin mir nicht sicher. Torsten hieß, glaube ich, so wie ein Anhängerhersteller. Sie haben ihn oft damit aufgezogen. Er sei ja nur ein Anhänger von dem Rabauken Dieter, dem Pollaken, wie ihn die Jungs nannten. Oder der Name von dem Torsten klang nur so ähnlich.«

»Und die anderen Namen?«

Mensenkamp ließ Zeit verstreichen. »Da fällt mir nichts ein.« Bei Konnert verfestigte sich der Verdacht, dass der Diakon mehr wusste, als er preisgab. Konnert wartete ab. Aber Mensenkamp trug sein Herz genau so wenig auf der Zunge wie er selbst.

Der Zigarillo verglühte. Mensenkamps Becher war abermals leer. Konnert schluckte trocken und sagte: »In Knielings Aufzeichnungen fehlt eine Seite. Er schreibt danach weiter, dass die Clique ohne Vorankündigung getrennt und in unterschiedliche Häuser untergebracht wurde. Sollte nur die Gruppe aufgelöst werden, oder gab es ein Ereignis, das die Verlegung nötig machte? Können Sie sich an den Grund für die Auflösung der Clique erinnern?«

»Nein.«

Für Konnert kam die Antwort zu schnell. Seine Erfahrung sagte ihm, dass der Diakon genau wusste, um was es gegangen war. Bestimmt waren hunderte Zöglinge in der Dienstzeit des Diakons durch das Heim geschleust worden. Und ausgerechnet über diese Viererclique wusste er Einzelheiten? Da war doch etwas passiert, was außergewöhnlich genug war, um sich noch nach mehr als vierzig Jahren daran zu erinnern.

Konnert bohrte nach. »Sie haben in Ihrer Dienstzeit bestimmt eine Menge Zwischenfälle unter Kontrolle bekommen müssen. Ich kenne das aus meinem Beruf. Die meisten Vorgänge vergisst man. Aber Einzelne bleiben wie eingebrannt im Gedächtnis. Sie haben sich zu tief eingeprägt. Oft auch deshalb, weil man den Eindruck hatte, falsch gehandelt zu haben oder sogar schuldig geworden zu sein.«

Plötzlich stand der Diakon auf und trat einen Schritt auf Konnert zu. Doch dann drehte er sich unvermittelt um die eigene Achse, bückte sich und packte die Kaffeebecher. Aus Konnerts Becher schwappte kalter Kaffee auf das Tablett. Er setzte ihn auf dem Fußboden ab und stapfte nur mit seinem Pott in die Küche.

Ich habe einen wunden Punkt getroffen. Wie wird es weitergehen?, überlegte Konnert. Er faltete die Hände und schloss die Augen.

»Beten Sie nur.« Mensenkamp ließ sich in den Sessel fallen. Er beugte sich vor, hielt den Flaschenhals über seinen dampfenden Kaffee und füllte den Becher auf. Dann pustete er kurz über den Rand und saugte den Pharisäer über die Unterlippe.

»Beten Sie getrost weiter.« Seine Augen waren trüb geworden. Immer noch vorgebeugt saß er da und blickte über den Becherrand in die Glut des Ofens. »Mein Leben geht bald zu Ende, Herr Kommissar.«

Konnert horchte auf.

»Mir fehlt schon die innere Kraft, mich aufzuraffen und hier Ordnung zu schaffen.« Er zeigte mit dem Zeigefinger der freien Hand durch das Zimmer. »Um mich herum verlottert alles mehr und mehr. Sehen Sie sich das an. Alles alt und schmuddelig. Es ekelt mich an. Ich sehe vor mir, wie der Tod auf mich lauert. Und dann kommen Sie daher und erinnern mich an Zeiten, in denen ich davon überzeugt war, einen sinnvollen Beitrag für eine bessere Welt zu leisten. Ich habe geglaubt, im Auftrag Gottes den jungen Menschen dienen zu dürfen. Zu dienen, verstehen Sie?«

Ein Nicken von Konnert sollte Zustimmung signalisieren.

»Demut und Gehorsam sollten sie lernen und bereitgemacht werden, ein Teil einer größeren Gemeinschaft zu sein. Glauben sollten sie an einen Gott, der ihr Leben durch uns Erzieher zum Guten lenkt.«

Er stellte den Kaffeebecher hart auf dem Fußboden ab und klaubte einen Zigarillo aus der Packung. Seine Finger zitterten so stark, dass er zum Anzünden die linke Hand zur Hilfe nehmen musste, um die Flamme ruhig zu halten. Er nahm einen Zug, behielt den Rauch lange in der Lunge und ließ ihn dann vorsichtig zwischen den Lippen entweichen.

»Das sind doch gute Ziele ... finde ich immer noch.« Er sah Konnert aus trüben Augen an. »Wir haben sie aber nur zu selten erreicht.«

Einen Moment lang dachte Konnert daran, wann ein Zug zurück nach Oldenburg fahren würde. Im Stundentakt erinnerte er sich und konzentrierte sich wieder auf den Alten im Sessel. Bei dem schien die bisher gezeigte abweisende Haltung langsam in sich zusammenzufallen.

»Wir kannten nur die Methoden, mit denen man uns erzogen hatte. Ich war zehn Jahre alt, da begann der Krieg. Im Jungvolk lernte ich Zucht und Ordnung. In der Hitlerjugend brachte man mir bei, widerspruchslos zu gehorchen, strammzustehen, präzise zu schießen und mein Leben freudig für den Führer zu opfern. Gehorchen oder Gruppenkeile. Das war die Wahl. Uns hatte man zu Persönlichkeiten geformt, die wussten, worum es im Leben geht. Wir waren keine Weichlinge wie die heutige Jugend, die nicht weiß, was sie will, und sich noch weniger darum kümmert, was sie soll. Was bei uns funktioniert hatte, sollte auch bei den Zöglingen erfolgreich sein.«

Vor Konnerts innerem Auge erschienen Bilder aus einem Buch, das er vor einigen Jahren gelesen hatte. Auf ihnen traten

Zöglinge aus Hartingsen zum Appell an. Oder sie marschierten im Gleichschritt zu den Pumploren, um ins Moor zu fahren. Mit nackten Oberkörpern arbeiteten sie da im Graben und stachen Torf. Die Erzieher standen in Schaftstiefeln breitbeinig oben auf der Kante und bewachten sie. Ihnen fehlte nur das Gewehr im Anschlag, sonst erinnerte alles an ein Straflager und seine Wärter.

Der Rum im Kaffee wirkte und lockerte Mensenkamps Zunge. Als hätte sich ein Pfropfen gelöst, quollen die Worte und Sätze aus ihm heraus. »In der Bibel steht: *Wer seine Rute schont, der hasst seinen Sohn; wer ihn aber lieb hat, der züchtigt ihn beizeiten.* Alle anderen Methoden hatten bei diesen Jungs versagt. Sonst wären sie doch nicht zu uns gekommen. Unsere Häuser waren die letzte Hoffnung vor dem Gefängnis.«

»Züchtigen kommt von Ziehen«, versuchte Konnert zu widersprechen. »Mit Liebe hinziehen zum Guten und als Vorbild anziehend wirken.«

»Ach, hören Sie bloß mit dem Gefasel auf. Aus diesen unerzogenen Burschen sollten wir nützliche Glieder der Gemeinschaft machen. Bei uns lernten sie Disziplin, Arbeit und Sauberkeit zu schätzen.«

»Knieling wurde zum Verbrecher«, warf Konnert ein.

»Andere sind Handwerksmeister, Lehrer, ja weltberühmte Schauspieler geworden. Denken Sie an Mario Adorf.«

»Der ist bei Ihnen in Hartingsen gewesen?«

»Nein. Nicht bei uns. Aber in allen Besserungsanstalten wurde so wie bei uns erzogen.«

Konnert schwieg.

»Ich kann Ihnen Dankesbriefe zeigen.«

Er wollte schon aufstehen. Aber Konnert winkte ab.

»Die Reaktion kenne ich. Die Erfolge will man nicht wahrnehmen. Immer nur das Negative hervorkramen. Aber in den USA besinnt man sich. In den Boot Camps werden Jugendliche, die angeblich unerziehbar sind, auf Vordermann gebracht.«

»Indem man ihren Willen bricht und ... ach, lassen wir das.«

Konnert sah von Mensenkamp weg. Sein Blick fiel auf ein mächtiges Reliefbild. Die Holzschnitzerei hing an einer rostigen Kette neben dem Kaminofen. Das letzte Abendmahl Jesu mit seinen Jüngern. Die Figuren hatte der Künstler koloriert. Einem Impuls folgend, begann Konnert zu zählen. Dreizehn Gesichter, die sich ähnelten. Unter dem Tisch lugten dreizehn nackte Fußpaare hervor. Eins wie das andere. Judas gehörte dazu.

Mensenkamp stellte seinen leeren Becher ab und drückte die Zigarillokippe aus.

»Wollten Sie mich nur nach den vier Jungs fragen? Ist das alles, was Sie wissen wollen?«

Eine andere Äußerung beschäftigte Konnert. »Sie haben mir gesagt, es sei besser für mich, wenn ich gleich wieder verschwinden würde. Warum ist das besser für mich?«

Erstaunlich flink war der Diakon auf den Beinen. Er schwankte. Mit staksigen Schritten und ausgestreckten Händen tastete er sich um den Sessel herum und eilte zu einem Schreibsekretär. Er öffnete ein Schrankfach, griff in eines der Fächer und holte ein Stück Papier heraus.

Gespannt wartete Konnert, bis Mensenkamp vor ihm stand und ihm einen DIN-A4-Bogen entgegenhielt.

Halt deine Klappe, alter Mann! stand darauf. Die Buchstaben waren über die gesamte Fläche mit einem Filzstift geschrieben worden. Schwarz und fett. Mensenkamp drehte das Blatt um. Auf der Rückseite prangte ein Totenkopf. Ebenfalls schwarz und fett und unbeholfen gezeichnet. Er sah so aus, als hätte ihn jemand gemalt, der kaum Übung oder zittrige Hände hatte.

»Deshalb wollen Sie mir auch nicht sagen, warum die Zöglinge in verschiedene Häuser verlegt wurden. Stimmt das?«

Mensenkamp stand jetzt direkt vor Konnert. Fast berührten sich Puschen und Schuhe. Konnert wich bis zur Stuhllehne zurück.

»Und jetzt verlassen Sie mein Haus! Umgehend!« Der Klang der Stimme ließ ahnen, wie Mensenkamp sich bei den Jungs durchgesetzt hatte.

Konnert sah zu ihm auf. Ihre Blicke trafen sich. Letzte Entschlossenheit erkannte er in den Augen, im gesamten Gesicht des Diakons, aber keine Spur mehr von Angst oder gar Panik.

»Gehen Sie. Jetzt!« Er trat einen Schritt zurück und wies mit der Hand, in der er immer noch das Papier hielt, zur Tür.

»Ich gehe.« Ihm blieb nichts anderes übrig, als aufzustehen, seinen Mantel zu greifen und an Mensenkamp vorbei in den Flur zu treten.

»Würden Sie mir das Schriftstück überlassen? Vielleicht können wir mit unseren Methoden Spuren daran feststellen und den Schreiber ermitteln.«

Wortlos wartete Mensenkamp, bis der Besuch den Mantel angezogen hatte, und übergab das Blatt.

Der Südwestwind schüttelte die kahlen Äste. Einzelne Tropfen fielen Konnert ins Gesicht. Er zog den Mantel enger um sich. Ohne Kopfbedeckung stand er da und wandte sich noch einmal dem Haus zu. Mitleid mit dem alten Mann überkam ihn. Mit wie viel gutem Willen und innerer Überzeugung war er in Hartingsen engagiert gewesen. Und dann sollte alles falsch gewesen sein. Konnert erinnerte sich, dass er einmal beschlossen hatte, Ereignisse der Vergangenheit wohl nach seinen heutigen Maßstäben zu beurteilen, die handelnden Personen aber nicht zu verurteilen.

Sie hatten aufgrund anderer Umstände gehandelt, die er oft aus damaliger Sicht nachvollziehen konnte. Und wieder sagte er sich: Das Verständnis für eine Tat bedeutete nicht automatisch, sie auch zu rechtfertigen oder sogar gutzuheißen.

Gleichzeitig empfand er ein bedrückendes Unwohlsein. Mensenkamps Selbstgerechtigkeit stieß ihn ab. Mehr als das bemächtigte sich seiner das Gefühl Bösem, Dunklem begegnet zu sein. Was verbarg sich hinter der Maske des Diakons?

Er musste Klarheit gewinnen und die Satzfetzen und Eindrücke, die durch seine Gedanken schwirrten, ordnen. Ein paar Schritte in der kühlen Luft würden helfen.

Er war schon auf dem Weg zum Ort ein Stück vorangekommen, da hörte er hinter sich Motorengeräusche. Er trat zur Seite ins Gras des Randstreifens. Klappernd raste ein dunkelroter R4 an ihm vorbei. Mensenkamp saß über das Steuer gebeugt und würdigte ihn keines Blickes. Sekunden später bog der Renault in einen Seitenweg ab. Das Licht der Rückleuchten blitzte noch ein paar Mal auf und verschwand dann ganz.

Konnert schaute zurück zu Mensenkamps Haus. War es Glück, Zufall oder Fügung, dass Babsi bei der Suche nach einem Mitarbeiter aus Hartingsen ausgerechnet Mensenkamp aufgetrieben hatte? Einen von vielen Fürsorgeerziehern. Einen, der genau in dem Haus gearbeitet hatte, in das Knieling eingewiesen worden war.

Im Taxi setzte sich Konnert neben den Fahrer und sprach ihn an: »Woher wissen Sie, dass Mensenkamp in der letzten Zeit Besuch bekommen hat?«

»Gehrde ist ein kleiner Ort«, war die Antwort.

»Dann können Sie mir bestimmt auch sagen, wer zu ihm gefahren ist.«

»Wer nicht, aber womit.«

»Sagen Sie es mir?«

»Warum sollte ich das tun?«

Kurz überlegte Konnert, ob er seinen Ausweis zeigen sollte. Er ließ es, weil nicht jeder wissen musste, dass jemand von der Polizei bei Mensenkamp gewesen war. »Wenn es doch jeder weiß, können Sie es auch mir sagen.«

»Ein BMW, dunkelblau, zuletzt am Freitagnachmittag.«

***

Vor sich den Bildschirm, saßen Stephanie und Janina Geißendörfer nebeneinander im Kommissariat. Stephanie hatte Merkmale des Gesichts abgefragt, an die sich die Studentin erinnern konnte und die Stichworte in die Suchfelder des Computerprogramms der Verbrecherdatenbank eingegeben. Die Auswahl der Männer, die dem Profil entsprachen, klickten sie nacheinander an.

Die meisten anderen Mitarbeiter hatten das Großraumbüro schon verlassen, als die Studentin flüsterte: »Warten Sie mal! Bitte ein Bild zurück.«

Unter den welligen Haaren starrte eine dunkelbraune, fast schwarze Iris die beiden Frauen an. Ein dünnes Bärtchen über der Oberlippe und ein Chin Puff am Kinn verstärkten den Eindruck eines schmächtigen Mannes. Das Schwarzweißfoto ließ nur die Hauttönung erahnen. Im Ohrläppchen steckte ein Ring mit einer Kugel.

»Diesen Mann haben Sie nach dem Fußballspiel gesehen?«

»Na ja, absolut sicher bin ich mir nicht. Das ist ja auch schon ein paar Jahre her, dass ich an ihm vorbeigegangen bin.«

»Sollen wir weitersuchen?«

»Nein, nein. Doch, doch, das ist der Mann, der an mir vorbeigefahren ist.«

»Wenn ich mich recht erinnere, haben Sie von einem Mann mit hellen Haaren gesprochen.«

»Ich hatte den Eindruck, sie seien blondiert. Habe ich das nicht gesagt?«

»Avram Drulovic«, las Stephanie vor. »Haben Sie den Namen schon einmal gehört?«

»Avram? Ich weiß nicht. Kann sein.«

Stephanie überlegte, ob sie die Vergewaltigung direkt ansprechen sollte. Sie wagte es. »Könnte es dieser Mann gewesen sein, der Sie vergewaltigt hat?«

Mit einem Mal verkrampfte sich Janina Geißendörfer. Sie presste ihre Arme um ihren schlanken Oberkörper und begann zu zittern. Stephanie zog sie sanft zu sich und streichelte zart über die Schulter.

Hinterher brachte sie Janina Geißendörfer in ihre Wohnung, trank Tee mit ihr, und als sie sich beruhigt hatte, ließ sie die Studentin allein zurück.

Schon auf dem Rückweg ins Kommissariat telefonierte Stephanie mit den Kollegen in Frankfurt/Oder und bat sie, ihren Gefangenen mit diesem Namen zu konfrontieren.

Dann saß sie wieder am Computer und las die Akte Avram Drulovic. Auch er hatte zur Rumänenbande gehört, war als Türsteher und Wirtschafter in einem Bremerhavener Bordell und dann als Betreiber der Spielothek *Kreuz Bube* in der Szene bekannt gewesen. Ermittlungen wegen Geldwäsche mussten eingestellt werden. Die Vergewaltigung einer Prostituierten endete mit einem Freispruch, weil die Frau ihre Anzeige zurückzog.

»Also ein unbescholtener Mann«, flüsterte Stephanie.

Dann suchte sie die Bundesligabegegnungen von SV Werder Bremen gegen Hannover 96 und fand sie bei Google. Am 5. April 2009 gewann Werder 4:1, am 10. Mai 2008 sogar mit 6:1 Toren.

Da war Dumitrescu noch aktiv. Dann verwandelte er sich zum Geschäftsmann.

Geißendörfer hat mich belogen. Er kennt den Rumänen nicht nur als Konkurrenten. Er kennt Dumitrescu so gut, dass er ihn in seine VIP-Loge und anschließend zur Siegesfeier eingeladen hat.

***

Die Betonplatten des Wirtschaftswegs waren für die vierzig Tonnen Gesamtgewicht der Treckergespanne nicht ausgelegt und unter der Belastung zerbrochen. Mensenkamps R4 hoppelte über die Risse und Verwerfungen. Die besonders tiefen Dellen kannte der Diakon von anderen Fahrten und verringerte frühzeitig das Tempo. Er erreichte den Weg entlang der Schienen, die ins Moor führten. Einzelne Loren, mit denen man den abgebauten Torf transportiert hatte, standen auf Abstellgleisen. Sie rosteten vor sich hin. Im Sommer saßen Touristen auf anderen Anhängern unter blauen Planen auf schlichten Holzbänken und ließen sich von der museumsreifen Diesellok durchs Moor ziehen. Aus Lautsprechern ertönte dann die Stimme des Fremdenführers, der sie über die Entstehung und den Abbau des Torfes informierte. Von den Zöglingen erzählte er nur Positives.

Mensenkamp überquerte nach zwei Kilometern die Schienen, schaltete die Beleuchtung auf Standlicht und fuhr ins Moor hinein. Er kannte den Weg zu seiner Stelle auch im Dunklen.

Vorgebeugt schlich er den Trampelpfad zwischen jungen Birken und abgestorbenen Altbäumen entlang. Am Ufer der Senke blieb er stehen und blickte über das schwarze Wasser. Am Horizont leuchteten Straßenlampen wie aufgereihte Sterne. Da lebten die Rechtschaffenen, die Bürger, die Gedankenlosen. Er aber war ein Schuldiger, einer, der seine Haut vor Gott und den Menschen zu retten versuchte. Immer schon und immer noch.

Zwischen zwei Bäumen fiel er auf die Knie. An der Stelle wuchs weder Besenheide noch Moos. Zu oft hatte er hier gekniet und Klagen und Anklagen in die Dunkelheit geschrien.

Den Kopf zurückgelegt, mit weit aufgerissenen Augen flehte er Gott an, ihm Ruhe zu geben. Die Hände auf seinen Oberschenkeln waren dabei zu Fäusten geballt. Auch an diesem Abend konnte er nicht glauben, dass ihm schon vergeben worden war.

Er sprach zum Schluss kein Amen, sondern ließ sich zur Seite fallen und lehnte am Stamm einer krüppligen Erle. Wie schon so oft klagte er sich an: »Ich hätte es besser wissen müssen. Die Schinderei in der Hitlerjugend habe ich gehasst wie die Pest. Aber immer hatte ich Angst, zum Außenseiter zu werden. Allein dastehen konnte ich nicht oder wollte ich auch nicht. Weder in der Kameradschaft und erst recht nicht in der Diakonengemeinschaft. Allein fühlte ich mich immer als Niemand. Und jetzt bin ich doch ein einsamer, vergessener alter Mann.«

Tränen flossen über die Falten seines Gesichts. Tränen der Wut und der Verzweiflung. Er weinte und hämmerte gleichzeitig mit beiden Fäusten auf seine dünnen Oberschenkel.

Keine Stimme vom Himmel und keine in seinem Herzen besänftigte seine Selbstanklagen. Und so endete auch dieser Versuch, Frieden zu finden, in Resignation. Am Ende kamen ihm geflüsterte Flüche über die Lippen, die er an Gott richtete und über sich selbst verhängte.

Schwankend stand Mensenkamp auf. Auf den Metern zum Auto hob er die rechte Hand und schwor: »Dann muss ich ohne deinen Beistand verhindern, was böse Menschen einem guten Mann antun wollen.«

***

Im Lerigauweg unterm Dach tranken Venske und Weis bayrisches Bier aus Maßkrügen. Der Kriminalreporter hatte den Kommissar eingeladen. »Du sammelst doch immer noch Material über die Bremer Rumänenbande. Ich habe auch einiges zusammen. Wenn ich will, kann ich für einen Verlag ein Buch über Bandenkriminalität schreiben.«

»Dafür soll ich dir meine Schätze zur Verfügung stellen. Hast du mich deshalb so gastlich bewirtet?«

»Ich würde deinen Namen bei den Danksagungen anführen.«

»So weit kommt das noch, dass ich als Informant erwähnt werde.«

»Dann eben nicht.« Weis trank einen Schluck und startete einen neuen Versuch. »Mir wäre auch geholfen, wenn du mir das ein oder andere über Dumitrescu erzählen würdest.«

»Und was habe ich davon?«

»Ehre und Ruhm wolltest du nicht. Geld kann ich dir nicht zahlen.« Weis überlegte, ob er jetzt schon sein eigenes Wissen im Tausch anbieten sollte. Er riskierte es und erntete eine überhebliche Frage.

»Was kannst du denn schon wissen, was wir von der Kripo in all den Jahren noch nicht ermittelt haben?«

»Ich sage es mal so: Über Dumitrescus Ehen und Kinder ist einiges bekannt. Was weißt du von Geschwistern?«

Auf Venskes Gesicht machte sich ein Lächeln breit. »Er hat noch drei Schwestern. Soll ich dir ihre Namen und die Namen ihrer Ehemänner und die ihrer Kinder und Enkelkinder aufzählen? Wir kennen sogar die derzeitigen Aufenthaltsorte ihrer Familien in Rumänien und den USA.«

»Und was ist mit Tschabos Zwillingsbruder?«

»Du bluffst doch!«

»Vielleicht. Vielleicht auch nicht.«

Venske stand auf und ging zum Dachfenster. Sein Blick schweifte durch die kahlen Äste der Bäume rund um die katholische Grundschule.

Auf dem Weg zum Kühlschrank überlegte Weis, ob seine Andeutung mit dem Bruder möglicherweise zu gewagt gewesen war. Bis jetzt kannte er die Information nur aus der Gerüchteküche seiner Quellen. Aber wenn etwas dran war an der Geschichte, dann wäre Venske der Einzige, der dem Gerücht nachgehen würde.

***

Die Fenster der Nordwest-Bahn wirkten vor dem Hintergrund der Nacht wie ein Spiegel. Eindringlich, wie sonst nie, betrachtete Konnert die Stirnfalten, die Partie um seine Augen und den Mund. Mit Dreitagebart würdest du als Dreißigjähriger durchgehen, hatte Zahra einmal gesagt und es tatsächlich so gemeint. Er hatte sich über das Kompliment gefreut und einen Moment lang überlegt, sich nicht mehr glatt zu rasieren. Auch jetzt dachte er daran, schmunzelte bei der Vorstellung, mit Kilian in Konkurrenz zu gehen, und verspürte Sehnsucht nach Zahra. Mit einer ruckartigen Kopfbewegung wandte er sich ab. Dennoch stiegen in ihm Erinnerungen an Spaziergänge mit ihr in Wildenloh oder rund um den Bornhorster See auf. Er meinte, den Druck ihrer Küsse auf seinen Lippen zu spüren.

»Entschuldigen Sie. Ist das Ihre Tasche?«

Aus seinen Gedanken gerissen legte Konnert seine lederne

Collegemappe auf den Schoß. Damit war er zurück in der Gegenwart.

Eine Frau in seinem wirklichen Alter nahm neben ihm Platz. »Fahren Sie auch nach Wilhelmshaven?« Ohne eine Antwort abzuwarten, redete sie weiter. »Ich habe meinen Sohn besucht. Der wohnt in Bersenbrück. Er arbeitet in einer Fabrik, die Kunstdärme herstellt. Ich könnte Ihnen ...«

Konnert stand auf und quetschte sich an den Beinen der Quasseltasche vorbei in den Gang. Einen Wagen weiter fand er zwei leere Sitze und hatte wieder Ruhe. Andere Gedanken als an Kunstdärme beschäftigten ihn. Wer bedrohte Mensenkamp? Der Fahrer im BMW? Er ging wie selbstverständlich davon aus, dass es ein Mann und keine Frau war. Die hätte ihre Warnung doch ausgesprochen und nicht auf einen Zettel geschrieben. War das möglicherweise Nölting? Am liebsten wäre er aus dem Zug gestiegen und zurückgefahren, um den Taxifahrer nach zusätzlichen Beobachtungen zu fragen. Er nahm sich vor, ihn anzurufen.

Der Zug fuhr an einem Dorf mit angeleuchtetem Kirchturm vorbei. Das erinnerte Konnert daran, dass in Oldenburg der Gesprächskreis zusammensaß. Worüber unterhielten sie sich wohl? Er wäre gern dabei gewesen.

***

Mein Mädchen würde jetzt sein Köpfchen heben und mich anlächeln. Babsi drückte sich in die Sofaecke in ihrer Wohnung und war davon überzeugt, dass sie ein Mädchen geboren hätte. Es würde mich nicht aus den Augen lassen. Ich könnte es in meinen

Armen wiegen und küssen. Könnte, würde ... wenn ich mein Mädchen hätte leben lassen.

Im ZDF wurde eine Reportage über das Leben von Hartz-IV-Familien gezeigt. Babsi stierte wohl auf den Bildschirm, war aber mit ihren Gedanken und Gefühlen bei ihrem nicht geborenen Kind. »Ich hätte dir alles kaufen können«, sagte sie halblaut. »Alles.«

Sie dachte daran, dass Weihnachten vor der Tür stand. Sie hatte keine Angehörigen in Oldenburg. Ihre Mutter hatte einen anderen Mann geheiratet und war mit ihm nach Süddeutschland gezogen. Er war Babsi unsympathisch. Ich habe niemanden, ging es ihr durch den Kopf.

Tränen hatte sie nicht mehr. Sie hatte sich ausgeweint. An die Stelle der Trauer war Geringschätzung getreten. Sie verachtete sich. Im Beruf ging sie professionell emotionslos mit den Taten anderer um. Sich selbst gegenüber war sie dazu nicht in der Lage.

Ich soll mir vergeben. Konnerts Rat kam ihr in den Sinn. Ich habe mein Kind getötet. Wie kann ich mir das denn vergeben?

***

Knielings Kleider wurden in der Garage deponiert. Den Krimskramskarton nahm Konnert mit ins Haus.

Ruth kam die Treppe herunter. »Endlich kommst du. Ruf doch mal an, wenn du länger weg bist. Man macht sich ja Sorgen.«

Genau das habe ich befürchtet, als ihr hier eingezogen seid, ging es Konnert durch den Kopf. Ich muss mitteilen, wo ich hingehe, mich wie ein Junge zurückmelden und mein Tun und Lassen rechtfertigen. Das hasse ich. Milder antwortete er: »Ich bin ja heil zurück. Sorgen solltest du dir überhaupt nicht machen. Mit Sorgen änderst du nichts. Sie kosten nur Zeit und Nerven.«

»Ich weiß. Das hast du uns schon tausendmal gesagt.«

Am liebsten hätte er gesagt: *Und warum tust du es nicht?* Er ließ es und fragte stattdessen: »Gab es hier Neues?«

»Nein, hier ist alles friedlich wie gewohnt.«

»Dann ist es ja gut.«

»Konntest du schon zu Abend essen? Soll ich dir etwas machen und runterbringen?«

»Danke, nein, und euch eine gute Nacht.«

Im Backofen blubberte schon der Käse auf einer Pizza. Konnert verteilte den Inhalt von Knielings Krimskramskarton auf einer Seite vom Küchentisch.

Ein Büchlein im Spielkartenformat kam zum Vorschein. Bevor er den Titel lesen konnte, sagte ihm der grüne Einband, dass es eine Gideonbibel war. Auch die Kinder hatten sie vor Jahren in der Schule geschenkt bekommen. Größere Ausgaben lagen oft in den Nachttischschubladen von Hotels. Konnert ließ die Seiten durch seine Finger flippen. Für eine Hundertstelsekunde leuchte etwas Farbiges auf. Er suchte die Stelle und fand einen Vers, den Knieling im Johannesevangelium rot unterstrichen und obendrein mit einem Textmarker gekennzeichnet hatte. *Wer von euch ohne Sünde ist, der werfe den ersten Stein.*

Konnert holte die Pizza aus dem Ofen, und während er aß, musste er an Beeken in der JVA denken. Ich muss endlich mit ihm sprechen, nahm er sich vor.

Mittwoch, 17. Dezember

»Ich bin im Urlaub.«

»Trotzdem musst du kommen. Es gibt neue Informationen, die willst du bestimmt wissen.«

Konnert wunderte sich, dass Venske ihn bei der Besprechung dabei haben wollte. Dann war es wohl wirklich wichtig.

Pünktlich um zehn Uhr saß er allein an der Seite des großen Tisches. Zwischen den Armen lag ein DIN-A4 Block mit karierten Blättern und sein abgegriffener Vierfarbstift. Geduld, du hast Urlaub.

Kilian kam dazu. Ein Duft aus Limette und Sandelholz umgab ihn. »Wie war dein Ausflug in den Süden?«

Ehe Konnert antworten konnte, tippte van Stevendaal ihm auf die Schulter. »Ich denke, du bist auf einer einsamen Insel. Kannst es doch nicht lassen, hier nach dem Rechten zu sehen, was?«

»Bernd hat mich einbestellt.«

»Dann können wir ja gespannt sein, was er mitbringt.«

Stephanie und Babsi kamen gemeinsam und brachten Mitarbeiter ihrer Teams mit. Babsi sah abgespannt aus. Stephanie nahm mit ihren Leuten gegenüber von Konnert Platz. Nur Venske fehlte noch.

Nach zehn Minuten Geplauder forderte van Stevendaal Konnert auf, die Besprechung zu leiten.

»Solange ich im Urlaub bin, hat Bernd die Leitung. Ich mag es nicht, wenn man mich übergeht. Warten wir, bis er kommt. Er wird Gründe für die Verspätung haben.«

»Du mit deinen Prinzipien.«

Es dauerte weitere zehn Minuten, bis die Tür aufflog und Venske hereinstürmte. Hinter ihm betrat die Staatsanwältin das

Großraumbüro und steuerte auf das Kopfende an der Seite von Stephanie zu.

»Ich komme vom Oberrat. Er lässt grüßen. Wer fängt an? Kilian?«

»Das Haus, in dem Gogoasa gewohnt hat, gehört einer Immobiliengesellschaft. Gesellschafter ist die Bau- und Immobilienfinanzierungsgesellschaft TD & Partner. TD steht für Tschabo Dumitrescu. Partner sind Marius Dumitrescu und seine Schwester Elisei, Tschabos Kinder aus erster Ehe. Kommanditist ist wiederum eine GmbH. Sie hat ihren Sitz in Bassum, Gesellschafter sind die Eheleute Georg und Adriana Geißendörfer.«

Die Mitteilungen verschlugen den Teams die Sprache.

»Bernd konnte ich vorab informieren. Er war ja schon die ganze Zeit der Überzeugung, dass Dumitrescu in den Fall verstrickt ist.« Als habe die kurze Rede ihn kräftemäßig überfordert, schloss Kilian seine Unterlagen und fiel zurück an die Stuhllehne.

»Wenn er man nicht nur in den Fall verstrickt ist, sondern der Auftraggeber für die Ermordung Knielings war.« Venske kostete die Situation sichtbar aus.

»Das passt zu hundert Prozent zu meiner Information.« Stephanie reckte sich. »Geißendörfer, also der Vater des Vergewaltigungsopfers, kennt Dumitrescu seit Jahren. Mit großer Wahrscheinlichkeit ist der Fahrer des Land Rovers ein ehemaliger Bodyguard des Rumänen. Möglicherweise arbeitet er immer noch für ihn. Er heißt Avram Drulovic. Die europaweite Fahndung nach ihm ist raus.«

Venske hob den Daumen. »Die Kollegen in Frankfurt/Oder werden Basescu, den Autohändler, unter Druck setzen. Der muss den Namen vom Land Rover-Fahrer ausspucken. Heißt der Drulovic, dann schließt sich die Beweiskette.«

»Die Vergewaltigung ist damit noch lange nicht aufgeklärt.«

»Und im Mittelpunkt steht wieder und wieder Dumitrescu. Wir müssen ihn besuchen und vernehmen.« Venske kämpfte für seine Sicht. Im Gesicht spiegelte sich Siegesgewissheit.

Die Staatsanwältin beugte sich vor. »Mir ist das alles zu offensichtlich. Für mich sieht das so aus, als wolle jemand, dass der alte Bandenboss in unseren Fokus gerät.« Sie sah hinüber zu Konnert. »Was meinen Sie, Herr Hauptkommissar?«

Konnert überging die Frage.

»Ich fürchte, mein Beitrag wird zusätzliche Verwirrung produzieren. Dennis Nölting, der BMW-Fahrer, gehörte nicht zur Rumänenbande. Ein Taxifahrer aus Bersenbrück sagte mir aber, dass er mehrfach einen dunkelblauen BMW gesehen habe, der nach Gehrde unterwegs war. Da wohnt ein ehemaliger Erzieher von Knieling. Ich war bei ihm. Er ist alt und verbohrt.«

Die Antworten auf die Fragen nach den Namen der Freunde verschwieg Konnert.

»Es kann reiner Zufall sein, dass die Farbe des BMW, der zu Mensenkamp fuhr, mit der von Nöltings BMW übereinstimmt. Es wird tausende Autos der Marke mit der Lackierung geben. Der Taxifahrer meint auch, es wäre auffallend, dass der Alte plötzlich mehrfach Besuch bekommt. In der Vergangenheit hätte sich niemand für ihn interessiert.«

Venske schien nicht zu begreifen, was sein Chef sagen wollte. Der merkte das und erklärte: »Nölting hat ausgesagt, er sei ein Freund von Gogoasa. Und Gogoasa hat zur Rumänenbande gehört. Nölting aber nicht.«

Mit einem Nicken signalisierte Venske, dass er jetzt verstanden hatte.

»Zum Schluss meines Besuchs hat mir Mensenkamp eine schriftliche Drohung überlassen.«

Konnert stand auf, zeigte allen das Blatt und brachte es zu van Stevendaal. Der begriff das als Aufforderung, seine Ergebnisse mitzuteilen.

»Die Kleidung von Gogoasa haben wir in einem Kleidercontainer in Oldenbrok-Mittelort gefunden. Auch die Sachen bestätigen die Aussagen von Otten.«

Eine kurze Atempause nutzte die Staatsanwältin und redete ihm dazwischen. »Ich komme noch einmal auf meinen Einwurf zurück und frage: Ist das nicht alles zu offensichtlich, zu perfekt konstruiert, um unsere Aufmerksamkeit auf Dumitrescu zu lenken?«

Ihr Blick blieb am Hauptkommissar haften. Konnert fühlte sich jetzt gezwungen, zu antworten. Er wich aber erneut aus. »Ich schlage vor, dass Kilian uns ein Soziogramm der geklärten und ungeklärten Beziehungen der verschiedenen Personen zeichnet. Für meinen Kopf wird das zu kompliziert.«

»Hä?«, machte Babsi. »Du hast doch sonst alle Fakten fein säuberlich geordnet in ...«

Stephanie stieß sie in die Seite.

Konnert wollte der Sichtweise der Staatsanwältin nicht so schnell zustimmen. Obwohl, sagte er sich, er selbst auch schon daran gedacht hatte, dass die Fakten zu offensichtlich in Richtung Dumitrescu deuteten.

»Wir sollten die Frage unserer Staatsanwältin mit in die Überlegungen einbeziehen. Mehr Klarheit wird uns das Soziogramm liefern.« Er blickte kurz zu Lurtz-Brämisch.

Eine Pause entstand.

»Ich habe noch Informationen zu den Überweisungen an Knieling.« Babsis Stimme klang belegt.

Konnert sah sie erwartungsvoll an.

»Das Geld kam von einem Unternehmen im Industriepark

van Houten in Weesp, das liegt, von hier aus gesehen, vor Amsterdam in den Niederlanden. Genauer gesagt, kam es von der Im- und Export Firma Boekman. Inhaber war Torsten Boekman.«

»Torsten heißt einer der Freunde, die Knieling in seinen Kladden erwähnt hat. Und Mensenkamp meinte, er habe einen Nachnamen wie eine Anhängerfirma gehabt«, ergänzte Konnert.

»In Lastrup gibt es die Firma Böckmann. Die baut Pkw-Anhänger«, warf Babsi ein.

»Ist das noch von Bedeutung für die Aufklärung der Morde?«, fragte Frau Lurtz-Brämisch.

Konnert verstand die Bemerkung der Staatsanwältin nicht. Natürlich war das von Bedeutung. Möglicherweise gab es schwerwiegende Gründe für den Abbruch der Zahlungen an Knieling. Auch wenn es ihm unwahrscheinlich vorkam, könnte dieser Boekman mit Gogoasa in Verbindung gestanden haben. Das musste geklärt werden.

Aber er hielt einen Kommentar zurück. Von diesem Moment an interessierten ihn die weiteren Überlegungen und Informationen über andere Fälle nicht mehr. Er wollte raus und nach Amsterdam fahren.

***

Schon bevor sie auch nur ein Wort gesagt hatte, blaffte Hans-Gerhard Struß seine Kollegin an. »Ich habe zu tun.«

Ich will etwas von ihm, stöhnte Stephanie innerlich auf, also sachte. »Ich kann nachweisen, dass die Geißendörfer Immobiliengesellschaft Geschäfte mit Dumitrescu gemacht hat, eventuell immer noch mit ihm kooperiert.«

»Lass mich mit den beiden in Ruhe«, fiel Struß ihr ins Wort. »Entweder kümmert sich die ZAKS Bremen darum, oder es ist nichts an der Sache dran. Ende der Durchsage.«

»Es war eine gute Entscheidung von dir, ledig zu bleiben. Wirklich.«

»Was soll das denn nun heißen?«

»Dass du nicht auch noch nach Feierabend deine Frau und möglicherweise eure Kinder anfauchst.«

Für einen Moment hielt Struß beim Umblättern einer Protokollseite inne. »Raus.« Er war kaum zu hören.

»Ich gehe. Gleich. Erst sage ich dir noch, was ich von dir will. Rede mit den Kollegen in Bremen und klär ab, was sie unternehmen. Ich fahre jetzt nach Bassum, und wenn ich zurückkomme, erscheine ich hier wieder und bekomme von dir eine Antwort.«

Damit wandte sie sich zur Tür, öffnete sie sachte, verließ das Büro gelassen und schloss die Tür fast lautlos. Sie war schon einige Schritte den Flur hinuntergegangen, als sie hörbar ausatmete.

***

Natürlich missachtete Venske die Ermittlungslinie, die die Staatsanwaltschaft vorgegeben hatte. Er wartete Kilians Soziogram nicht ab. Für ihn lag die Lösung in Bremen-Peterswerder.

Am Weserstadion und am geschlossenen Stadionbad vorbei bog er in die Uferstraße ab. Die Kleingärtner hatten ihre Anlagen vor den Übungsplätzen von Werder Bremen längst winterfest gemacht. Auch der Baseballplatz lag verlassen an der linken Seite. Dann sagte ihm sein Navi: »Sie haben Ihr Ziel erreicht.«

Das Zauntor war geschlossen. Er fuhr vor. Am Pfosten gab es einen Klingelknopf und eine Gegensprechanlage. Über sich sah er zwei Überwachungskameras. Venske hatte eben die Seitenscheibe heruntergefahren, da fragte ihn schon eine Frauenstimme: »Wer sind Sie, und was wünschen Sie?« Es klang nicht unhöflich, aber bestimmt.

»Mein Name ist Venske. Ich bin Kriminalbeamter und möchte Herrn Dumitrescu sprechen.«

»Sie kommen ohne großes Aufgebot? Erstaunlich. Sonst rollt die Polizei immer mit einer Hundertschaft an. Mein Mann ist nicht im Haus. Holen Sie sich einen Termin von seinen Büromitarbeitern.«

Das überraschte ihn. Er überlegte noch, was jetzt zu tun sei, als er Gemurmel hörte. »Lass ihn doch rein«, konnte er verstehen und: »Was er will.«

Mit einem Mal rollte das Tor zur Seite. Er gab Gas und fuhr die lange Auffahrt hoch.

Im Hauseingang wartete eine Frau. Venske schätzte sie nach Kleidung und Auftreten spontan auf um die dreißig Jahre alt. Erst im Näherkommen stellte er fest, dass sie wesentlich jünger sein musste, sich aber älter gab.

»Kommen Sie herein, Herr Venske.«

Er betrat eine Diele in der Größenordnung der eigenen Wohnung. Eine fünfunddreißig, vielleicht vierzig Jahre alte Frau kam die geschwungene Treppe herunter. Sie konnte unmöglich die Mutter der jungen Frau sein, eher die Stiefmutter, vermutete Venske. Sie wies auf eine weiß lackierte Flügeltür gegenüber dem Eingang, die ihre Tochter offen hielt. »Wenn Sie bitte vorgehen wollen.«

Eine Glasfront von einer Wand zur anderen ließ den Raum riesig erscheinen. Er war nur spärlich möbliert. Die Mitte nahm ein rechteckiger Tisch aus dunklem Holz mit elf Sesseln und einem Stehpult ein. Neben einer weißen Projektionsfläche hing eine Ikone. Ihr gegenüber stand ein Sideboard, auf dem unterschiedliche Flaschen und zu den verschiedenen Getränken passende Gläser ordentlich aufgereiht worden waren.

Ihm wurde ein Sessel an der Seite des Tisches angeboten.

»Nadine Dumitrescu. Und das ist Elisei, die Tochter meines Mannes. Darf ich Ihnen etwas anbieten? Einen Kaffee, Wasser, Orangensaft?«

Überrumpelt von der Freundlichkeit lehnte Venske ab.

»Wir empfangen Sie, weil wir befürchten, dass Sie sonst mit einem Rollkommando zurückkommen. Wie es danach hier aussieht, wissen Sie ja.« Sie setzte sich ans Kopfende. »Sie kommen nicht aus Bremen, oder?«

Elisei Dumitrescu stand schräg hinter ihm. Venske spürte ihren Blick im Rücken und argwöhnte, dass sie Augenkontakt mit der Hausherrin vor ihm hatte.

»Ich arbeite in Oldenburg. Wir ermitteln in einem Mordfall. Ein früherer Mitarbeiter Ihres Mannes wurde getötet.«

»Eugen Gogoasa wurde umgebracht und den Schweinen vorgeworfen. Wir kennen die Umstände.«

Ihm gefiel der Verlauf des Besuchs überhaupt nicht. Statt seine Gegenüber in die Enge zu treiben, fühlte er sich wie in eine Ecke gescheucht.

»Wo ist Ihr Mann?« Er fragte freundlich und wollte so die Initiative zurückgewinnen.

»Es gibt keine Veranlassung, Ihnen den Aufenthaltsort meines Mannes mitzuteilen. Es muss genügen, dass er nicht im Haus ist. Aber vielleicht können wir bei den Ermittlungen anderweitig behilflich sein. Es würde uns freuen, wenn der Mörder von Eugen Gogoasa bald, sehr bald gefasst werden könnte.«

Wissen sie nichts von Otten, oder versuchen sie, mich zu täuschen? Er war es gewohnt, mit eiskalten Mördern oder halbstarken Schlägern umzugehen. Mit denen kam er problemlos klar. Aber dieser Frau mit ihrer gewählten Ausdrucksweise und ausgesuchten Höflichkeit zu begegnen, machte ihm Schwierigkeiten. Dass er in diesem Moment an jugendliche Fahrraddiebe denken musste, irritierte ihn noch mehr. Es war ihm unangenehm und verstärkte seinen Wunsch, die Situation in den Griff zu bekommen.

»Woher wissen sie vom Mord an Gogoasa? Wir hatten eine Nachrichtensperre verhängt und alle Beteiligten gebeten, Stillschweigen zu bewahren.«

»Wir haben so unsere eigenen Informationsquellen«, kam es von hinten. »Wir müssen dafür nicht in die Zeitung schauen.«

Venske fing einen warnenden Blick der Stiefmutter zur Tochter auf.

»Ist doch wahr, Nadine. Wir kennen Gogo, und wenn ihm etwas passiert, sagt man uns das selbstverständlich.«

Sie kam nach vorn und nahm Venske gegenüber Platz. »Er hat für meinen Vater gearbeitet. Nicht das, was gleich in Ihrem Polizistengehirn herumspukt. Er hat mich zur Schule oder zum Tennis gefahren und wieder abgeholt. Wenn es etwas zu reparieren gab, dann war Gogoasas Geschicklichkeit unschlagbar. Vor vier Jahren hat er sich zur Ruhe gesetzt und ist ein Freund unseres Hauses geblieben. Da ist es doch verständlich, dass man uns genauso informiert wie seine Angehörigen.«

»Sie meinen, Ihre Quelle würde auch die Angehörigen benachrichtigen?«

Einen leichten Hauch von Unsicherheit meinte Venske bei der Tochter zu beobachten. Hatte sie zu viel ausgeplappert?

»Es ist doch wohl üblich, dass man Angehörige verständigt.« Nadine Dumitrescu versuchte, die Aussage ihrer Stieftochter zu relativieren.

»Von den Angehörigen hat sich bis jetzt niemand gemeldet. Wir haben auch bis jetzt keine finden können. Wären Sie uns da behilflich, so wie Sie mir es eben angeboten haben?«

»Nein, Verwandte von Herrn Gogoasa sind uns nicht bekannt.«

»Er kam wie Ihr Mann aus Rumänien. Gibt es dort vielleicht Menschen, die dem Toten nahe standen?«

»Niemand, soweit wir wissen.«

Ich bin nicht wegen Gogoasa hier, sagte sich Venske und setzte neu an. Er drohte mit Fahndung und Hausdurchsuchung.

»Wenn Sie das für nötig halten, täte es mir wegen der Unordnung leid, die sie bei solchen Aktionen immer hinterlassen. Aber wenn es sein muss, nur zu.«

Zehn Minuten später hielt Venske beim Restaurant Galaxy. Er telefonierte mit dem Büro der Immobiliengesellschaft *Heimat finden.* Dort sollte man ihm einen Termin bei Tschabo Dumitrescu geben. Er bekam zu hören, dass für Herrn Dumitrescu auf absehbare Zeit keine Termine vergeben würden.

***

»Tut mir leid.« Babsi war hinter Konnert hergelaufen und traf ihn an seinem Wagen, kurz bevor er abfahren wollte. »Es war unüberlegt von mir, vor allen von Torsten Boekman zu sprechen.«

»Ja, du hättest es mir so nebenbei erzählen können. Es macht aber nichts, dass bekannt wurde, was du für meine privaten Nachforschungen herausbekommen hast.«

»Es fällt mir so schwer, mich zu konzentrieren. Ich reiße mich schon zusammen. Trotzdem vergehen manchmal Minuten, in denen ich mein Telefon oder meine Schreibtischunterlage anglotze und doch nichts sehe.«

»Deine Aufgaben hast du trotzdem exzellent erledigt. Keiner kann das so gut wie du. Wenn ich nicht im Urlaub privat unterwegs wäre, würde ich dich jetzt mit nach Amsterdam nehmen. Das würde mir helfen.«

»Es ist lieb von dir, dass du das sagst. Aber ich weiß es besser. Fahr allein, dann jammert dir keiner dazwischen.«

Konnert hätte Babsi jetzt gern in den Arm genommen, um sie zu trösten. Er traute sich aber nicht. Stattdessen reichte er ihr seine Hand, und als sie die nahm, hielt er sie länger als normal fest. »Ich rufe dich an. Wahrscheinlich brauche ich deinen Spürsinn wieder ganz geheim.«

Sie verzog ihr Gesicht zu einem zaghaften, etwas gezwungenen Lächeln.

***

Kurz überlegte Konnert, ob er vor der Tour nach Amsterdam erst noch mit Otten sprechen sollte. Er fühlte sich ihm aber weniger verpflichtet als Knieling und seinen Freunden. Deshalb verschob er das Telefongespräch.

Er wählte die Route über Groningen, Leeuwarden und den Abschlussdeich. Diese war nur um wenige Kilometer länger als südlich um das Ijsselmeer herum. In Hoorn aß er zu Mittag mit Blick auf das Markermeer, spazierte rauchend durch den Ort und fuhr dann die schnurgeraden Straßen auf Edam zu. In einer guten halben Stunde erreichte er Weesp und den Van Houten Industriepark. Die Straßenbeleuchtung war schon eingeschaltet. Nur noch vereinzelt parkten Autos auf den Streifen neben den Fahrbahnen.

An der Adresse, die Babsi ihm aufgeschrieben hatte, stand eine Lagerhalle mit einem Büroanbau. Der Wind verwirbelte Müll über die gepflasterte Fläche vor den beiden Rolltoren, durch die Lkw fahren konnten. Den Firmennamen hatte man abgeschraubt. Er setzte sich dennoch hell von der verwitterten Wand ab. Import en Export Boekman.

Konnert parkte, stieg aus und ging auf die Tür zu, neben der *Kontor* auf einem Schild stand. Er wischte ein Stück der Scheibe in der Eingangstür frei und lugte hindurch. Im Flur war es dunkel. Spinnweben voller Staub hingen hinter der Scheibe. Es war kaum etwas zu erkennen. Das Fenster daneben war von innen mit Packpapier abgeklebt worden. Handschriftlich hatte jemand darauf notiert: *Informatie Politie, Hoogstraat 70, Telefoon onder 09008844.* Das prägte er sich ein.

Auf der Rückseite des Anbaus überwucherte abgestorbenes Unkraut die Bodendecker. Auch hier hatte man die drei Fenster zugeklebt. Durch das linke war ein Stein geflogen. Das Loch in der Scheibe befand sich direkt neben dem Fenstergriff. Neugier trieb Konnert dazu, aus dem Auto eine Taschenlampe zu holen. Auf dem Weg zurück zog er aus der linken Hosentasche ein Paar Einmalhandschuhe, streifte sie über die klammen Hände, öffnete das Fenster und kletterte hindurch.

Im Inneren des Flachbaus roch es nach Chemikalien und Fisch. Im Schein seiner Lampe erkannte er Aktenschränke. Die Türen waren aufgebrochen worden. Ein Schreibtisch lag auf der Seite. Aus einem anderen hatte jemand Schubladen und Hängeregister herausgerissen und durch den Raum geworfen. Auf allem lag eine Staubschicht. Der Einbruch lag bestimmt schon einige Monate zurück.

In der Lagerhalle standen Hochregale und blaue Kunststofffässer. Dazugehörende Deckel lagen verstreut auf dem gefliesten

Boden. An verschiedenen Stellen auf den Ablageflächen wellten sich Reste von Papiersäcken. Neben den Kuppelfenstern hingen noch Kabel, an denen die Beleuchtung gehangen haben musste. Ansonsten traf der Lichtstrahl auf gähnende Leere. Auch hier reizte der Gestank aus Chemie und Fisch Konnerts Nase.

Er verließ das Gebäude wieder auf der Rückseite.

Sein Navi lotste ihn zum *Bureau* der örtlichen Polizei. Dort konnte er auf einem Schild neben der Tür lesen, dass die Station mittwochs bis 13 Uhr besetzt sei, und am Donnerstag erst ab 13 Uhr. Soweit kommt das in Deutschland auch noch, wenn das Personal weiter abgebaut wird, mutmaßte Konnert. Unter dem Text war eine Telefonnummer. Er wählte sie an. Ein Anrufbeantworter sprang an und teilte ihm auf Niederländisch, Deutsch und Englisch mit, dass Ansprechpartner in Hilversum ihm weiterhelfen könnten. Dort sei die Wache rund um die Uhr besetzt.

Eine halbe Stunde brauchte er für die Fahrt und noch eine, bis er einen Parkplatz entdeckt hatte. In der Fußgängerzone fragte er sich zum blauroten Klinkergebäude der Polizei durch. Die Verständigung blieb schwierig, bis man eine Polizistin fand, die ein ausgezeichnetes Deutsch sprach. Sie bat ihn, mit in ein Besprechungszimmer zu kommen.

Der Raum war klein und spärlich möbliert. Er bekam einen Platz mit Blick zur Tür angeboten.

So macht man das also auch in Holland, bemerkte Konnert. Man setzt sich zwischen den Fremden und die Tür.

»Linda Jakobs«, stellte sich die Polizistin vor. »Meine Mutter kam aus Deutschland. Sie sind Adolf Konnert, hat man mir gesagt, und möchten mehr über die Firma Import und Export Bokman erfahren.«

Konnert nickte.

»Da wenden Sie sich bitte an den vom Gericht eingesetzten

Verwalter.« Sie schrieb Namen, Straße und Telefonnummer eines Anwalts auf einen Zettel. Sie blickte auf und sah in Konnerts erstauntes Gesicht. »Soweit ich informiert bin, wird immer noch ein Erbe gesucht. Wussten Sie das nicht?«

»Nein. Was ist passiert?«

»Der Besitzer der Firma, Torsten Boekman, wurde am Sonntag, dem 21. Juli in diesem Jahr, von Ausflüglern tot an der Wasserlinie des Diemer Vijfhoek gefunden. Der Fall ist noch in Bearbeitung.«

***

In Oldenburg betrachtete Kilian das von ihm erstellte Soziogramm. Sichtbar war geworden, dass aktuelle, belastbare Beziehungen nur zwischen Knieling, Otten und Gogoasa bestanden hatten. Die Berührungspunkte mit Dumitrescu stammten alle aus der Vergangenheit oder waren aktuell kriminalistisch noch nicht nachgewiesen. Er sah die Chance steigen, die Wette gegen Venske zu gewinnen.

Auch das Verhältnis Nölting zu Gogoasa erschien ihm unsicher zu sein, was die Faktenlage anging. Und Konnerts Überlegungen mit dem BMW waren so gewagt, dass Kilian sich darüber wunderte, so etwas von seinem Chef gehört zu haben.

Er beschloss, Nölting zu besuchen.

***

Gut, dass es Winter war und die Bäume am Weserufer keine Blätter trugen. Bernd Venske hatte seinen Platz im Restaurant Galaxy gewechselt und sich ans Fenster gesetzt. Er konnte die Einfahrt zur Villa Dumitrescu im Auge behalten. Nachdem er zu Mittag gegessen hatte, bestellte er am Nachmittag Kaffee und sogar ein Stück Kuchen und später das ein oder andere alkoholfreien Bier. In der Zwischenzeit war es Abend geworden. Nichts hatte sich an der Einfahrt zur Villa ereignet. Er winkte den Kellner heran.

»Kann ich Ihnen noch etwas bringen?«

»Sie sind jeden Tag hier. Ab und zu gibt es bestimmt auch mal ein bisschen weniger zu tun. Dann interessieren Sie sich doch bestimmt auch für die reichen Herrschaften auf dem Peterswerder und schauen mal rüber. Ist Ihnen in der letzten Zeit etwas Außergewöhnliches aufgefallen?«

»Wer will das wissen?«

Venske zog seinen Ausweis hervor, und die Haltung seines Gegenübers veränderte sich. Die Freundlichkeit wich offensichtlicher Ablehnung. »Ich bin kein Spitzel.«

»Warum denn gleich so schroff?«

»Ich versichere Ihnen, dass die Verhältnisse in der ganzen Straße seit Monaten vollständig unverändert sind. Alle verhalten sich absolut besonnen und gesittet, ausgesprochen gutmütig und unauffällig.«

»Wann haben Sie Herrn Dumitrescu zum letzten Mal gesehen?«

»Ist das jetzt ein Verhör?«

»Nein, wir nennen so etwas eine Befragung. Also wann?«

»Das war bestimmt schon im Frühsommer. Er verlässt das Haus kaum einmal.«

»So gut sind Sie dann doch über die Bewohner informiert. Hier gibt es anscheinend öfter Beobachtungszeiten.«

»Hatten Sie mich nicht gerufen, weil Sie zahlen wollten?«

Er hatte gezahlt und eine ausführliche Quittung verlangt. Anschließend war er die Uferstraße im Schneckentempo entlang gerollt. Die Villen lagen verborgen hinter Büschen und Hecken in ihren Parks. Einzelne Fenster erleuchteten die Rasenflächen. Zwischen den Büschen und Bäumen war nur Dunkelheit zu sehen. Von der Weser her hörte Venske einmal den bulligen Motorenton eines vorbeifahrenden Schiffes. Sonst nichts.

***

Knapp fünfzehn Minuten brauchte Konnert, um die Kollegin über Knieling und die Ereignisse in Oldenburg zu informieren und ihre Fragen zu beantworten. Es waren sinnvolle Fragen. Seine Hochachtung für Linda Jakobs stieg.

»Ich bearbeite den Fall Boekman nicht selbst. Was ich sagen kann, weiß ich aus den allgemeinen Besprechungen.«

Sie machte eine Denkpause. Konnert überlegte, ob sie wohl darüber nachdachte, welche Ermittlungsergebnisse sie mitteilen könnte.

»Zuerst gingen wir von einem Suizid aus. Einiges deutete darauf hin. Die Annahme wurde durch die stichprobenartige Durchsicht der Buchhaltung bestätigt. Der Umsatz der Firma nahm im vergangenen Jahr kontinuierlich ab. Die genaue Prüfung der Konten ergab, dass regelmäßige Überweisungen erfolgten. Die Empfänger sind Verurteilte, die ihre Strafe in deutschen Haftanstalten verbüßen. Auch Bargeld wurde in größeren Beträgen abgehoben. Doch weder in Boekmans Wohnung noch in der Firma konnten nennenswerte Summen gefunden werden. Deshalb vermutete man, dass Boekman möglicherweise erpresst wurde.«

»Darf ich Sie einmal unterbrechen?«

Sie nickte.

»Wir wissen, dass Knieling von Boekman eine monatliche Überweisung bekam. Sie sprachen von mehreren Empfängern.«

»Namen wurden bei den Besprechungen nicht genannt. Da müssen Sie bitte bis morgen warten und den zuständigen Kommissar fragen.«

Konnert sagte: »Das muss ich dann wohl.«

»Unsere Forensikerin wies Merkmale nach, die eindeutig auf Erdrosseln schließen lassen. Seitdem ist es eine Mordermittlung.«

»Wissen Sie Genaueres? Zum Beispiel wie Boekman erdrosselt wurde?«

»Nein, dazu kann ich Ihnen nichts sagen.«

Wieder in der Fußgängerzone vor dem Büro der Polizei hatte Konnert erst keine Ahnung, wo er sein Auto geparkt hatte. Er verschob die Suche auf die Zeit nach dem Abendessen, stopfte eine Pfeife und bummelte die Straße hinunter.

Im Sommer, so vermutete er, musste es hier unter den Alleebäumen sehr gemütlich und anheimelnd zugehen. Jetzt fror er und schlenderte auf der anderen Straßenseite an den Schaufenstern vorbei zurück. Er betrat das Restaurant Mezza. Wände, Tische und Sitzgelegenheiten waren in unterschiedlichen Weißnuancen gehalten. Einzelne schwarze Stühle bildeten einen Kontrast zur hellen Atmosphäre. Die Gaststätte hatte an diesem Abend nur einzelne Gäste. Er suchte einen Platz im hinteren Teil und bestellte gegrillte Lammkoteletts mit Ratatouille und ein Glas Rotwein. Ich bin im Urlaub, sagte er sich und lächelte.

***

An eine der Stellwände in der Nähe des großen Tisches hatte Kilian das Soziogramm geheftet. Venske stand davor und schüttelte den Kopf. Er suchte nach einem Fehler, konnte aber keinen entdecken. Es gab immer noch zu wenige belastbare Erkenntnisse darüber, dass Dumitrescu sowohl etwas mit den Morden als auch mit der Vergewaltigung zu tun hatte. Und trotzdem. Bei den Figuren, die Dreck am Stecken hatten, lief doch alles auf den Rumänen hinaus.

Venske stampfte ins Büro und knallte die Tür hinter sich zu. Von seinem Schreibtisch aus sah er, dass die letzten Mitarbeiter ihre Sachen zusammenpackten und Feierabend machten. Glühend heiß durchfuhr es ihn. Sie hatten sich zu einem Umtrunk auf dem Weihnachtsmarkt rund um die Lambertikirche verabredet. Scheiße!

Ob er wollte oder nicht, die Leute erwarteten von ihm, dass er dabei war. Immerhin hatte er selbst den Vorschlag gemacht. Statt der üblichen Weihnachtsfeier, zu der jeder ein lustiges Geschenk und Hochprozentiges mitbrachte, sollte sie in diesem Jahr auf dem Oldenburger Weihnachtsmarkt gefeiert werden. Auch Konnert hatte zugestimmt. Der war natürlich jetzt in Holland unterwegs. Aber er musste hin. Also los.

***

Niemand hatte geöffnet, als Kilian vor einer Stunde an Nöltings Wohnungstür geklingelt hatte. Er hatte im Wagen gewartet, war eingeschlafen und mit einem steifen Nacken aufgewacht. Nach

Pommes rot-weiß und einer Bratwurst war er um den Häuserblock herumgeschlichen und hatte nach einem dunkelblauen BMW gesucht. Er hatte keinen gesehen. Nun stand er wieder vor der Tür, und wieder öffnete ihm keiner. Sein Blick durch den Briefschlitz endete in einem dunklen Flur. Zu hören war auch nichts. Resigniert zog er die Schultern hoch. Er hätte vorher anrufen sollen.

***

Es war sowohl für Venske als auch für Kilian schwierig, die Kollegen auf dem Weihnachtsmarkt zu finden. Stephanie sah Venske zuerst und rief seinen Namen. Er hörte sie nicht. Die Musik und der Geräuschpegel der Menschenmenge übertönte alles. Sie löste sich von ihren Leuten und schlängelte sich durch das Gedränge zu ihm.

»Wir sind da drüben. Du bist spät dran. Das kostet eine Runde.«

Bereitwillig bestellte und bezahlte er Glühwein mit Amaretto.

»Echt spendabel.«

Sein Gesicht blieb verkniffen.

»Was ist los?«, fragte Stephanie.

»Alles Scheiße. Ich habe den Nachmittag in Bremen vertan. Kein Ergebnis bei Dumitrescu.«

»Da warst du? Warum hast du das verschwiegen? Die Staatsanwältin wollte dich sprechen. Weshalb hattest du dein Handy ausgestellt?«

»Zu viele Fragen. Es ist Feierabend. Bitte nichts Dienstliches mehr.« Nach einem Augenblick fügte er an. »Oder doch. Gab es bei dir etwas Neues?«

»Auch die eine Frage ist zu viel auf dem Weihnachtsmarkt.«

Irgendwann traf der Pulk der Ermittler doch noch auf Kilian. Sie beschlossen, eine Pause beim Trinken einzulegen und erst einmal Reibekuchen mit Apfelmus zu essen. Kilian machte einen mitgenommenen Eindruck. Stephanie überlegte, ob er Sorgen hatte. Sie sah sich im Spiegel an der Rückwand der Bude und entschied, dass es bei ihr wohl am Glühwein liegen würde.

***

Das Zimmer im Amrâth Grand Hotel entsprach den Erwartungen. Ein Doppelbett, Sofa an der Wand, ein runder Tisch und drei schlichte Rattansessel, die ihn an seine Terrasse erinnerten. Dazu ein Fernseher, Schreibtisch und Minibar. Adrett, schon geringfügig abgenutzt und doch gemütlich. Holland eben, dachte er.

Mit einer Übernachtung hatte er nicht gerechnet. Aber die zuvorkommende Dame in der Rezeption hatte ihm anstandslos eine Zahnbürste ausgehändigt. Alles andere fände er im Sanitärbereich, hatte sie gesagt und ihn angelächelt.

Er entdeckte hinter dem Vorhang die Tür zu einem schmalen Balkon und suchte eine Pfeife aus. Dann zog er den Mantel wieder an, stellte einen der Sessel ins Freie und setzte sich in die kalte Nachtluft. Mehr kann ich im Winterurlaub nicht wollen, dachte er, betrachtete die Lichter der Weihnachtsdekoration und qualmte.

Nach einem Blick auf seine Uhr entschied er, noch den Taxifahrer in Bersenbrück anzurufen. Der meldete sich sofort.

»Taxi Klotz.«

»Sie haben mich gestern nach Gehrde gefahren und auch wieder abgeholt. Erinnern Sie sich?«

»Selbstverständlich.«

»Von Ihnen weiß ich, dass Mensenkamp von einem BMW-Fahrer besucht worden ist. Wie oft ist das passiert?«

»Kann es sein, dass Sie von der Polizei sind?«

»Merkt man das?«

»Ich fahre seit 34 Jahren Taxi. Da erwirbt man Menschenkenntnis.«

»Sie haben es erfasst. Ich bin Kriminalbeamter in Oldenburg. Bitte sagen Sie mir, wie oft ist der BMW schon zu Mensenkamp gefahren?«

»Heute zum vierten Mal. Vorausgesetzt, meine Frau oder ich haben alle Fahrten mitbekommen.«

»Heute?«

»Vor circa drei Stunden ist er hingefahren und ist bis jetzt nicht zurückgekommen.«

»Wann hat er zum ersten Mal Mensenkamp besucht? Können Sie sich noch daran erinnern?«

»Meine Frau hat den BMW gesehen. Ich hatte eine Tour nach Osnabrück. Das weiß ich so genau, weil das Auto unseres Priesters in der Werkstatt war. Er musste zum Bischof, und ich habe ihn gefahren. Zwei Monate danach wurde er versetzt. Wir mochten ihn sehr und waren über die Entscheidung nicht gerade begeistert.«

»Wann war das?«

»Nach Ostern, am 5. April, abends.«

»Es interessiert mich, warum Sie das alles so exakt mitbekommen.«

»Unser ehemaliger Bauernhof liegt genau an der Kreisstraße. Die ist kaum befahren. Von ihr zweigt der Weg zu Mensenkamp ab.«

Konnert erinnerte sich, dass das Taxi für seine Rückfahrt erstaunlich schnell aufgetaucht war.

»Meine Frau ist querschnittsgelähmt und sitzt oft am Fenster und im Sommer auf der Terrasse. Es war ein Unfall. Vor 35 Jahren. Wir mussten unseren Hof aufgeben. Dann habe ich angefangen, Taxi zu fahren.«

»An das Kennzeichen können Sie sich zufällig auch erinnern.«

»WST und dann DN, zu den Zahlen kann ich nichts Zuverlässiges sagen. Meine Frau meint, es wäre dreimal die Sechs. Es kann auch dreimal die Acht gewesen sein.«

»Könnten Sie mich morgen anrufen, wenn Sie mitbekommen, dass der BMW weggefahren ist?«

»Es scheint Ihnen wichtig zu sein. Gut, ich rufe Sie an.«

»Vielen Dank.«

Konnert nahm sich sein Notizbüchlein vor und blätterte die Seiten durch. »Habe ich doch die richtige Autonummer im Kopf gehabt. Dreimal die Acht«, raunte er vor sich hin. »Nölting ist der Mann, der bei Mensenkamp war. Und was bedeutet das?« Automatisch wanderten Daumen und Zeigefinger zur Nasenwurzel.

Seit wir ihn entlassen haben, kommt er sich fürchterlich schlau vor. Der läuft uns in dieser Nacht nicht weg. Morgen kann sich Kilian um ihn kümmern.

Nach diesen Überlegungen stopfte Konnert seinen Tabak fest und versuchte, Rauchringe in die kalte niederländische Nachtluft zu pusten.

***

In Gehrde saß das Ehepaar Klotz vor dem Fernseher und genoss *Neues aus Büttenwarder* im NDR.

»Mach mal den Ton leiser.« Frau Klotz sah zum Fenster. »Hört sich an wie der BMW.«

Kurz darauf fuhr ein Auto mit sattem Sound am Haus vorbei. Herr Klotz, der Herrscher über die Fernbedienung, stellte den Ton zurück auf die ursprüngliche Lautstärke.

Zwei Szenen später röhrte ein zweites Auto in hoher Geschwindigkeit die Straße entlang. »Mensenkamp«, sagte Frau Klotz. »Nur der fährt immer im dritten Gang Vollgas. Der holt mit seinem R4 den BMW trotzdem nicht ein.«

»Wahrscheinlich fährt er nur wieder ins Moor. Was macht der da mitten in der Nacht?«

»Gespenster verjagen«, lachte sie.

Ihr Ehemann machte eine abwertende Handbewegung. »Das geht uns nichts an.«

Donnerstag, 18. Dezember

Unter einem Schirm, den das Hotel Konnert geliehen hatte, ging er den kurzen Weg zur Polizeistation. Auf ihn wartete Linda Jakobs. Sie führte ihn in das Büro des Kollegen, der den Fall Boekman bearbeitete. »Ich soll dolmetschen«, sagte sie nach der Begrüßung.

Hinter einem schmucklosen Schreibtisch erhob sich ein übergewichtiger Polizist. Konnert schätzte, dass er in seinem Alter sein musste. Also ein erfahrener Ermittler, vermutete er und setzte sich auf einen der Besucherstühle. Linda Jakobs lehnte an einen Aktenschrank und wartete ab, bis ein paar Höflichkeiten zwischen den Männern, in holprigem Englisch, ausgetauscht worden waren.

»Ich habe eigentlich nur zwei Fragen«, begann Konnert. »Vielleicht können Sie mir die ohne große Formalitäten beantworten.«

Sein Kollege schmunzelte und antwortete.

»Es kommt drauf an, was Sie wissen wollen«, übersetzte die Beamtin.

»Wie und womit wurde Boekman erdrosselt?«

Linda Jakobs ließ sich den Ermittlungsstand erklären und informierte Konnert: »Boekman hat man aus seiner Wohnung entführt. Das sagen Augenzeugen. Die Täter haben ihn dann in die Firma im Van Houten Industriepark gebracht. Dort hat man ihn mehrfach geschlagen und vergewaltigt. Die Täter gingen äußerst brutal vor. Darauf lassen seine Verwundungen schließen. Wir gehen von mindestens zwei Beteiligten aus. Anschließend wurde er, auch in seiner Firma, mit einem Schal erdrosselt. Entsprechende

Spuren wurden sichergestellt. Tatwerkzeuge konnten nicht gefunden werden. Der Fall ist ja auch noch nicht aufgeklärt, hat aber die hohe Priorität verloren.«

Hinter dem Schreibtisch wurde eine Akte hervorgekramt. Nach einigem Blättern schob der Kollege den Ordner über den Tisch, drehte ihn zu Konnert hin und zeigte auf Fotos vom Fundort.

Konnert nickte zustimmend.

»Und meine zweite Frage: Außer an Knieling, gab es auch noch andere Überweisungen an Strafgefangene?«

Schon bevor Linda Jakobs ihre Übersetzung beendet hatte, blätterte ihr Kollege in der vor ihm liegenden Akte. Er legte seinen Finger auf eine bestimmte Stelle und zeigte sie Konnert.

Er las den Namen Dieter Petrikowski und einen handschriftlichen Zusatz, den er nicht entziffern konnte. Linda Jakobs erklärte ihm: »Verstorben am 20. November 2014 in der Justizvollzugsanstalt Werl, Deutschland.«

»Berichten Sie bitte, was ich Ihnen gestern Abend von unserem Fall Knieling mitgeteilt habe.« Konnert hörte zu und verstand Worte wie wurgen, sjaal, moordenaars, heeft bekend moord. Zum Schluss hieß es noch private onderzoeken. Das deutete er als private Untersuchung oder eigene Ermittlungen.

Schade, dachte er, ihr letzter Satz wird den Mund des Polizisten verschließen. Und so war es. Linda Jakobs übersetzte das Bedauern des Polizisten hinter dem Schreibtisch. Mehr könne er zu dem Fall nicht sagen. Also stand Konnert auf und verabschiedete sich. »Al het beste.«

Von Linda Jakobs ließ er sich den Weg zum Verwalter der Boekmanschen Hinterlassenschaften erklären, wiederholte »Al het beste« und nahm den Schirm.

***

»Sollen doch die Toten die Toten begraben.« Mit der Erinnerung an seinen Kommunionsunterricht warf Venske den Hörer zurück an seinen Platz. »Was geht es mich an, wenn der keinen Kostenträger für Gogoasas Beerdigung finden kann.« Er riss das Telefon wieder an sein Ohr und tippte auf die Kurzwahltaste für Konnerts Handy.

»Guten Morgen, Bernd.« Konnert telefonierte per Freisprecheinrichtung auf der Fahrt zum Diemer Vijfhoek.

»Ist kein guter Morgen. Kilian und ich wollten uns Nölting vornehmen. Tote Hose. Wir haben ihn zur Fahndung ausgeschrieben.«

»Gut so.«

»Ach, hör auf, von gut zu sprechen. Jeder zerrt an mir herum. Zum Beispiel das Beerdigungsunternehmen. Sie finden keinen, der sich dafür verantwortlich fühlt, dass Gogoasa unter die Erde kommt. Niemand will die Kosten übernehmen. Und dann ruft er mich an.«

»Gibt es immer noch keine Nachrichten aus Rumänien?«

»Ich nehme an, die wollen lieber, dass wir ihnen Geld überweisen. Die bezahlen doch nicht für einen Verbrecher die Beerdigung.« Ein verächtlicher Unterton war unüberhörbar.

Konnert verzichtete auf eine Zurechtweisung. Er fragte: »Dann konnten die Behörden dort auch nicht weiterhelfen?«

»Meinst du, die Beamten dort arbeiten schneller, nur weil sie einen Anruf aus Deutschland bekommen?«

»Du bist auch ein Beamter! Und so, wie du drauf bist, braucht man heute auch bei dir Geduld.«

Venske blieb still. Er dachte an den gestrigen Abend auf dem

Weihnachtsmarkt und an die Kopfschmerztabletten am Morgen, noch vor dem Frühstück.

»Was verärgert dich außerdem?«

»Kilians Soziogramm hat Frau Lurtz-Brämisch dazu veranlasst, jede Ermittlung gegen Dumitrescu einzustellen. Was die entscheidet, ist eine Katastrophe. Die soll Ja und Amen zu dem sagen, was wir wollen, dann macht sie einen guten Job.«

»Du meinst, sie soll so entscheiden, wie du es willst.«

»Ich will, dass der Verbrecher endlich in den Knast kommt. Ja, das will ich.«

»Dann finde Beweise und hör auf, dich mit Vermutungen und toten Fährten zu beschäftigen.«

Von seinem Besuch in Bremen schwieg Venske. »Ich soll Beweise finden? Ist das ein Befehl?«

»Ich sage dir nur, dass etwas an deinen Spekulationen dran ist.«

»Weißt du was und sagst es mal wieder nicht?«

»Ich habe auch so meine Überlegungen.«

Venske kannte diesen Ausdruck und schwieg. Stattdessen ließ er sich über Stephanie aus. »Sie kümmert sich nicht genug um die Vergewaltigung. Dafür steht der Vater des Opfers oben auf ihrer Liste. Außerdem hat Struß beim Oberrat gepetzt. Sie hätte versucht, ihn unter Druck zu setzen.« Dass er sich auch darüber ausgelassen hatte, Venske hätte das Kommissariat nicht im Griff, verschwieg er.

Nach einer Pause jammerte Venske weiter: »Babsi hat sich krankgemeldet. Sie war auch gestern Abend nicht mit auf dem Weihnachtsmarkt. Ihr muss es echt beschissen gehen. Das kann doch nicht alles mit diesem Bodybuilder zu tun haben.«

Auch dazu schwieg Konnert.

»Gibt es von dir eine Information, die meine Laune bessert?«

»Torsten Boekman wurde erdrosselt zwischen Wald und Wasser am Jlmeer bei Weesp gefunden.«

Erneut blieb es einen Moment lang still in der Leitung.

»Vorher hat man ihn misshandelt und vergewaltigt.«

»Oh, Scheiße.«

»Boekman hat Geld nicht nur an Knieling überwiesen. Auch einen Dieter Petrikowski hat er unterstützt. Der ist vor vier Wochen, am 20. November, in Werl verstorben. Er könnte der Dieter sein, von dem in Knielings Kladden etwas steht. Ich fahre hin. Ich will genau wissen, wie und woran er gestorben ist.«

»Das ist der dritte Tote von vier Freunden.«

»Ich bin in der Nähe vom Fundort der Leiche Boekman angekommen. Ich sehe mich hier um. Anschließend fahre ich zu dem Rechtsanwalt, der den Nachlass verwaltet.« Venske hörte, wie eine Autotür zuklappte und ein Schirm geöffnet wurde.

»Dann kommst du heute nicht mehr ins Kommissariat?«

»Unwahrscheinlich.« Danach fiel Konnert noch etwas ein. »Ruf den Bestatter an. Er kriegt schon sein Geld. Ich sorge für einen Termin, sobald ich zurück bin. Er soll alles so erledigen wie bei Knieling.«

»Und am Ende zahlst du alles aus deiner Tasche. Du musst es ja dicke haben. Ach, übrigens. Van Stevendaal teilt mit, dass auf dem Zettel mit dem Totenkopf nur Fingerabdrücke von zwei Personen sind. Deine und die eines Unbekannten.«

»Was schließt du daraus?«

»Der Schreiber benutzte Handschuhe, oder Mensenkamp hat sich den Zettel selbst fabriziert.«

»Warum sollte er das tun?«

»Um von sich abzulenken? Um uns einen Hinweis auf Dumitrescu zu geben? Dass wir ...«

Mit einem Mal brach die Verbindung zusammen. Konnert wählte erneut. Die Verbindung kam nicht zustande. Er ließ es dabei.

***

Nölting hatte sich in Elisei verliebt, als er für eine Geschichte über steigende Immobilienpreise recherchierte. Sie hatte seinem Werben zögernd nachgegeben. Mit fantastischem Sex, ihrem Vermögen und den Beziehungen in Kreise, zu denen er ohne sie nie einen Zugang gefunden hätte, gab sie ihm das Gefühl, imposant zu sein. Und dass sie die Tochter vom Boss der Rumänenbande war, stärkte sein Selbstbewusstsein zusätzlich.

Nackt ausgestreckt lag seine Geliebte auf den zerknautschten Laken. Sie hatte alles gegeben, um ihn an diesem Morgen noch einmal zufriedenzustellen. Erschöpft hatte er auf ihr gelegen und die Lippen an ihr Ohr gelegt. »Du bist die Beste, die Schönste und die Geilste sowieso. Ich liebe dich.«

Jetzt stand er unter der Dusche. Das heiße Wasser rötete die Haut. Er liebte diesen leichten Schmerz, kannte aber auch die Wirkung, wenn er kochendes Wasser über die Füße eines Mannes goss, der den Mund nicht aufmachen wollte. Meistens konnte er danach auf einen zweiten Guss verzichten. Der Anblick eines Wasserkochers genügte dann.

Elisei Dumitrescu betrat das Badezimmer. »Bist du bald fertig? Ich würde mich auch gern abduschen.«

»Komm zu mir. Ich seife dich ein.«

»Das tue ich lieber selbst. Raus da jetzt! Nun los.«

Widerwillig stieg Nölting aus der Dusche. Im Vorbeigehen klatschte er seine Hand auf ihren Hintern.

»Lass das! Für heute ist es genug. Mach dich fertig. Du wirst in Bremen erwartet.«

***

Konnert war an einem Maxis Megastores vorbeigefahren. Kurz hinter dem Möbelgroßhändler bog er ab und parkte in der Nähe einer kleinen Werft. Vor dem Gespräch mit dem Anwalt wollte er den Fundort gesehen haben.

Das Telefongespräch mit Venske beschäftigte ihn nicht mehr. Er folgte unter seinem Regenschirm dem Pfad am Wasser entlang. Links standen einzelne halbhohe Bäume umgeben von braunem Gras. Weiter im Inneren der fünfeckigen Halbinsel war es waldiger. Im Sommer muss es hier sehr schön sein, vermutete er. Der Weg war vom Regen aufgeweicht. Er musste vorsichtig gehen. Das Gelände kam ihm so vor, als wäre Diemer Viefhoek aufgespültes Land. Wie mit der Schnur gezogen verlief die Uferkante. Dann knickte sie nach links ab. Viefhoek, überlegte Konnert und versuchte, sich an ein ähnliches plattdeutsches Wort seiner Heimat zu erinnern. Fünfeck.

Vielleicht sechzig Meter entfernt lag eine Insel, wesentlich kleiner, aber mit ebensolcher perfekter Uferlinie.

Nach zwanzig Minuten erreichte er die Stelle, an der man die Leiche gefunden hatte. Reste vom Absperrband flatterten zwischen niedrigen Bäumen. Über der Uferböschung lagen in einem Steinkreis angebrannte Äste, Kronkorken und Scherben. Wahrscheinlich ahnten die jungen Leute, die hier gefeiert hatten, nichts von der Leiche. Oder doch und sie fanden die Lokation für ihre Party besonders gruselig?

Es regnete immer noch. Der Wind zerrte am Schirm. Er hätte

sich gern irgendwo hingesetzt und darüber nachgedacht, warum man Boekmans Leiche hier abgelegt hatte. Aber nun hatte er gesehen, was zu sehen war und musste damit zufrieden sein. Er wandte sich schon dem Rückweg zu. Mit einem Mal fragte er sich, ob die Mörder den toten Torsten Boekman wirklich denselben Weg entlang geschleppt hatten, den er gekommen war. Am Tag sicherlich nicht. Und des Nachts? Würden Profis das Risiko eingehen, an einer videoüberwachten Anlage vorbeizufahren, um eine Leiche abzulegen?

Er rief Linda Jakobs an. Sie meldete sich nach dem zweiten Klingelton. »Linda, entschuldigen Sie bitte, dass ich noch einmal anrufe.«

»Sie klingen so, als wären Sie der Kommissar aus Deutschland.«

»Nochmals Entschuldigung, dass ich meinen Namen nicht genannt habe. Sie haben ein gutes Stimmengedächtnis. Hier ist Konnert aus Deutschland.«

»Was müssen Sie noch wissen?«

»Ist überprüft worden, ob Boekman eventuell auch angeschwemmt worden sein könnte?«

»Ich erkundige mich und rufe Sie an.«

»Vielen Dank.«

Mit einem Blick auf seine Schuhe entschied Konnert, nicht querfeldein zu gehen, sondern sie zu schonen und wieder den Pfad an der Wasserlinie entlang zu nehmen.

***

In Oldenburg war für den Ostfriesen Wehmeyer Elführtje. Der Kriminaloberrat trank mit seiner Sekretärin die dritte Tasse Ostfriesentee. Da läutete das Telefon auf ihrem Schreibtisch. Sie nahm es ans Ohr und gab es gleich darauf an ihren Chef weiter. Der hörte aufmerksam zu, bedankte sich und gab den Hörer zurück.

»Rufen Sie Venske an. Eine Streifenbesatzung hat Nöltings BMW gesehen. Er fährt in Richtung A29. Sie haben die Verfolgung aufgenommen.«

Mit der Kanne in der Hand ging er hinüber in sein Büro und setzte die Teezeremonie fort.

***

»Pünktlich wie ein Deutscher«, sagte Anwalt Drissen. Ein breites Grinsen ließ seinen Kopf noch mächtiger erscheinen. Er wuchtete seine muskulöse Figur aus dem Schreibtischsessel hoch. Mit ausgestreckter Hand kam er Konnert entgegen. Der Händedruck war männlich und angenehm. »Nehmen Sie bitte Platz.«

Sie setzten sich an einen Besprechungstisch, auf dem eine Akte lag. Die Stühle waren robust und bequem.

»Sie wünschen Auskünfte über die Firma von Torsten Boekman. Das hat mir meine Sekretärin gesagt.« Sein Deutsch hatte den typischen niederländischen Akzent und war ausgezeichnet.

»Sie verwalten die Hinterlassenschaft des Toten.«

»Das ist richtig.«

»Wie ist der Stand der Dinge?«

»Darüber kann und darf ich Ihnen keine Auskunft geben. Meine Sekretärin sagte mir, dass Sie als Privatperson hier sind. Da schreiben unsere Gesetze Verschwiegenheit vor. Das ist sicherlich in Deutschland nicht anders.«

Damit hatte Konnert nicht gerechnet.

»Da kann man nichts machen«, sagte der Anwalt und verzog sein Gesicht jetzt zu einem entschuldigenden Schmunzeln.

Ich bin nicht einen Tag lang unterwegs, um von der Polizei zu einem Verwalter geschickt zu werden, und der weist mich mit einem Lächeln auf Anwaltspflichten hin, dachte Konnert.

»Dann frage ich mal als Privatperson. Was muss ich unternehmen, um die Firma Import und Export Boekman zu kaufen? Die Information dürfen Sie sicherlich einer Privatperson geben.«

Das entschuldigende Grienen verwandelte sich in ein anerkennendes Gesicht. »Sie sind clever, Herr Konnert. Ich mach es kurz. Sie müssten noch Schulden in Höhe von rund 37.000 Euro bezahlen. Dem gegenüber stehen 878.000 Euro Mindestkaufpreis. Vom Gericht festgesetzt. Die Gutachtergebühren und natürlich auch mein Honorar sind davon abzuziehen.«

»Was bekäme ich dafür?«

»Das Grundstück und das Gebäude mit dem vorhandenen Inventar im Van Houten Industriepark und eine sehr schöne Dreizimmerwohnung in Amsterdam. Warenbestand und Fuhrpark wurden schon zur Kreditablösung verkauft.«

»An wen müsste ich die Summe überweisen?«

»Das Honorar natürlich an mich.« Er lächelte wieder. »Und auch für den Rest wäre meine Adresse vorerst die richtige. Es gibt noch keinen Erben.«

»Wie habe ich das zu verstehen?«

»Wir suchen Angehörige hier in den Niederlanden. Der Vorbesitzer der Firma war Wilhelmus Gerrit Boekman, kinderlos gestorben ...« Drissen griff zur Akte, befeuchtete einen Finger und begann eine bestimmte Seite zu suchen. »Am 15. März 1997 in Weesp. Zwei Jahre davor hat er Torsten Boekman zum Alleinerben eingesetzt. Auch der verstarb, wie Sie wissen, ohne Nachkommen.«

»Aus reiner privater Neugier frage ich Sie: Wer erbt Boekmans Besitz, wenn Sie keinen Erben finden? Der Staat?«

»Behalten Sie es für sich. Torsten Boekman hat ein Testament hinterlegt.«

»Dann ist doch alles leicht zu regeln.«

»Denken Sie an mein Honorar.« Sein Gesicht zeigte ein amüsiertes Lächeln. »Wenn es so einfach wäre, könnte ich mir keine Zigarren leisten. Rauchen Sie? Vielleicht eine milde Perla aus der Dominikanischen Republik?«

»Ich bleibe bei einer Pfeife.«

Nach routinemäßigen Handgriffen waren die beiden Männer mit ihren Rauchwaren fertig. Drissen hatte sich zusätzlich einen Brandy genehmigt. Konnert verwies auf die Rückfahrt mit dem Auto und verzichtete. Sie plauderten mit einem Mal über ihre Berufe und die Zunahme an Verbrechen. Drissen meinte, das sei für seinen Wohlstand zuträglich, bedeutete aber für einen Beamten leider nur zusätzliche Überstunden bei gleichbleibendem Gehalt. Konnert nickte dazu und erwähnte, dass ein steigendes Einkommen ja nicht alles im Leben bedeuten würde.

»Oder man muss erben. Wie dieser Knieling.«

Konnert runzelte die Stirn.

»Im Testament steht, wenn sechs Monate nach seinem Tod kein Erbberechtigter gefunden werden konnte, dann sollte Sascha Knieling erben.«

Konnert ließ sich zurück an die Sessellehne fallen. Knieling ist tot. Ich bin sein Erbe. Wenn Drissen niemanden findet, bekomme ich auch Boekmans Nachlass. Er richtete sich wieder auf, zog an seiner Pfeife und entschied, das Thema so lange auf Eis zu legen, bis es akut sein würde.

»Was bedeutete das denn eben? Wurde Ihnen schlecht?«

»Dieses Mal muss ich darum bitten, mein Schweigen zu respektieren.«

»Dann frage ich mal als Privatmann.« Drissen paffte erst noch und rollte die Zigarre zwischen seinen Lippen, machte dabei ein nachdenkliches Gesicht und fragte dann: »Kennen Sie einen Sascha Knieling?«

»Er ist tot. Er wurde erdrosselt. Genau auf dieselbe Weise wie Torsten Boekman.«

***

In Bassum musste Stephanie warten. Georg Geißendörfer tagte mit dem Bauausschuss der Kommune. »Es kann noch dauern«, hatte die Frau am Empfang gesagt und ihr einen Kaffee angeboten.

Geduldig wartete sie und beobachtete die Assistentin der Geschäftsleitung, wie es auf einem Schild stand. Professionell zurückhaltend nahm sie Telefongespräche an und vermittelte sie weiter, gab mit gedämpfter Stimme Auskunft oder schrieb irgendwelche Texte, die Stephanie nicht mitlesen konnte. Dann meldete sich das Faxgerät und spuckte eine Seite aus. Gelassen zog die Frau das Blatt aus dem Apparat. Plötzlich wich alle Farbe aus ihrem Gesicht. Erst legte sie die Nachricht zur Seite, sah zu Stephanie hinüber und schien zu überlegen. Dann griff sie die Meldungen, las das Schriftstück erneut und knüllte es zusammen. Nach einem kurzen Blick zu Stephanie faltete sie es wieder auseinander, strich es notdürftig glatt, fixierte den Zugang zum Büro des Chefs und sprang auf. Ohne anzuklopfen, stürmte sie hinein. Die Tür fiel hinter ihr ins Schloss.

Es dauerte keine Minute und die Frau erschien wieder. »Entschuldigung«, stammelte sie. Unmittelbar darauf durchquerten die Mitglieder des Bauausschusses den Raum. Aus dem Stimmengewirr hörte Stephanie heraus, dass sie verärgert, ungehalten und empört waren. Die Assistentin versuchte, sie zu beruhigen. Sie verließen miteinander das Gebäude. Knallend fiel die Eingangstür ins Schloss.

Das Telefon läutete und verstummte. Jemand steckte kurz den Kopf durch den Eingang und verschwand, ohne etwas zu sagen. Der Raum schien gut schallisoliert zu sein. Weder von außen noch vom Flur waren Geräusche zu hören. Auch aus dem Chefbüro drang kein Laut herein.

Stephanie meinte, lange genug gewartet zu haben. Mit fünf Schritten war sie am Schreibtisch und überblickte die Ansammlung unterschiedlicher Notizzettel. Besonders Auffälliges entdeckte sie nicht. Sie ging zur Tür, drückte vorsichtig die Klinke herunter, öffnete sie und betrat das Büro, in dem Geißendörfer sie vor drei Tagen empfangen hatte.

»Nein, habe ich gesagt. Dabei bleibt es. Und wenn Sie meine Tochter ...« Er verstummte kurz, weil er die Kriminalbeamtin wahrgenommen hatte, und sprach in einer anderen Tonlage weiter: »...nicht in Ihr Seminar aufnehmen, dann wende ich mich direkt an die Universitätsleitung. Verstanden?«

Mit einem aufgesetzten Lächeln wandte er sich Stephanie zu. »Mit Ihnen habe ich heute Morgen nicht gerechnet. Aber setzen Sie sich doch.« Er nahm ihr gegenüber Platz. »Gibt es endlich Erkenntnisse zu dem bedauerlichen Zwischenfall mit meiner Tochter?«

»Das kann man so sagen. Sie haben mich belogen. Für uns Kriminalisten ist das immer ein schlechtes Zeichen. Es macht verdächtig.«

»Ich bin mir keiner Schuld bewusst.« Er lehnte sich zurück.

Stephanie spürte dennoch die Anspannung, unter der Geißendörfer stand. Hing das mit dem eben geführten Telefongespräch zusammen oder mit ihrem Vorwurf?

»Von Schuld habe ich nicht gesprochen. Wobei eine Lüge natürlich in diese Kategorie fällt.«

»Nun sagen Sie schon, wann ich die Unwahrheit gesagt haben soll.«

»Sie kennen Tschabo Dumitrescu viel besser, als Sie mir gegenüber eingeräumt haben.«

Stephanie überlegte, ob sie jetzt schon Fakten nennen sollte. Plötzlich stieß eine elegant gekleidete Frau die Tür auf und stürmte herein.

»Adriana, bitte.« Geißendörfers drängender, leidender Unterton begleitete die beiden Worte. »Nach dem Gespräch mit der Kriminalbeamtin komme ich sofort zu dir.« Er stand auf, legte den Arm um die Frau und führte sie behutsam in Richtung Tür. Mit einem Blick zu Stephanie sagte er: »Meine Ehefrau.«

Sie riss sich plötzlich los und stellte sich vor ihren Mann.

»Ich will jetzt wissen, was los ist. Warum ist die Polizei im Haus? Warum kommt Frau Stein zu mir gelaufen und kann vor Schluchzen nicht sagen, was hier passiert ist? Warum schweigst du?« Ihre Fäuste trommelten auf seiner Brust. Er nahm es hin und schüttelte den Kopf.

Dann schlang er die Arme um seine Frau und drückte sie fest an sich.

Plötzlich ging ein Ruck durch seinen Körper. Er streckte sich. »Gut.« Mehrfach nickte er sachte, als signalisierte sein Kopf ihm selbst Zustimmung. Mit geschlossenen Augen sagte er: »Komm, setz dich zu uns.«

Stephanie rückte einen Sessel zurecht. Kraftlos ließ sich Adriana Geißendörfer auf die Polsterung fallen, legte die Hände in den Schoß und sah ihren Mann an.

Mit zwei Gläsern und einer Flasche Sliwowic kam er an den Tisch. »Ich nehme an, Sie trinken keinen Alkohol im Dienst. Was darf ich Ihnen bringen? Ein Wasser?« Alle Nervosität schien von ihm abgefallen zu sein. Gefasst holte er aus dem Vorraum Mineralwasser und ein Glas. Er schenkte ohne zu zittern ein.

Dann ging er zum Schreibtisch, hob die in Leder gefasste Schreibunterlage an, zog einen zerknitterten Briefbogen hervor und kam damit zurück. Er legte das Papier so auf den Tisch, dass die beiden Frauen den Ausdruck lesen konnten. *Sturer Bock* stand da, *warum tust du dir und deinen Frauen das an? Es kann wieder so erfolgreich wie in den besten Zeiten werden. Also lass von dir hören! D.*

***

Nach zwei Stunden Fahrzeit, wegen eines Staus hinter Veenendaal und eines zweiten nach Velperbroek, tankte Konnert auf der Raststätte Elten West und aß zu Mittag. Mit der Pfeife in der einen und dem Handy in der anderen Hand meldete er sich telefonisch für fünfzehn Uhr in der Justizvollzugsanstalt Werl an. Er bat darum, den Direktor sprechen zu können.

Nach einem dritten Stau wegen einer Lkw-Bergung erreichte er erst gegen sechzehn Uhr die JVA. Er fuhr einmal an der Straße zum Eingang vorbei und suchte eine Parkmöglichkeit. Zu Fuß ging er zurück. Von Weitem sah er die massiven Eisengitterstäbe vor den Fenstern in der weiß gestrichenen Fassade. Sie sah genau so aus, wie er sich schon als Kind ein Gefängnis vorgestellt hatte.

An der Straßenlaterne klemmte eine Überwachungskamera. Er setzte sich auf die Klinker einer niedrigen Gartenmauer. Zum Stopfen einer Pfeife ließ er sich Zeit. Er rauchte bedächtig.

***

Der Stuhl, der sonst vor dem Schreibtisch von Hans-Gerhard Struß gestanden hatte, befand sich jetzt in der Ecke hinter der Tür. Stephanie packte ihn an der Lehne und wollte ihn an seinen ursprünglichen Platz stellen.

»Lass das Möbel, wo es ist. Was willst du von mir?«

Stephanie ging drei Schritte auf Struß zu, beugte sich vor und stützte die Hände auf der Arbeitsplatte ab. Überrascht von so viel Nähe, schaute Struß auf. Auge in Auge mit dem Kollegen flüsterte sie: »Du wirst mir jetzt gut zuhören und dann zum Telefon greifen und die zuständigen Beamten in Bremen und Diepholz anrufen.« Sie richtete sich auf. »Du weißt, dass ich unter anderem die Vergewaltigung Janina Geißendörfer bearbeite. Ich habe ihren Vater befragt. Er hat gestanden, jahrelang mit Tschabo Dumitrescu gemeinsame Sache gemacht zu haben. Es kam zu Preisabsprachen bei Ausschreibungen für öffentliche Gebäude und überhöhten Preisen bei Materiallieferungen und fingierten Rechnungen. Ich verstehe nicht viel von Wirtschaftskriminalität. Das ist dein Fachbereich. Ich kann mir aber gut vorstellen, dass es auch um Geldwäsche ging. Klär das!«

Sie war schon zwei Schritte auf dem Weg zur Tür, da wandte sie sich noch einmal um. »Und damit du weißt, dass ich mit offenen Karten spiele und keine Informationen verschweige, sage ich dir dies auch noch. Geißendörfer sagt aus, die Zusammenarbeit mit Dumitrescu sei vor vier Jahren beendet worden. Das deckt sich mit unseren Recherchen, dass sich etwa um 2008/2009; es entspricht dem Zeitpunkt, als sich die Rumänenbande aufgelöst hat. Vor einem Monat wäre Dumitrescu schriftlich an Geißendörfer herangetreten, um die Kooperation wieder aufzunehmen. Er habe sich aber dagegen entschieden. Am 30. November habe er einen Drohbrief erhalten, in dem stand, dass man seine Tochter vergewaltigen würde, wenn er sich weiter sträubte. Er habe das nicht ernst genug genommen. Er hat mir auch einen zweiten Drohbrief gezeigt, in dem nun auch seine Frau als Ziel von Übergriffen genannt wird. Unterzeichnet mit einem D, wie Dumitrescu. Darum kümmere ich mich.«

Struß sah immer noch verstört aus, hatte sich aber Stichworte auf die Schreibunterlage notiert.

»Und jetzt mach du dich an deine Arbeit.«

Herausfordernd verschränkte Stephanie die Arme vor der Brust und wartete mit der Tür im Rücken, bis Struß reagierte und zum Telefonhörer griff.

***

Die Laternen und der Strahler über dem Eingang sprangen an. Konnert ging auf die Justizvollzugsanstalt zu. Seine Schritte wurden mit jedem Meter, die er der schmalen Eingangstür näherkam, langsamer.

Bevor er klingeln konnte, öffnete sich die Tür. »Sie sind Kriminalhauptkommissar Konnert aus Oldenburg? Wir erwarteten Sie schon vor einer Stunde.«

»Ein Lkw-Unfall auf der Autobahn.«

Der Beamte nickte und bat ihn herein. »Unser Direktor hat schon Feierabend gemacht. Er lässt Sie grüßen. Seine Stellvertreterin, Frau Scheffler ist aber noch im Haus. Sie ist bereit, Ihre Fragen zu beantworten.«

Drei Tassen Kaffee später atmete Konnert auf. Das Gefängnis aus dem vorigen Jahrhundert lag hinter ihm. Er sehnte sich nach der Stille einer Friedhofsbank, auf der er in Ruhe die erhaltenen Informationen verarbeiten könnte. Aufs Geratewohl fuhr er los, überquerte eine Bahnlinie und bog wieder irgendwo ab. Plötzlich hatte er den Stadtrand erreicht. Ein Teich vor einem Gehöft tauchte rechts auf. Zwischen kahlen Büschen hielt er an, um sich zu erleichtern. Um ihn herum war es finster. Aus der Ferne hörte er die Geräusche eines Bauernhofes und auch das Rattern eines Güterzuges.

Mit einer Pfeife im Mund lehnte er am Auto. Dieter Petrikowski war tot. Das hatte er schon von Linda Jakobs erfahren. Die stellvertretende Direktorin Scheffler hatte ihm erklärt, dass für die Anstaltsleitung und die Kriminalpolizei die Todesursache eindeutig sei. Der diensthabende Beamte habe Petrikowski bei der Lebendzählung am Morgen tot aufgefunden. Er habe sich mit einem Schal erdrosselt.

Mitgefangene hatten aber übereinstimmend ausgesagt, dass Petrikowski noch einen Tag davor in einer Gesprächsrunde verkündet hatte, Selbstmord sei eine schwere Sünde. Wer Hand an sich legen würde, der käme mit absoluter Sicherheit in die Hölle.

Frau Scheffler hatte den Toten als religiös überdreht geschildert. Ständig habe er die Bediensteten und Inhaftierten mit Bibelsprüchen belästigt und aus der geöffneten Tür seiner Zelle lauthals Predigten gehalten. Sie hatte Konnert geraten, darüber mit dem Gefängnisseelsorger und dem zuständigen Psychologen zu sprechen.

Nachdem Konnert sie über den Tod Knielings informiert hatte, war der Direktorin eingefallen, dass Petrikowski sich mit ihm geschrieben hatte. Sie erinnerte sich daran, dass man ihr Briefe vorgelegt hatte. In ihnen berichtete Petrikowski, dass er jede Nacht die Schreie von Jungs hören würde. Zur Rede gestellt, hatte der Häftling dazu beharrlich geschwiegen. Auch darüber sollte er mit dem Pastor sprechen. Die Briefe und der Nachlass seien Angehörigen übergeben worden. Sie sei gern bereit, am nächsten Tag deren Adresse heraussuchen zu lassen und ihm zu schicken.

Auf sein Drängen hin war sie im Nachbarbüro verschwunden und nach einer Minute mit der Anschrift und der Handynummer der Mutter zurückgekommen. Sie wohnte in Lohne.

Nicht nur äußerlich war es Konnert in der Zwischenzeit kalt geworden. Er zog die Nase hoch. Im Flüsterton fragte er in die Nacht hinein: »Was bedeutet es, dass drei Männer der Viererclique in den letzten sechs Monaten ums Leben gekommen sind?« Sofort dachte er an Rache und Vergeltung. »Wer rächt sich und warum? Und noch entscheidender, wer ist Ewald, der Vierte aus der Clique, und wo hält der sich auf?«

***

Tausendfünfhundert Kilometer südöstlich stand Tschabo Dumitrescu in dem Bergdörfchen Lupesti mit dem Rücken vor einem altersschwachen Sofa und biss vor Schmerzen die Zähne zusammen. Ein Glas Wein stand unberührt auf einem Tisch, der mal weiß gewesen sein musste. Eine nackte Glühbirne hing unter der niedrigen Zimmerdecke und flackerte, wenn die Stromspannung nachließ. Der Ofen an der Seitenwand wärmte nur ungenügend. Dumitrescu hatte den Mantel angelassen. Er wollte ja nicht lange bleiben.

In der einen Ecke der Hütte buckelte ein hagerer Mann mit krausen schwarzen Haaren und schlechten Zähnen. Er drehte seinen Hut in den Händen. Neben ihm stand eine gebückte Frau. Ihr Haar hatte sie mit einem Kopftuch bedeckt. Das schwarze

Kleid war abgetragen und verschwand fast vollständig unter einer bläulichen Schürze. Sie nickte unablässig.

Dumitrescu sprach Rumänisch. »Dir, Mutter von Eugen Gogoasa und dir, Vater von Eugen Gogoasa, muss ich etwas Wichtiges sagen.«

Er machte eine Pause und kontrollierte, ob die Alten ihm aufmerksam zuhörten.

Sie taten es.

»Ihr habt die Nachricht vom Tod eures Sohnes bekommen. Es tut mir sehr leid. Er war ein guter Sohn. Er hat mir treu gedient. Ich werde ihm ein ehrenvolles Andenken bewahren.«

Wieder fragte er sich, ob die beiden begriffen, was er ihnen versuchte klarzumachen. Der Mann stand jetzt steif da. Die Mutter weinte.

»Es war mir ein großes Bedürfnis, selbst zu euch zu kommen, um dir, Mutter von Eugen Gogoasa, und dir, Vater von Eugen Gogoasa, mein Beileid persönlich auszusprechen.« Dumitrescu schritt auf den Mann zu und ergriff dessen Hand. Der Hut fiel auf den Fußboden. Der Alte schloss den Mund und verneigte sich. Dumitrescu trat auf die Frau zu. Sie kniete sich vor ihn hin, nahm seine Hände in die ihren und küsste den Siegelring am kleinen Finger der linken Hand. Er zog sie sanft zurück und half der Frau wieder auf die Beine.

»Ihr habt einen großen Verlust durch das Sterben eures Sohnes erlitten.« Er reichte ihnen ein flaches Päckchen. »Damit soll euer Leben ein bisschen angenehmer werden.«

Die Frau nahm es entgegen und küsste erneut den Siegelring, als sei Dumitrescu ein Bischof. Er wollte sich umwenden, um zu gehen, aber sie krallte ihre Finger in seinen Mantel.

»Wer sind Sie, Herr? Wir kennen Sie nicht.« Sie schaute aus trüben Augen zu Dumitrescu auf. »Für uns ist Eugen schon lange tot. Vor siebzehn Jahren, elf Monaten und einundzwanzig Tagen ging er aus dem Haus und kam nicht wieder zurück.«

Dumitrescu fand keine Antwort.

Der Mann hatte seinen Hut wieder aufgehoben, ihn aufgesetzt und kam nach vorn. »Wir wollen kein Geld. Wir leben schon immer so und können auch so sterben.« Er bekreuzigte sich mit fahrigen Handbewegungen. »Mit Geld kann man auch kein Verbrechen wiedergutmachen.« Er nahm seiner Frau das Päckchen aus der Hand und hielt es Dumitrescu hin. »Wir wollen nur wissen, wie das Leben unseres Kindes war.«

»Setzt euch.«

Die Eltern Gogoasa hockten nebeneinander auf dem Sofa und hielten sich an den Händen. Dumitrescu blieb wie immer stehen. Als er seine Erzählung beendet hatte, weinten sie beide, ohne die Tränen abzuwischen. Aufrecht saßen sie da. Stolze Eltern.

***

Konnert rief Petrikowskis Mutter an. Er erreichte sie bei der Arbeit in der Küche eines Pflegeheims. Sie könnte ihn erst nach 21 Uhr empfangen, sagte sie.

Er entschied sich, die Landstraße entlangzubummeln. In Kamen fuhr er dann doch auf die A1. Wenige Kilometer später war er für einen Moment versucht, nach Gehrde abzubiegen, um Mensenkamp einen Besuch abzustatten. Er zögerte nur kurz und drückte dann doch aufs Gaspedal. An der Anschlussstelle Lohne/Dinklage verließ er die Autobahn.

Frau Petrikowski empfing Konnert in einer Zweieinhalbzimmerwohnung. Sie hatte ein niedliches Omagesicht, war rundlich und flink. Nach der Arbeit hatte sie wohl noch nicht geduscht, dafür aber Brot und Aufschnitt auf den Küchentisch gestellt. »Ich dachte, Sie essen mit mir«, sagte sie.

Konnert sah sie erstaunt an.

»Was möchten Sie zum Abendbrot trinken?«

»Kaffee mit Milch und Zucker, wenn Sie so nett sein wollen.«

Mit vollem Mund erzählte die alte Frau von ihrem Sohn. Sie zählte auf, wie viel Kummer er ihr bereitet hatte, und dass er sich im letzten Jahr endlich gebessert hätte. Er hatte begonnen, die Bibel zu lesen und die Bücher des bekannten US-amerikanischen Predigers Paul Jesus Volens durchzuarbeiten. »Manchmal waren sie für ihn schwer zu verstehen«, sagte sie.

Konnert hatte noch nie von diesem Mann gehört. Er schwieg, trank ein bisschen Kaffee und schnitt Happen von seinem Käsebrot ab.

»Mein Dieter bekam auch immer Besuch von einem Ältesten der Glaubensgemeinschaft. Der hat meinem Dieter in einer Zeremonie die Schuld vom Herzen und von den Schultern genommen. Mein Dieter hat es mir vorgemacht. So.« Frau Petrikowski trat hinter Konnert und strich ihm mit der linken Hand sacht über die rechte Schulter. Die rechte Hand drückte sie offen gegen seinen Arm, als wolle sie etwas auffangen. Anschließend vollzog sie die Handlung auf der linken Seite.

Er ließ es zu.

»Der Prediger hat die Schuld mitgenommen, hat Dieter gesagt. Paul Jesus Volens würde sich nun um sie kümmern. Ist das nicht wunderbar?«

Was es doch für obskure Scharlatane gibt, dachte Konnert und fragte: »Was musste Ihr Dieter dem Mann dafür geben?«

»Mein Dieter hat ja in der letzten Zeit kein Geld gehabt. Ich habe für ihn jeden Monat 290 Euro gespendet. Zehn Euro gibt der Prediger aus den USA immer dazu. Bei jedem, der ihm folgt.

Dann sind es drei Mal einhundert Euro. Die Drei steht für die Dreieinigkeit Gottes. Ist das nicht wunderbar?«

»Sie arbeiten trotz Ihres Alters im Pflegeheim, um immer noch den monatlichen Beitrag für Dieter zu zahlen? Auch nach seinem Tod?«

»Das tue ich doch gern. Man muss doch eine so großartige Organisation unterstützen. Ihre Dienste haben meinem Dieter so gutgetan. Bei meinem letzten Besuch war er gut gelaunt und fröhlich, Herr Kommissar. Er wartete auf seine Entlassung. Dann wollte er noch an einer Bibelschule in Amerika studieren und Menschen für den Himmel gewinnen.« Ihre Augen wurden feucht. Mit einer Papierserviette trocknete sie die Tränen, bevor sie ihr über die Wangen laufen konnten, und putzte sich die Nase.

»Etwas anderes, Frau Petrikowski.« Konnert wollte die Begeisterung der Frau nicht länger ertragen, hatte aber auch keine Hoffnung, eine Gegenrede könnte ihre Überzeugung erschüttern. »Ihr Sohn hat Briefe von einem Bekannten erhalten. Sein Name ist Sascha Knieling. Man sagte mir, Sie hätten den Nachlass bekommen. Würden Sie bitte einmal nachsehen, ob solche Briefe dabei sind? Ich bitte Sie sehr darum.«

Bereitwillig stand die Frau auf, schlurfte ins Nebenzimmer und kam Augenblicke später mit einem Schuhkarton zurück. Sie nahm den Deckel ab und reichte die Schachtel Konnert über den Tisch.

»Sie sind von der Polizei. Ihnen vertraue ich. Finden Sie bitte heraus, was wirklich im Gefängnis passiert ist. Mein Dieter war ein so guter Junge. Er ist immer nur in schlechte Gesellschaft geraten. Das passierte ihm schon von klein auf. Er ging noch zur Schule, da stifteten ihn große Jungs an, in Geschäften zu stehlen. Ich konnte ihn nicht davon abhalten, sich mit Rabauken herumzutreiben.« Sie beugte sich herüber, um ihren Worten Nachdruck zu verleihen.

In dem Karton lagen Schreibutensilien und Briefe. Konnert nahm sie heraus. Er zählte sechs Blätter. »Ich würde die Briefe gern mitnehmen, um sie ausführlich zu studieren. Ich werde sie zurückschicken.«

»Tun Sie das. Ja, tun Sie das. Und wenn Sie die Wahrheit herausgefunden haben, dann rufen Sie mich bitte an.«

Wie oft hatte er schon weinenden Menschen gegenübergesessen. Nie wusste er, was die angemessene Reaktion sein könnte. Auch jetzt fühlte er sich hilflos. Er überlegte noch blitzschnell, ob er der Mutter sagen sollte, dass eine Selbsttötung für Gott kein größeres Hindernis sein würde als ein Diebstahl oder eine Lüge.

Zum Abschied umarmte Frau Petrikowski Konnert und seufzte tief. Er erwiderte die Umarmung. Sekunden vergingen, bis sie sich löste und zu lächeln versuchte.

Freitag, 19. Dezember

Kilian saß mit Stephanie am großen Tisch. Vor ihnen lag ein DIN- A3-Blatt mit dem Soziogramm.

»Gogoasa war vom Typ her ein instrumenteller Gewalttäter. Solange er keinen Widerstand spürt und erreicht, was er haben will, ist er ruhig, ja locker. Aggressiv wird er erst, wenn er sich nicht durchsetzen kann. Dann schlägt er bedenkenlos zu. Solche Täter haben so gut wie null moralische Bedenken und kennen keine Reue.«

Stephanie hörte aufmerksam zu. Hinter ihr stieß Venske die Eingangstür auf. Er kam ins Großraumbüro, rief »Moin« und verschwand im Stellvertreterbüro.

»So einer wie Gogoasa handelt allein oder ist in einer Bande ein Befehlsempfänger, niemals Anführer. Aber wer hat ihm gesagt, dass er Otten erpressen soll?«

»Dumitrescu?«

»Dagegen habe ich gewettet.« Kilian Kirchner blickte in Richtung Venske und zeigte ihm lächelnd den Stinkefinger.

Schweigend kam Babsi an den großen Tisch, guckte auf die Zeichnung, sagte »nee« und schlich zu ihrem Arbeitsplatz. Stephanie sah hinter ihr her und schüttelte fast unmerklich den Kopf.

»Der alte Rumäne hat meiner Meinung nach zwei Dinge im Leben gelernt«, meinte Kilian. »Lass andere die Drecksarbeit machen und hör auf, wenn es für dich selbst gefährlich wird. Er hat mit seiner Cleverness so viel Geld gemacht, dass er es nicht mehr nötig hat, gesetzlos zu handeln. Warum sollte er das Immobilienimperium aufs Spiel setzen? Er ist ein anerkanntes Mitglied in der Bremer Handelskammer. Wofür etwas riskieren?«

»Aber der Drohbrief an Geißendörfer war mit D unterzeichnet.«

»D wie Doofmann oder Dickmann oder Dolores?«

Aus der angelehnten Tür von Konnerts Büro schallte ein Telefon. Der Anrufer ließ es klingeln. Einige Mitarbeiter schauten von ihren Unterlagen auf. Endlich bequemte sich Venske ins Nachbarbüro zu gehen und den Hörer abzunehmen, um ihn gleich darauf in die Halterung zurückzuknallen. Die Mitarbeiter grinsten schadenfroh.

»Was ist mit Nölting?« Stephanie hatte sich nicht stören lassen.

»Der kommt schon eher in Betracht. Er kennt Gogoasa und wahrscheinlich auch Mensenkamp. Ich sehe in ihm einen Emporkömmling. Vater Lkw-Fahrer. Mutter Verkäuferin. Vier Geschwister. Gymnasium in der elften Klasse abgebrochen, erste Strafe wegen Einbruchs, um seinen Shitkonsum bezahlen zu können. Dann vernünftig geworden und eine Ausbildung zum Journalisten gemacht. Einige Erfolge sind ihm zu Kopf gestiegen. Hat er was mit den Morden zu tun? Das weiß niemand von uns.«

»Aber er kennt Mensenkamp, und der kannte Petrikowski und Boekman und Knieling und mit Sicherheit auch diesen Ewald, den wir noch nicht ausfindig machen konnten. Der Diakon könnte der Kopf sein, der plant und befiehlt und auf seine alten Tage noch Rache will.«

»Meinst du, der bestellt sich Nölting aus einem Katalog professioneller Verbrecher? Spezialgebiet Mord. Hör auf! Nee, Stephanie. Und wofür will er Rache? Eher sind es die vier ehemaligen Zöglinge, die einen Grund hätten, sich an Mensenkamp zu rächen. Aber erst jetzt, nach so langer Zeit? Glaube ich nicht.«

»War Nölting auch mal in Hartingsen?«

»Dafür ist er zu jung.« Nach einer kurzen Pause sagte Kilian: »Das ist mir alles zu weit hergeholt. So ein Typ wie Nölting will für seine Dienste Geld sehen. Woher hat der alte Mann in Gehrde die Knete, damit er einen Gangster und dessen Leute bezahlen kann? Zu viele unbeantwortete Fragen.«

Im Großraumbüro entstand Unruhe. Eine Information machte die Runde. Daumen wurden gehoben.

»Irgendetwas übersehen wir noch.« Die Falte zwischen Stephanies Augenbrauen wurde tiefer. »Irgendjemand zieht im Hintergrund die Fäden. Wir müssen erneut das Umfeld jedes Einzelnen durchsuchen.«

Kerstin Geerdes kam zu den beiden an den großen Tisch. In ihrer Hand hielt sie einen Computerausdruck. »Die Frankfurter Ermittler haben herausbekommen, wo Avram Drulovic, der Roverfahrer wohnt. Bremen, Kirchweg. Die Bremer Kollegen sind auf dem Weg, um ihn festzunehmen.«

»Endlich mal eine gute Nachricht.« Stephanie war die Freude ins Gesicht geschrieben.

»Heißt es nicht: *Die Nürnberger hängen keinen, sie hätten ihn denn?* Das gilt bestimmt auch in Bremen. Freu dich nicht zu früh.« Kilian blieb skeptisch.

***

Um den Sitzungstisch beim Oberkriminalrat Wehmeyer saßen die Leiter der Kommissariate zur kleinen Lage. Bernd Venske vertrat Konnert und hörte den Berichten zu.

Bei den Eigentumsdelikten hatten die angezeigten Einbrüche zugenommen. Die Aufklärungszahlen waren aber nicht in gleichem Maße gestiegen.

Van Stevendaal beantragte ein Gerät mit einem Namen, den Venske gleich vergaß. Die Anschaffung sei absolut nötig, um gerade im Bereich der Einbrüche erfolgreicher kriminaltechnischer tätig werden zu können.

Wieder einmal staunte Venske, dass es dem Leiter vom FK5 ständig gelang, Mittel für sein Kommissariat lockerzumachen.

Scholten vom Kinder-, Jugend- und Fahrradkommissariat verabschiedete sich aus der Runde mit einem herzlichen Dankeschön für die Anerkennung und Wertschätzung seiner Arbeit.

Venske konnte nicht heraushören, ob der scheidende Kollege seinen Dank ernst oder ironisch meinte.

Die Nachfrage, ob er zu einem feuchtfröhlichen Ausstand einladen wollte, überging Scholten, indem er das Wort an Venske weitergab.

Bernd Venske hatte sich eben erst aufrecht hingesetzt, als das Telefon klingelte. Wehmeyer nahm ab, sagte »Schade« und reichte den Hörer zu Venske über den Tisch. Kollegen aus Bremen riefen an und teilten mit, dass sie Avram Drulovic nicht in seiner Wohnung angetroffen hatten. Nachbarn hätten ausgesagt, dass er bestimmt schon seit einer Woche nicht im Haus gewesen sei.

»Scheiße«, entfuhr es Venske. Er entschuldigte sich gleich, indem er ins Telefon sprach und sich in der Runde seiner Kollegen umschaute.

Die positivste Nachricht, die er in der kleinen Lage mitteilen wollte, war damit zunichte. Er konnte nur von den üblichen Routinearbeiten berichten.

***

Im Delmenhorster Norden hockte Nölting mit vier anderen Männern im Hinterzimmer der Spielothek Maxima. Whiskygläser standen auf dem Tisch.

»Anweisung vom Chef. Anstelle von Avram darfst du Urlaub machen.« Nölting schlug dem Mann neben ihm kumpelhaft auf die Schulter. »Kauf dir einen Koffer und zieh durch ein paar Klamottenläden. Du fährst mit dem Wagen nach Warschau und fliegst von da nach Vilnius. Vergiss nicht, das Geld mitzunehmen. Unsere Leute in Litauen erwarten dich. Sie haben schon zwei blonde Überraschungen bereitliegen.«

Der Angesprochene schien verärgert über die Anordnung zu sein. Er stürzte die bernsteinfarbene Flüssigkeit in einem Zug hinunter.

Nölting schickte noch einen Geldkurier nach Italien und einen dritten Boten in die Niederlande.

»Und was macht der Straßenstrich, die speziellen Wohnungen?«, fragte er einen Mann in grauem Blazer über hellblauem Hemd und roter Seidenkrawatte. »Deine Zahlen waren im letzten Quartal nicht so berauschend.«

»Sie werden auch in den nächsten Monaten unbefriedigend bleiben.«

»Spar dir deine Ausreden. Einmal ist das Wetter schuld, dann liegt es an den unberechenbaren Aktionen von diesem Polizisten. Wie heißt der noch? Kilian Kirchner? Oder du schiebst dein Versagen der Konkurrenz in die Schuhe. Woran liegt es diesmal?«

Der Angesprochene schwieg.

»Du kennst die Bedingungen, um bei uns mit dabei bleiben zu dürfen. Am letzten Tag im Dezember wird das Jahr abgerechnet. Sieh zu, dass das über die Weihnachtstage exzellent läuft. Bring die Ladies auf Vordermann. Egal, wie kalt es ist. Kirchner macht auch keinen Weihnachtsurlaub. Deine Süßen müssen einfach noch besser werden und bereiter sein. Treib sie an. Verstanden?«

Es kam keine Antwort.

»Verstanden?«

Nölting konnte die Angst seines Gegenübers riechen. Das gab ihm das aufregende Gefühl von Überlegenheit und Macht. Der arme Kerl wusste ja genau, was ihm blühte, wenn die Zahlen am 31. nicht stimmten. Sie würden ihm die Vergewaltigung der Geißendörfer anhängen.

»Ja«, kam es kleinlaut über den Tisch.

»Dann prost auf den Endspurt.«

***

Sie kannte den Geruch von Sauberkeit und Bohnenkaffee noch von ihrem ersten Besuch bei Janina Geißendörfer. Die Tür zur Wohnung wurde nach dem ersten kurzen Klingeln geöffnet. Wortlos bat sie die Kommissarin herein.

»Ich habe schon mitbekommen, dass die Polizei meinen Vater in Diepholz verhört hat.« Sie ging voraus ins Wohnzimmer und zeigte auf ihr Sofa.

Stephanie nahm Platz.

»Ich überlege die ganze Zeit, wie ich ihn umbringen kann. Können Sie das verstehen?«

Wie es ihr Vorbild Konnert so oft tat, so schwieg auch sie jetzt.

»Das ist doch kein Vater, der zulässt, dass die eigene Tochter vergewaltigt wird, nur um seinen Arsch zu retten.«

Was soll ich dazu sagen, fragte sich Stephanie. Am besten nichts.

»Stimmt es, dass er jahrelang mit diesem Ganoven von der Rumänenbande aus Bremen zusammengearbeitet hat?«

»Es tut mir leid, aber so sieht es zurzeit aus.«

»Heißt das, ich kann mir den Luxus hier nur leisten, weil mein Erzeuger ein Arschloch von Verbrecher ist?«

Mit einem schnellen Griff fasste sie die Vase, in der eine Rose stand, drehte sich schwungvoll um und warf sie gegen den großflächigen Kunstdruck an der Wand. Glas splitterte und fiel zu Boden. Der Rahmen pendelte mit dem eingerissenen Bild am Haken.

»Ist das alles? Haben Sie mir sonst nichts zu sagen?« Ihre Augen sprühten Funken. »Ich will wissen, wer mich mit Billigung dieses Schurken ...« Das letzte Wort blieb ihr im Hals stecken. Sie schlug die Hände vor ihr Gesicht und begann zu schluchzen.

Nach zwei, drei Augenblicken erhob sich Stephanie, setzte sich auf die Sessellehne und legte den Arm um die weinende Frau. Sie beruhigte sich schneller als von ihr erwartet. Plötzlich schüttelte sie den Arm ab und stand auf. »Ich mache mir einen Kaffee. Wollen Sie auch einen?«

Überrascht von der Stimmungsveränderung antwortete Stephanie nicht sofort.

»Gut, dann lassen wir das. Ich kann auch allein Kaffee trinken. Ich brauche niemanden mehr. Gehen Sie und kommen Sie erst wieder, wenn der Alte aus Bassum verurteilt ist und Sie mir meinen Vergewaltiger präsentieren können.«

Janina Geißendörfer sackte zurück in den Sessel. Sie zog die Beine unter den Po und schlang die Arme um sich. Das Kinn drückte sie auf die Brust. Sie fiel zur Seite. Unbeweglich verharrte sie in dieser Stellung.

Mit zwei dampfenden Kaffeebechern kam Stephanie später aus der Küche zurück. »Trinken Sie einen Schluck. Bitte.«

Wie in Zeitlupe entfaltete die Studentin Arme und Beine und saß wieder aufrecht.

»Entschuldigung. Ich habe es nicht so gemeint. Ich bin völlig durcheinander. Danke für den Kaffee.«

Stephanie ließ eine gute Minute schweigend verstreichen. Dann begann sie leise zu sprechen: »Wir kennen jetzt den Namen des Mannes im Land Rover. Auch die Adresse ist uns bekannt. Er ist europaweit zur Fahndung ausgeschrieben. Jede Grenzkontrolle von Schweden bis Sizilien und vom Atlantik bis an die Grenze zur Ukraine hat den Steckbrief. Über kurz oder lang wird er uns ins Netz gehen.«

»Und was ist mit meinem Vater?«

Stephanie sah sie fragend an.

»Wird er verhaftet? Muss er ins Gefängnis?«

»Vielleicht, vielleicht aber auch nicht. Darüber entscheidet der Haftrichter.«

Mit beiden Händen hielt Janina Geißendörfer den Kaffeebecher fest, als wollte sie sich daran wärmen. Mit traurigen Augen sah sie die Kommissarin an. »Mein Vater ist ein bedenkenloses Schlitzohr. In Serbien arbeitete er als Pool Cleaner in einer Hotelanlage. Meine Mutter feierte da ihr Abitur und verliebte sich in ihn. Er kam nach Deutschland, und mein Opa gab ihm eine Stelle in der Firma. Innerhalb von zwei Jahren sprach er so gut wie akzentfrei Deutsch und aalte sich hoch bis zum Betriebsleiter einer Kiesgrube. Erst da erlaubte mein Opa meiner Mutter die Heirat unter einer letzten Bedingung: Mein Vater musste den Namen meiner Mutter annehmen. Als Opa starb und er die ganze Firma übernehmen musste, waren die Fußstapfen seines Schwiegervaters zu groß für ihn. Auch ein Emporkömmling findet dann Mittel und Wege, die Anerkennung von Mama zu erreichen. Glauben Sie mir.«

Die Psychologiestudentin analysiert ihren Vater, ging es Stephanie durch den Kopf.

»Es stimmt doch, dass ich gegen meine Familienangehörigen nicht aussagen muss. Oder?«

»Ja, das ist so.«

»Aber wenn Sie etwas über Dumitrescu wissen wollen, dann melden Sie sich bei mir.«

»Der ist in verschiedenen Verfahren immer freigesprochen worden. Und seit ein paar Jahren existiert auch die Rumänenbande nicht mehr.«

»Und wer hat jetzt meinen Vater unter Druck gesetzt und mich vergewaltigen lassen?«

»Das ermitteln wir zurzeit.«

»Haben Sie einmal daran gedacht, dass Dumitrescu zum zweiten Mal verheiratet ist und Tochter und Sohn aus erster Ehe hat? Wenn er bei uns zu Gast war, kam immer die ganze Bagage mit. Die Kinder haben zusammen mit mir gespielt, wenn die Eltern mit meinem Vater Projekte besprochen haben. Dumitrescus zweite Frau weiß alles, vielleicht sogar besser als er.«

***

Bevor Konnert zu seinem Pastor fuhr, um mit ihm den Trauergottesdienst am Samstag abzusprechen, rief er noch bei dem Bestatter an. Nach den üblichen Begrüßungsformeln fragte der: »Sie übernehmen alle Kosten? Für beide? Habe ich das richtig mitbekommen?«

»Für Knieling auf jeden Fall und für Gogoasa vorläufig, bis sich die Behörden geeinigt haben.«

»Steht bei Ihnen eine Gelddruckmaschine im Keller?«

»Wollten Sie mir nicht einen besonders günstigen Preis machen?«

»Davon war nie die Rede.«

»Sollte ja auch nur ein Scherz sein.«

»Über Geld macht man aber keine Witze.«

»Ich bitte Sie. Es ist doch nur Blech, nur Papier mit Zahlen drauf. Schreiben Sie mir zwei Rechnungen, und ich überweise die Beträge zeitnah.«

Der Bestatter schwieg, und Konnert fragte sich, ob der Mann vielleicht beleidigt sein könnte. Das ist sein Problem, entschied er und räusperte sich. »Warum ich eigentlich anrufe, ist dies: Besitzen Sie ein Kreuz, das Sie hinter den Särgen aufstellen könnten?«

»Selbstverständlich. Sogar mit abnehmbarem Korpus.«

»Dann bitte ich Sie, die Särge parallel mit einem Abstand von circa fünfzig Zentimetern zu positionieren und das Kreuz mittig an die Kopfenden zu stellen.«

»Mit oder ohne Figur?«

Konnert überlegte kurz und entschied sich für das Kreuz ohne Korpus.

»Wie Sie es wollen.« Aus dem Tonfall konnte er die Missbilligung heraushören.

***

Mit Verspätung betrat Konnert das Arbeitszimmer von Pastor Többens. Er hätte sich leicht damit entschuldigen können, dass die Parkplatzsuche ihn aufgehalten hatte. Er hätte aber auch eher losfahren können. Er wusste ja, dass es schwierig werden würde, in der Nähe des Evangelischen Krankenhauses einen Parkplatz zu finden. Er sagte nichts zu Többens Kommentar: »Wieder mal zu spät«, und setzte sich.

Beide kramten Pfeifen hervor, boten dem anderen vom eigenen Tabak an, griffen zu und stopften schweigend. Als die ersten

Qualmwolken zur Zimmerdecke stiegen, berichtete Konnert von der Absprache mit dem Bestatter.

»Ich möchte, dass dies sichtbar wird: Beide Personen waren Täter und Opfer zugleich und Jesus ist für den einen wie für den anderen gestorben. Kannst du das in deiner Ansprache erwähnen?«

»Gern, aber wer wird das außer dir noch hören? Du weißt es ja schon.«

»Ich rechne damit, dass wir beide mit dem Organisten nicht allein sein werden.«

»Organist? Willst du auch singen?«

»Such drei bekannte Lieder aus. Wenn du mit deiner kräftigen Stimme den Ton hältst, brumme ich mit. Mal sehen, wer dann noch mitsingt.«

Konnert kramte das kleine, grüne Neue Testament der Gideon aus der Jackentasche. »Das habe ich in Knielings Nachlass gefunden.« Nach kurzem Suchen fand er die Seite mit der Unterstreichung. »Nur dieser Vers ist markiert.« Er reichte das Büchlein über den Tisch.

»Wer unter euch ohne Sünde ist, der werfe den ersten Stein auf sie«, las der Pastor. »Das ist aus der Geschichte von Jesus und der Ehebrecherin.«

»Du kannst natürlich predigen, worüber du willst. Aber das wäre doch ein guter Text. Die Frau, eben beim Ehebruch erwischt, und drum herum die selbstgerechten Männer. Mit der einen Hand zeigen sie auf die Frau, und hinterm Rücken haben sie schon den Brocken in der anderen Hand, um sie zu steinigen. Und Jesus macht ihnen klar, dass sie auch schon mal die Gebote übertreten hatten.«

»Ich kann predigen, worüber ich will. Schön. Und hinten herum versuchst du mich zu manipulieren. Du bist auch nicht besser als die Männer im Bibeltext.« Többens stopfte seine Pfeife nach. »Aber gut, du hast recht, es ist das beste Beispiel dafür, dass wir alle Dreck am Stecken haben und sich eigentlich niemand über andere erheben sollte.«

»Dann machst du es?«

***

»Papa ist nach Rumänien geflogen?« Elisei Dumitrescu schaute ihre Stiefmutter entgeistert an.

Die beiden Frauen saßen auf Barhockern an der Theke im Partykeller und tranken Weißwein. Sie hatten Mittagessen bestellt und warteten auf die Lieferung.

»Er hat den Wagen am Mittwochmorgen mit zwei Fahrern vorausgeschickt. Er hat sogar Drulovic angerufen und ihn gebeten mitzufahren. Gestern hat er sich nach Clui-Napoca fliegen lassen. Drei Stunden haben sie dann mit dem Auto bis Valea lerii gebraucht, um die Mutter von Gogoasa zu treffen.«

»Warum tut Papa sich das an? Da unten liegt meterhoch Schnee. Er hätte doch jemanden schicken können.«

»Ich verstehe deinen Vater schon lange nicht mehr. Er hat sich in den vergangenen Jahren so verändert. Und im letzten Jahr noch mehr.«

»Liest du noch sein Tagebuch?«

»Ich vermute, er hat etwas gemerkt. Er schließt die Aufzeichnungen seit Mitte September im Stehpult ein. Ich habe aber in der Zwischenzeit einen Schlüssel.«

»Was schreibt er?«

»Er philosophiert über Wiedergutmachung von Schuld und dass Armut kein Schicksal, sondern das Ergebnis von Chancenlosigkeit oder Faulheit ist. Er ist übrigens auch dabei, ein Testament zu formulieren.«

»Und was steht drin?«

»Da benutzt er Abkürzungen. So, wie ich die deute, will er die Immobilien in eine gemeinnützige Stiftung einbringen.«

Es klingelte an der Haustür, und nach einigen Augenblicken knickste eines der Mädchen in der Tür. Es berichtete, das Essen sei geliefert worden. Sie hätte im Esszimmer gedeckt. Alles wäre soweit bereit. Das Mädchen hielt die Tür auf, damit die Frauen mit ihren Weingläsern die Räume wechseln konnten.

Als sie wieder allein waren, sagte Elisei: »Es ist richtig gewesen, dass wir uns von Papa finanziell unabhängig gemacht haben. Gemeinnützige Stiftung. Er ist unberechenbar geworden.«

***

Die meisten Mitarbeiter im Kommissariat für Straftaten gegen Leben und Gesundheit waren wohl in der Kantine zum Mittagessen. Konnert betrat das Großraumbüro. Babsi hockte noch am Schreibtisch und durchsuchte eine Schublade. Sie sah kurz auf. Konnert winkte ihr zu. Die Reaktion der Kommissarin war sehr verhalten.

Zielstrebig eilte er auf sein Büro zu und überraschte Venske dabei, wie der die Grünpflanzen auf der Fensterbank goss.

»Das machst du professionell.«

»Regelmäßig, Adi. Seitdem sie dir Frau Lurtz-Brämisch vermacht hat. Bei dir wären sie schon lange vertrocknet.«

»Das kannst du in Zukunft gern weitermachen.«

Konnert setzte sich auf seinen Bürostuhl. Venske blieb am Fenster stehen.

»Nölting ist von unseren Leuten nach der Befragung nur noch einmal gesehen worden. Autobahn Richtung Bremen. Du erinnerst dich? Auch seine Lebensgefährtin hat mit Koffern das Haus verlassen. Die Streife hatte keinen Grund, sie aufzuhalten. Die Kollegen sind ihr bis zur Inspektionsgrenze gefolgt. Sie ist, wie Nölting, auf der A28 in Richtung Delmenhorst/Bremen verschwunden. Seitdem brennt in ihrem Haus in einigen Zimmern das Licht. Soviel ich weiß, ist das eine medienwirksame Empfehlung des Herrn Struß zur Einbruchsprävention.«

Ein zaghaftes Klopfen am Türrahmen ließ die Männer aufschauen. Babsi kam herein. »Gibt es etwas Neues?«

Sie setzte sich vor den Schreibtisch und legte die Hände in den Schoß. Miteinander überlegten sie, was in den nächsten Stunden zu erwarten sei.

Als alle wieder an ihren eigenen Schreibtischen saßen, ging Konnert zu Babsi. »Von der Mutter eines der Freunde aus der Fürsorgeerziehung habe ich Briefe bekommen. Die hat Knieling geschrieben. Lass sie kopieren und dann lies sie. Möglicherweise bringt euch das einen Schritt auf der Suche nach dem Motiv für die Ermordung von Knieling vorwärts.«

Konnerts Telefon klingelte. Er eilte zurück und hob ab.

»Hier ruft ein Beamter aus JVA Celle an und will dich sprechen«, sagte die Mitarbeiterin aus der Telefonzentrale. »Kann ich dir den Anruf durchstellen?«

»Ja.«

Es knackte in der Leitung und dann hörte Konnert, wie sich jemand räusperte und loslegte: »Justizvollzugsanstalt Celle, Heckel am Apparat. Spreche ich mit Kriminalhauptkommissar Konnert?«

»Konnert.«

»Hier sitzt Michael Otten ein. Er hat die Erlaubnis, mit Ihnen zu telefonieren. Ist das in Ordnung? Kann er Sie anrufen?«

»Gern. Es sollte aber umgehend passieren.«

»Geben Sie mir Ihre Durchwahl.«

Konnert diktierte die Zahlen und ehe er noch mehr sagen konnte, war die Leitung unterbrochen.

Es verging eine Viertelstunde, bis Otten anrief.

»Herr Konnert?« Die Stimme klang zitterig.

»Was kann ich für Sie tun?«

»Erst jetzt wurde die einzige Telefonzelle frei.« Otten atmete hektisch. »Knieling, das war doch kein Mord, oder? Ich hatte doch keine niederen Beweggründe. Eugen hat mich gezwungen. Das wird doch beim Prozess berücksichtigt, oder?«

»Herr Otten, dazu kann ich wirklich nichts sagen. Die Staatsanwaltschaft ist für die Anklageschrift verantwortlich.«

»Und Eugen, das war Notwehr. Er wollte mich umbringen. Das habe ich Ihnen schon gesagt. So war es wirklich. Notwehr ist doch straffrei, oder?«

»Bitte, Herr Otten, sprechen Sie darüber mit Ihrem Rechtsanwalt.«

»Und wer hilft meiner Frau und den Mädchen? Die Schwiegereltern haben wegen mir jeden Kontakt abgebrochen.«

Da hört mir einer überhaupt nicht zu, merkte Konnert und versuchte es langsam und überdeutlich noch einmal. »Sie müssen mit Ihrem Rechtsanwalt sprechen. Verstehen Sie das?«

»Der Kerl hat noch Eierschalen hinter den Ohren. Er hängt am Schürzenschlipp seiner Mutter. Wie will der mich hier herauspauken?«

»Sie brauchen einen Anwalt, mit dem Sie alles durchsprechen. Soll ich mit Herrn Keil telefonieren? Das könnte ich für Sie tun.«

»Wenn Sie wollen.«

Dann waren nur noch gedämpfte Rufe aus dem Hintergrund und wütendes Klopfen an einer Scheibe zu hören.

»Herr Otten?«

»Sie haben sich doch auch um Knieling gekümmert. Tun Sie das doch auch für meine Familie. Bitte!«

Ich habe ihn gefragt, was ich für ihn tun kann. Wenn meine Frage nicht nur eine billige Floskel war, dann sollte ich jetzt zusagen, dachte Konnert.

»Am Wochenende besuche ich Ihre Frau. Versprochen. Und mit Rechtsanwalt Keil ...«

»Mein Guthaben ist ...«

Damit war das Gespräch beendet.

Konnert lehnte sich zurück. Ein Gedanke beschäftigte ihn. Einmal, dass ein Mörder gleichzeitig ein fürsorglicher Ehemann und Vater sein kann. Er ließ sich noch eine gute Minute Zeit, bis er Enno Keil in Wardenburg anrief.

Vom Auto aus rief er dann in der Justizvollzugsanstalt in Oldenburg an und fragte, ob er Rolf Beeken sprechen könnte.

»Das ist heute nicht möglich.«

»Warum?«

»Er hat Einschluss, weil er am Dienstag eine Schlägerei angefangen hat. Die Anordnung gilt vorerst bis einschließlich Sonntag.«

»Kann ich ihn trotzdem sprechen? Es ist sehr wichtig für mich.«

Er hörte Gemurmel im Hintergrund und nahm an, dass sich die Bediensteten absprachen.

»Sie können kommen. Wir bereiten einen Gesprächsraum für Sie vor.«

Eine halbe Stunde später saß Konnert seinem ehemaligen Kumpel gegenüber. Der hatte ein blaues Auge, eine Dreistichnaht am Kinn und beide Hände verbunden.

»Na, kommst du endlich.«

»Ich muss mit Ihnen über alte Zeiten reden.«

»Warum sagst du nicht Rolf zu mir? Wir waren doch einmal Freunde.«

»Darüber möchte ich ja mit dir sprechen.«

»Wenn du mal wieder alles bestimmen willst, was läuft, nun gut, dann man los.«

»Es ist lange her, dass wir in den Landgasthof eingestiegen sind. Vergessen habe ich es aber nie.«

»Ich denke weder an die Vergangenheit noch an morgen. Für mich gibt es nur noch den Tag heute, den ich durchstehen muss.«

»Wir waren jung. Wir lebten, als gehörte uns die ganze Welt.«

»Wenn ich mich jetzt erinnere, muss ich sagen: War eine tolle Zeit.«

»Wohl nicht ganz. Dein erster Wochenendarrest nach dem Einbruch hat für dich die Weiche in Richtung schiefe Bahn gestellt. Und ich trage daran eine Mitschuld.«

»Die Weiche in Richtung schiefe Bahn gestellt ... Wie gewählt du dich ausdrücken kannst. Ich kann auch mit schönen Vergleichen reden. Du hast mir einen Tritt in den Arsch verpasst und mich in die falsche Richtung auf die Schnauze fliegen lassen.«

»Stimmt. Ich habe Schmiere gestanden, hatte aber Angst, durch das Kellerfenster zu euch zu kriechen. Wir hätten flüchten können. Ich hätte euch warnen müssen. Wahrscheinlich hätten uns die Polizisten nicht geschnappt.«

»Du hast dich aber verdrückt. Und warum wärmst du das jetzt wieder auf?«

»Ich will mich entschuldigen.«

Beeken brach in schallendes Gelächter aus. Er brauchte Zeit, um sich wieder zu beruhigten. »Willst du dich für den Arschtritt entschuldigen oder dafür, dass ich dir die vierzig Jahre egal gewesen bin?«

Mit zusammengepressten Lippen saß Konnert da. Er überlegte, warum er überhaupt hierhergekommen war. Rolf Beeken verstand ja doch nicht, um was es ihm ging.

»Abbitten willst du. Und was bringt mir das? Null. Noch so schöne Worte ändern an der Vergangenheit nichts. Du warst ein Arschloch, bist ein Bullenarschloch geworden und wirst es bleiben.« Er zog die Nase hoch. Konnert befürchtete, er würde ihn anspucken. Doch Beeken schluckte den Rotz runter.

»Du wolltest dich entschuldigen. Also sag deinen Spruch auf. Ich bekenne, dass ich Gutes unterlassen und Böses getan habe. Ich habe gesündigt in Gedanken, Worten und Werken durch meine Schuld, durch meine Schuld, durch meine große Schuld. Erbarme dich, lieber Rolf.«

Er schlug sich an die eigene Brust.

»Du könntest dazu auch auf die Knie gehen.«

Sein Gesicht verzog sich zu einem hämischen Grinsen.

»Siehst du, ich bin katholisch erzogen, war sogar zwei Monate lang Messdiener. Ich bin aber ungläubig, wie man so schön sagt, und lehne so einen Quatsch wie Vergebung ab. Geradestehen muss man für das, was man verbrochen hat. Siehst du doch. Ich bin im Knast, weil ich zum ungezählten Mal eingebrochen habe. Dazu stehe ich. Mir hat noch nie jemand vergeben müssen.«

»Lassen wir das.«

»Jetzt willst du dich nicht mehr entschuldigen?«

»Es tut mir leid, was passiert ist. Ob du meine Bitte um Vergebung annimmst oder es lässt, das musst du entscheiden.«

»Vielen Dank dafür, dass ich mal wählen darf.«

»Verzeihst du mir, hat das auch für dich Vorteile. Vergeben

entlastet auch dich, weil du mir dann nichts mehr nachträgst. Auch du wirst eine Last los.«

»Jetzt geht es auf einmal um mich? Du hast doch genauso wie ich geklaut und bist mit in die Gartenhütten eingebrochen. Ich soll mich besser fühlen? Ich dachte, du wolltest dein Gewissen von mir reinwaschen lassen.«

Konnert merkte, wie sich der Tonfall und die Mimik seines Gegenübers veränderten. War es die Anspannung, die sich gleich in einem Wutausbruch entladen würde?

»Du hättest Prediger werden sollen.« Beeken lachte auf und lehnte sich zurück.

Dann schien er einen Entschluss gefasst zu haben. Er beugte sich wieder vor und flüsterte: »Du bist ein Arschloch. Habe ich schon gesagt. Stimmt immer noch. Aber dieser Knieling war ein noch größeres Arschloch. Die Wachteln hier haben die beiden Kladden von der Schwuchtel bei mir gefunden. Vorher habe ich aber in dem einen Tagebuch gelesen und eine Seite herausgerissen. Willst du sie haben?«

Überrascht vom plötzlichen Themenwechsel antwortete Konnert erst einmal nicht.

Beeken zog eine Packung Papiertaschentücher aus der Hosentasche und legte sie auf den Tisch. Zwischen den Taschentüchern klemmte ein beschriebenes Blatt.

Würden in dem Text die Nachnamen der Freunde stehen und was zu ihrer Verlegung geführt hatte?

»Was kriege ich, wenn ich dir die Seite gebe?«

»Was willst du denn haben?«

»Sorg dafür, dass ich auf B2 zurückkomme und meinen Job als Stationsarbeiter wiederkriege.«

»Was ihr euch vorstellt, welchen Einfluss ich hier hätte. Ich kann nichts dazu tun.«

»Dann kann ich dir auch den Zettel nicht geben.«

»Hat Sascha Knieling auf der Seite beschrieben, was in Hartingsen passiert ist?«

»Versprich mir, dich für mich bei der Anstaltsleitung einzusetzen.«

»Was steht auf der Seite?«

»Ich weiß es. Ich könnte es dir sagen. Aber du willst ja nicht mit dem Direktor sprechen. Warum soll ich weiter mit dir sprechen?«

»Was könnte ich ihm denn deiner Meinung nach sagen?«

»Zum Beispiel, dass wir einmal Freunde waren und du froh bist, mich wiedergetroffen zu haben, und du dich nach meiner Entlassung um mich kümmern wirst. So was könntest du vorbringen. Und dass du dich um eine Wohnung und Arbeit für mich bemühen wirst. Hauptsache, meine Sozialprognose sieht nach deinem Gespräch wieder positiv aus.«

»Das kann ich dir nicht versprechen.«

Beeken zog die Seite aus der Verpackung und faltete sie auseinander. Er drehte sie so, dass Konnert Worte entziffern konnte. *Waschraum* konnte er lesen und *geschrien* und *verdammt.* Grinsend nahm Beeken das Blatt wieder zu sich und riss einen Streifen davon ab. Er knüllte ihn zusammen und steckte ihn in den Mund.

»Was soll das?«

Als würde ihm das Papier schmecken, schmatzte Beeken und riss den nächsten Streifen ab. Er knüllte ihn zusammen und schob die Papierkugel in den Mund.

Ich lass mich nicht erpressen, entschied Konnert und sah zu, wie Schnipsel für Schnipsel in Beekens Mund verschwand.

»Ich hab es gewusst«, zischte Beeken. »Du bist ein Arschloch.«

***

Konnert hastete durch den Hausflur. Sein Telefon klingelte. Babsi war dran. »Von wo habe ich dich denn geholt?«

»Ich habe Tüten voller Lebensmittel und Weihnachtsgeschenke ins Haus geschleppt. Bis ich die Sachen in der Küche hatte und das Handy aus der Hosentasche fummeln konnte, dauerte es eben.«

»In vier Briefen gibt es meiner Meinung nach interessante Passagen. Soll ich dir Kopien rausbringen, oder hast du es lieber, wenn ich dir die Abschnitte jetzt vorlese?«

»Warte einen Moment. Ich zieh mir noch den Mantel aus.«

Es dauerte, bis Konnert sich wieder meldete.

»Und Zeit, eine Pfeife zu stopfen, hattest du auch.«

»Dann kann ich mich leichter konzentrieren.«

»Ohne Nikotin ginge es besser.«

»Hey.« Konnert verzog sein Gesicht. »Komm, lies mir vor.«

»In einem Brief heißt es: In fast jeder Nacht höre ich die Schreie der Jungen. Und sieben Zeilen darunter steht: Du hast recht. Wenn wir rauskommen, müssen wir den Diakon von damals finden, vielleicht weiß der, was aus dem oder den Jungen geworden ist. Dem oder den, das ist nicht so genau zu entziffern. Er schreibt weiter: Aber mir vergeben lassen muss ich nicht. Wir haben nur getan, was wir tun sollten.« Sie machte eine Pause. »Was da so üblich war, schreibt er auch in den anderen Briefen nicht.«

»Ich nehme an, sie haben ihnen oder ihm abgenommen, was sie ins Heim mitgebracht hatten. Vielleicht haben sie ihnen eine Tracht Prügel verpasst, um ihnen klarzumachen, wer jetzt das Sagen hat.«

»Du kennst dich mit der Zeit besser aus als ich. Aber bloß wegen einer Prügelei hört man doch Jahre später nicht mehr die Schreie der Verprügelten.«

»Vielleicht steckt wirklich mehr dahinter.«

»In einem zweiten Brief steht: Ich habe die falschen Schlüsse aus meiner Kindheit und Jugend gezogen. Immer gab ich den Pflegefamilien oder Erziehern die Schuld. Weil die brutal mit mir umgegangen waren, meinte ich, selbst auch brutal sein zu müssen. Aber ich hätte mich auch anders entscheiden können. Das habe ich hier in Oldenburg kapiert. Die Anstaltsleitung und die Bediensteten fahren hier ein Programm absoluter Gewaltlosigkeit. Darum versuche ich durchzukommen, ohne Stress zu machen.«

Wieder entstand eine Pause.

»Du hast den Knieling damals festgenommen. Mehrere Tage warst du mit ihm allein. Was ist eigentlich in der Zeit passiert, dass er friedlich wie ein Lamm mit dir aus der Waldhütte herausgekommen ist?«

Konnert erinnerte sich an den Moment, in dem Knieling ihm die Pistole vor die Stirn gedrückt und er gesehen hatte, wie der Zeigefinger bis zum Druckpunkt angespannt wurde. Sie hatten miteinander gesprochen. Knieling hatte später seine Lebensgeschichte erzählt und ständig alle Taten damit gerechtfertigt, dass er immer nur unterdrückt worden war. Konnert kannte die folgenden Sätze auswendig, die Babsi ihm vorlas. Er hatte sie so oft von Tätern als Ausreden gehört. Damals hatte er Knieling auf den Kopf zu gesagt: Sie verhalten sich wie ein Kind im Sandkasten. Immer sind es die anderen, die angefangen haben. Übernehmen Sie doch mal die Verantwortung für Ihr Leben. Fangen Sie mal an, wie ein Erwachsener zu reagieren. Machen Sie endlich den ersten Schritt in ein Leben, das Sie selbst bestimmen.

Oft hatte er gedacht, wenn Knieling damals in der Waldhütte abgedrückt hätte, dann wären das gute letzte Worte gewesen.

»Bist du noch dran?«

»Ach Babsi, ich erzähle es dir vielleicht ein anderes Mal. Was schreibt er noch?«

»Ich habe noch einen Abschnitt ausgewählt. Der bringt uns zwar bei unseren Ermittlungen nicht voran, aber er freut dich bestimmt. Er schreibt: *Jeder ist für sein Leben verantwortlich. Keiner muss ein Dieb oder ein Mörder werden. Niemand muss. Jeder kann. Auch, wenn es oft schwer ist. Du und ich, wir können die Chance ergreifen und den Rest unseres Lebens anständig zu Ende bringen.*«

Können wenige Sätze das Leben verändern?, überlegte Konnert. Er war davon überzeugt. »Das ist lieb von dir, dass du mir das ausgesucht hast. Gibt es noch etwas?«

»Ich mache mir keine Sorgen, dass du nun abhebst. Vorsorglich gibt es diesen Dämpfer. Anscheinend will Petrikowski ihn für eine Glaubensgemeinschaft werben. Knieling lehnt aber ab. Er schreibt: *Nein, ich bin nicht fromm. Ich nehme auch hier in der Anstalt an keinem Gottesdienst teil. Die Besserwisserreden da sind unerträglich. Und was ich verkehrt gemacht habe, weiß ich selbst, und werde nach der Entlassung versuchen, alles wiedergutzumachen.*«

***

Kinder in Jacken aus Schafsfellen standen am Straßenrand. Ihre Strickmützen hatten sie über die Ohren gezogen. Es schneite, und darum mussten sie ihre Augen zukneifen. Einer der Fahrer des Mercedes hielt sie mit Schimpfworten und Verwünschungen auf Distanz.

Die Jungs stritten darüber, wie schnell die Limousine fahren könnte. Mit langen Hälsen versuchten die Mädchen, die Innenausstattung zu sehen. Ein Pferdegespann wich dem Wagen aus. Der Kutscher traktierte das dürre Pferd mit harten Schlägen. Fast blieben die Räder im Schnee am Straßenrand stecken. Die Kinder johlten und wurden mit der Peitsche auseinandergetrieben. Bis das Fuhrwerk an seinem Wagen vorbei war, fuchtelte der Fahrer mit den Armen in der Luft herum.

Es wurde still auf der Straße, als Dumitrescu gebückt aus der Haustür trat. Er stützte sich auf einen Gehstock und achtete bei jedem Schritt auf die Schneeglätte.

»Avram, gib ihnen«, sagte er und reichte ein Geldbündel hinüber. Jedes Kind bekam 100 Leu. Sie prüften die Scheine zwischen Zeigefinger und Daumen. Als sie sich überzeugt hatten, dass es echtes Geld war, stoben sie auseinander, um ihren Reichtum zu Hause zu zeigen.

Mit schmerzverzerrtem Gesicht legte sich Dumitrescu auf die speziell für ihn angefertigte Liege auf der Beifahrerseite. Drulovic setzte sich hinter das Steuer. Der andere Fahrer stieg hinten ein.

Die Fahrt durch die Serpentinen auf der ungeräumten, glatten Straße bis ins Tal war gefährlich. Niemand sprach. Erst in Floresti, kurz vor Cluj, räusperte sich Dumitrescu. »Gut gemacht.«

Drulovic holte tief Luft. »Chef, darf ich Sie etwas fragen?«

»Ich bin nicht mehr dein Chef. Was willst du wissen?«

»Ich stehe in Deutschland ein bisschen unter Druck. Könnte ich hierbleiben? Ihr neuer Fahrer würde das Auto auch allein zurückfahren. Nur, wenn es Ihnen keine Umstände macht.«

»Was hast du getan?«

»Wie früher sollte jemand gefügig gemacht werden. Ich habe mir seine Tochter geschnappt.«

»Avram, du hast mir einen Gefallen getan und bist sofort bereit gewesen mitzufahren, um das Auto ohne Zwischenstopp hierher zu bringen. Morgen kann mich meine Tochter vom Flughafen abholen. Bleib, wenn du das für richtig hältst. Aber denk daran, erwischen werden sie dich auch hier über kurz oder lang. Dann liefern sie dich nach Deutschland aus. Eine Flucht ist nie gut.«

Eine halbe Stunde später checkte er im Flughafenhotel ein. Er bat darum, die Piloten des gemieteten Learjets zu informieren und ihn vor Tagesanbruch zu wecken.

***

Auch Nölting wartete. Er hatte seinen Wagen hinter Büschen und Sträuchern geparkt. In der Dunkelheit würde er trotz der blattlosen Äste nicht gleich zu entdecken sein. Vorsichtig hatte er sich an das Haus hinter den Bäumen herangeschlichen. Fenster für Fenster war er vorgegangen. In keinem der Räume hatte er Mensenkamp entdecken können. Die Garage war leer gewesen. Minutenlang hatte er den Schornstein beobachtet, ohne Rauch aufsteigen zu sehen.

Er hatte sich danach in den BMW zurückgezogen und behielt von dieser Position aus das Anwesen im Auge. In solchen Situationen konnte er geduldig warten. Irgendwann taucht Mensenkamp schon auf. Das wusste er. Dann würde es um den ersten Schritt auf dem Weg zum letzten Akt der späten Vergeltung gehen.

Im Auto war es kalt. Nölting startete den Motor. Wärme strömte ihm aus der Belüftung ins Gesicht und an die Füße. Er suchte im Radio einen Musiksender. Als er so schnell keinen finden konnte, legte er eine CD ein und drehte die Rückenlehne herunter. Donkosaken sangen Chorlieder.

Mit einem Ruck richtete er sich auf. Durch den Gesang hindurch hatte er den Ton einer Autohupe gehört. Die Seitenscheibe glitt herunter. Kalte Nachtluft strömte in den Innenraum. Nölting schaltete die Musik aus. In der Ferne hörte er das Knattern eines Treckers. Kurz darauf sah er die eng beieinanderstehenden Scheinwerfer von Mensenkamps R4. Er schloss die Scheibe und zog den Zündschlüssel ab.

Das Garagentor krachte. Mensenkamp schleppte einen Weidenkorb zum Haus. So viel konnte Nölting erkennen. Er wartete. Licht ging im Hausflur an, dann in der Küche. Er kannte den Grundriss des Hauses von anderen Besuchen. Die Fenster des Wohnzimmers wurden hell. Kurz darauf zog dichter Qualm aus dem Schornstein in den Nachthimmel.

Lassen wir es erst warm werden, entschied er. So verhandelt es sich besser. Er schaltete die Musik wieder an und hörte die CD zu Ende. Dann stieg er aus, öffnete die hintere Wagentür und zog einen bordeauxfarbenen Pilotenkoffer vom Sitz.

Die Haustür war unverschlossen. Nölting drückte die Klinke herunter und trat ein. Er bemühte sich nicht, Geräusche zu vermeiden. Den Weg durch den dunklen Flur fand er, indem er eine Hand an der Wand entlangstreichen ließ. Mit einem Ruck öffnete er die Tür zum Wohnzimmer. Mensenkamp saß in seinem Sessel und starrte ins Kaminfeuer.

Nölting sprach ihn an. »Da bin ich wieder. Zum letzten Mal, wenn alles nach meinen Wünschen verläuft.«

Der alte Mann im zu großen Pullover und der Cordhose voller Flecken glotzte in die Flammen.

»Du kennst die Prozedur. Mach es dir nicht so schwer. Ich bekomme immer, was ich haben will. Also, was ist? Du hattest Gelegenheit zum Nachdenken. Spuck die Information aus.«

Es dauerte keine Stunde, dann fuhr Nölting in seinem dunkelblauen BMW am Haus des Taxifahrers vorbei. Er ließ es gemächlich angehen. Gegen 23 Uhr fuhr er von der Autobahn bei Lohne/Dinklage ab und parkte vor der Raststätte Jägerheim. Er bediente sich am Abendbuffet und aß mit gutem Appetit. Nach dem Doppelkorn am Ende der Mahlzeit tippte er auf eine Kurzwahltaste, wartete, bis der gewünschte Gesprächspartner das Gespräch annahm und sagte: »Er lebt noch. War ein erfolgreicher Abend.«

Eine Stunde später erreichte Nölting Rastede. Er stellte den BMW aber in der Bogenstraße ab und schlich durch Gärten und an Hecken vorbei zur Hintertür seines Hauses. Er öffnete sie vorsichtig. Der Flur war erleuchtet. Er stoppte und horchte. Stille. Ein ungutes Gefühl machte sich in der Brust breit. Warum kam ihm seine Lebensgefährtin nicht entgegen? Er ließ den Pilotenkoffer an der Treppe stehen und zog eine Pistole aus dem Schulterhalfter. Schritt für Schritt schlich er vorwärts. In der Küche brannte Licht. Das Esszimmer war unbeleuchtet. Er tastete sich an den Stühlen vorbei zum angrenzenden Wohnzimmer. Niemand wartete da auf ihn. Die Leselampe war auf den Couchtisch ausgerichtet. Da lag ein dottergelbes Blatt Papier. Darauf stand: »Du machst, was wir abgesprochen haben. Ich verreise für die nächsten Tage. Wenn alles erledigt ist, komme ich zu dir zurück.«

Eine Unterschrift war nicht nötig. Er wusste, wer diese Briefbögen benutzte und den Text geschrieben hatte.

Samstag, 20. Dezember

Das Tageslicht an diesem bewölkten Dezembermorgen brachte nur wenig Helligkeit in den Kirchenraum. Es war nur spärlich geheizt. Zwei schlichte Fichtensärge standen erhöht nebeneinander vor dem Altar. Von dem zugesagten Kreuz war nichts zu sehen.

Konnert nahm es hin und setzte sich in die erste Bankreihe. Mit den Händen unter den Achseln dachte er zuerst an Knieling. Was für ein bitteres Sterben. Getötet von einem, den er für einen Freund gehalten hatte. Was mag er in den letzten Sekunden seines Lebens gedacht, gefühlt haben?

Seine Gedanken wechselten zu dem Mann im Sarg daneben. Da liegt der Mann, der dem Mörder beigebracht hat, auf welche Art und Weise er Knieling erdrosseln sollte. Und der legt ihm dann den Schal genauso um den Hals, wie der es ihm gezeigt hat. Kannte Gogoasa auch den Mann, der Petrikowski in Werl umgebracht hat, oder hat der sich doch selbst getötet? Und war er vorher nach Holland gefahren, um Torsten Boekman zu töten, oder hatte er da auch einen Familienvater erpresst?

Seit Tagen befürchtete Konnert, dass der Ewald aus der Viererclique, dessen Nachnamen sie noch nicht kannten, in Lebensgefahr schwebte. War mit dem Tod von Gogoasa die Bedrohung vorbei? Er senkte den Kopf und begann zu beten.

Hinter ihm fiel die Eingangstür krachend ins Schloss. Unter der Fußstütze ragte die Ecke eines Zettels hervor. Es war leicht, das Blatt hervorzuziehen und aufzuheben. Kopierte Bibeltexte und Lieder für einen Gottesdienst am 1. Advent standen darauf. Lag der Zettel dort seit drei Wochen? Sein Blick fiel auf den Lesungstext, den der Pastor ausgesucht haben musste. »Ihr werdet hören von Kriegen und Kriegsgeschrei, seht zu und erschreckt nicht. Denn das muss so geschehen, aber es ist noch nicht das Ende.«

Es ist noch nicht das Ende, hallte es in Konnerts Gedanken nach. Im selben Moment begann die Orgel zu spielen.

Kurz danach kam der Bestatter, nickte Konnert zu und stellte ein Kreuz hinter die Särge. Es war gerade so groß, dass eben der Querbalken und die Spitze zu sehen waren. Kaum hörbar verschwand er wieder zum Eingang.

In die Bank auf der anderen Seite des Mittelgangs ließen sich zwei Frauen in dunklen Mänteln nieder. Konnert vermutete, dass sie zu jeder Beerdigung kamen. Würden sie darüber enttäuscht sein, dass es im Anschluss weder Butterkuchen noch Tee gab?

Jemand setzte sich hinter ihm fast geräuschlos hin. Er sah sich auch nicht um, als eine weitere Person, diesmal hörbar, Platz nahm. Das Orgelspiel kam zum Ende. Pastor Többens trat aus der Sakristei. Er stellte sich hinter die Särge und eröffnete den Gottesdienst über das Kreuz hinweg.

Vor allem die beiden Damen sangen kräftig. Das erste Lied war soeben verklungen, da schlurfte noch jemand den Gang entlang. Jetzt wandte sich Konnert um. Mensenkamp stützte seinen mageren Körper an einer Bank ab. Er stolperte über die kleine Stufe und fiel kraftlos auf den Sitz. Im Dämmerlicht der Kirche meinte Konnert, einen Bluterguss oder eine Wunde unter dem rechten Auge des Diakons und Hautabschürfungen an der Stirn zu erkennen. War Mensenkamp gestürzt?

Konnert achtete nicht auf die Worte des Pastors. Was will Mensenkamp hier? Was hat er auf der Beerdigung von Knieling und Gogoasa zu suchen?

Der Segen von Pastor Többens war gesprochen worden. Konnert wandte sich um. Mensenkamp war verschwunden. Babsi und die Staatsanwältin warteten auf ihn. Er begrüßte sie flüchtig und entschuldigte sich damit, dass er Mensenkamp noch irgendwo erreichen wollte. Als er zurückkam, waren die Frauen gegangen.

Trotz der Temperatur um den Gefrierpunkt herum schlich er zu seiner Friedhofsbank.

Er rauchte bedächtig.

Vom Friedhofsrand neben der Autobahn schleppte sich Mensenkamp quer über den Rasen des Urnenfeldes auf ihn zu. Er sah fürchterlich aus. Je näher er kam, desto deutlicher waren die Verletzungen zu sehen. Unter dem linken Auge nässte eine runde Brandwunde.

»Ich habe es Ihnen schon einmal gesagt, dass ich bald sterben werde«, flüsterte Mensenkamp und plumpste neben Konnert auf die Friedhofsbank. »Schweigen Sie! Hören Sie mir einfach nur zu.«

»Ich höre.«

»Am Dienstag waren Sie bei mir in Gehrde und fragten mich nach den vier Jungen. Einer war Sascha Knieling. Er wurde eben ausgesegnet. Zwei andere sind auch umgekommen.«

»Ich weiß.«

Mensenkamp zündete mit zittrigen Fingern einen Zigarillo an und inhalierte tief. Er hustete. Sein Körper bäumte sich dabei auf. Nachdem sich endlich der Schleim löste, spuckte er ihn zur Seite ins Gras.

»Im Juni tauchte bei mir ein Mann auf. Er hat gesagt, er wäre investigativer Journalist.«

Konnert wusste sofort, dass das Nölting gewesen sein musste.

»Vielleicht stimmte das sogar. Erst hat er Fragen nach den Zuständen in Hartingsen gestellt. Dann wollte er, genau wie Sie, die Namen von vier Jungen herausbekommen. Angeblich hatte er dazu den Auftrag von einer Person, die mit den Jungen in Hartingsen gewesen war. Es ginge um Rache für erlittenes Unrecht, hat er gesagt. Ich ahnte sofort, worum es ging, und verweigerte mich. Dann hat er begonnen mich zu schlagen und mir kochendes Wasser über die Füße gegossen, bis ich ihm einen Namen gesagt habe. Torsten Boekman. Er hat mich endlos weiter gequält. Aber woher sollte ich wissen, wo genau Boekman wohnte? Halb tot hat er mich liegen gelassen, das Schwein, und gesagt, er komme zurück.«

Konnert fror und wunderte sich, dass sein Nachbar nicht zitterte, sondern nur wieder anfing, zu husten und zu würgen. Er überlegte, ob er dem Diakon helfen könnte, indem er ihm auf den Rücken klopfte. Bevor er zu einer Entscheidung kam, war der Hustenanfall vorbei.

»Ja, so war es«, raunte Mensenkamp, als spräche er mit sich selbst. »Dann ist der Mann zum zweiten Mal bei mir aufgetaucht und hat den nächsten Namen aus mir rausgeprügelt. Dieter Petrikowski. Ich habe gedacht, der Dieter taugt sowieso zu nichts. Ich habe gewusst, dass er zum Wiederholungstäter geworden war und mit Sicherheit in irgendeinem Gefängnis sitzen würde. Da wäre er ja sicher, habe ich gedacht.«

»Wie hieß der Mann?«

»Keine Ahnung. Er hat sich nie vorgestellt.«

»Kann es sein, dass er einen dunkelblauen BMW fuhr?«

»Mit einem BMW ist er gekommen, dunkelblau.«

»Dennis Nölting heißt der Mann. Wir fahnden nach ihm.«

»Finden Sie ihn. Finden Sie ihn bald.« Zum ersten Mal, seit er neben Konnert saß, sah er ihn an. »Sonst geschieht ein Unglück.«

»Sie haben ihm auch Knielings Namen gesagt?«

»Ich hatte solche Angst vor dem Kerl.«

Beide Männer blickten starr auf das Urnenfeld. Sie rauchten. Konnert dachte darüber nach, wie viel Böses doch aus Angst geboren wurde. Aus Angst vor Schmerzen, Angst vor Verlust, Angst vor dem Tod. Und wie gehe ich mit meinen Ängsten um?, fragte er sich. Wie aus dem Nichts kam ihm Zahra in den Sinn und seine Angst, ihr nicht genügen zu können, und davor, dass sie ihn aus falschen Motiven lieben könnte, und ...

»Aufhören«, befahl er.

»Was soll das denn jetzt?« Mensenkamp wurde laut.

»Vergessen Sie es. Ich war in Gedanken woanders. Entschuldigen Sie bitte. Erzählen Sie mir den Rest.«

»Gestern war er wieder in Gehrde. Wie hieß der noch? Nölting? Dennis Nölting? Er hat mich geschlagen, mir die Arme verdreht und ist mit sprudelndem Wasser aus der Küche gekommen. Ich bin nur ein alter Schwächling.«

»Und dann haben Sie ihm den letzten Namen gesagt.«

»Nein, den Ewald wollte ich beschützen. Er ist ein guter Junge gewesen. Er hatte schon in Hartingsen begriffen, dass man Regeln einhalten muss, wenn man ein nützliches Mitglied der Gesellschaft werden will. Der hat bestimmt seinen Weg gemacht. Es kann sein, dass er Lehrer geworden ist, vielleicht auch Krankenpfleger oder so. Er sollte am Leben bleiben.«

»Irgendwann sind Sie zusammengebrochen und haben geredet.«

»Nein! Verdammt noch mal. Ich habe ihm gesagt, dass ich lieber sterbe, als ihm den Namen zu sagen. Ein bisschen Ehre habe ich auch noch im Leib.«

Mensenkamp begann wieder zu husten. Nicht sehr heftig. Aber dann kullerten Tränen über die Wunde in seiner Wange und tropften ihm vom Kinn. Er wischte sie mit einer fahrigen Bewegung ab.

»Vergangene Nacht stand Nölting plötzlich hinter mir. Er hat mich an meinen Sessel gefesselt. Zuletzt zielte er mit einem glühenden Zigarillo auf mein Auge und drückte ihn nur wenige Zentimeter tiefer auf meine Wange. Da konnte ich nicht mehr standhalten.«

Für einen flüchtigen Moment blitzte die Frage bei Konnert auf, zu was er selbst alles in der Lage wäre, wenn jemand einen brennenden Zigarillo in Richtung seiner Augen führen würde.

»Wie heißt der Junge?« Konnerts Stimme klang schroffer, als er es beabsichtigt hatte.

»Ewald Schneider«, flüsterte Mensenkamp und sackte zusammen.

»Nur, damit ich Sie richtig verstanden habe. Nölting kennt den Namen auch.«

»Ja.«

Konnert befürchtete, der Diakon würde vornüber von der Bank fallen, fasste ihn an den Schultern und richtete ihn auf. Der Zigarillostummel lag im Kies. Nur noch ein dünner Rauchfaden stieg auf und verflüchtigte sich in der kalten Winterluft.

»Erzählen Sie mir von dem Ereignis, das zur Verlegung der Jungen geführt hat. Was ist passiert? Welchen Grund hat jemand, nach den vielen Jahren Rache zu üben? Reden Sie!«

Langsam beugte sich Mensenkamp vor, streckte seine rechte Hand aus und wollte den Stummel aufheben. Konnert hielt ihn am Mantelkragen zurück, bevor er von der Bank fallen konnte.

»Stecken Sie sich einen neuen Zigarillo an. Aber reden Sie endlich.«

»Das kann und will ich Ihnen nicht sagen.« Mit einem Mal war Mensenkamps Stimme klar und fest.

Er kramte in seiner Manteltasche und holte eine Schachtel Handelsgold Sumatra heraus. Mit klammen Fingern öffnete er die Packung, nahm den letzten Zigarillo und ließ den Karton fallen. Konnert gab ihm Feuer. Wieder musste Mensenkamp husten.

»Reden Sie endlich.«

»Kümmern Sie sich nicht um mich. Finden Sie Schneider, bevor der Kerl ihn in die Finger kriegt.« Nach einem tiefen Atemzug quälte er sich auf die Beine und schlurfte vom Friedhof zu seinem R4.

Konnert fror und blieb dennoch sitzen. Er ließ Mensenkamp gehen. Später würde er ihn verhören. Jetzt ging es darum, Schneider zu finden. Das Rauschen der Autobahn untermalte sanft ein Gebet. »Lass mich ihn finden, bevor ihn Nölting umbringt.«

***

An der Stelle des Beifahrersitzes lag im Mercedes eine dicke Schaumstoffpolsterung. Elisei Dumitrescu parkte vor dem Bremer Flughafen und schlug mit der Faust auf das Kissen. In ihre Augen traten Tränen. Sie dachte daran, dass sich ihr Vater gleich auf die Unterlage niederknien würde. Sie zog die Nase hoch und griff dann erst zum Taschentuch, um sie zu putzen. »Sturer lieber, alter Papa«, schimpfte sie. »Willst dich auf keinen Fall operieren lassen. Ein künstlicher Darmausgang ist doch keine Schande. Stattdessen verzichtest du auf deine Lieblingsspeisen, quälst dich bei jedem Toilettengang und schweigst verbissen.«

Sie stieg aus. Trotz des Kurztrenchs aus Lammfell spürte sie die Kälte bis auf der Haut und zuckte zusammen. Von Westen näherte sich ein Learjet. Ihr Vater schwebte ein.

Es gab Zeiten, da bestand er darauf, dass sein Wagen ihn direkt am Flugzeug abholen konnte. Mit einer entsprechenden

Summe konnte er fast alles durchsetzen. Das wollte er nicht mehr. Sie war mit so vielen Privilegien aufgewachsen. Ein Blick von ihrem Vater hatte genügt, und man erfüllte ihr jeden Wunsch. Und jetzt sagte ihr Vater, den sie vergötterte, *Bitte*. Sie hatte nie verstanden, was ihn hatte so weich werden lassen.

Wenigstens trug ihm eine Flugbegleiterin das Gepäck. Elisei umarmte ihren Vater und wollte sich anschließend bei ihm unterhaken. Sie spürte, dass es ihm unangenehm war. Bitte zu sagen hat er sich angewöhnt, dachte sie. Aber Nähe verträgt er immer noch nicht.

Sachte rollte der Mercedes an.

»Wie war der Flug, Papa?«

»Ausgezeichnet. Es gab nur kurze Turbulenzen.«

»War es eine erfolgreiche Reise?«

»Ich hoffe, es war für die Menschen, die ich getroffen habe, hilfreich.«

Der Verkehr war vor dem 4. Advent eine Katastrophe. Stop and Go. Sie fuhren an Eliseis Galerie vorbei.

»Dein Geschäft ist heute geschlossen?«

»Meine Mitarbeiterin ist krank geworden.«

»Kann dann nicht dein Lover einspringen?«

»Dennis ist mit anderen Aufgaben beschäftigt.«

»Was findest du nur an so einem Schleimer?«

»Er ist nützlich.« Sie musste plötzlich bremsen. Ein Radfahrer kreuzte vorschriftswidrig die Fahrbahn. Ihr Vater krallte sich am zusätzlichen Haltegriff auf dem Armaturenbrett fest.

»Und er versteht es, mich aufzuheitern.«

***

Nach einer Stunde hatte sich Stephanie von ihrem Vater verabschiedet. Er hatte sie wieder nicht als seine Tochter erkannt.

Im Café des Pflegeheims bestellte sie einen Kaffee und nahm ihn mit an einen Tisch am Fenster. Sie sah hinaus. Regenwolken hingen am Himmel. Auf dem Parkplatz rangierte jemand einen Geländewagen in eine Parklücke. Für das freie Wochenende hatte sie keinen Plan. Ihr wurde wieder einmal klar, dass sie ihre freie Zeit unausgefüllt und enttäuschend vertrödelte. Der Kaffee war lauwarm geworden. Sie ließ die Tasse auf dem Tisch stehen.

Beim Auto angekommen, stellte sie fest, dass der Geländewagen ihre Fahrertür blockierte. Sie musste durch die Beifahrertür einsteigen und über den Schaltknüppel hinter das Steuer klettern. Sie blieb noch einen Augenblick still sitzen, strich die Haare aus der Stirn, schluckte, putzte sich die Nase. Dann erst fuhr sie ab, um Lebensmittel einzukaufen.

Auf dem Boden des Einkaufswagens lagen vier Teile, als ihr Handy klingelte. Konnert war dran. Sie hörte zu, ließ den Wagen im Geschäft stehen und stieg in ihr Auto, um ins Kommissariat zu fahren.

***

Alle Überredungskünste hatte er aufbieten müssen, um dabei sein zu dürfen.

»Ihr in Oldenburg habt ja keine stichhaltigen Beweise gegen Dumitrescu liefern können. Jetzt sind wir am Zug«, hatte ihm der Kollege vom Bremer Kommissariat 5 gesagt. »Wir haben Belege für Steuerhinterziehung, Geldwäsche und illegale Preisabsprachen von Dumitrescu persönlich. Wir bringen ihn hinter Gitter. Wir.«

Venske hatte sehr wohl den süffisanten Unterton herausgehört. Gern hätte er gekontert, von Zuhälterei und Mord gesprochen und Stephanies Ermittlungen hervorgehoben. Aber er hatte sich beherrscht, die Kollegen bescheiden gebeten, mitkommen zu dürfen, und Zurückhaltung zugesichert.

Dreizehn Minuten nachdem Dumitrescu zu Hause angekommen war, umstellte das SEK die Villa. Eine Fünfergruppe mit heruntergeklapptem Visier und gezogenen Pistolen schritt leicht gebückt auf das Eingangsportal zu. Bevor sie ankamen, wurde geöffnet.

»Sie schon wieder?« Elisei Dumitrescu trat heraus.

Scheinwerfer flammten auf. Venske drängelte sich vor.

»Und der Herr Kommissar Venske ist auch mit von der Partie. Herzlich willkommen.« Ihr Lächeln entglitt ihr zu einem Grinsen. »Wollen Sie nicht hereinkommen?« Sie gab den Weg frei. Die Beamten drängten ins Haus.

Im Foyer wartete Dumitrescu. Er stand aufrecht unter einem Kronleuchter. Neben ihm bemühte sich seine Frau um Haltung. Elisei stellte sich zu ihrem Vater.

Kriminaloberkommissar Becker kommandierte: »Die Hände über den Kopf. Stellen Sie sich an die Wand. Spreizen Sie die Beine.«

Dumitrescu gehorchte.

Die SEK-Beamten hielten sich im Hintergrund, immer noch mit gezogener Waffe. Beamte des FK3 verteilten sich im Haus und begannen mit der Durchsuchung. Ein junger Polizist zog Einmalhandschuhe über, baute sich hinter Dumitrescu auf und begann, ihn abzutasten.

»Du stinkst, Dumitrescu. Du stinkst wie ein Haufen Scheiße. Hast du vor Angst in die Hose geschissen? Das ist ekelhaft.«

Die Wangenmuskeln des Rumänen traten hervor. Seine Frau wollte zu ihm. Ein Polizist verstellte ihr in den Weg.

Der Kommissar strich mit seinen Händen an der Innenseite der Hosenbeine hoch. »Ach du Scheiße. Der Alte trägt Windeln. Der kackt wie ein Baby und ist in Windeln gewickelt wie das Christkind.«

»Nun ist gut, Dreßler!« Dem Vorgesetzten gingen die Beleidigungen nun doch zu weit.

Venske schlich sich heran. »Kollege, wenn ihr mit ihm fertig seid, dann hat er auch noch eine Rechnung bei mir offen. Sagt Bescheid, wenn wir ihn haben können.«

»Venske, du nervst.«

***

Nölting fluchte. Stunden hatte er schon damit zugebracht, im Internet nach Ewald Schneider zu suchen. Bei Google gab es eine halbe Million Ereignisse zu diesem Namen. Was er bei Facebook, Xing und Twitter fand, passte weder vom Alter noch vom Inhalt der Mitteilungen. Er ging wie selbstverständlich davon aus, dass auch Ewald Schneider eine kriminelle Lebensgeschichte haben musste. Im Telefonverzeichnis gab es an die hundertfünfzig Einträge. Er hatte jede Nummer angewählt und sich als Journalist vorgestellt. Ehrlich hatte er gesagt, dass er für ein Buch über die Zustände in Hartingsen einen Ewald Schneider suchte. Der wäre in den 70er Jahren dort gewesen.

Frustriert stand er am Fenster. Niemand hatte sich als ehemaliger Zögling zu erkennen gegeben. Er lugte durch den Gardinenspalt. Der graue Golf parkte immer noch schräg gegenüber. Bullengehalt für Zeittotschlagen. Der Gedanke amüsierte ihn. Dann realisierte er, dass er mit einsetzender Dunkelheit den Computer nicht mehr benutzen könnte. Auch das Licht anzumachen oder die Rollläden herunterzulassen, würde ihn verraten. »Verdammte Scheiße.«

Nölting legte sich im oberen Stockwerk auf das Doppelbett. Mit Fantasien über seine Freundin schlief er ein.

***

Bernd Venske war in Bremen. Eine Reihe anderer Mitarbeiter des Kommissariats FK1 konnten am Samstagnachmittag telefonisch nicht erreicht werden. Bedauerlicherweise gehörten dazu auch die drei Spezialisten für Internetrecherchen. So durchforstete Babsi INPOL, das Informationssystem der Polizei. Ins Melderegister hatten sich Mitarbeiter von Kilian eingeloggt. Er selbst ackerte die BKA-Datenbank durch. Das dritte Team um Stephanie nahm sich das Vorgangsbearbeitungs- und die Fahndungssysteme vor. Hier rechneten sie eigentlich nicht mit Erfolgen. Aber trotzdem. Es musste gemacht werden.

Babsi kam mit einer ihrer Mitarbeiterinnen in Konnerts Büro. »Wir haben da was«, waren die ersten Worte. »Ein Ewald Schneider, 59 Jahre alt, ist in Clausthal-Zellerfeld gemeldet. Wir haben versucht, ihn anzurufen. Da meldet sich niemand. Sollen wir Amtshilfe der dortigen Kollegen anfordern?«

»Das übernehme ich. Danke.«

Kurze Zeit darauf sprach Konnert mit dem stellvertretenden Leiter des Polizeikommissariats Oberharz in Clausthal-Zellerfeld und informierte ihn. »Lasst euch was einfallen, warum ihr ihn überprüft. Wir wollen erst einmal nur wissen, wo er sich Anfang der 70er Jahre aufgehalten hat.«

»Wisst ihr eigentlich, wen wir da überprüfen sollen?«

»Ewald Schneider.« Konnert war ungehalten.

»Ich bin seit Oktober hier im Harz. Meine Stelle hatte vorher ein Ewald Schneider. Meint ihr den?«

»Fahrt hin und klärt das!«

»Das ist eine Adresse knapp eine halbe Stunde von hier. Bei uns schneit es. Wir sind dünn besetzt. Es ist Samstag. Muss das noch heute sein?«

»Möglicherweise geht es ja um das Leben eines Kollegen. Also kümmert euch.«

»Ich schicke da eine Streife vorbei. Melde mich wieder. Kann aber dauern. Wie schon gesagt, hier liegt Schnee.«

Das Warten zog sich hin.

Nach vierzig Minuten maulte Babsi: »Haben die im Harz keinen Funk, um die Ermittlungsergebnisse sofort durchzugeben? Kennen die noch keine Handys?« Sie redete wie Venske, wenn der ärgerlich war.

Konnert rauchte und notierte einzelne Gedanken auf seine karierten Blätter.

Er ging zu Kilian. »Irgendwo muss Nölting sein. Vor seinem Haus stehen Kollegen. Da scheint er nicht zu sein. Vielleicht hat er ein Hotelzimmer gebucht. Lass das mal überprüfen.«

»Welcher Umkreis?«

»Einschließlich Bremen.«

***

Das Aufheulen eines Motors weckte Nölting. Er brauchte einen Moment, um sich zu orientieren. Im Dunklen schlich er zum Fenster. Der Golf war abgefahren.

Und wenn die Bullen nur so taten, als wären sie weg, und lagen jetzt nur außerhalb seines Gesichtsfelds immer noch auf der Lauer? Vielleicht. Mit einem Pflaster klebte Nölting das Lämpchen am Kaffeeautomaten ab und ließ dann einen Milchkaffee durchlaufen. Im Kühlschrank lagerten Käse, Wurst und Brot. Er zog den Stecker, weil er befürchtete, das Licht aus der geöffneten Tür könnte von der Straße aus gesehen werden. Tastend suchte er Brot und Aufschnitt. Mit dem improvisierten Abendessen setzte er sich mit Blick in den Garten auf einen Stuhl.

Er dachte nach.

Hatte Mensenkamp ihm wirklich alles verraten? War er nicht zu euphorisch losgefahren, als er endlich den vierten Nachnamen erfahren hatte? Unüberlegt und zu plötzlich. Der Alte hatte ihm doch immer nur das gesagt, was aus ihm herauszuprügeln war. Nölting entschied sich, die Stunde Autofahrt zu investieren und erneut nach Gehrde zu fahren.

***

Der Anruf aus Clausthal-Zellerfeld kam um 20:12 Uhr. Ein Ewald Schneider war bei der Adresse gemeldet. Er und seine Familie hätten so gut wie nie Kontakt zu den Leuten gehabt. Jetzt benutzten sie die Wohnung nach Auskunft der Nachbarn wohl nur sporadisch. Wenn sie in den vergangenen Wochen anwesend gewesen seien, hätten sie immer etwas unternommen. Einer der Nachbarn meinte, dass Schneider Polizist gewesen sei, oder beim Geheimdienst.

Konnert rief seine Ermittler an den großen Tisch. Sie diskutierten die Information und kamen zu dem Schluss, dass sie erst vorrangig die Personaldateien der niedersächsischen Polizei durchsehen wollten.

Kurz darauf versammelte Babsi die Kommissare an ihrem Schreibtisch.

»Es gibt tatsächlich einen Kollegen Ewald Schneider. In der Liste ist er mit der Harzer Adresse gemeldet. Und da ist er, wie wir wissen, nicht anzutreffen.«

»Wo ist seine Dienststelle?«, fragte Stephanie.

»Polizeistation Lastrup, Polizeiinspektion Cloppenburg. Die ist von Montag bis Freitag in der Zeit von acht Uhr bis sechzehn Uhr besetzt.«

»Und heute ist Samstag. Natürlich. Rufen wir also in Cloppenburg an.«

»Weißt du, wer das ist, Stephanie?«, fragte Kilian. »Du warst da doch lange stationiert.«

»Nie von ihm gehört. Der muss nach meiner Versetzung gekommen sein.«

»Du rufst in Cloppenburg an«, kommandierte Kilian. »Vielleicht kriegst du einen an die Strippe, den du kennst.«

Konnert beobachtete, wie seine Leute auch ohne sein Eingreifen zurechtkamen. Er zog sich in sein Büro zurück.

***

Röchelnd saß Mensenkamp vor dem Fernseher. Die letzten Sekunden der Wettervorschau liefen. Gleich kam das Spiel Real Madrid gegen San Lorenzo der FIFA-Klub-Weltmeisterschaft. Im Kaminofen bullerte das Feuer. Das Zimmer war überhitzt. Dennoch fröstelte der Diakon. Das Gesicht war hochrot. Auf der Stirn hatten sich Schweißtröpfchen gebildet. Vom Zigarillo in seiner rechten Hand fiel die Asche auf seine Puschen.

Durch die Eröffnungsmusik des Fußballereignisses hörte Mensenkamp das Zuschlagen einer Autotür. Er wusste sofort, wer ihn besuchte. Mit dem Blick zum Boden erwartete er Nölting.

»Das gefällt mir, Mensenkamp. Deshalb bin ich gekommen, um mit dir Fußball zu gucken. Aber erst müssen wir lüften.« Nölting versuchte, eines der Holzfenster zu öffnen. Es gelang ihm nicht.

»Die sind zugeschraubt«, raunte Mensenkamp und stellte den Fernseher ab. »Sonst klappern die beim schwächsten Windzug. Ist nachts auch sicherer, wenn man hier so abseits lebt.«

Mit schnellen Schritten stürmte Nölting zur Tür, riss sie auf und polterte durch den Flur, um ebenso die Haustür offenstehen zu lassen.

»Frische Luft tut deiner Lunge und deinem Gehirn gut«, feixte Nölting und zog einen Stuhl zu Mensenkamps Sessel. »Ich will von dir noch wissen, wo der Schneider wohnt.«

»Das weiß ich nicht.«

»Mach es dir doch mal leicht. Warum streitest du erst ab, etwas zu wissen? Ich muss dir dann den Wasserkocher holen. Das tut dir weh und macht mir Mühe und Arbeit. Du sagst mir ja doch, was ich wissen will.«

»Ich bin krank. Nach der Beerdigung habe ich mit dem Kommissar auf einer Friedhofsbank gesessen und mir in der Kälte den Tod geholt.«

»Und worüber habt ihr geplaudert?«

»Ich habe ihm alles gestanden. Was Sie mit mir gemacht haben, was ich Ihnen gesagt habe und auch, wer der vierte Junge ist.«

Nölting sprang auf und schlug dem alten Mann mit dem Handrücken ins Gesicht.

Mensenkamps Kopf flog zur Seite. Wie in Zeitlupe wandte er sich wieder seinem Peiniger zu. Aus trüben Augen sah er zu ihm auf. Ein Fausthieb traf ihn an der Stirn. Er kippte nach rechts über die Lehne und stützte sich mit der Hand am Boden ab. Er ließ den Kopf hängen. Dann brach er zusammen.

»Erbärmlicher Idiot.«

Ein Windstoß schlug die Haustür zu. Scheiben klirrten. Nölting trat gegen den Hebel am Ofen und drosselte die Luftzufuhr.

»Nützlicher Idiot.« Mit einem Mal hatte er Mensenkamps Telefonhörer in der Hand und wählte.

***

Venske kam siegessicher ins Großraumbüro. »Wir haben ihn. Jetzt ist Dumitrescu reif. Wie war das mit den Nürnbergern? Sie hängen einen, wenn sie ihn haben. Wir haben ihn.«

»Wir?«, wollte Kilian wissen. »Ich denke, die Bremer waren erfolgreich. Du warst doch nur dabei.«

Bevor Konnert schlichten konnte, vibrierte das Handy in seiner Hosentasche.

Mensenkamp meldete sich. »Ich sterbe, Herr Kommissar.«

»Das sagen Sie mir jedes Mal, immer wenn wir miteinander sprechen.«

»Ich würde gern reinen Tisch machen und Ihnen jetzt doch die ganze Geschichte erzählen.«

»Ich höre Ihnen zu.«

»Können Sie nicht vorbeikommen? Es ist schwer für mich, darüber zu reden. Wenn Sie hier wären ...« Mensenkamps Stimme war leiser geworden. Ein Geräusch irritierte Konnert. Es hörte sich an, als sei der Hörer auf den Fußboden gefallen.

»Mensenkamp! Sind Sie noch dran?«

Ein schabendes Geräusch war zu vernehmen. Schlurfte Mensenkamps Pantoffel über Teppichboden? Dann knackte es, und die Leitung war unterbrochen.

Konnert suchte aus seinen Unterlagen die Telefonnummer des Diakons heraus und rief an.

Niemand meldete sich.

Ihm schossen verschiedene Gedanken durch den Kopf. Was hat Mensenkamp so plötzlich umgestimmt? War es wirklich nötig, nach Gehrde zu fahren? Wäre es nicht ausreichend, einfach einen Notarzt zu alarmieren? Dann reizte ihn die Aussicht, die ganze Geschichte zu hören so sehr, dass er aufstand und zu seinen Leuten ging.

»Ich muss noch mal weg.«

»Jetzt?« Stephanie riss ungläubig die Augen auf.

»Der Diakon will mir alles berichten.«

»Das kann er nächste Woche immer noch«, behauptete Kilian. »Wir müssen Schneider finden.«

»Er stirbt!«

»Bevor Mensenkamp stirbt, muss er aussagen. Lasst Adi fahren. Wir schaffen das hier schon. Wenn die Kollegen aus Cloppenburg nur bisschen fixer wären.« Babsi lächelte zart.

»Wir hätten dann auch die Motivation für all die Morde geklärt«, versuchte Konnert ein Argument nachzuschieben. »Außerdem leitet Bernd ja die Ermittlungen.«

»Und du bist im Urlaub«, fügte Babsi an.

Im Hintergrund läutete ein Telefon. Stephanie stand auf und eilte zu ihrem Schreibtisch. Kurz darauf kam sie zurück. »Schneider hat eine Wohnung in Lastrup. Er ist da aber telefonisch nicht zu erreichen. Die Kollegen sind auf dem Weg zu ihm. Sie rufen wieder an.«

»Hier ist alles in guten Händen«, meinte Babsi. »Fahr du ruhig nach Gehrde. Wir können ja miteinander telefonieren.«

Mit einem Mal war sich Konnert unsicher, ob es eine gute Idee war, seinen Posten zu verlassen. Aber Venske war ja da.

»Willst du allein fahren? Soll ich mitkommen?«, fragte Babsi fürsorglich.

Das gab den Ausschlag. »Nein, du wirst hier gebraucht. Ich besuche nur einen alten Mann, der sein Gewissen erleichtern will. Mach dir keine Sorgen.«

Damit stand er auf, holte den Mantel aus dem Büro, grüßte noch einmal kurz mit erhobenem Daumen und verschwand.

***

Im Bremer Polizeigewahrsam hatten die Beamten Dumitrescu gestattet zu duschen. Für seine Frau war es fast unmöglich gewesen, ihn mit frischen Windeln zu versorgen. Erst die Drohung, beim Innensenator anzurufen, ließ die zuständige Polizistin einlenken. Es hatte auch der beharrlichen Weigerung vonseiten Dumitrescus bedurft, dass er bei der Belehrung vor der ersten Vernehmung stehen bleiben konnte.

Regungslos hörte er, welche Straftaten ihm zur Last gelegt wurden und welche Strafvorschriften in Betracht kamen. Auf die Frage, ob er sich dazu äußern wolle, antwortete er mit einem klaren »Nein«.

Sie warteten, bis zwei Rechtsanwälte erschienen. Die sofortige Freilassung konnten sie nicht erreichen und zogen sich mit Dumitrescu in einen Besprechungsraum zurück.

***

Konnert brauchte keine Sekunde, um zu begreifen, dass er in eine Falle getappt war. Mensenkamp saß in seinem Sessel, und Nölting hielt ihm eine Pistole an die Schläfe. Er grinste. Dann richtete er die Waffe auf Konnert.

Im Kamin glomm die Glut. Jemand müsste ein oder zwei Scheite nachlegen, dachte Konnert, und sein Gesicht verzog sich zu einem ungläubigen Grinsen. Da droht mir einer, mich zu erschießen, und ich registriere, dass das Feuer bald ausgeht.

»Jetzt sollten Sie eigentlich Ihr Schießeisen ziehen und mir sagen: *Legen Sie die Pistole auf den Boden. Machen Sie keinen Quatsch, Sie kommen hier doch nicht raus?* So läuft das in Fernsehkrimis.«

»Meine Pistole liegt in der Polizeiinspektion im Waffenschrank. Ich schieße nicht gut, und da ist es besser, ich lasse die Finger von Waffen.«

Nölting hielt die Pistole wieder dem Diakon an den Kopf.

»Stört es Sie, wenn ich Holz nachlege? Das Feuer geht aus.«

»Ich war einmal Handballtorwart. Wenn Sie mich mit Holz bewerfen, bin ich in der Lage, es mit einer Hand zu fangen und mit der anderen zu schießen.«

»Machen Sie sich nicht lächerlich. Ich und mit Knüppeln werfen.«

Konnert bückte sich, zog die Ofenklappe auf und schichtete drei Scheite über die Glut. Er vergaß, die Luftzufuhr zu öffnen. Im Aufstehen wandte er sich Mensenkamp zu und fragte: »Wie geht es Ihnen?«

»Er hat mich gezwungen, Sie anzurufen und hierher zu locken.«

Für einen Augenblick ärgerte sich Konnert darüber, seine Mitarbeiter allein gelassen zu haben.

»Kann ich mich zu Ihnen setzen?«

Er ignorierte Nölting und sprach zum Diakon.

Der nickte stumm.

»Sie wollten mir die ganze Geschichte erzählen.«

»Der Kerl lässt mich nicht in die Küche gehen. Ich würde mir so gern einen Pharisäer machen. Sie möchten doch bestimmt auch einen.«

»Was ist ein Pharisäer?« Nölting mischte sich misstrauisch ein.

»Ein Kaffee mit ein paar Tropfen Rum.«

Tropfen, dachte Konnert und musste schon wieder lächeln.

»Sie finden die Situation hier wohl amüsant?«

Konnert meinte, eine leichte Verunsicherung bei Nölting festzustellen. Vorsicht, ermahnte er sich, konzentriert bleiben. Verunsicherte Menschen werden unberechenbar.

»Ich kann mir vorstellen, dass wir alle einen Kaffee gebrauchen könnten. Gehen wir doch gemeinsam in die Küche.«

Nölting stimmte zu. Konnert hatte das Gefühl, nicht mehr nur zu reagieren.

Anschließend waren sie wieder im Wohnzimmer. Das Holz war durchgebrannt. Konnert zog seinen Mantel aus und setzte sich auf einen gepolsterten Stuhl. Nölting blieb stehen und behielt den Diakon und den Kommissar im Auge. Sie hatten Kaffeebecher in den Händen, in die Mensenkamp einen gehörigen Schuss Rum gefüllt hatte.

»Kennen Sie schon die Geschichte?« Konnert sah Nölting an. Der schüttelte nur den Kopf, schlürfte den heißen Kaffee über die Lippen und schauderte.

»Möchten Sie sie kennenlernen?«

»Mich interessiert viel mehr, ob Sie herausgefunden haben, wo Schneider ist.«

»Sie werden verstehen, dass ich Ihnen dazu keine Auskunft geben kann.« Konnert lächelte wieder und fragte sich, was ihn so locker reden ließ. Der Pharisäer konnte es noch nicht sein. Er hatte nur daran genippt.

»Sie scheinen die Situation zu unterschätzen, Herr Kommissar.«

Mit einem Mal fing Mensenkamp an zu erzählen.

»Alles begann mit der Einweisung zweier Jungen in der Nacht vom 17. auf den 18. Mai 1969. Sie hatten mit ihren Eltern bei Verwandten oder Freunden oder weiß Gott bei wem in Ostfriesland einen Besuch gemacht. Sie waren auf dem Heimweg nach Rumänien.«

Er trank aus seinem Becher, wischte mit dem Pulloverärmel über die Lippen und redete, als wäre er froh, endlich jemandem die Not seines Lebens erzählen zu können.

»Auf der B239 bei Hemsloh ist der Dacia 1100 von der Fahrbahn abgekommen und gegen einen Baum geprallt. Ursache war ein Bruch der rechten Vorderradaufhängung. Die Mutter war schon tot, als die Polizei eintraf. Der Vater starb im Rettungswagen. Die beiden Jungs hatten auf dem Rücksitz zwischen Decken, Waschmittelkartons und Tragetaschen geschlafen und überlebten.«

Mensenkamp unterbrach wieder und griff zu seinen Zigarillos. Er bot den beiden einen an. Sie lehnten ab und er zündete einen an. Bevor er weiterreden konnte, musste er einen Hustenanfall überstehen.

»Weil die Polizei in der Nacht nicht wusste, wo sie mit den beiden Jungs bleiben sollte, brachte man sie zu uns nach Hartingsen. Warum sie dann weiter bei uns blieben, ist mir bis heute ein Rätsel.«

Der Zigarillo glühte auf. Konnerts Handy klingelte. Er sah Nölting fragend an. Als der stumm nickte, fand er es diesmal in der Manteltasche. Auf dem Display erschien Babsis Nummer. Stehend nahm er das Gespräch an. Die Kommissarin berichtete, dass die Kollegen aus Cloppenburg wohl die Ehefrau mit zwei Enkelkindern angetroffen hatten, aber Ewald Schneider blieb verschwunden. Er habe einen Anruf bekommen und hätte das Haus verlassen, meinte die Frau. Wahrscheinlich würde er einer Angelegenheit nachgehen. »Sie machte sich keine Sorgen um ihn.«

Konnert hörte schweigend zu. Mensenkamp rauchte und kippte den Rest Kaffee hinunter. Nölting lauschte angestrengt, um etwas von dem Telefongespräch mitzubekommen.

»Wenn er in einer Stunde nicht wieder aufgetaucht ist, sollen die Cloppenburger Kollegen eine Suche einleiten.«

In dem Moment, in dem er *Cloppenburg* gesagt hatte, wusste er, dass das ein Fehler gewesen war. Er versuchte, sein beherrschtes Gesicht beizubehalten. Aber der Diakon und auch Nölting reagierten sofort.

»Cloppenburg. Na endlich. Da in der Nähe wohnt ein Ewald Schneider. Genauer gesagt wohnt er in Lastrup. Den habe ich heute Nachmittag angerufen und nach Hartingsen gefragt. Netter Mann, angenehme Stimme, Kinderlachen im Hintergrund.

Ich erinnere mich gut. Seine Adresse steht noch auf meiner Liste.«

»Kann ich noch einen Pharisäer bekommen?«

»Halt die Klappe und rühr dich nicht!«

Er wandte sich an Konnert.

»Und nun vorwärts.«

»Draußen ist es bitterkalt.«

»Dann zieh den Mantel an. Ich bin ja kein Unmensch.«

Er wartete, bis Konnert den Mantel zugeknöpft hatte, und schob den Kommissar in den Flur.

»Vor die Tür und dann nach links und wieder nach links.«

Konnert holte sein Feuerzeug aus der Manteltasche und ließ die Flamme aufleuchten. Der Wind löschte sie sofort. Das Licht aus den Fenstern musste für den Weg hinter das Haus reichen.

An die Rückseite hatten die Vorbesitzer einen Holzverschlag angebaut. Früher wurden darin die mannshohen Gasflaschen für den Herd angeschlossen.

»Aufmachen!«

Ein Holzpflock klemmte in der Öse der Überfalle. Der Stahldraht fühlte sich rostig aber stabil an. Konnert musste all seine Kräfte aufbieten, um das Stück Holz herauszuziehen. Die Tür quietschte beim Öffnen und hing dann in den Scharnieren.

»Ich bin kein Mörder, Herr Konnert. Das erledigen andere. Ich habe ein sehr gutes, erfolgreiches Vorbild für diese Vorgehensweise kennengelernt. Außerdem habe ich keine Anweisungen für Sie. «

Er machte eine auffordernde Bewegung. »Gib das Handy her.« Mit der linken Hand nahm er das Telefon in Empfang und steckte es ein.

»Stellen Sie sich hinein. Ich brauche nur die ein oder andere Stunde Vorsprung.«

Konnert zögerte.

»Sie werden schon nicht erfrieren. Rauchen Sie eine Pfeife. Irgendwann wird man Sie vermissen, nach Ihnen suchen, Sie finden und herausholen. Sie überleben die Stunden. Bestimmt.«

Angst vor dem Tod hatte Konnert nicht, aber vor der Enge und der verschlossenen Tür. Für die drei Schritte in den Verschlag hinein brauchte er mehr innere Kraft, als ihm in dieser Situation zur Verfügung stand. Nölting gab ihm einen Schups. Er stolperte ins Dunkel und stieß mit der Brust an die Metallringe der Flaschenhalterungen. Hinter ihm hob Nölting die Tür an, warf sie zu, und Konnert konnte hören, wie er den Pflock in die Öse rammte.

Im nächsten Moment war ein schleifendes Geräusch zu hören. Nölting zieht die Flügeltür zur Garage auf, machte sich Konnert bewusst. Kurz darauf war das Zischen der aus den Reifen des R4 entweichenden Luft zu hören. Das wird er auch bei meinem Wagen erledigen, war sich Konnert sicher. Der unverkennbare Motorklang eines BMW signalisierte ihm, dass Nölting abfuhr.

Konnert ließ sein Feuerzeug aufleuchten. Gut, dass ich rauche, dann habe ich wenigstens etwas Ablenkung, war ein schneller Gedanke, den er sofort wieder ignorierte. Er sah sich um. In einer Ecke stand ein Blecheimer. Es roch nach Erde und faulem Laub, das unter der Tür hindurch in den Verschlag geweht worden war. Er steckte das Feuerzeug ein und bückte sich. Das untere Ende der Tür war bröckelig und vermodert. Mit den Fingern konnte er Holzreste abbrechen. Er drehte sich um, ging in die Knie, legte den Rücken ans Holz und griff unter die Tür. Mit der Kraft seiner Beinmuskeln wollte er die Tür anheben. Sie ließ sich nur um Zentimeter bewegen.

Durch die Ritzen des Bretterverschlags pfiff der Wind.

Erst probierte Konnert es mit einem Fußtritt, dann stemmte er den Rücken an die Seitenwand und wollte mit den Beinen ein Brett herausbrechen. Es gelang nicht. Nur Dreck rieselte aus der löchrigen Dachpappe. No Sports, ging es ihm durch den Kopf. Verpassten Trainingseinheiten nachzujammern, ist jetzt vergeblich.

Er setzte sich auf den Eimer und begann eine Pfeife zu stopfen und anzuzünden. Beten und Nachdenken, sagte er sich.

Er hockte im Dunklen. Die wutschnaubenden Drohungen seiner Mutter kamen ihm in den Sinn, und er meinte, den Griff ihrer Hand um seinen kindlichen Nacken zu spüren. Er hatte sich nie gewehrt, wenn sie ihn durch das Treppenhaus in den Konnertschen Keller geführt hatte. Da sollte er über seinen Ungehorsam nachdenken. Wie er jetzt auf dem Eimer saß, so kauerte er damals auf dem Hauklotz, auf dem sein Vater Anmachholz für den Ofen hackte. Den Geruch vom Mittel, das man über die Kartoffeln streute, damit sie nicht keimten, meinte er riechen zu können. Manchmal klemmte eine tote Maus in der Falle neben den Briketts.

Als er älter geworden war, häuften sich die Drohungen, dass er ins Erziehungsheim kommen würde, wenn es so mit ihm weiterginge. Die Verwarnungen hatten schon mehr Wirkung. Kurzfristig. Wie oft hatte ihn seine Mutter an den Schultern gepackt, geschüttelt und hilflos prophezeit: »Ändere dich, mein Junge. Sonst kommst du noch ins Gefängnis oder, noch schlimmer sogar, ins Zuchthaus.«

Seine Mutter hatte, Gott sei Dank, nicht recht behalten. Aber die Enge auf der Brust, die er jetzt spürte, war ihr Vermächtnis. Er schloss die Augen und atmete konzentriert ein und aus.

Mit neuer Zuversicht hielt er das brennende Feuerzeug in der Hand und betrachtete die Stellen, an denen die Schrauben der

Überfalle steckten. Die Muttern waren angerostet, aber die Löcher im Holz ausgeschlagen. Er begann, seine rechte Manteltasche zu durchsuchen. Etwas Langes, Spitzes kam ihm in die Finger. Ein kräftiger Nagel. Konnert erinnerte sich sofort an die Fundstelle in den Schlosshöfen. Vielleicht sechs Zentimeter vor der Rolltreppe lag der Vierzöller. Ein Kick hätte genügt, um die Treppe zu blockieren. Er konzentrierte sich wieder auf die Schrauben. Jetzt hätte er gern ein Feuerzeug besessen, das er nicht in der Hand halten musste, damit die Flamme anblieb. So pruckelte er einhändig mit dem Nagel an den Löchern herum. Anfangs brachen leicht Splitter vom verwitterten Holz ab. Aber im Kern der Bretter war es immer noch fest und widerstand allen Bemühungen. »Merde!«, schimpfte er, und noch einmal: »Merde!«, als er sich den Daumen verbrannte.

Er ließ das Feuerzeug fallen.

***

Die Landstraße gehörte Nölting. Wieder und wieder betätigte er die Lichthupe und scheuchte jeden zur Seite, der nicht frühzeitig auswich. Durch die Baustelle bei Bad Bergen bretterte er mit über einhundert Stundenkilometern und kam sich wie ein Rallyeweltmeister vor.

In Lastrup fuhr Nölting die Schnellter Straße entlang, bog in den Birkenweg ein und stellte da den Motor ab. Wie ein Bewohner, der nach Hause kam, schritt er aufrecht die Tannenstraße hinunter. Ein Blick in eine Seitenstraße genügte, um zu registrieren, dass dort mehrere Streifenwagen parkten. War Schneider schon zu seinem Haus zurückgekehrt?

Durch die Lindenstraße kam er zur Rückseite des Schneiderschen Grundstücks. Über einen Spielplatz bewegte er sich gebückt darauf zu. Er blieb in der Hocke und dachte nach. Schneider weiß, dass ich ihn suche. Er ist geflohen. Wohin? Hat er für den Fall, dass sein Geheimnis aufgedeckt wird, ein Versteck vorbereitet? Nach über vierzig Jahren unbehelligten Lebens wohl eher nicht. Wohin würde ich verschwinden? Ich muss herausfinden, ob er mit einem Auto unterwegs ist.

Nölting bemühte sich, so unauffällig wie möglich näher an das Haus heranzukommen. Alle Fenster waren erleuchtet. Schatten bewegten sich hinter den Gardinen. Er konnte Stimmen hören, ohne die Worte zu verstehen. Der Hintereingang war unbewacht. Nach drei schnellen Schritten duckte er sich bei der Garage. Die Seitentür stand offen. Im Licht der Außenlaterne konnte er keinen Pkw entdecken. Schneider ist mit dem Familienauto unterwegs. Wohin ist er gefahren? Wo fühlt er sich vor mir sicher? Nölting zog sich zurück. Er setzte sich in den BMW, sah in den Rückspiegel, startete und fuhr über die Rotdornallee zur L837 zurück in den Ort.

***

Im Verschlag zitterte Konnert vor Kälte. Seine Füße in den dünnen Halbschuhen kamen ihm wie Eisklumpen vor. Er fühlte sich einsam. Natürlich kommt mir sofort der blöde Spruch von dem Lichtlein in den Sinn, das von irgendwo herkommt. Wann werden mich meine Leute in Oldenburg vermissen? Erst morgen? Und in der Zwischenzeit findet Nölting Schneider.

Es war sonst nicht Konnerts Art, Wut auszuleben. Aber jetzt trat er mit aller Wucht gegen die Bretter. Außer einem dumpfen Ton produzierte er nur noch mehr Frust.

Seine Gedanken wanderten zu seinen Kindern. Elia und Inga und ihr Nachwuchs Lasse, Britta und Jens. Sie schlafen hoffentlich sanft und träumen von Weihnachten. Ihre Geschenke liegen im Kleiderschrank. Die steilen Falten über der Nasenwurzel glätteten sich.

Schwarze Dunkelheit umgab ihn. Mit einem Mal musste er an den Bestatter in einem früheren Fall denken, den gnadenlose Engel lebendig in einem Sarg vergraben hatten. Er hatte ihn ausgebuddelt. Kam jetzt auch für ihn Hilfe von außen?

Das Motorengeräusch eines Pkw war zu hören. Konnert konnte hier auf dem Land die Entfernung nicht gut abschätzen. Vorgebeugt, mit dem Ohr in der Nähe der Tür, lauschte er. Dann war es wie gehabt still.

Ich muss aufstehen und in Bewegung kommen. Mit einem Ruck war er auf den Beinen und fing an, auf der Stelle zu treten. Und dabei kam ihm die Geschichte von den beiden Fröschen in den Sinn, die in einen Milchtopf gefallen waren. Der eine hatte aufgegeben und war ertrunken. Der andere hatte so lange auf der Milch herumgestrampelt, bis sie zu Butter wurde. Konnert stampfte kräftiger. Außer Atem setzte er sich wieder. Die nächste Pfeife wurde gestopft.

Der Tabak glühte noch, trotzdem steckte Konnert seine Pfeife in die Manteltasche. Er hatte sich den Mechanismus der Verriegelung vergegenwärtigt. Mit dem Nagel löste er die Leiste, die als Anschlag für die Tür diente. Das war einfacher als befürchtet. Konnert zwängte seine Hände zwischen Tür und Rahmen. Die Haut auf den Fingern schrammte auf, aber es gelang. Mit aller Gewalt riss er das Türblatt nach innen. Schon beim ersten Versuch spürte er, dass sich die Verbindung lockerte. Er zerrte erneut an der Tür. Die Verschlussschrauben lösten sich. Und noch einmal nahm er alle seine Kräfte zusammen und zog die Brettertür an sich. Er taumelte zurück. Ein Schmerz durchzuckte ihn. Die Eisenringe der Flaschenhalterungen trafen die linke Nierengegend. Konnert ging in die Knie und plumpste dann auf den Eimer. Wütend trat er nach der Tür. Sie sprang auf. Der Wind blies ihm leichten Nieselregen ins Gesicht.

Die Reifen an Mensenkamps R4 waren platt. Konnert verließ die Garage. Ein Windzug schlug die Tür krachend zu. Auch an seinem Auto hatte sich Nölting zu schaffen gemacht. Konnert ging ins Haus. Im Flurlicht sah er Blut an seinen verschrammten Händen. Es begann schon zu trocknen.

Das Feuer im Wohnzimmer war fast erloschen. Mensenkamp sah im Licht der Stehlampe so aus, als sei er gestorben. Dann hörte Konnert schwache Atemzüge. Der Diakon schlief. Konnert schüttelte ihn, aber er redete nur wirres Zeug. Er ließ den alten Mann im Sessel sitzen. Auf einem Sofa fand er eine Decke und legte sie um ihn. Aus dem Weidenkorb neben dem Kaminofen klaubte er dünnere Holzstücke heraus und stapelte sie in die Glut.

Er brachte seine Pfeife in Gang und spürte der Dankbarkeit nach, die er über den gelungenen Ausbruch aus dem Verschlag empfand. Dann suchte er das Telefon, um den Taxifahrer anzurufen und eine Meldung an seine Kollegen in Oldenburg durchzugeben.

Mitten im Gespräch hörte er ein Geräusch. Es klang, als würde eine Tür zuschlagen.

Er stand ruhig da und lauschte, hörte aber nur das rasselnde Atmen des Alten. Dann eindeutig Schritte im Flur und wieder Stille. Es vergingen nur Sekunden, da wurde die Tür aufgestoßen, und ein uniformierter Polizist sprang mit gezogener Waffe ins Wohnzimmer.

»Polizei! Hände hoch! Mit dem Gesicht zur Wand! Die Beine auseinander!«

Konnert spürte die Pistole zwischen seinen Schulterblättern und gehorchte.

»Mein Name ist ...«

»Ruhig!«

Oft genug geübt begann der Polizist, Konnert abzutasten. Er legte drei Pfeifen, Tabak, Feuerzeug und eine Handvoll Krimskrams auf den Tisch und förderte aus der linken Manteltasche Einmalhandschuhe und Spurensicherungsbeutel zutage.

»Lassen Sie es mich doch erklären!«

»Sie reden dann, wenn ich Sie frage.«

Ein Griff in die Innentasche von Konnerts Sakko brachte endlich das Portemonnaie hervor. Der Polizist klappte es auf und sah als Erstes den Dienstausweis.

»Adolf Konnert? Kriminalhauptkommissar?«

»Vergleichen Sie, wie es Vorschrift ist, das Bild mit meinem Gesicht.«

»Entschuldigung. Ich konnte ja nicht wissen ...«

»Und wer sind Sie?«

»Polizeihauptkommissar Ewald Schneider, Lastrup.«

»Gott sei Dank. Wir suchen Sie wie die Nadel im Heuhaufen. Warum sind Sie hier? Sie sollten in Lastrup sein.«

»Ich wollte der alten Geschichte endlich ein Ende bereiten. Als ich heute Nachmittag«, er schaute auf seine Uhr, »gestern Nachmittag am Telefon gefragt wurde, ob ich 1971 in Hartingsen gewesen sei, da war mir klar, dass nach Torsten, Dieter und Sascha jetzt ich an der Reihe war. Erst bin ich herumgefahren und habe überlegt, was ich machen sollte.«

»Für einen Polizisten hätte es nur eine Entscheidung geben müssen, nämlich Ihre Kollegen zu unterrichten«, warf Konnert dazwischen.

»Das war auch mein erster Gedanke, aber dann hoffte ich,

meine Familie heraushalten zu können. Es war nicht immer leicht, als Polizist mit der Schuld aus Hartingsen zu leben. Wenn herauskommt, was wir getan haben, bin ich meinen Job los. Dann muss ich mit einer Verurteilung rechnen.«

Mensenkamp rührte sich, und Schneider sah zu ihm hinüber.

»In der Vergangenheit hatten wir hin und wieder Kontakt und uns gegenseitig informiert.«

Der Polizist ging zu Mensenkamp und flüsterte mit ihm.

Konnert ahnte die Zwickmühle, in der sein Kollege steckte. Und mit einem Mal fühlte er sich selbst wie zwischen Stamm und Borke. Sollte er die mühsam aufgebaute Existenz des Kollegen wegen einer in seiner Jugend zurückliegenden Tat aufs Spiel setzen? Er stand auf und lenkte sich ab, indem er Holz nachlegte. Die Flammen züngelten hellgelb und warfen ein flackerndes Licht in den Raum.

»Seit wann sind Sie hier?«, fragte Konnert.

»Vielleicht zwanzig Minuten.«

»War der Diakon da allein?«

»Ja. Er telefonierte. Und als ich hereinkam, fiel ihm das Telefon aus der Hand zwischen seine Beine. *Schneider, du wirst gesucht.* Was willst du hier?, hat er gerufen. Ich habe das Telefon aufgehoben und das Gespräch beendet.«

»Mit wem hat er gesprochen?«

»Er hat behauptet, Sie seien am Apparat. Er war fest davon überzeugt, dass Sie abgefahren wären.«

»Mein Handy hat Nölting.«

»Wer ist Nölting?«

»Das ist der Mörder oder der Auftraggeber für die Morde an Ihren ehemaligen Freunden. Ich vermute, der Anruf hat ihn in Lastrup erreicht. Er weiß jetzt, dass Sie hier sind.«

Sonntag, 21. Dezember

Oldenburg lag unter einer dicken Wolkendecke. Die Nacht war mild. Es regnete. Im Kommissariat saßen Stephanie, Venske und Kilian an ihren Schreibtischen und warteten auf eine Vollzugsmeldung aus Cloppenburg. Venske hatte Babsi nach Hause geschickt.

Venske stand in der Tür seines Büros und rief: »Seit zwei Stunden haben wir nichts von Adi gehört. Ich mach mir langsam Sorgen um den Chef.«

»Und was schlägst du vor?«, fragte Kilian und ging zum großen Tisch.

»Er ist zu diesem Diakon nach Gehrde gefahren«, erinnerte Stephanie die beiden und zog einen Stuhl heran. »Entweder ist da alles in Ordnung, oder in seinem Handy ist der Akku mal wieder leer.«

»Meinst du, der Diakon hat kein Telefon?«, gab Kilian zu bedenken.

»Der wird eins haben. Es hat doch heute jeder eins im Haus oder ein Handy.«

»Dann ist da etwas schiefgegangen.«

»Du hältst hier die Stellung«, ordnete Venske an. »Kilian und ich fahren dahin.«

»Die Kollegen aus Bersenbrück sind schneller da.«

»Stephanie kann sie ja alarmieren, wenn sie es für nötig erachtet.«

»Nimm deine Waffe mit und steck ein zweites Magazin ein.«

»Es ist nur ein alter Mann dort«, versuchte Kilian zu widersprechen.

Aber Venske ging schon zur Waffenkammer, schloss den Schrank auf und lud seine Pistole.

***

Mensenkamp richtete sich auf und winkte Konnert heran.

»Sie wollten doch die ganze Geschichte hören. Ewald, erzähl sie ihm.«

Schneider schüttelte erst den Kopf und begann dann plötzlich zu reden. »In Hartingsen gab es zwei Schlafsäle und wenige Sechsbettzimmer. Torsten hatte es fertiggekriegt, nur für uns vier eine Bude zu organisieren. Wie er das geschafft hat, weiß ich nicht. Er hatte immer Geld oder Zigaretten. Dieter konnte mit ein paar gezielten Schlägen andere Zöglinge einschüchtern. Sascha, Dieter, Torsten und ich, wir waren eine eingeschworene Gemeinschaft. Vor uns machten die Jungs und hin und wieder auch junge Erzieher und Praktikanten Platz, wenn wir kamen. Wir waren ja so etwas wie ihre verlängerten Arme.«

Konnert meinte, er könne Zufriedenheit oder Glück auf Schneiders Gesicht erkennen.

»Diakon Mensenkamp war im Krieg Ausbilder gewesen. Er hatte da so bestimmte Methoden zu disziplinieren kennengelernt. Hatte zum Beispiel einer einen Befehl nicht ordentlich ausgeführt, bestrafte man nicht nur ihn, sondern alle aus der Stube, in der er schlief, oder sogar die ganze Gruppe. Das war sehr effektiv, weil wir deshalb aufeinander achteten, und wir selbst dafür sorgten, dass keiner aus der Reihe tanzte. Wir hatten da so unsere Möglichkeiten, wenn Sie wissen, was ich meine.«

Konnert zog den Mantel aus und hängte ihn über die Stuhllehne.

»Eines Nachts wurden zwei Jungen und eine Menge Gepäck in unser Zimmer geschoben.« Er betonte *unser* Zimmer. »Sie sprachen so gut wie kein Deutsch, drängten sich ängstlich aneinander und sahen uns an, als wären wir Menschenfresser. Irgendwann sind sie zusammen in einem Bett eingeschlafen. Wir haben ihre Sachen untersucht. Sie hatten stangenweise Zigaretten und Bohnenkaffee dabei und 637 Mark.«

»Nach zwei oder drei Tagen lief mit ihnen immer noch alles quer«, murmelte Mensenkamp. »Sie wollten nichts essen, nicht arbeiten, nicht duschen. Ständig quengelten sie, redeten von Tata und Mama und brachten die Ordnung durcheinander. Ein Übersetzer war nirgends aufzutreiben gewesen. Es hat sich überhaupt keine Behörde um die Jungs gekümmert. Wo ich angerufen habe, hieß es, man wüsste nichts von den Jungs, oder man sei nicht zuständig.«

Schneider redete dazwischen. »Unser Interesse war es, die üblichen Prozente von dem zu kassieren, was die Neuankömmlinge an Rauchwaren, Süßigkeiten oder Geld mitbrachten.«

»Da habe ich den vier Jungs den Auftrag gegeben, die Neuen einzunorden. Ich habe ihnen den Zugriff auf das Gepäck versprochen. Das ist meine Schuld.«

»Von wegen«, widersprach Schneider. »Als die beiden sich wehrten und wir wie im Rausch immer brutaler unseren Frust an ihnen ausließen, hätten Sie eingreifen müssen. Sie haben es nicht getan. Das ist Beihilfe zum Mord durch Unterlassen.«

»Mord?«, entfuhr es Konnert.

Er bekam keine Antwort. Schneider und Mensenkamp stierten ins Leere. Konnert ertrug ihre Sprachlosigkeit, schwieg auch, ließ Minuten verstreichen und erhob sich, um die Situation ein wenig zu entspannen. Er legte Holz nach. Glutstückchen fielen aus der Ofenklappe auf das Blech davor. Ruhig schlich er zurück zu seinem Stuhl und fragte noch einmal: »Mord?«

»Sie müssen bedenken, die gesamte Fürsorgeerziehung drohte damals aus den Fugen zu geraten. Ende der 60er Jahre hatten die späteren RAF-Mitglieder Andreas Bader und Gudrun Ensslin in den Heimen zu Aufständen aufgerufen. Hunderte Insassen flohen. Sie zettelten Streiks und Revolten in den Einrichtungen von Caritas und Diakonie an. Ulrike Meinhof aus Oldenburg schrieb Hassartikel gegen die Heimerziehung und polemisierte in Radiosendungen gegen uns.« Mensenkamp sprach hastig und mit klarer Stimme. »Auch am Ortseingang von Hartingsen standen Demonstranten der APO zusammen mit entflohenen Zöglingen. Sie wollten die Häuser stürmen und unsere Jungs befreien, wie sie das nannten. Wir waren der Gesellschaft gegenüber für Zucht und Ordnung verantwortlich. Verstehen Sie?«

Von Mensenkamps Stirn tropften Schweißperlen. Eine dünne Haarsträhne klebte über der linken Augenbraue.

»Ich habe Sie schon einmal gefragt, was wir denn hätten tun sollen.«

Auf die Frage antwortete Konnert auch jetzt nicht. Die Stille im Raum erdrückte jede Regung.

Schneider hielt dann das Schweigen nicht länger aus. Er flüsterte: »Wir vier haben die beiden im Waschraum erst verprügelt und dann vergewaltigt.«

Niemand bewegte sich. Nur das Bullern des Ofens war zu hören.

»Auch mit einer Flaschenbürste. Erst nur mit dem Stiel …«

Nach einem Augenblick sagte Mensenkamp: »Ich war nicht dabei. Ich habe niemals einen Jungen angefasst.«

»Auf dem Flur haben Sie gestanden. Sie geilten sich ja ständig an der Gewalt und den Schmerzensschreien der Gequälten auf.«

Konnert registrierte, dass mit einem Mal Hass in Schneiders Stimme mitschwang.

»Darum geht es hier jetzt nicht. Und außerdem ist es nicht wahr.«

Plötzlich saß der alte Mann aufrecht in seinem Sessel.

»Ich habe beide Jungs persönlich ins Krankenhaus gebracht. Der eine ist da gestorben. Der andere hieß Tschabo Dumitrescu. Warum er so lange gewartet hat, sich an euch zu rächen ... Mir fällt dafür keine Erklärung ein.«

Er wies erst mit dem Finger auf den Ofen, dann auf Konnert. »Drosseln Sie mal die Luft.«

»Nach dem Tod des Jungen muss es doch Nachforschungen der Staatsanwaltschaft gegeben haben.«

»Nächtelang habe ich wach gelegen, und bei jedem Telefonklingeln am Tag bin ich vor Angst zusammengeschreckt. Aber niemand hat sich gekümmert. Die Zustände waren damals anders als heute.« Mensenkamp zeigte wieder auf den Ofen.

Konnert achtete nicht darauf.

»Später habe ich gedacht, dass vielleicht auch dem Arzt im Krankenhaus ein Fehler unterlaufen ist, der Junge deshalb verstarb, und sie alles vertuscht haben. In Hartingsen ist Dumitrescu nicht wieder aufgetaucht.«

Im Feuer explodierte ein Wassertröpfchen in einem Fichtenscheit. Ein Holzsplitter knallte an die Scheibe. Wortlos stand Schneider auf und warf den Riegel der Luftzufuhr nach links. Mensenkamps Oberkörper war nach vorn gefallen. Mit beiden Handballen schlug er sich gegen die Schläfen und murmelte: »Verdammt, verdammt, verdammt!«

»Und was ist Ihre Schuld?«, fragte Konnert seinen Kollegen.

»Ich war der Junge mit der Flaschenbürste.«

Vor Konnerts innerem Auge entstand das Bild einer Flaschenbürste der 70er Jahre. Hellbraune Schweineborsten, eingedreht in einen Drahtstiel mit einem Plastikgriff. Er versuchte, an etwas anderes zu denken.

Schneider stierte in die Dunkelheit. Dann flüsterte er kaum hörbar: »Im Grunde bin ich ein grausamer Mörder. Für mich verjährt die Tat nicht.«

***

Es war noch rabenschwarze Nacht. Nölting erreichte endlich die B214. Er hatte viel Zeit dabei verloren, eine geöffnete Tankstelle zu finden. Einen wirklichen Plan für sein weiteres Vorgehen hatte er trotzdem nicht schmieden können. Wichtig war ihm, dass er Schneider nicht töten wollte. Es würde schwierig sein, es so aussehen zu lassen, als habe sich Schneider selbst das Leben genommen. Hätte der Idiot von Otten die Klappe gehalten, wäre seine Methode zu töten, ohne selbst zu morden, auch ein drittes Mal geglückt. Er schaltete in einen niedrigeren Gang. Untertourig rollte der BMW auf Mensenkamps Haus zu.

***

In die Stille hinein flüsterte Mensenkamp: »Hören Sie das auch?«

»Das ist Nölting!«

Der Diakon befahl: »Schneider, los, wieder rauf auf den Boden. Versteck dich!«

Schneider entsicherte seine Pistole und verschwand.

Konnert versuchte, ein Gespräch zu inszenieren. »Was meint denn der Arzt zu Ihren Beschwerden?«

»Ich bin austherapiert …«

Nölting stürzte ins Zimmer, in der Hand seine Waffe. »Wo ist Schneider? Redet, oder ich schieße!«

»Ich weiß nicht. Ich weiß es wirklich nicht«, sagte Mensenkamp.

»Wie oft habe ich das von dir gehört. Und zum Schluss fiel es dir dann doch ein. Also zum letzten Mal, wo ist Schneider?«

Nölting hob die Pistole, schoss in die Decke und wartete.

Mensenkamp blickte unwillkürlich nach oben, aber nicht dorthin, wo die Kugel eingeschlagen hatte.

»Auf dem Dachboden. Ich habe es gleich gewusst, dass du mir immer sagst, was ich wissen will.«

Nölting stürmte aus dem Raum.

Ein Schuss fiel und sofort danach ein zweiter. Bollernde Schritte waren zu hören. Dann noch ein Schuss. Jemand schien zu Boden gegangen zu sein. Momente danach stolperte jemand die Treppe herunter.

***

Mit Blaulicht und Signalhorn scheuchte Venske den frühen Berufsverkehr auf der A1 zur Seite. Kilian hielt das Smartphone in der Hand. Google Maps zeigte noch vier Minuten bis zum Ziel an.

Als sie Augenblicke danach mit gezogener Waffe ausstiegen, stürzte ein schlanker, hochgewachsener Mann aus der Haustür und stürmte zu einem dunkelblauen BMW.

***

Im Licht einer einzigen Glühlampe, die an einem Dachbalken hing, kniete Konnert neben Schneider. Eine Blutlache bildete sich unter seinem Körper.

»Schneider!«

Keine Reaktion.

Konnert drehte den Kollegen auf den Rücken. Zwei Schüsse hatten ihn getroffen. Eine Kugel war in den linken Bauchraum, in Höhe des Ellenbogens, eingedrungen. Es schien aber keine lebenswichtige Ader verletzt worden zu sein. Der andere Schuss hatte den rechten Oberschenkel gestreift. Die Verletzung sah ebenfalls nicht lebensbedrohlich aus.

Zwei Stufen auf einmal nehmend sprang Konnert die Treppe hinunter. Aus der Küche holte er kaltes Wasser und ein Geschirrtuch. So schnell konnte er hier keinen Verbandskasten entdecken. Er suchte weiter im Bad. Ein weißes Schränkchen mit einem roten Kreuz hing hinter der Tür. In ihm befanden sich nur Pflaster, mehrere Packungen Kopfschmerztabletten und drei Mullbinden.

Er stürmte wieder nach oben. Zwei Schüsse hallten durch den Morgen.

»Schneider? Durchhalten!«

Er legte dem Bewusstlosen das nasse Geschirrtuch auf die Stirn, tätschelte seine Wange so lange und intensiv, bis er die Augen aufschlug. »Ich bin es, Konnert. Nicht einschlafen.«

Mit einer kurzen Bewegung riss er das Zellophan vom Verbandspäckchen und drückte es auf die Wunde. Den linken Arm legte er sich hinter den Kopf und richtete den Polizisten auf. Auch die Verpackung der zweiten Mullbinde flog zur Seite. Geschickt begann Konnert, die Binde um den Brustkorb zu wickeln. Behutsam legte er sich Schneiders rechten Arm über die Schulter und hob ihn auf.

Da fielen vor dem Haus erneut Schüsse, gefolgt von einem Schrei.

Später wusste Konnert nicht, woher er die Kraft genommen hatte, um den Polizisten zu stützen und die Treppe herunterzuführen. Er bettete den Verwundeten auf dem Sofa im Wohnzimmer.

Mensenkamp kam auf die Füße.

»Kümmern Sie sich um ihn! Rufen Sie einen Notarzt!«

Konnert stürmte zur Haustür. Er hatte das Licht der Lampe im Rücken. Wieder fiel ein Schuss. Fast gleichzeitig schlug das Geschoss im Mauerwerk neben ihm ein. Er warf sich in den Schatten. Im Blaulichtzucken verfolgte er einen Schusswechsel. Von der linken Seite wurde aus zwei Pistolen gefeuert. Rechts veränderte ein Schütze ständig die Position. Allmählich wurden die Abstände der Schüsse länger. Dann war es plötzlich still.

Vor dem Dämmerlicht des anbrechenden Tages sah Konnert, wie Nölting gebückt aus seiner Deckung kroch. Ich könnte ihn stoppen, dachte Konnert, wenn ich eine Waffe hätte und ein geübter Schütze wäre. Sekunden danach sah er, wie der BMW schleudernd wendete. Warum wird jetzt nicht geschossen?, fragte Konnert sich und musste ohne Eingriffsmöglichkeiten mit ansehen, wie der BMW den Streifenwagen rammte, noch einmal ein Stück zurücksetzte und davon raste.

In der Ferne blendete ein entgegenkommendes Auto auf.

Er hatte Mündungsfeuer aus dem Graben hinter den Bäumen gesehen. Dahin rannte Konnert und fand Venske auf dem Rücken liegend. Der fasste sich ans linke Bein.

»Such Kilian. Ich habe ihn in den letzten Minuten weder gesehen noch gehört.«

Ein Taxi kam. Es beleuchtete mit dem Fernlicht die Szene. Kilian lag hinter einem Busch. Seine rechte Hand lag über den Rippen. Zwischen den Fingern tröpfelte Blut. Er atmete flach.

»Lungensteckschuss.« Der Taxifahrer leuchte mit einer starken Taschenlampe auf den Verwundeten. Kilians Gesicht war blau angelaufen. Seine Augen starrten in den Himmel. Schweißperlen standen auf seiner Stirn.

»Merde! Merde!« Konnert fluchte.

Der Taxifahrer lief zu seinem Auto, kam zurück und ließ sich Konnert gegenüber auf die Knie fallen.

»Heben Sie vorsichtig seine Hand an.«

Ohne zu zögern gehorchte Konnert. Er erkannte den Taxiunternehmer Klotz.

Aus der Ferne waren Martinshörner zu hören.

Mit einem sterilen Tuch wischte Klotz um die Wunde herum und klebte dann ein Pflaster über sie. So einen Verband hatte Konnert noch nicht gesehen. Er hatte ein Ventil.

»Ich bin bei uns im Schützenverein Ersthelfer«, erklärte der Taxifahrer mit einem kurzen Seitenblick. »Thorax Pflaster, ist bei uns im Verein vorgeschrieben. Halten Sie mal.« Der Taxifahrer streckte ihm die Taschenlampe hin.

Gemeinsam hasteten sie zu Venske. Der hatte sich das Hosenbein aufgerissen und drückte die Wundränder des Einschussloches zusammen. Klotz legte einen Verband an. Mit schmerzverzerrtem Gesicht schlug Venske mit beiden Händen auf das trockene Gras und das Laub an der Grabenkante. »Scheiße, Scheiße und noch mal verfluchte Scheiße.«

***

Auf dem Pendlerparkplatz bei Dinklage stellte Nölting den Motor ab. Sein linker Arm hing schlaff auf seinem Oberschenkel. Über die Hand zogen sich Blutspuren, die in den Fußraum tropften. Die Schmerzen nahmen von Minute zu Minute zu. Er holte sein Handy heraus und wählte die Nummer von Elisei.

Sie meldete sich. »Was willst du um diese Zeit?«

»Du musst mir einen Arzt besorgen. Die Bullen haben mich angeschossen. Ich verliere Blut.«

»Das können wir jetzt unmöglich regeln. Hier gibt es ganz andere Probleme.«

»Ich weiß nicht, ob ich es noch bis Bremen schaffe.«

»Untersteh dich, hierher zu kommen.«

»Wenn du mir nicht hilfst, sterbe ich.«

»Hilf dir selbst, dann hilft dir Gott.«

»Ich kann mir nicht helfen. Meine linke Schulter wurde getroffen.«

Elisei Dumitrescu reagierte mit Schweigen.

»Bitte! Ich liebe dich, Elisei. Und du hast auch gesagt, dass du mich liebst. Hilf mir!«

»Also gut. Geh zu dem Arzt in Oldenburg, zu dem du mich gefahren hast, als ich Grippe hatte.«

»Und wo kann ich dann hin?«

»Ich wiederhole: Untersteh dich, hierher zu kommen. Mach dich unsichtbar. Bei uns geht es um alles oder nichts.«

Und damit war die Leitung unterbrochen.

Nölting entschied, seinen BMW stehen zu lassen. Er schloss ihn noch nicht einmal ab. Aufrecht, mit schmerzverzerrtem Gesicht ging er an den anderen Fahrzeugen vorbei und prüfte, welche

Tür sich öffnen ließ. Ein Ford Escort stand unverschlossen in der zweiten Reihe. Die Frontscheibe war mit einer Aluminiumfolie abgedeckt. Nölting schlüpfte unter Schmerzen hinein. Im Schutz der Folie knackte er die Lenkradverriegelung. Er schrie auf. Für einen Moment wurde ihm schwarz vor Augen. Dann versuchte er mit einer Hand, die Zündung zu überbrücken. Mehrmals musste er innehalten und tief durchatmen. Es gelang ihm, den Motor zu starten. Als er sich wieder aufrichtete, meinte er, mit den Kräften am Ende zu sein.

Aufgeben wollte er nicht. Die Wut auf Elisei und die Angst zu verbluten mobilisierten Adrenalin und neue Kräfte, um die Schmerzen auszuhalten. Mit der rechten Hand zwängte er den linken Arm zwischen zwei Knöpfe am Mantel. Sein Herz raste. Panik machte sich in ihm breit. Er schloss die Augen und zwang sich, durchzuatmen.

Vorsichtig richtete er sich auf, stieg aus und zog die Folie von der Frontscheibe. Ihm wurde schwindelig, als er zurück auf den Sitz sackte. Es dauerte, bis er sich erholt hatte und losfahren konnte. Den Schaltwagen mit einer Hand zu fahren, war schwierig.

***

In Gehrde traf zuerst ein Rettungswagen des Roten Kreuzes aus Bersenbrück ein. Dann folgten der Notarzt und zwei zusätzliche Ambulanzen. Routiniert versorgten die Besatzungen die drei Verletzten.

Endlich schien die Sonne wie eine milchglasweiße Scheibe durch die Baumstämme. Der letzte Wagen fuhr mit Blaulicht und Sirene ab. Anstelle der Rettungssanitäter übernahmen jetzt die Beamten von der Spurensicherung das Kommando.

Der Taxifahrer steckte eine Zigarette an, und Konnert ging mit ihm ins Haus, wo er eine Pfeife vom Tisch nahm. Mensenkamp hatte den Ofen wieder in Gang gebracht und Kaffee gekocht. Er kam mit dampfenden Bechern herein, in die er einige Tropfen Rum gegeben hatte. Die Männer tranken kleine Schlucke und rauchten. Ihre Gesichter zeigten Falten, in die das Licht der Flammen Schatten warf.

Mit seinen Gedanken war Konnert bei den Kollegen. Niemand hatte gefragt, warum Ewald Schneider anwesend war. Spätestens in einer halben Stunde würde man aus dem Krankenhaus seine Frau anrufen. Die Polizeikameraden in Lastrup wussten schon Bescheid. Daumen und Zeigefinger fanden seine Nasenwurzel.

»Was denken Sie, Herr Kommissar?«, unterbrach Klotz die Stille.

»Ach, wissen Sie, Herr Klotz ...«, brachte Konnert heraus, um dann wieder zu schweigen. Hätte ich mit Kilian und Venske ins Krankenhaus fahren müssen?

»Sagen Sie ruhig Hermann zu mir. Das macht hier jeder.«

»Adolf, aber alle sagen Adi. Das klingt in meinen Ohren angenehmer.«

Hermann Klotz lächelte. »Was war eigentlich los, Adi?«

»Kollegen wollten einen gesuchten Mörder festnehmen. Das ist wohl anders gelaufen, als gewünscht. Was genau schief ging, weiß ich auch nicht.«

Klotz schwieg und bekam das Ergebnis, das Konnert selbst oft mit Schweigen erreichte: weitere Informationen.

»Ein Kollege hatte sich auf dem Dachboden versteckt. Das hat Nölting herausgefunden und ist rauf. Dann haben sie aufeinander geschossen.« Konnert setzte sich müde ins Sofa. »Als die Kommissare aus Oldenburg ankamen, versuchte Nölting zu fliehen, und es kam wieder zu einer Schießerei.«

»Ist Nölting der BMW-Fahrer?«

»Genau.«

»Konntest du ihn nicht aufhalten?«

»Ich hatte keine Waffe.« Das wird Schwierigkeiten geben, dachte Konnert. Auch der Gedanke daran, dass er ja offiziell im Urlaub war, machte die Angelegenheit nicht problemloser.

»Sei froh, dass du unverletzt geblieben bist. Was ist mit deinen Händen passiert?«

Konnert zuckte mit den Schultern. »Das ist eine andere Geschichte.«

»Nölting hatte ihn im Verschlag hinter dem Haus eingesperrt«, mischte sich Mensenkamp ein und lehnte den Kopf an die Rückenlehne.

Klotz erhob sich. »Dann fahre ich mal wieder.«

»Kannst du mich nach Oldenburg bringen? Meinem Wagen fehlt die Luft in den Reifen, und der Streifenwagen hat Treffer abbekommen.«

Mit einem Blick auf die Armbanduhr antwortete Hermann Klotz: »Das mache ich, wenn ich einen Kollegen finde, der eine Krankenfahrt für mich übernimmt.« Er ging in den Flur, um zu telefonieren.

Konnert fragte Mensenkamp: »Wie geht es Ihnen? Soll ich Ihren Hausarzt benachrichtigen?«

»Ist nicht mehr nötig, Herr Kommissar.«

Das Telefon läutete, und der Diakon meldete sich. Gleich reichte er den Hörer zu Konnert. Babsi war am Apparat.

»Es gibt Neuigkeiten. Ein Mann ist von der Nachtschicht gekommen. Er vermisste seinen Wagen auf dem Pendlerparkplatz bei Dinklage und alarmierte die Polizei. Die Kollegen entdeckten den blauen BMW und haben sofort richtig geschaltet und hier angerufen. Im Wagen war Blut. Die Kollegen nahmen an, dass

Nölting den Ford Escort gestohlen hat. Sie haben eine Fahndungsergänzung herausgegeben. Was machst du, sind Kilian und Venske bei dir?«

In aller Kürze informierte Konnert, kündigte sein Kommen in etwa einer Stunde an und bat um ein Frühstück.

Das Taxi war noch nicht auf der Autobahn, da schlief Konnert schon. Er träumte von einem Riesen im Kutschermantel. Der stand hinter ihm und stieß ihn mit einer langen Stange zwischen die Schulterblätter. So sehr er sich auch vorbeugte, der Stock war immer lang genug, um ihn zu treffen. Er lief, so schnell er konnte, aber die Stange war trotzdem noch im Rücken spürbar. Da breitete er die Arme aus und flog davon. Von einem erleichterten Durchatmen wachte er auf.

»Wo sind wir?«

»Wir verlassen die A1 und wechseln auf die A29.«

Ein Audi überholte das Taxi und scherte knapp vor ihnen ein, um dann in der Ausfahrt scharf abzubremsen. Klotz blinkte auf.

»Hilft das?«, fragte Konnert.

»Deine Nerven möchte ich haben. Schläfst, während du einem Mörder auf den Fersen bist, und liegst da im Sitz, als hättest du sieben Leben.«

»Ist es nicht vernünftig, so auf Gott zu vertrauen, dass ich Nölting schon noch kriege, wie ich Ihnen vertraue, dass Sie mich sicher nach Oldenburg bringen?«

»Was hat denn Gottvertrauen mit Verbrecherjagd zu tun?«

»Das Gleiche, was mein Vertrauen mit Ihren Erfahrungen als langjähriger Taxifahrer zu tun hat. Ich bin in Ihrer Hand. Wenn ich hier nervös herumzappele, macht das die Situation doch nicht besser. Oder?«

Klotz schwieg.

In der Polizeiinspektion öffnete der Frühdienst den Durchgang. Konnert grüßte mit zwei Fingern an der Schläfe und wartete geduldig vor dem Fahrstuhl.

Oben suchte er erst einmal die Toilette auf und wusch Hände und Gesicht mit kaltem Wasser und spülte den Mund aus. Er dachte einen Moment lang an seine Gemeinde im Gottesdienst der Friedenskirche. Aber war nicht das, was er in den nächsten Stunden zu tun hatte, auch so etwas wie ein Gottesdienst? Trotzdem säße er jetzt lieber auf einer harten Kirchenbank, als Nölting zu suchen.

Babsi empfing ihn am großen Tisch. »Stephanie kommt auch gleich.«

»Gut, dass du schon da bist.«

»Ja.«

»Wie geht es dir?«

»Besser.«

»Du siehst nicht mehr so blass aus.«

»Adi, ich habe das gemacht, was du mir gesagt hast.«

»Dann hole ich mir mal einen Kaffee.«

»Das meine ich nicht. Können wir in dein Büro gehen?«

»Natürlich.«

Sie setzten sich, und ohne zu überlegen, holte Konnert eine Pfeife aus der Schublade.

»Adi, ich weiß, dass du jetzt eigentlich ganz andere Gedanken im Kopf hast. Aber ich muss es dir sagen. Ich kann das nicht für mich behalten. Ich meine das mit der Vergebung.«

»Ach so.« Sofort war ihm klar, dass die Bemerkung unpassend war.

Babsi senkte den Kopf und sah auf ihre Fingernägel. »Erst habe ich mein Baby um Vergebung gebeten. Ich habe gespürt, dass es mir verziehen hat. Vielleicht kann das nur eine Mutter in ihrem Herzen merken.«

Konnert schwieg.

»Dann habe ich gebetet. Gott, wenn es dich gibt, dann verzeih mir, dass ich einen Menschen habe töten lassen.« Sie hob den Kopf. »Ich hatte das Gefühl, als nähme mir jemand eine Last vom Herzen. Kannst du das verstehen?«

Ein zustimmendes Nicken bestätigte ihre Erfahrung.

»Dann konnte ich auch mir selbst vergeben. Ich musste mich dazu überwinden, wieder gut von mir zu denken. Ich werde mein Baby bestimmt nie vergessen. Aber es hält mich nicht mehr in der Vergangenheit fest.«

Momente des stillen Verstehens vergingen. Konnert zwinkerte Tränenflüssigkeit weg, bevor er sagte: »Babsi, ich bewundere deinen Mut und deine Entschlossenheit, hinter dir zu lassen, was vorüber ist, und befreit in die Zukunft zu sehen.« Er wollte gerade aufstehen und zu ihr gehen, um sie in die Arme zu nehmen, als Stephanie durch die Tür stürmte.

***

Nölting fuhr nach Rastede. Er wusste sonst nicht wohin. Der Arzt hatte unter örtlicher Betäubung nur die Kugel entfernt, die Wunde desinfiziert und sie verbunden. *Wenn Ihre Schulter nicht zerschmettert und steif bleiben soll, dann müssen Sie in ein Krankenhaus und operiert werden. Das kann ich hier in meiner Praxis auf keinen Fall,* hatte der Arzt gesagt, den Arm in eine Schlinge gelegt und fest an den Körper gebunden.

Mit den Medikamenten ließen sich die Schmerzen aushalten.

Er fuhr im Schritttempo an seinem Haus vorbei. Uniformierte Polizisten oder blaue Streifenwagen waren nicht auszumachen. An der Einmündung zur Schützenstraße stieg er aus. Der leere

Ärmel des Mantels blieb in der Autotür hängen und hielt ihn zurück. Beim zweiten Versuch, die Tür zu schließen, klappte es. Ich gehe das Risiko ein, dass sie mir versteckt auflauern, entschied er und betrat von der Rückseite aus sein Grundstück.

Nichts passierte. Er schloss die Hintertür auf und verschwand im Haus.

***

Die beiden Kommissarinnen saßen zusammen mit Konnert um seinen Schreibtisch herum. Im Hintergrund arbeiteten konzentriert und routiniert die Teams auf der Suche nach Nölting. Eine Angestellte aus der Kantine hatte Brötchen, Aufschnitt und Kaffee auf einem Tablett gebracht. Konnert aß. Die Frauen tranken nur den Kaffee.

»Wo kann er sich verstecken?«, fragte Konnert und kaute.

Ratlos sahen sie ihren Chef an.

»Ihr habt die Hotels benachrichtigt. Die Krankenhäuser der Umgebung wissen Bescheid.«

Er schloss für einen Moment die Augen. »Ich bin davon überzeugt, dass wir ihn in Rastede finden.«

Das war wieder einer dieser Eindrücke, die er weder mit seiner Berufserfahrung noch mit irgendetwas anderem begründen konnte.

Sabrina Retzlaf von der Kriminaltechnik, sonst für Textilien zuständig, hatte Sonntagsdienst. Sie klopfte im Vorbeigehen an Konnerts Türrahmen und reichte ein neues Handy herein. »Deine gespeicherten Namen sind auch drauf. Die Kolleginnen und Kollegen haben eine SMS mit deiner neuen Nummer bekommen. Brauchst du einen Einführungskurs?«

»Wird schon gehen.«

»Alle Achtung. In Bersenbrück arbeiten fixe Spezialisten. Sie teilen mit, sieben Kugeln aus einer Waffe gefunden zu haben, die weder Kilian Kirchner noch Bernd Venske zuzuordnen sind. Eine achte, vermuten sie, steckt im Streifenwagen.«

Und eine neunte wird in Kilians Brust gefunden werden, dachte Konnert.

»Die unterschiedlichen Positionen, aus denen geschossen wurde, sind bekannt. In circa einer Stunde wollen die Ballistiker so weit sein, Vorverwendungen der Waffe mitteilen zu können. Und noch dieses: Bevor die Spusi abgezogen ist, haben sie einen Arzt für Mensenkamp rauskommen lassen. Schönen Sonntag.« Und ehe jemand Dankeschön sagen konnte, war sie verschwunden.

Die Informationen brachten die Ermittler auch nicht weiter. Minuten vergingen, in denen Konnert wieder eine Pfeife stopfte, aufstand und sie am offenen Fenster rauchen wollte.

»Es wird kalt. Setz dich wieder hin. Wir halten lieber den Qualm aus als die Kälte.«

Eine Mitarbeiterin aus Babsis Team kam herein. »Wir haben ihn. Der Posten aus Rastede hat angerufen. Nölting ist in seinem Haus. Der Kollege lässt fragen, wie jetzt vorgegangen werden soll.«

»Wer ist da draußen?«

»Thomas Kastner in Zivil und zwei von der Schutzpolizei.«

»Danke.«

Konnert griff zum Festnetztelefon. »Nölting hat mein Handy. Ich rufe ihn an.«

»Meinst du, er wird drangehen?«

»Probieren wir es aus. Wie lautet meine alte Handynummer?«

Babsi sah auf ihrem Display nach und diktierte. Konnert tippte die Zahlen ein. Sie warteten.

»Ja?«

Alle am Tisch konnten mithören.

»Ich bin es, Herr Nölting. Kommissar Konnert. Gut, dass Sie das Gespräch angenommen haben.«

»Was wollen Sie?«

»Wie geht es Ihnen? Sind Sie schwer verletzt worden?«

»Sie glauben doch wohl nicht im Ernst, dass ich darüber Auskunft gebe.«

»Warum so zurückhaltend?«

»Sagen wir mal so: Ich bekam eine ärztliche Versorgung, die Schmerzen sind auszuhalten, ich kann Auto fahren, und die Welt steht mir offen.«

»Bevor Sie verreisen, würde ich gern ein paar Worte mit Ihnen wechseln. Wollen Sie sich stellen? Polizisten sind in Ihrer Nähe. Oder soll ich rauskommen?«

Nölting beendete das Gespräch sofort.

»Du allein willst mit ihm sprechen?«

»Die Kollegen sind ja vor Ort, und wenn ihr wollt, könnt ihr auch noch Verstärkung rausschicken. Sie sollen sich aber so lange zurückhalten, bis ich sie tatsächlich brauche. Das will ich so.«

»Du gehst da nicht ohne Partner rein.«

Konnert sah Babsi mit großen Augen an. »Jawoll, Frau Kommandant. Dann gehen Sie mit.«

***

Nölting wagte es, noch einmal anzurufen, und ließ es klingeln, bis die Verbindung automatisch unterbrochen wurde. An Penetranz war er nicht zu überbieten. Er drückte die Wahlwiederholungstaste. Und wieder wartete er, bis das Besetztzeichen ertönte. Er zählte bis dreißig, rief wieder an und legte den Hörer vor sich auf den Tisch. Dranbleiben, sagt er sich. Beim vierten Versuch klingelte es nur noch zweimal.

»Was willst du? Lass uns in Ruhe.«

»Die Bullen wissen, wo ich bin. Ich brauche deine Hilfe.«

»Nölting, es ist vorbei. Du warst ein nützlicher Idiot. Jetzt weißt du, wie die sich fühlen, die für dich die Drecksarbeit erledigt haben.«

»Elisei, wir lieben uns doch.«

»Ich habe dich nie geliebt, immer nur benutzt.«

»Aber du hast gesagt, dass du mich liebst. Wir haben miteinander geschlafen. Du ...«

»Hör auf zu jammern! Wenn du auf mir gelegen hast, war bei mir alles nur Theater.«

»Aber wir ...«

»Verpiss dich!«

»Du brauchst mich. Du kannst mich nicht fallen lassen. Ich weiß zu viel.«

»Gar nichts weißt du. Ich kenne dich nur als schlechten Liebhaber. Was du noch alles nicht kannst, davon habe ich keine Ahnung. Und jetzt ist Schluss. Wir brauchen dich nicht mehr.«

Aufgelegt.

»Scheiße, Scheiße, Scheiße!« Nölting schrie die Worte gegen die Wand.

»Wenn ich gegen sie aussage, bin ich selbst dran.«

Mit fixen Überlegungen rechnete er aus, was es ihn kosten würde, sich zu stellen. Für Anstiftung zu Mord, neun oder zehn Jahre. Abzüglich mildernder Umstände für mein freiwilliges Geständnis und dafür, dass ich alles nur aus Liebe getan habe. Vielleicht gibt es auch noch einen Nachlass für die Informationen über Dumitrescu. Vorzeitige Entlassung wegen guter Führung. Er kam zu dem Schluss, das sei erträglich.

»Aber so leicht werdet ihr mich nicht los«, presste er zwischen zusammengebissenen Zähnen heraus. Für Elisei sieht das viel schlechter aus. Anstiftung zum Mord aus niederen Beweggründen, plus Geldwäsche, Zwangsprostitution, illegale Wetten und Gründung einer kriminellen Vereinigung. Du sitzt, bis du schwarz wirst, wenn ich zur Polizei gehe.

Er ballte die Faust und schlug damit in die Luft. Ein Schmerz durchzuckte seine linke Schulter. »Scheiße!« Er spürte sofort, dass die Wunde aufgeplatzt war.

Im Bad schluckte er drei von den Tabletten, die der Arzt ihm mitgegeben hatte.

***

Zurückgelehnt im Beifahrersitz, dessen Rücklehne er nach hinten abgesenkt hatte, bemühte sich Konnert, zur Ruhe zu kommen, ohne noch einmal einzuschlafen. Babsi fuhr den unauffälligen Passat über die A29 in mäßiger Geschwindigkeit. Konnert vermutete, dass sie mit dem Umweg Zeit schinden wollte, damit zusätzliche Polizeikräfte möglicherweise zeitgleich in Rastede ankommen würden. Er ließ sie machen.

Er rechnete nicht mit heftigem Widerstand. Nölting hatte ihn schon einmal verschont. Außerdem muss ihm doch klar sein, dass spätestens nach der Schießerei in Gehrde jeder Polizist nur noch den einen Gedanken hatte, ihn zu stellen und festzunehmen. Wer auf Polizisten schießt, hat in Deutschland sofort eine Viertelmillion Kollegen gegen sich. Konnert befürchtete aber, dass Nölting sich selbst richten könnte. Der war nicht der Typ, der eine Niederlage so einfach wegsteckte und sich brav verhaften ließ.

Der Passat rollte gut hundert Meter vor dem Zielobjekt aus. Thomas Kastner setzte sich in den Fond und schilderte die Lage. »Ihr solltet warten. Verstärkung ist in etwa sieben Minuten hier. Es sind Spezialisten dabei, die üben das Theater täglich. Lass die das machen.«

»Aussteigen«, war Konnerts Reaktion. »Sie werden es nötig haben, wenn sie täglich Festnahmen üben müssen.« Damit stapfte er los. Auf Babsis Gesicht machte sich Erstaunen über Konnerts Bärbeißigkeit breit. Sie zog ihre Waffe und brachte sie in Anschlag. Der Polizist folgte dem Beispiel.

»Kollege, bleib bitte im Rückraum. Wir gehen zu zweit rein.«

»Adi, das ist Wahnsinn. Nölting hat doch schon drei von uns verletzt.«

»Deshalb sollst du uns ja auch Deckung geben.«

Kastner zog den Kopf zwischen die Schultern und nahm Aufstellung hinter einem parkenden Kleinbus.

In beiden Fenstern zur Straße brannte Licht. Von Nölting war nichts zu sehen. Konnert klingelte. Babsi stand mit beiden Händen an der Waffe hinter ihm. Niemand öffnete. Von Venske hatte er abgeschaut, dass man den Daumen auch auf dem Klingelknopf lassen konnte. Die Tür blieb zu. Nach einem Wink von Konnert schlichen sie links an der Hauswand entlang zur Rückseite. Die

Hoftür war verschlossen. Sie hatte zwei Scheiben, durch die ein dunkler Flur zu sehen war. Konnert ruckelte mit einer Hand am Türgriff und klopfte mit den Fingerknöcheln. Es blieb ruhig im Haus.

Soll ich auf die Verstärkung warten?, überlegte er und sah zu Babsi.

»Ein Kellerfenster ist nur angelehnt.« Sie zeigte mit der Pistole zur Seite des Hauses.

Sie schlichen zurück. Konnert bückte sich. Für den Bruchteil eines Augenblicks durchzuckte ihn das Wort »Keller«. Und gleichzeitig realisierte er, dass ihn nach dem Verschlag hinter Mensenkamps Haus eigentlich kein Keller mehr schrecken sollte. Er gab sich einen Ruck und wollte das Fenster behutsam aufdrücken. Eine Kette verhinderte das. Auf einmal wurde er ungeduldig. Die schlaflosen Stunden zerrten an seinen Nerven. Er wollte die Angelegenheit zu Ende bringen und ins Bett. Ruhig bleiben, sagte er sich und setzte sich auf den Rand des Lichtschachts. Mit aller Kraft stemmte er seine Füße gegen den Fensterrahmen. Die Kette hielt, aber die Schrauben gaben nach und das Fenster flog auf.

Er drehte sich um und rutschte in den Keller hinunter. Von außen leuchtete Babsi mit der Taschenlampe, bis ihr Chef einen Lichtschalter gefunden hatte. Eine Leuchtstoffröhre flammte auf. Mit einem Rundumblick erfasste Konnert die Einrichtung. Ein Regal, auf dem Einmachgläser Platz finden könnten. Eine Kommode, in der eine Schublade fehlte, zwei Stühle mit zerrissenen Flechtsitzflächen, Gerümpel. Babsi ließ sich in den Raum fallen.

Sie horchten.

Über ihnen regte sich nichts.

Selbst wenn Nölting geschlafen haben sollte, muss er doch mittlerweile wach sein. Hatte er vielleicht Ohropax in den Ohren oder wollte er das Überraschungsmoment ausnutzen und plötzlich mit gezogener Pistole vor ihnen stehen?

Sie stiegen die Kellertreppe hinauf. Die Kellertür quietschte. Im Flur brauchten sie erst wieder die Taschenlampe, bis Konnert den Lichtschalter gefunden hatte. Sie standen in der Nähe vom Hinterausgang.

»Nölting? Die Kommissare Konnert und Deepe sind hier. Kommen Sie mit erhobenen Händen in den Flur!«

Im Haus blieb es totenstill.

Babsi stellte sich vor Konnert. Er wollte sie zurückhalten. Aber sie wehrte seine Hand ab, schritt voran und positionierte sich neben den ersten Türrahmen. Konnert stieß die Tür auf. Babsi sprang ins Zimmer.

»Sauber.«

Sie untersuchten jedes Zimmer. Nölting war nicht da. Als Babsi auf der Klapptreppe zum Boden stand, leuchtete sie über die leere Fläche unter den ungedämmten Dachpfannen.

Unten wurde die Hoftür aufgerammt.

Babsi blies den Atem aus und sagte: »Sauber. Nölting ist nicht im Haus.«

Am Treppenende erschien ein uniformierter Kollege in einer Schutzweste. Durch seinen Helm gedämpft wetterte er: »Du Sturkopf musst immer noch alles allein machen.«

Von unten waren die Rufe der Kollegen zu hören, die auch nur feststellen konnten, dass die Zielperson abwesend war.

»Babsi, fahr mich nach Hause. Ich habe für heute genug.«

Als sie in Etzhorn die Autobahn verließen, kam die Meldung durch, dass Venske auf dem Weg zur Polizeiinspektion war. Er hatte sich auf eigene Gefahr selbst aus dem Krankenhaus entlassen, weil er in Oldenburg dabei sein wollte.

»Und Kilian?«, fragte Babsi.

»Nicht so gut«, antwortete Kerstin Geerdes aus dem Kommissariat. »Er wurde nach Münster geflogen und in der Universitätsklinik operiert. Er schwebt immer noch in Lebensgefahr.«

»Was macht Kollege Schneider?«, erkundigte sich Konnert.

»Seine Familie ist jetzt auf dem Weg ins Marienhospital in Ankum-Bersenbrück.«

»Wie geht es ihm?«

»Auch nicht gut, aber außer Lebensgefahr«, sagte sie, und sie beendeten das Gespräch.

»Du kannst mich Ecke Alexandersfeld rauslassen. Ein paar Schritte in der Kälte tun mir bestimmt gut.«

Er war schon ausgestiegen, da beugte sich Konnert noch einmal in den Wagen zu Babsi. »Macht Feierabend. Wir kriegen ihn. Heute oder morgen. Der geht uns nicht durch die Lappen.«

***

Zum zweiten Mal an diesem Tag fuhr Hermann Klotz einen Polizisten nach Oldenburg. Venske saß auf der Rückbank und hatte sein verbundenes Bein hochgelegt. Im Krankenhaus hatte man ihm eine Trainingshose ausgeliehen. Der Taxifahrer hielt sich mit Reden zurück. Venske hatte immer noch damit zu kämpfen, dass er Nölting nicht fluchtunfähig hatte schießen können. Und auch die Schüsse auf die Reifen des BMW waren danebengegangen.

Humpelnd, auf zwei Gehhilfen gestützt, betrat Venske schließlich das spärlich besetzte Großraumbüro. Er sah, wie sich Stephanie und Babsi zum Abschied umarmten.

»Willst du gehen?« Er konnte nicht verstehen, dass Babsi Feierabend machen wollte. Sie ließ ihn stehen und ging.

Stephanie unterrichtete ihren Kollegen über die Ereignisse der letzten Stunden. »Und jetzt gehst du auch nach Hause und ruhst dich aus. Ich sehe doch, wie du die Zähne zusammenbeißt. Tut es sehr weh?«

»Du glaubst nicht wirklich, dass ich gegen die Anordnung des Arztes das Krankenhaus verlassen habe, um mich jetzt ins Bett zu legen? Ich bleibe hier.«

Sie einigten sich darauf, dass Venske sich auf der Notfallliege ausruhen würde und Stephanie den Überblick behalten sollte.

***

Konnert war nicht direkt zu seinem Haus gegangen. Aus ein paar Schritten wurde doch ein Gang bis zum Leuchtenburger Weg und dann runter bis zur Alexanderstraße. Beim Restaurant *Ambiente* verspürte er Hunger und kehrte ein.

Pfeife rauchend schlenderte er danach zurück zum Lönsweg. Das Essen, die Pfeife und der Spaziergang taten ihm gut. Er entspannte sich mehr und mehr und freute sich nach den Ereignissen der letzten vierundzwanzig Stunden auf sein Sofa. Vielleicht setze ich mich auch unter meinen Terrassenstrahler und träume vom Sommer.

Er schloss die Haustür auf und rief wie jedes Mal, wenn er ins Haus kam: »Ich bin da!« Meistens kam ein knappes Echo von oben. Dieses Mal war nichts zu hören. Mit schnellen Schritten eilte er durch den Flur ins Badezimmer. Der Besuch der Toilette hatte noch an seiner Entspannung gefehlt.

Vor der Terrassentür jaulte der Kater. »Du hast deinen eigenen Aufgang«, schimpfte Konnert ihn an und wies mit dem Finger auf die Katzentreppe an der Hauswand. Das Tier gab erbärmliche

Töne von sich. Konnert trat nach draußen und schaute zum Balkon. Die Katzenklappe war geschlossen. »Na, dann komm durchs Haus.« Das wollte der Kater auch nicht.

Noch in Gedanken bei dem merkwürdigen Verhalten des Katers schreckte ihn das Festnetztelefon auf. Das Kommissariat wählte doch normalerweise sein Handy an. Also nichts Dienstliches. Er atmete auf und hob den Hörer ans Ohr.

»Papa?«

»Wo steckst du? Euer Kater jammert hier rum.«

»Wir sind oben.«

»Warum rufst du dann an?« Er ahnte Schlimmes. »Merde!«

»Komm doch bitte mal rauf.«

»Hat das noch ein paar Minuten Zeit. Ich bin eben erst angekommen.«

»Komm bitte jetzt gleich.«

Als sich die Wohnungstür öffnete, stand Nölting hinter Ruth und drückte ihr eine Pistole an den Hinterkopf. »Wo bleiben Sie denn, Herr Kommissar? Ich warte auf Sie.«

»Papa, er ...«

»Halt die Klappe!«

Die Hände erhoben, schob sich Konnert an Ruth vorbei in die Wohnung. Sven saß gefesselt auf einem Stuhl. Seinen Mund verschlossen zwei Streifen Paketklebeband.

»Er quatscht mir zu viel.«

»Und wie soll es weitergehen?«, fragte Konnert.

»Sie kommen mit. Ich brauche ein Auto, einen Fahrer und ein Schutzschild.«

»Wir werden nicht weit kommen.«

»Abwarten.« Nölting schubste Ruth vorwärts. »Nimm einen Stuhl und trage ihn ins Wohnzimmer.« Die Pistole war auf Sven gerichtet. »Und Sie nehmen das Klebeband da. Besseres Material ist nicht in der Wohnung. Fesseln Sie Ihre Tochter. Füße und Hände jeweils an ein Stuhlbein. Und schön fest, wenn ich bitten darf.«

Konnert tat, was Nöting befohlen hatte. Dabei beobachtete er ihn aus den Augenwinkeln. Nöltings rechte Hand zitterte. Seine Augen bewegten sich unablässig hin und her. Er atmete mit kurzen, hastigen Atemzügen.

»Und jetzt los. Wir haben keine Zeit zu verschenken.«

Konnert küsste seine Tochter auf die Stirn. Dann ging er hinüber zu Sven und legte ihm die Hand auf die Schulter. »Es wird gut ausgehen. Glaube mir.« Gleichzeitig sah er, wie Nölting das Telefonkabel aus der Wand riss. Er schrie auf und fasste sich an die linke Schulter. Dann steckte er Ruths Handy ein.

»Papa, ich habe Angst.«

»Ich auch. Aber damit können wir doch umgehen.« Er zeigte ihr seine gefalteten Hände und ging auf die Wohnungstür zu.

»Ich würde gern meinen Mantel mitnehmen.«

***

Am offenen Fenster stand Stephanie und atmete die kalte Winterluft ein. In beiden Händen hielt sie einen Becher. Der Kaffee dampfte. Sie hatte nicht mitgezählt, der wievielte es an diesem Tag schon war. Irgendwie musste sie wach bleiben.

Venske lag rücklings auf der Liege und schnarchte hin und wieder. Wenn er sich bewegte, verzerrte sich sein Gesicht, und Stephanie erwartete jedes Mal, dass er aufwachen würde. Aber er schlief fest.

Im Hintergrund saß ein Team zusammen und beriet flüsternd die Ereignisse der Nacht und des Morgens. Dasein und bereit sein, sofort zu handeln, das war die Aufgabe.

Stephanie wäre lieber irgendwo aktiv im Einsatz gewesen.

Auf Konnerts Schreibtisch klingelte das Telefon. Sie setzte den Becher ab und ging ins Büro.

»Ist Kriminaloberkommissar Konnert zu sprechen?« Die Männerstimme klang rau, bestimmend und hatte einen arabischen Akzent.

»Mit wem spreche ich?«

»Mein Name ist Dr. Al Zeno. Ich bin Chirurg im Universitätsklinikum und habe bis eben Kilian Kirchner operiert.«

»Ich bin eine Kollegin. Wie geht es ihm?«

»Er ist noch nicht über den Berg.«

»Was können wir für ihn tun?«

»Beten Sie, wenn Sie beten können.«

***

»Wenn Sie versuchen, mich festzunehmen, schieße ich auf jeden, bis das Magazin leer ist.«

Mit der rechten Hand und der Pistole in der Manteltasche ging Nölting schräg hinter Konnert auf das Restaurant der Rastanlage Hasbruch zu.

Vereinzelt saßen Gäste in der Nähe der Fenster. Nölting bestellte Pommes rot-weiß und ein Wiener Schnitzel. Konnert begnügte sich mit Kaffee. Die Portion wurde serviert. Nölting befahl: »Kleinschneiden!«

Konnert griff zu Messer und Gabel. Nölting raunte ihm zu: »Ich bin schneller mit der Hand an meiner Pistole, als Sie auch nur an eine Dummheit denken können. Erinnern Sie sich daran, dass ich gut schieße. Und dann nicht nur auf Sie.«

Konnert teilte das Schnitzel in mundgerechte Happen. Dann nahm Nölting die Gabel und begann zu essen.

Gern hätte Konnert auch noch geraucht, aber Nölting drängelte.

Im Dreieck Delmenhorst bog Konnert ab in Richtung Bremen. »Erste Abfahrt nach der Weserquerung«, kommandierte Nölting. »Dann an der Weser entlang und sofort hinter dem Stadion wieder rechts.«

Der Verkehr war mäßig am Sonntagnachmittag.

Sie fuhren am Weserstadion vorbei. Nölting schüttelte den Kopf. »Hier hat einmal Werder Bremen Jahr für Jahr um die Meisterschaft gespielt. Jetzt, wie schon im letzten Jahr, abstiegsgefährdet. Diesmal steigen die ab. Darauf können Sie sich verlassen.«

Konnert ahnte jetzt, was das Ziel der Fahrt war, und wunderte sich, dass Nölting über Fußball sprach. Erst noch essen, über Fußball reden und dasitzen, als wenn es zum Kaffeeklatsch ginge. Der hat mit dem Leben abgeschlossen, befürchtete er.

Sie erreichten die Villa Dumitrescu und stiegen aus. Nölting zog die Pistole aus der Manteltasche und dirigierte seinen Gefangenen auf das Portal zu.

»Läuten!« Scharf kam der Befehl.

Die Eingangstür wurde geöffnet. »Was willst du hier?«, waren die aufgebrachten Worte von Elisei, als sie die Tür öffnete.

»Das wirst du gleich sehen. Mach Platz!«

Er drängte Konnert vorwärts in die Empfangshalle.

»Bist du verrückt geworden? Nimmst einen Polizisten als Geisel?« Sie wandte sich an Konnert: »Damit haben wir nichts zu tun, Herr Kommissar. Gar nichts.«

Mit einer plötzlichen Bewegung änderte Nölting die Richtung der Waffe und zielte auf Elisei.

»Passen Sie gut auf, Adi Konnert. Meine Aussage ist von Bedeutung.«

Konnert trat einen Schritt zurück und positionierte sich hinter Nölting.

»Der Alte ist schon lange raus aus dem Geschäft. Der macht nur noch in Immobilien und will seine Sünden mit Schmerzen abbüßen und mit Spenden wiedergutmachen. Was absoluter Quatsch ist. Was er mal verbrochen hat, kann er nie wiedergutmachen. Ich erzähle Ihnen später davon.«

Nölting bewegte sich auf Elisei zu.

Sie wich zurück.

»Was ihre Galerie angeht, ist die nur ein Waschsalon für die Gewinne aus Prostitution und illegalem Glücksspiel. Sie verkauft angeblich Gemälde Bremer Künstler. Sie sind aber alle von ihr selbst gemalt und werden je nach Höhe der Summe, die sie angeblich durch einen Verkauf erzielt hat, im Hinterhof verbrannt.«

Ein kurzer Seitenblick zu Konnert zeigte dem ein überhebliches, triumphierendes Gesicht.

»Sie hat das Geschäftsmodell von ihrem Vater übernommen und dazu die meisten seiner ehemaligen Mitarbeiter wieder aktiviert. Der Alte ahnt etwas, ist aber in diesen Fällen außen vor.«

»Was ist Ihre Rolle?«, warf Konnert dazwischen.

»Ich bin ihr Lover gewesen. Für sie habe ich alles aufgegeben. Sie hat mich angestiftet, ihren Vater zu rächen. Sie könne es nicht ertragen, dass ihm immer noch keine Genugtuung zuteilgeworden sei. So gewählt drückt sie sich aus, wenn sie von ihrem geliebten Papa spricht. Jetzt endlich sei sie alt genug, das Heft in die Hand zu nehmen und für Gerechtigkeit zu sorgen. Ich betone, sie ist für alles verantwortlich. Alle Ideen, Anweisungen und Gelder stammen von ihr. Ich habe nur getan, wozu sie mich gezwungen hat. Und dann hat sie mich weggeworfen, wie man ein abgenutztes Kleidungsstück entsorgt.«

»Sie waren mit Nölting zusammen?« Konnert gab seinem Erstaunen Ausdruck.

»Dazu muss ich nichts sagen und will dazu auch nichts sagen.«

»Du wirst reden«, meldete sich Nölting. »Das verspreche ich dir. Und du wirst büßen. Aber ganz anders als dein geliebter Papa. Hinter Gittern sollst du vertrocknen.«

In dem Augenblick fiel ein Schuss.

Nölting brach sofort zusammen.

Ein schneidender Schmerz durchzuckte Konnerts linken Oberarm. Er achtete nicht darauf, sondern beugte sich herunter. Die Kugel hatte Nöltings Hals durchschlagen. Blut schoss in Stößen aus der Schlagader. Konnerts Versuch, mit seinen Händen die Blutung zu stoppen, misslang. Zwischen den Fingern quoll unablässig Blut hervor. Ungläubige Augen starrten Konnert an. Der Mund bewegte sich, ohne dass ein Ton zu hören war. Langsam ließ die Heftigkeit der Blutung nach. Die Blutstöße wurden unregelmäßiger. Dann hörten sie auf, und nur noch ein rotes Rinnsal floss zwischen Konnerts Fingern hindurch.

Erst jetzt hörte Konnert hysterisches Kreischen. Nadine Dumitrescu kniete auf dem Treppenabsatz. Ihre Tochter hielt sie im Arm und versuchte, ihre Stiefmutter zu beruhigen. Auf dem Marmor vor der Stufe lag eine kurzläufige Pistole und einen Meter davon entfernt Nöltings Waffe.

Konnert fummelte aus seiner rechten Manteltasche sein Handy heraus, tippte auf die eingespeicherte Tastenbelegung für 110 und alarmierte die Bremer Kollegen und einen Rettungswagen.

»Sie bleiben, wo Sie sind«, befahl Konnert. Die Pistolen lagen zwischen ihm und den Frauen. Er rührte die Waffen nicht an. »Und hören Sie auf zu kreischen. Sofort!«

Erstaunlicherweise kam Nadine Dumitrescu zur Besinnung, verstummte und sah den Mann im Foyer aus glasigen Augen an. »Was wollen Sie von mir?«

Unbewusst fasste sich Konnert an den linken Oberarm. Das schmerzte. Er besah sich seine Hand. Sie war blutverschmiert. Erst dachte er, es wäre Blut des Toten. Dann realisierte er, dass der Schmerz von einem Streifschuss stammen musste. Die Kugel hatte Nöltings Hals durchschlagen und danach ihn getroffen.

***

Nöltings Leiche lag noch unter dem Kronleuchter. Die beiden Frauen hatten die Bremer Kollegen mitgenommen. Eine Sanitäterin hatte Konnerts Streifschuss verbunden. Die ersten Befragungen des Hauspersonals fanden statt. Zur selben Zeit stand er auf dem Balkon, sah den Schiffen auf der Weser hinterher und rauchte. Da erst fielen ihm seine Tochter und ihr Ehemann ein. Er rief sie an.

Niemand meldete sich.

Das zweite Telefonat ging an Stephanie. »Beeilt euch und seht einmal in meinem Haus nach, ob Ruth und Sven noch gefesselt sind. Der Reservehaustürschlüssel liegt im Igelhaus beim Kompost.«

Auf der Rückfahrt erinnerte sich Konnert an ein merkwürdiges Geräusch. Er hatte es gehört, als er Ruth an den Stuhl festgebunden hatte. Er versuchte, den Ton wieder ins Gehör zu bekommen.

Ein leises Jaulen oder Winseln. Ihm gelang es nicht, den Klang irgendwie mit Ruth und Sven in Verbindung zu bringen. Auch der Kater maunzte anders.

Als Stephanie ihm mitteilte, dass die beiden wohlauf seien, fragte er sie nach dem Geräusch.

»Nein«, antwortete sie. »Außer Ruth und Sven, dem Kater und dem niedlichen Hundewelpen war niemand in der Wohnung.«

Hundewelpe, schoss es Konnert durch den Kopf. Die wollen mir doch wohl zu Weihnachten keinen Hund schenken.

***

Im Kommissariat war auch Babsi wieder mit dabei. Sie versammelten sich in Konnerts Büro. Er stand am Fenster und rauchte. Wohl jeder ist mit seinen Gedanken bei Kilian, mutmaßte er. Die letzte Meldung aus Münster war niederschmetternd gewesen. Der Patient sei nicht ansprechbar, man habe ihn ins künstliche Koma gelegt. Ob er den Tag und die nächste Nacht überleben würde, könnte niemand mit Bestimmtheit voraussagen.

Besser hörte sich die Nachricht zu Polizeihauptmeister Ewald Schneider an. Seine Familie saß in Bersenbrück am Krankenbett. Schneiders Verlegung ins St. Josefs-Hospital in Cloppenburg war für den nächsten Tag vorgesehen.

Freude über den Erfolg ihrer Ermittlungen wollte nicht aufkommen. Keiner sprach über gewonnene oder verlorene Wetten. Kilian kämpft mit dem Tod, dachte Konnert. Und einen guten Ehemann, Vater und Polizisten holt eine lange zurückliegende Straftat ein.

In die Stille hinein flüsterte Stephanie: »Heute ist der vierte Sonntag im Advent. Adi, deine Kerze auf dem Schreibtisch hast du noch gar nicht angezündet. Können wir sie für Kilian anstecken?«

»Und für Schneider«, fügte Babsi hinzu.

Konnert kam mit seinem Feuerzeug an den Schreibtisch. Kurz darauf duftete das Büro nach Wachs, und die Kerze flackerte im kalten Wind, der durch das geöffnete Fenster hereinströmte. Unhörbar schloss Babsi die Bürotür. Die Ermittler standen im Kreis und schauten auf die Flamme, die jetzt ruhig und gleichmäßig leuchtete.

Nachwort

Die Figuren und die Geschichte sind frei erfunden. Für das Opfer Sascha Knieling standen mir schriftliche Erinnerungen eines ehemaligen Zöglings der Fürsorgeeinrichtung Freistatt zur Verfügung, die ich für das vorliegende Buch verwenden durfte.

Die Fürsorgeanstalt »Hartingsen« gab es in der realen Wirklichkeit nicht. Sie steht für rund 3.000 Erziehungsheime mit circa 200.000 Plätzen der sechziger und siebziger Jahre des vorigen Jahrhunderts. Etwa achtzig Prozent dieser Einrichtungen wurden von katholischen Männer- oder Frauenorden geführt oder waren in evangelischer Trägerschaft.

In die Heime wurden Kinder und Jugendliche von Vormundschaftsgerichten eingewiesen, deren Wohl durch das Fehlverhalten (Missbrauch, Vernachlässigung oder ehrloser und unsittlicher Lebenswandel) der Eltern gefährdet waren. Ebenso war die Einweisung vorzunehmen, wenn die geistige oder sittliche Verwahrlosung (Schulschwänzen, Herumstreunen oder Aufsässigkeit den Eltern und Lehrern gegenüber) eines Minderjährigen (bis 1975 wurde man erst mit 21 Jahre volljährig) drohte oder erwiesen war. Auch Erziehungsberechtigte konnten einen Antrag auf sogenannte freiwillige Erziehungshilfe stellen und Kinder oder Jugendliche einweisen lassen.

Im Erziehungssystem der Heime und Besserungsanstalten waren schwere autoritäre körperliche und psychische Unterdrückung und Gewalt eher die Regel als die Ausnahme. Das vorherrschende Prinzip war, dass die Jugendlichen erst »ganz unten« sein mussten. Erst 1960 beendete zum Beispiel das Landesjugendamt Hannover »die Verwendung von Forkenstielen, Torflatten,

Pantoffeln oder Besenstielen als Züchtigungsmittel«. Die Prügelstrafe als solche wurde nicht beanstandet.

Im Buch geschilderte Ereignisse aus Hartingsen entsprechen Schilderungen von ehemaligen Zöglingen.

Eine Änderung der Verhältnisse begann erst Ende der sechziger, Anfang der siebziger Jahre. Die späteren RAF-Mitglieder Andreas Bader und Gudrun Ensslin riefen Fürsorgezöglinge zur Revolte in den Heimen auf. Ulrike Meinhof unterstützte sie mit Radiosendungen, einem Film (»Bambule«) und bei Demonstrationen. Erst 1977 urteilte ein Amtsgericht, dass ein gewohnheitsmäßiges (!) Züchtigungsrecht von Erziehern und Lehrern nicht mehr angenommen werden könne.

Im Juni 2015 kam der sehenswerte Spielfilm »Freistatt« in die Kinos. Er schildert den Kampf eines Zöglings gegen Gewalt und Unterdrückung in der Fürsorgeanstalt Freistatt.

Die Justizvollzugsanstalt (JVA) Oldenburg wurde im Jahre 2001 im Oldenburger Stadtteil Kreyenbrück in Betrieb genommen.

Die JVA Oldenburg entspricht den höchsten Sicherheitsstandards. In ihr werden Untersuchungshaft und Strafhaft vollzogen. Die Anstalt verfügt über ca. 300 Haftplätze. Ein medizinischer Dienst versorgt die Gefangenen von der Aufnahme bis zur Entlassung.

Die Philosophie der Anstalt entspricht dem Leitbild »Wir sind konsequent und liberal«. Wer sich an die Regel hält, bekommt Vergünstigungen. Wer dagegen verstößt, hat die Konsequenzen zu tragen. Hierzu gehört die absolute Sauberkeit in der Anstalt, harte Konsequenzen schon bei kleinen Gewalttätigkeiten und Sanktionen bei geringem Suchtmittelmissbrauch. Vollzugsmaßnahmen dienen der Reintegration der Inhaftierten in die Gesellschaft und somit der Resozialisierung des Gefangenen.

Meine einwöchige Hospitation in der JVA Oldenburg gewährte mir einen Einblick in die unterschiedlichen Bereiche des Vollzugs.

Wichtige Informationen habe ich auch in folgenden Büchern gefunden:
Peter Wensierski, Schläge im Namen des Herrn. München 2007
und
Matthias Bend, Hans-Walter Schmuhl und Kerstin Stockhecke (Hg.), Endstation Freistatt, Bielefeld 2011

Mein Dank

gilt an erster Stelle einem ehemaligen Zögling eines Erziehungsheims. Die Beschreibung seines Aufenthalts dort haben mich herausgefordert, mich intensiv mit den Zuständen der Fürsorgeerziehung bis in die siebziger Jahre des vorigen Jahrhunderts und ihren Folgen zu beschäftigen.

Den Mitarbeiterinnen und Mitarbeitern der Justizvollzugsanstalt Oldenburg (im Besonderen einem, der nicht genannt werden möchte) danke ich für die Einblicke, die sie mir während der Hospitation in ihren engagierten und oft gefährlichen Berufsalltag gewährt haben. Die Woche bei ihnen hat meine Vorstellungen vom Strafvollzug positiv verändert.

Viele Anregungen und Korrekturen meines Manuskripts bekam ich von unterschiedlichsten Testlesern. Sie waren ausgesprochen hilfreich und haben den Text wesentlich verbessert. Vielen Dank dafür.

Vom selben Autor im Prolibris Verlag

Manfred Brüning
Gnadenlose Engel
ISBN 978-3-95475-005-4

Auf einem Autobahnparkplatz in der Nähe von Oldenburg überrollt ein LKW einen Mann. Nur war der schon tot, als die schweren Räder seinen Körper zerquetschten. Die Kripo kann die Identität des Ermordeten schnell ermitteln. Aber es fehlt das Motiv.
Schon bald gibt es weitere Tote und einen Vermissten. Doch was haben ein Fernfahrer, ein Apotheker, ein Bestatter und ein Speditionskaufmann gemeinsam? Die Ermittlungen führen in eine Welt voller Brutalitäten, die für die Kripobeamten eine schwere psychische Belastung darstellen. Aber der bibelfeste und eigenwillige Kommissar Konnert lässt sich von den Grausamkeiten nicht erschüttern. Stoisch verfolgt er sein Ziel: Den Täter zu fassen, bevor ein weiterer Mensch sterben muss.